Eisteddfod GENEDLAET

ERYRI A'R CYFFINIAU
2005

CYFANSODDIADAU

a

BEIRNIADAETHAU

Golygydd:
J. ELWYN HUGHES

Cyhoeddir gan Lys yr Eisteddfod

ISBN 1 84323 586 2

Argraffwyd gan Wasg Gomer,
Llandysul, Ceredigion SA44 4JL

CYNGOR YR EISTEDDFOD GENEDLAETHOL 2005

Cymrodyr
Aled Lloyd Davies
W. R. P. George
Gwilym E. Humphreys
James Nicholas
Alwyn Roberts

SWYDDOGION Y LLYS

Llywydd
R. Alun Evans

Is-Lywyddion
Selwyn Iolen (Archdderwydd)
Richard Morris Jones (Cadeirydd Pwyllgor Gwaith Eryri a'r Cyffiniau)
Heini Gruffudd (Cadeirydd Pwyllgor Gwaith Abertawe a'r Cylch)

Cadeirydd y Cyngor
Dafydd Whittall

Is-Gadeirydd y Cyngor
Prydwen Elfed-Owens

Cyfreithwyr Mygedol
Philip George
Emyr Lewis

Trysorydd
Eric Davies

Cofiadur yr Orsedd
Jâms Nicolas

Ysgrifenyddion
Huw Davies, 151 Heol Saron, Saron, Rhydaman, Sir Gaerfyrddin, SA18 3LN
Geraint R. Jones, Gwern Eithin, Glan Beuno, Bontnewydd, Caernarfon, Gwynedd

Cyfarwyddwr
Elfed Roberts, 40 Parc Tŷ Glas, Llanisien, Caerdydd, CF14 5WU (029 20763777)

Trefnydd yr Eisteddfod
Hywel Wyn Edwards

RHAGAIR

Pleser o'r mwyaf yw cael cyflwyno i'ch sylw gyfrol *Cyfansoddiadau a Beirniadaethau Eisteddfod Genedlaethol Eryri a'r Cyffiniau, 2005.*

Diolchaf eleni eto i'r rhan fwyaf o'r beirniaid am fod yn hynod brydlon a chydwybodol o ran cyflwyno'u beirniadaethau erbyn y dyddiad cau, sef Mai 15. Gwaetha'r modd, roedd gwir achos i bryderu erbyn diwedd wythnos gyntaf Mehefin eleni gydag 19 o feirniaid yn dal heb gyflwyno'u beirniadaethau ac yn amlwg heb fod yn ymwybodol o'r trafferthion a'r anhwylustod a achosir, i *nifer* o bobl, gan sefyllfa o'r fath. Hyd yn oed erbyn dechrau'r *drydedd* wythnos ym Mehefin, *dros fis* ar ôl y dyddiad cau, doedd *pob* beirniadaeth ddim wedi fy nghyrraedd a hynny er crefu cyson gan staff Swyddfa'r Eisteddfod! Yn wir, ar ddiwrnod olaf Mehefin y cyrhaeddodd un feirniadaeth – ymhell ar ôl i'r holl ddeunydd gael ei anfon at y Wasg. O ganlyniad i drafferthion diangen a chwbl anesgusodol fel hyn, roedd hi'n ben set go ddifri' arnaf yn golygu'r gyfrol hon, a chael a chael fu gallu'i pharatoi mewn da bryd ar gyfer yr argraffwyr. Yn hynny o beth, mae fy niolch i Drefnydd Eisteddfodau'r Gogledd, Hywel Wyn Edwards, ac i Lois, yn arbennig, yn Swyddfa'r Eisteddfod, am eu cydweithrediad effeithlon ac effeithiol arferol – roedd pob rhwyddineb a chymorth a dderbyniais ganddynt yn adlewyrchu'r profiad a'r gwaith tîm rhagorol sydd wedi'i sefydlu'n gadarn rhyngom yn ddi-dor dros y tair blynedd ddiwethaf.

Parheir eleni â'r arbrawf i gynnwys yn y gyfrol feirniadaethau cyfun. Y llynedd, digwyddodd hynny yn achos y Gadair, y Goron a Thlws y Cerddor; eleni, cawn feirniadaethau cyfun yng Nghystadleuaeth y Fedal Ryddiaith, Cystadleuaeth y Ddrama Hir a chyda Gwobr Daniel Owen. Yn achos rhai o'r prif gystadlaethau, cynhwysir beirniadaethau unigol gan rai o'r beirniaid ar wefan yr Eisteddfod Genedlaethol ar y Rhyngrwyd (www.eisteddfod.org.uk) ac, am yr eildro, cynhwyswyd yn y gyfrol hon luniau rhai o'r cystadleuwyr buddugol, ynghyd â bywgraffiadau byrion.

Gwnaeth Dylan Jones, Cyhoeddiadau Nereus, Y Bala, ei gamp flynyddol wrth gysodi'r emyn-dôn fuddugol a gwerthfawrogir cymorth Diana Davies, hefyd o'r Bala, o ran sicrhau cywirdeb y fersiwn sol-ffa. Diolchaf i Staff Gwasg Gomer, ac i Gari Lloyd, fy nghyswllt uniongyrchol yno, am gynhyrchu gwaith mor gymen a glân yn ôl eu harfer.

J. Elwyn Hughes

CYNNWYS

(Nodir rhif y gystadleuaeth yn ôl y *Rhestr Testunau* ar ochr chwith y dudalen)

* * *

ADRAN LLENYDDIAETH
BARDDONIAETH

RHYDDIAITH

189. **Nofel i blant tua 7-9 oed.**

Dylai'r nofel adrodd stori trwy lygad plentyn, a'r stori'n darlunio rhyw agwedd ar fywyd cyfoes, boed mewn cefndir gwledig, trefol neu ddinesig. Dylai'r nofel orffenedig fod tua 8,000-10,000 o eiriau. Gofynnir am sampl o 4,000 o eiriau ac amlinelliad o'r nofel gyfan.

Telir £150 i'r buddugol i fynd rhagddo â'r gwaith pan roddir y comisiwn iddo. Telir £350, sef gweddill yr arian, ar ôl i'r Eisteddfod dderbyn y gwaith gorffenedig ac ar ôl i feirniad y gystadleuaeth ei gymeradwyo fel gwaith teilwng. Bydd Cyngor Llyfrau Cymru'n ystyried cyfrannu swm pellach o hyd at £1,000 (cyfanswm o hyd at £1,500 yn cynnwys comisiwn yr Eisteddfod). Os cyhoeddir y gwaith, bydd taliadau breindal yn ychwanegol.

Gwobr: £500 (Cronfa Nawdd y Coleg Normal, Bangor).

Beirniad: Mair Wynn Hughes.

Buddugol: *Parc* (Rhian Pierce Jones, Llidiart y Parc, Marian-glas, Ynys Môn, LL73 8NY).   153

190. **Dyddiadur dychmygol ysgafn i oedolion wedi'i seilio ar fywyd o ddydd i ddydd mewn swydd neu waith arbennig.**

Ni ddylai'r gwaith cyflawn fod yn hwy na 40,000 o eiriau. Gofynnir am sampl o 10,000 o eiriau ac amlinelliad o'r gweddill. Telir £150 i'r buddugol i fynd rhagddo â'r gwaith pan roddir y comisiwn iddo. Telir £350, sef gweddill yr arian, ar ôl i'r Eisteddfod dderbyn y gwaith gorffenedig ac ar ôl i feirniad y gystadleuaeth ei gymeradwyo fel gwaith teilwng. Bydd Cyngor Llyfrau Cymru'n ystyried cyfrannu swm pellach o hyd at £1,000 (cyfanswm o hyd at £1,500 yn cynnwys comisiwn yr Eisteddfod). Os cyhoeddir y gwaith, bydd taliadau breindal yn ychwanegol.

Gwobr: £500

Beirniad: Meleri Wyn James.

Atal y wobr.   155

ADRAN DYSGWYR

Cyfansoddi i Ddysgwyr

ddisg i'r Trefnydd. Caniateir cywaith ac mae'r dasg yn addas i gyfieithydd a gwyddonydd yn gweithio ar y cyd. Rhoddir y buddugol ar wefan yr Eisteddfod.

Gwobrau: 1. £1,000; 2. £500; 3. £250.

Beirniaid: K. Alan Shore, Megan Tomos.

Buddugol: 1. *Saran* (Lois Elenid Smallwood, Bron Graig, Llangwm, Corwen); 2. *Deryn Brith* (Elinor Gwynn, Cae Coch, Rhostryfan, Caenarfon); 3. Atal y wobr.

ADRAN IEUENCTID

149. **Cyfansoddi Cân.** Rhaid i'r geiriau a'r gerddoriaeth fod yn wreiddiol a dylid cyflwyno'r cyfeiliant a'r alaw ar dâp/CD (ynghyd â chopi o'r geiriau) neu ar gyfrifiadur (ar ffeil MIDI) neu'n ysgrifenedig. Caniateir cywaith.

Gwobr: £250.

Beirniad: Gorwel Owen.

Buddugol: *Y Negesydd* (Steffan Aran Messenger, 72 Millfields Close, Pentlepoir, Kilgetty, Sir Benfro, SA68 0SA).

ADRAN LLENYDDIAETH

BARDDONIAETH

Awdl mewn cynghanedd gyflawn heb fod dros 200 llinell: Gorwelion

BEIRNIADAETH PEREDUR LYNCH, EMYR LEWIS AC ALAN LLWYD

Eleni eto, fe welir mai beirniadaeth gyfansawdd a geir yng nghyfrol y *Cyfansoddiadau* ar gystadleuaeth y Gadair. Ac ystyried sefyllfa ariannol y Brifwyl, y mae'n hawdd cydymdeimlo ag awydd awdurdodau'r Eisteddfod i arbed arian drwy docio hyd y *Cyfansoddiadau* a dileu'r mynych ailadrodd a fu yn y gorffennol. Pan fo cytundeb cyffredinol ymhlith y beirniaid, y mae cyflwyno beirniadaeth gyfansawdd yn beth rhesymol gall i'w wneud, yn enwedig o gofio bod modd bellach i gystadleuwyr a llengarwyr chwilfrydig bori drwy feirniadaethau llawn y tri beirniad ar wefan yr Eisteddfod.

Serch hynny, un o'r traddodiadau sy'n rhan annatod o brif gystadlaethau llenyddol yr Eisteddfod erioed yw bod beirniaid yn anghytuno â'r naill a'r llall o bryd i'w gilydd. Eleni, buom yn weddol driw i'r traddodiad iach hwnnw. O ran ein hymateb i rai agweddau cyffredinol ar y gystadleuaeth ac, yn bwysicach, wrth fynd ati i osod y cystadleuwyr yn nhrefn eu teilyngdod, fe welir bod gwahaniaethau diddorol rhwng y tri ohonom. Nid ydym yn ymddiheuro yr un iot am hynny. Goddrychol, o raid, yw pob barn lenyddol yn y pen draw, a gall unfrydedd barn heulog ymhlith gwŷr (a gwragedd) llên yn aml iawn fod yn arwydd o fywyd llenyddol merfaidd ac anfentrus. Tasg anodd iawn ar lawer cyfrif, felly, fu ceisio dwyn ein sylwadau ynghyd ar gyfer cyfrol y *Cyfansoddiadau*, a byddai dilyn yr hen drefn o argraffu tair beirniadaeth wedi bod yn llawer haws, mewn gwirionedd, ac wedi rhoi gwell amcan i ddarllenwyr y *Cyfansoddiadau* o natur ein hymatebion i'r cynnyrch a ddaeth i law.

Fe fentrodd naw cystadleuydd i'r maes, ac un nodwedd gyffredinol ar y gystadleuaeth hon eleni fu parodrwydd sawl un ohonynt i arbrofi â ffurf yr awdl eisteddfodol. Fel sy'n ddigon hysbys, y cywydd deuair hirion, yr englyn unodl union (ynghyd â'r englyn penfyr a'r englyn milwr ar dro) a'r hir-a-thoddaid fu mesurau amlycaf yr awdl eisteddfodol dros hir amser. Eleni, serch hynny, ymdeimlir â rhyw chwa o'r Oesoedd Canol: y mae pedair o'r naw cerdd a dderbyniwyd yn defnyddio mesurau proest o ryw

1

fath, a gwelir bod un gerdd ymron yn llwyr ddibynnol ar odlau proest. Y mae un ohonom, sef A.Ll., yn sylfaenol amheus o'r tueddiad hwn ac yn gweld arwyddion sicr o ordraddodiadaeth marw ynddo. Ond yng ngolwg E.L. a P.L., y mae'r awydd hwn i atgyfodi ac addasu hen fesurau yn dynodi ymdrech o leiaf i gamu y tu hwnt i rigolau cyfarwydd rhai o briod nodweddion y canu caeth diweddar.

A throi at y cynhyrchion eu hunain, y peth symlaf ar y dechrau fel hyn fyddai nodi'n glir ym mha drefn y bu inni ein tri osod y naw cystadleuydd:

Emyr Lewis: *Hafgan, Y Cariad Bythol, Guto Ffowc, Sionyn, Camp Lawn, Gaia, Lusudarus, Drws y Coed.*

Peredur Lynch: *Hafgan, Y Cariad Bythol, Cadnant, Guto Ffowc, Sionyn, Camp Lawn, Gaia, Drws y Coed, Lusudarus.*

Alan Llwyd: Trydydd Dosbarth: *Hafgan, Y Cariad Bythol, Lusudarus.* Ail Ddosbarth: *Guto Ffowc, Gaia.* Dosbarth Cyntaf: *Camp Lawn, Sionyn, Cadnant, Drws y Coed.*

Fe wêl darllenwyr llygatgraff fod un ffugenw, sef *Cadnant*, yn eisiau yn rhestr E.L. Er bod ynddi ddau englyn a dau fraich o gywydd, cerdd *vers libre* cynganeddol yw ymgais *Cadnant* i bob pwrpas, a chan mai am '*awdl* mewn cynghanedd gyflawn' y gofynnwyd, barna E.L. fod *Cadnant* wedi torri un o amodau'r gystadleuaeth ac na ellir, o ganlyniad, ystyried y gerdd ar gyfer y Gadair. Y mae P.L. ac A.Ll. hefyd o'r farn fod *Cadnant* yn torri, neu o leiaf yn herio, amodau'r gystadleuaeth, ond gan na ddaeth *Cadnant* i'r brig eleni ni welsant hwy'r angen i'w fwrw'n ddiseremoni o'r gystadleuaeth. Y mae'n deg nodi i *Cadnant* anfon yr un gerdd, neu fersiwn hynod o debyg ohoni (a hynny o dan y ffugenw *Camden*) i gystadleuaeth y Gadair yn Eisteddfod Genedlaethol Maldwyn a'r Gororau (2003), a chyda greddf gwir dditectif dangosodd un o'r beirniaid yn 2003, sef y Prifardd Donald Evans, fod *Cadnant/Camden* wedi bod yn ymgiprys am y Gadair gyda fersiwn cynharach fyth o'r un gerdd (*Sam* oedd y ffugenw bryd hynny) yn Eisteddfod Genedlaethol Môn (1999). Fel yr awgryma A.Ll. yn ei feirniadaeth, y mae cerdd *Cadnant* yn codi cwestiynau pwysig ynghylch union eiriad y gystadleuaeth hon. O ofyn yn unig am '*gerdd* neu *gerddi* ar gynghanedd gyflawn', byddai modd i *Cadnant* gystadlu yn y dyfodol heb ofni gwg y gyfraith.

Beth am gynnwys y gerdd? Olrhain hanes crwydryn digartref ar strydoedd Llundain a wneir. Y mae'n gaeth i alcohol a chyffuriau ac fe ddatgelir ymhellach fod rhesymau seicolegol am ei gyflwr adfydus. Wynebodd brofedigaeth lem yn ystod ei blentyndod, ac awgrymir, hefyd, fod dadfeiliad economaidd ardal y chwareli yn Arfon wedi ei yrru tua 'dinas breuddwydion' a oedd megis 'haul ar ei orwelion'. Yn Llundain, suddo i'r gwter yw ei hanes a'i dynged anochel yw marw dan effaith cyffuriau.

Y mae'n gwbl eglur i'r tri ohonom fod *Cadnant* yn gynganeddwr cyhyrog a cheir ganddo linellau gwirioneddol drawiadol a gallu amlwg hefyd i gonsurio lluniau byw mewn cynghanedd fel y dengys y llinellau a ganlyn:

> Cofio ystrydeb llethrau glas ei febyd
> dan drwch y llwch llechi,
> a'r rhwd hyd gadwynau'r strydoedd
> wedi dod segurdod y malltod maith;
> adlais cicio sodlau,
> y cof am bopeth yn cau,
> udo'r gwynt drwy wydrau gwag
> tref lle roedd yntau hefyd
> yn sgint fel ei fêts i gyd.

Fel y sylwir, *Cadnant* sy'n hawlio'r ail safle yn y gystadleuaeth hon ym marn A.Ll. Yng ngeiriau A.Ll.: 'dyma fardd grymus' sydd eisoes yn 'hanner eistedd yn y Gadair'. Ond er cydnabod ei allu diamheuol i drin geiriau, yr hyn sy'n peri i P.L. ei osod gryn dipyn yn is yn y gystadleuaeth yw'r ffaith fod holl drywydd ei gerdd mor ystrydebol o ragweladwy.

Fe drown yn awr at weddill y cystadleuwyr.

Er bod *Hafgan* a *Y Cariad Bythol* wedi deall hanfodion cerdd dafod, ac er bod y ddau'n amcanu'n uchel o ran cynnwys a themâu eu hawdlau, nid oes ganddynt hyd yma – yn ôl tystiolaeth y cerddi a luniwyd ganddynt ar gyfer y gystadleuaeth hon, o leiaf – y feistrolaeth angenrheidiol ar y gynghanedd i gyfleu'n llwyddiannus ehediadau aruchel eu meddyliau. Y mae cerdd *Hafgan* yn ein harwain ar ein pennau i fyd ffiseg y gofod, ond y mae hefyd fel petai'n ceisio cyfuno damcaniaethau diweddar yn y maes hwnnw â chyfriniaeth Gristnogol. Ond nod amgen ei gerdd, gwaetha'r modd, yw ei haneglurdeb a'i methiant, yng ngeiriau E.L., i 'wahodd y darllenydd i mewn i'w fyd cyfrin'. Y mae llai o dywyllwch yn awdl *Y Cariad Bythol* ac y mae ei thema'n weddol eglur. Dyhead milflwyddol ei naws sydd yma am heddwch i'r byd. Ond er mor ddiffuant ei argyhoeddiad, ac er bod ambell fflach addawol yma ac acw, gwendid mawr ei gerdd yw ei bod yn gogr-droi'n anfaddeuol o haniaethol yn ei hunfan.

O droi at awdl *Guto Ffowc*, fe'n cawn ein hunain yng nghwmni bardd sy'n arddangos llawer mwy o ddawn. Ar ôl ymgodymu â'r difrifddwys a'r dyrchafedig yng ngherddi *Hafgan* ac *Y Cariad Bythol*, cawn ein tywys yng nghwmni *Guto Ffowc* i ganol hwyl a miri noson tân gwyllt, a hynny yn Llandwrog. Y mae *Guto Ffowc* yn agor ei gerdd â chadwyn o englynion ac ynddi disgrifir afiaith a hwyl criw o fechgyn yn adeiladu'r goelcerth. Yna daw'r noson fawr ei hun a gwelwn y pentrefwyr yn dod ynghyd, y goelcerth yn cael ei thanio, sioe dân gwyllt ryfeddol yn goleuo'r awyr o Dinas hyd Foel Tryfan a'r rocedi'n cyrraedd Llydaw hyd yn oed! Drannoeth, serch hynny, nid oes ond marwor ar ôl, ond y mae'r bardd yn gwbl hyderus y daw'r 'criw nesaf o blant', sef cenhedlaeth newydd arall, i gynnal yr 'hen basiant' yn y dyfodol. Ysywaeth, tynged yr holl goelcerthwyr hyn yn y pen draw, fel y bardd ei hun fe ymddengys, yw ffarwelio â'r pentref a'i hanelu hi am ddinas sydd 'bedair awr i lawr y lôn', sef Caerdydd. Ar ddiwedd y gerdd, mewn llinellau sy'n cyfochri'n eironig â'r darn sy'n disgrifio'r tân gwyllt, y mae'r bardd yn syllu'n syfrdan ar liwiau llachar drachefn. Ond bellach goleuadau bywyd nos cynhyrfus Caerdydd a wêl ac nid tân gwyllt Llandwrog ei blentyndod. Er mor ysgafnfryd ei ymagweddu yr ymddengys *Guto Ffowc*, ac er mor hwyliog ei dôn hefyd, awgryma P.L. fod arwyddocâd dyfnach i'w gerdd. Mae yma ddathliad o blentyndod mewn cymdeithas bentrefol hyfyw, a rhyw awgrym hefyd o'r pryder ynghylch dylifiad pobl ifanc broffesiynol o Wynedd i Gaerdydd.

Y mae'r tri ohonom yn gwbl gytûn fod *Guto Ffowc* yn arddangos gwir ddawn mewn gwahanol rannau o'r gerdd hon. Y mae ei ddisgrifiad o'r rocedi'n goleuo'r awyr 'yn egnïol ac yn iasol' ym marn A.Ll., ac, fel y sylwodd E.L. a P.L., y mae'n traethu'n gofiadwy yn y darn hunangofiannol a ganlyn yn rhan olaf yr awdl:

> Rhwygais fel pawb o'r hogiau
> fy mreichiau mewn brigau brau
> a gwaedais, a sylwais i
> ar y coed a'r rocedi.
> A do, daeth dad i'r adwy
> i geulo hafn pob rhyw glwy . . .

Ond nid yw *Guto Ffowc* heb ei wendidau. Yn rhai o'r englynion sy'n agor y gerdd, ac yn yr hir-a-thoddeidiau sy'n disgrifio'r pentrefwyr yn dod ynghyd gerbron y goelcerth, gwelir bod ei arddull yn gocosaidd o anffurfiol. Yng ngolwg A.Ll., 'y mae angen iddo ddyfnhau ei weledigaeth ac osgoi canu am yr arwynebol'. Y ffaith fod llifeiriant rhwydd ei gynghanedd yn troi, yn rhy fynych, yn draethu anghynnil sy'n anesmwytho P.L. ac y mae E. L. yn barnu nad oes llinyn cyswllt digon cryf rhwng y gwahanol rannau o'r gerdd.

Sôn am y math o anghyfiawnderau y bu'r mudiad protest *Fathers for Justice* yn ymgyrchu yn eu herbyn a wneir yn awdl *Sionyn*. Mae yma dad yn hiraethu am ei ferch ar ôl i lys barn ddyfarnu mai i'w mam y dylid ymddiried y gofal amdani. Teg yw nodi bod *Sionyn* wedi ymgeisio am y Gadair gyda fersiwn blaenorol o'r awdl hon yn Eisteddfod Genedlaethol Sir Ddinbych a'r Cyffiniau (2001), a hynny o dan y ffugenw *Medad*. O graffu ar sylwadau'r beirniaid bryd hynny, y mae'n gwbl amlwg fod cryn ddatblygiad wedi bod yn ei hanes fel bardd er 2001 a'i fod, yn ogystal, wedi ailgyfansoddi rhannau helaeth o'i gerdd.

Ar ddechrau'r gerdd, fe gawn bortread o'r tad yn deffro un bore yn llawn dadrith ac yn melltithio toriad y wawr:

> Yn ei ddig mae'n rhegi'i ddod
> dan boeri nad yw'n barod
> i'w wynebu na'i nabod.
>
> A'r adfyd o fyd a fu
> yn y diwrnod, mae'n dyrnu
> ei angen i'r gobennydd,
> yn erfyn am derfyn dydd . . .

Wrth geisio magu nerth i wynebu diwrnod arall, daw iddo atgofion am y dyddiau dedwydd gynt cyn iddo ef a'i gymar wahanu, a buan y try'r rheini'n atgofion chwerw am yr achos llys a'r modd yr aed â'r ferch oddi arno. Ond yna daw un atgof penodol i feddiannu ei feddwl, sef atgof am ei ferch fach yn rhuthro i'w lofft un bore er mwyn dangos llyfr paentio newydd iddo ('llyfr peintio lledrith').

> Hergwd drws, fel ergyd dryll,
> yn orchest o sŵn erchyll,
> a phwysedd y bysedd bach
> ar ei war yn wawr oerach.
> Hyrddwynt yw ei chyffyrddiad
> a hyfdra ei 'Deffra, Dad'.
>
> 'Edrych – llyfr peinio lledrith' . . .

Yr atgof hwn, i bob pwrpas, yw canolbwynt yr awdl, ac y mae'r llyfr paentio, a'r modd y bu i'r ferch droi'r tudalennau du a gwyn yn danchwa o liwiau gwanwynol, yn rhoi bod i ddelwedd estynedig. Fel y dengys A.Ll. yn ei feirniadaeth, drwy gyfrwng yr atgof am y llyfr paentio mae yma obaith hefyd 'y gall y tad droi ei fyd di-liw yn fyd amryliw, lledrithiol drachefn'.

Y mae'r tri ohonom yn gwbl gytûn fod yng ngherdd *Sionyn* ragoriaethau amlwg. Ond y mae hefyd yn ei awdl rai llithriadau o ran crefft. Er enghraifft, y mae sillaf yn eisiau yn y llinell 'Ni ddaw haul i'w rhyddhau', a gwelir bod 'Iasau o'i lif yn sleifio' yn llinell bendrom. Digon gwir, manion bethau yw'r beiau hyn, ond y mae'n rhaid cydnabod ymhellach fod *Sionyn*, o bryd i'w gilydd, yn tueddu at y rhyddieithol gan fwrw croywder a chynildeb ymadrodd yn llwyr i'r gwynt.

Ein tywys i Gaerdydd a wna *Camp Lawn*. Myfyrdodau rhywun yn treulio noson mewn gwesty ym mae Caerdydd sydd yma ac y mae'r canu drwyddo draw yn rhwydd a glân. Y mae *Camp Lawn* yn llwyddo'n rhyfeddol i gonsurio awyrgylch dinas ac yn llwyddo hefyd i ddal profiad unnos rhywun sydd fel petai'n syllu o'r tu allan arni. Darlun o'r bardd a'i gariad yn mwynhau diod cyn noswylio a gawn ar ddechrau'r gerdd:

> Galw heno mae'r glannau
> dan *barasol* o olau
> a rydd haul ar fwrdd i ddau.
>
> Yn y dŵr mae sŵn y don
> ddaw o ferddwr harbwr hon
> yn barêd o sibrydion.
>
> Eneidiau uwch diodydd
> yno'n dal diferion dydd
> o hen lanw aflonydd.
>
> Ac Iwerydd y gorwel
> yn dwyn alaw yn dawel
> a blys mawr fel blasu mêl.

Cawn olwg wedyn ar rialtwch y strydoedd fin nos ond yna, ar ôl i gyffro'r clybiau a'r tafarnau dawelu, cawn draethu mwy myfyrdodus wrth i'r bardd syllu drwy ffenestr ei ystafell wely yn y gwesty a chraffu ar 'ddau wyneb y ddinas'. Darn grymusaf y gerdd, heb unrhyw amheuaeth, yw'r disgrifiad a gawn ganddo o hen wraig 'a'i holl fyd mewn stafell fyw'. Bu hon yn ifanc unwaith, ond bellach lluniau ar ei silff ben tân yw dedwyddwch coll y dyddiau a fu:

> Yn y tŷ ar silff ben tân
> mae oriau mewn ffrâm arian.
> A'i lluniau llwyd sy'n llawn lliw
> am ryw eiliad amryliw.
> Ynghanol bae siriolach,
> mae gwydrau a byrddau bach.
> A llaw yn llaw yn y llun
> Ddoe oeddynt yno'n ddeuddyn.

Â llaw eiddil mae'n gadael allweddau
ar wal y palis a dringo'r grisiau.
Yn nhywyllwch canhwyllau – digymar
Daw ei galar i gymryd y golau.

Arwydd o dreigl anorfod amser yw'r hen wraig ac arwydd, hefyd, mai bregus a diflanedig yw llawenydd cariadon yn hyn o fyd. Ond er cydnabod hynny, neges ddiamwys *Camp Lawn* yw mai braint cariadon yw herio meidroldeb gan fyw bywyd i'r eithaf. A'r wawr yn torri, y mae holl amheuon tywyll y nos fel pe baent yn diflannu, a'r bardd yn cofleidio'i gariad.

Er bod A.Ll. wedi gosod *Sionyn* ar y blaen i *Camp Lawn*, y mae'r tri ohonom yn gwbl gytûn fod dawn a chrefft gan y bardd hwn. Yng ngeiriau E.L., y mae ei gerdd i'w hedmygu oherwydd 'ei chefndir dinesig, ei bwrlwm ifanc, ei chynganeddu rhwydd, ei disgrifiadau fflachiog a'i hoptimistiaeth ronc.' Yr un yw'r rhagoriaethau a wêl P.L. yn y gerdd er ei fod yn credu y byddai *Camp Lawn* yn nes at frig y gystadleuaeth 'petai amodau'r gystadleuaeth wedi rhoi rhwydd hynt iddo gyflwyno'i ddarluniau a'i fyfyrdodau ar lun cyfres o gerddi yn hytrach nag oddi mewn i ffrâm banoramig yr awdl'.

O ran ei fesurau, *Gaia* heb unrhyw amheuaeth, yw arbrofwr mawr y gystadleuaeth hon. Nid oes digon o le yma i ddisgrifio'n llawn y modd yr aeth y cystadleuydd hwn ati i addasu rhai o fesurau cydnabyddedig cerdd dafod, a phe rhoid croeso i'w arbrofion gan ei gyd-feirdd byddai lle i rywun ddarparu atodiad swmpus i *Cerdd Dafod* John Morris-Jones. Sylfaen y rhan fwyaf o'i arbrofion yw'r ffaith ei fod yn hepgor odlau diweddol yn aml iawn ac yn defnyddio proest. Er enghraifft, fe geir ganddo hir-a-thoddeidiau sy'n odli ac yn proestio bob yn ail linell, ac y mae'r modd yr aeth ati i raffu toddeidiau byrion ynghyd yn arwydd arall o'i awydd i addasu'r mesurau. O ganlyniad, y mae rhyw ddieithrwch mawr yn wynebu darllenwyr y gerdd hon, ac fe ddwyseir y dieithrwch hwnnw gan natur y cynnwys. Cerdd ydyw am ddinistrio'r goedwig law yn Kalimantan, Indonesia, lle y mae llwyth y Penân yn trigo. Fel y dengys A.Ll. yn ei feirniadaeth, yn 1970 roedd 13,000 o aelodau'r llwyth hwn yn byw yn y rhan hon o Borneo; dim ond 500 a oedd ar ôl erbyn 1990.

Gan fod y gerdd hon wedi ennyn ymatebion gwahanol yn ein plith, nid drwg o beth fyddai rhoi i ddarllenwyr y *Cyfansoddiadau* grynhoad lled fanwl o'i chynnwys, ac yn hynny o beth dilynir, i bob pwrpas, ddarlleniad E.L.

Fel yr awgrymwyd eisoes, y mae'r awdl hon yn darparu her i ddarllenwyr am sawl rheswm. Yr her gyntaf yw'r geiriau a'r enwau anghyfarwydd a geir ynddi o'r llinell gyntaf ('Yn Kalimantan, mae'r llwybrau'n canu') hyd at y llinellau clo ('Ni welant.../... mai nyatoh yw o Kalimantan'). Drwy ein dwyn i ganol berw bywyd gwyllt y jyngl yn Indonesia, y mae *Gaia* yn ceisio ein bwrw oddi ar echel ein disgwyliadau o'r cychwyn cyntaf. Yr ail her yw bod y defnydd mynych o broest yn ein tynnu i ffwrdd oddi wrth su cyfarwydd cerdd dafod, gan herio'n disgwyliadau esthetaidd, yn enwedig yn yr englynion hynny lle cyfunir odl a phroest. Ac yn drydydd, mae cynnwys y gerdd yn her uniongyrchol i ragdybiaethau cysurus y 'defnyddiwr' Cymreig, sy'n gallu prynu nwyddau a wneir o ddefnydd naturiol y byd heb amgyffred yr anrhaith a'r dioddefaint naturiol sy'n digwydd yn sgîl masnachu.

Mae'r enw *Gaia* yn deillio o'r gair Groeg am y ddaear, ac mae'n enw hefyd ar ddamcaniaeth a ddyfeisiodd yr Americanwr James Lovelock, sef (i bob pwrpas) mai un creadur byw yw'r ddaear, a bod yr holl bethau byw ar y ddaear megis celloedd yng nghorff y creadur hwnnw. Er bod Loveluck, mae'n debyg, yn credu hyn mewn rhyw ffordd lythrennol, mae'n ddelwedd sy'n cyd-fynd â damcaniaethau ecolegol mwy gwyddonol sy'n dadlau bod yn rhaid cynnal nodweddion naturiol y byd er mwyn sicrhau parhad bywyd ar y blaned.

Dyma yw neges cerdd *Gaia*, ac mae'n cyfleu hynny drwy gyfrwng taith yr holl ffordd o'r ddryswig i barlyrau cysurus swbwrbia. Ar ddechrau'r daith honno, cawn ddisgrifiadau egsotig eu naws o'r ddryswig:

> Hwylia drwy'r cyllyll heulwen,
> haen o aur uwch fro'r Penân.

Elfen bwysig yn y rhan hon o'r gerdd yw cyfleu'r undod naturiol traddodiadol rhwng dyn a'i gynefin:

> Mae dyn a'r coed amdano
> yn datgan ei gân, mae gwe
> Ei geincio rhyngddo a rhu'r
> goedwig.

Rhan hanfodol o'r undod hwn yw'r modd y mae iaith a chwedloniaeth yn adlewyrchu byd natur:

> Roedd dyn yn breuddwydio iaith.

Mae'r undod yn un ysbrydol, hefyd, gan fod y duwiau yn rhan o natur, gan gynnwys duw'r goeden nyatoh. Ond mae'r caniad nesaf yn chwalu'r undod rhamantaidd hwn yn syth:

Mae'r ceiliog wedi'i grogi ger ei big
  ar y bach-gefn-lori,
A'r orang-wtang yn tyngu y gyrrwr . . .

Erbyn i ni gyrraedd Cymru, ar ddiwedd y gerdd, mae yna sawl tro
dychanol eironig yn ein disgwyl:

Tŷ'r seiadu trwsiadus, bwrdd gosod
  A'r drafodaeth ddiddos;
Mwynhau'r gwmnïaeth min nos,
Mwynhau nithio mân hanes.

Hanes carllwythi Tesco o luniaeth
  I lenwi'r Suzuki . . .

Dyma drigolion y ddryswig fodern, yn adrodd straeon eu helfa yn yr
archfarchnad: ffordd o fyw nad yw ond yn gynaliadwy oherwydd yr
anrhaith a gyflawnir mewn mannau eraill. Ac mae'r bwrdd yn un a wnaed
o bren nyatoh: 'arch duw'r goedwig' ydyw.

Y mae E.L. a P.L. yn gosod *Gaia* ymhlith goreuon y gystadleuaeth. Na, nid
bardd sydd am suo ei gynulleidfa â melyster y gynghanedd mo'r
cystadleuydd hwn. Nid dyna oedd ei fwriad o gwbl. Aeth ati, yn hytrach,
i'n hysgwyd o'n difaterwch â'i ddiscordiau grymus. Er bod A.Ll. yn cytuno
y gellid dadlau bod yr anghytgord seiniol sydd yn y gerdd hon yn cyd-
fynd â'i thema, troes y cwbl, yn ei farn ef, 'yn ormod o anghytgord ac
undonedd'. Noda ymhellach fod yr enwau dieithr wedi codi gwahanfur
rhwng y gerdd a'i chynulleidfa ac, er amlyced dawn gynganeddol *Gaia* ac
er cywired ei neges, byddai'r neges honno, yng ngolwg A.Ll., 'yn gryfach
petai'r farddoniaeth yn gryfach'.

Ar ddechrau cerdd *Lusudarus*, fe gawn y dyfyniad a ganlyn allan o gyfrol
Saunders Lewis *Braslun o Hanes Llenyddiaeth Gymraeg* (1932), 'Ychydig o
farddoniaeth a gyfansoddwyd rhwng 1400 a 1410. Yr oedd y beirdd wrth
waith arall'. Yna ceir is-deitl, 'Gwynedd, ddiwedd Medi 1400'. Gan fod y
fath amrywiaeth barn yn ein plith ynghylch ymdrech *Lusudarus*, fe geisiwn
grynhoi ei chynnwys orau ag y medrwn, gan ddilyn y tro hwn ddehongliad
P.L.

Yn amlwg ddigon, Gwrthryfel Glyndŵr yw pwnc *Lusudarus*, ac awdl am
natur y *gwrthryfel* yn hytrach nag am Lyndŵr ei hunan ydyw. O'r
bedwaredd ganrif ar bymtheg hyd at y presennol, bu cryn ganu am arwyr
yr Oesoedd Canol yn y Gymraeg, ond nid cerdd wladgarol ddyrchafedig ei
chywair a gafwyd gan *Lusudarus*. Yn hytrach, y mae yma ryw islais eironig
o anarwrol yn hydreiddio'r holl awdl. Ar ddechrau'r gerdd, yr ydym yng

9

nghwmni criw o herwyr digon truenus yr olwg sy'n ymbaratoi i ymosod
ar y Saeson:

Ar ael ddigynnwrf y bryn
rhwyd o lygaid yw'r rhedyn:
llygaid a'u henaid ar dân,
a'u gwyn llidiog yn llydan
llydan, fel gwyn lleuadau –
yn sŵn sicr Sais yn nesáu.

Sŵn y gelyn derfyn dydd
a bryn heb wir arweinydd:
gwerin a mân sgwïeriaid
a'u plant yn unig o'u plaid.
Pa ryfedd cyffro'r beddau,
a sŵn sicr Sais yn nesáu?

Gan adleisio'r delweddau yng nghywydd enwog Tudur Penllyn i'r herwr,
Dafydd ap Siancyn, dywed *Lusudarus* mai unig arf y rhain yw 'llafn y
gwyll'. Na, nid eu heiddo hwy yw cestyll y Goron yng Ngwynedd na'r
dechnoleg filwrol ddiweddaraf, ond 'pa ryw gastell gwell na'r gwynt/i
weithio deri'r saethau'? Wele, felly, griw brith o herwyr yn aros yn eiddgar
am y cyfle i daro. Cawn ddisgrifiad o'u hymosodiad ar y gelyn, ac adleisir
yn eironig annyrchafedig rai o syniadau stoc yr hen ganu mawl. Ymhlith
yr ymosodwyr y mae 'llafnau' (h.y., bechgyn) sydd hefyd yn ddynion yn
eu man (cofier am *greddf gŵr oed gwas* yn 'Y Gododdin'). Fe'u clywn hefyd
yn haeru y bydd modd iddynt lenwi'r Fenai â gwaed y gelyn (cofier am
gerdd enwog Gwalchmai ap Meilyr), ac yna, wedi'r fuddugoliaeth, daw'r
cyfle i ddial ar y Saeson. Wrth ddisgrifio'r dial hwnnw, fe chwelir yr holl
ramant a dyfodd o gylch y Gwrthryfel a gwelwn gasineb ethnig y cyfnod
yn ei holl noethni brwnt. Nid adleisio'n hen lenyddiaeth a wneir yn awr
ond dwyn i gof ddulliau diweddar yr Americaniaid o arteithio Iraciaid yng
ngharchar Abu Ghraib:

Yn hwyr yn awr, yn nhir neb,
y nos hon yw casineb:
stŵr soldiwrs a'u moesoldeb.

Yr hwyl wrth bentyrru'n rhes –
"Sais ar ben Sais."
"Neu Saesnes!"
heb lun i drwblu hanes . . .

Yr hwyl sy'n cloi'r hualau
Yn rhy dynn am ffêr denau,
a bedd trugaredd ar gau.

Yng nghanol y gerdd fe'n tywysir yn ôl at 'ael ddigynnwrf y bryn'. Daw bardd o'r enw 'Lusudarus' i'r golwg, a hynny'n gyfleus ddigon ar ôl y frwydr. Hyd yma, cefnogi'r herwyr o hirbell ac mewn modd digon gwangalon fu ei hanes:

> Gynnau i'r gwŷr fe ganodd
> gân o ffawd, ac yna ffodd
> yn ôl i ganol y gwŷdd,
> a'r rhedyn, fel gwir brydydd –
> un a'i droed yn y frwydr hon
> ym mawl pell ei hymylon.

Digwydd yr enw 'Lusudarus' yng Nghywydd y Llafurwr o waith Iolo Goch, a chynigir esboniad llawnach ar arwyddocâd y cyfeiriad ato ym meirniadaeth gyflawn P.L. Digon yw nodi mai cerdd sy'n cadarnhau'r drefn gymdeithasol a oedd ohoni yw Cywydd y Llafurwr a hynny efallai yng nghyd-destun aflonyddwch y llafurwyr yng Nghymru a Lloegr yn ail hanner y bedwaredd ganrif ar ddeg. Canlyn yr aradr yw braint y llafurwr yn ôl Iolo ac nid ymroi i ryfela 'Yn rhith Arthur anrheithiwr'. Ar y dechrau, cynrychiolydd y *status quo* yw Lusudarus ein bardd, felly, a chynrychiolydd y traddodiad barddol uchelwrol a wnaeth gymaint i gadarnhau grym yr uchelwyr hynny a fu'n ymelwa ar y drefn wleidyddol newydd a ddilynodd y Goncwest Edwardaidd. Beth, felly, fydd ei ymateb i'r herwyr a'r taeogion hyn sy'n trin arfau? Yn y diwedd, y mae'i wladgarwch yn drech na'r athrawiaethau cymdeithasol y bu gynt yn eu coleddu. Y mae yntau, hefyd, yn ymuno â rhengoedd di-drefn yr herwyr a daw 'sgolor a ffŵl' i sefyll ysgwydd wrth ysgwydd. Daw terfyn ar ei ganu yn ogystal; yr unig weithred 'greadigol' ystyrlon o'i eiddo bellach fydd colli ei waed, a'r unig 'gywydd' sydd eto i'w gyfansoddi yw crawc y brain a ddaw i bigo'i gorff ac yntau'n gelain ar faes y gad:

> Gwêl y dydd pan fydd Glyndŵr
> yn hawlio'r wlad yn filwr,
> a'i law ei hun yn trin cledd
> ac ing hŷn na'r gynghanedd –
> ac ar ei fron gôr o frain
> yn gywydd gwiw i Owain.

Ac adleisio sylwadau Saunders Lewis ar ddechrau'r awdl, nid prydyddu ond y 'gwaith arall' hwnnw sy'n wynebu Lusudarus bellach.

Beth am ein hymateb fel beirniaid i waith *Lusudarus*? Y mae'n ymateb cymysg iawn, a dweud y lleiaf!

Ym marn E.L., dyma 'gerdd fwyaf beiddgar y gystadleuaeth o safbwynt cynnwys', a deil ymhellach fod ynddi 'linellau a phenillion gwirioneddol ysgytiol'. Yn ei olwg ef, fe geir yn y gerdd ddadansoddiad Marcsaidd o'r Gwrthryfel. Nid rhyw ddewrion yn ymladd dros ryddid yw'r Cymry yn y gerdd hon ond milwyr troed cyffredin, 'gwerinwyr wedi eu tynnu i mewn i wleidyddiaeth grym eu meistri'. Cafodd P.L., yn ogystal, ei gyffroi gan newydd-deb y gerdd hon a chan y gweld gwahanol sy'n cyniwair drwyddi, er bod ei ddehongliad ef ohoni fymryn yn wahanol i eiddo E.L. Neges ganolog *Lusudarus*, yn ei farn ef, yw mai'r taeogion, y llafurwyr a'r mân uchelwyr, yn hytrach na haenau uchaf cymdeithas, oedd gwir ysgogwyr y Gwrthryfel; fe'i porthwyd gan eu rhwystredigaethau economaidd hwy a chan eu casineb ethnig a'u gwladgarwch greddfol. Ar un ystyr, y mae yma enghraifft o'r herwriaeth gymdeithasol honno a fu'n faes astudiaeth i haneswyr Marcsaidd megis Eric Hobsbawm. Yng nghanol yr enbydrwydd hwn, wynebodd Lusudarus ddewis anochel. Tawodd fel bardd, a thrwy wneud hynny fe ymwrthododd nid yn unig â gwerthoedd ei ddosbarth ond, mewn gweithred o wir bathos, fe ildiodd hefyd ei hawl i'r anfarwoldeb hwnnw y mae pob gwir artist yn ei chwennych.

Er ei edmygedd o'r gerdd hon, noda E.L. fod ynddi rai gwendidau o ran crefft ac y mae'n awgrymu nad yw *Lusudarus* 'wedi aeddfedu digon eto fel cynganeddwr i fynegi'r hyn sydd ganddo i'w ddweud yn gyson groyw'. Ac am mai lleng o wendidau, yn hytrach nag unrhyw ragoriaethau, a welodd A.Ll. yng ngwaith *Lusudarus*, gosododd ei gerdd yn bur isel yn y gystadleuaeth. Ni chafodd ef unrhyw 'ias na chyffro yn y canu'. Y mae'r cynganeddu, yn ei farn ef, yn 'amaturaidd', a chyfeiria yn ei feirniadaeth at rai gwallau cynghanedd; ymhellach 'yr unig beth y gellir ei ddweud o blaid yr awdl yw ei bod yn tanseilio'r arwriaeth a gysylltir â gwrthryfel Glyndŵr'.

Y mae gwaith un bardd arall eto i'w ystyried, sef eiddo *Drws y Coed*:

O ran barn gyffredinol am yr awdl hon yr ydym yn dra chytûn ac atgynhyrchir yma y disgrifiad manwl o'r gerdd a geir ym meirniadaeth A.Ll.

Cyflwyno'i etifeddiaeth i'w ferch fach a wna *Drws y Coed*. Mae'r ferch yn gofyn am stori gan ei thad cyn iddi fynd i gysgu ac fe gaiff stori'r hil ganddo. Mae'n estyn ei gorwelion yn ôl hyd at y cynfyd chwedlonol pell wrth gyflwyno cymeriadau o Bedair Cainc y Mabinogi iddi, cymeriadau fel Pwyll ac Arawn, Pryderi, Branwen, Gwydion, Lleu a Blodeuwedd, a chymeriadau o chwedlau eraill, fel chwedl Culhwch ac Olwen (gan gynnwys cyfeiliad at Ogilti Ysgafndroed o'r chwedl honno) Mae'n dychmygu mynd â'i ferch fach am dro i'r wlad oddi amgylch, ac at afon Llyfni. Mae dŵr yr afon honno yn llifo o'r cynfyd pell, ac mae'n cofio am Leu yn rhith eryr ar y dderwen ac am Flodeuwedd yn rhith tylluan.

Cyflwyno rhan o'r etifeddiaeth i'w ferch yn unig a wna *Drws y Coed*. Bydd yn rhaid iddi ddarganfod rhai pethau drosti'i hun. Mae'r tad wedi anghofio rhai elfennau yn y stori. Mae'n annog y ferch i fynd ar ei phen ei hun i'r 'man sydd ar bob mynydd/i'r rhai iau gael torri'n rhydd'. Yno:

> Daw o'r gorwel awel hŷn
> hyd y rhostir, i estyn
> y gorwel i'r awel iau,
> y gorwel lle mae geiriau
> a ddwed am wreiddiau wedyn
> yn dal o hyd rhwng dau lyn.

Ond mae niwl yn syrthio ar y mynydd, y niwl sy'n dileu popeth cyfarwydd. Mae'r niwl hwn yn symbol o anghofrwydd cenedl y Cymry ac mae'n ddelwedd sy'n deillio'n uniongyrchol o chwedl Manawydan fab Llŷr, sef yr hud ar Ddyfed sy'n gwacáu'r deyrnas o'i phobl. Y mae'r niwl yng ngherdd *Drws y Coed* hefyd yn gwacáu Gwynedd o'i phobl:

> Ar goll y mae gwŷr a'u gwedd
> A'r enwau'n niwl ar Wynedd.

Fe anghofiwyd cymaint o bethau gennym, enwau caeau, enwau blodau, enwau meini a chreigiau:

> Roedd enwau i gaeau gynt,
> a gwraidd i'n geiriau oeddynt,
> enwau ar goll yn nhro'r gwynt,
>
> fel holl enwau'r blodau blêr
> wedyn dynnwyd yn dyner,
> enwau'r sawl fu'n cyfri'r sêr . . .

Gall y ferch feddiannu'r etifeddiaeth yn ei chrynswth, sef yr etifeddiaeth a led-feddiannwyd gan y tad, drwy fynd yn ôl at y dechreuad, at darddiad y dŵr, at fan cychwyn cenedl:

> I'r lle uwchlaw pob heol
> â thraed noeth yr ei di'n ôl,
> lle mae tonnau'r dechrau'n deg
> yn gorwedd o dan garreg;
> ac yno, yn ddigynnwr'
> ni ddaw dim . . . ond tarddiad dŵr.

Mae'n cymell y ferch i yfed y dŵr, fel y gall fod yn rhan o ddechreuad cenedl, a mynd yn ôl at darddle iaith a chwedloniaeth ei gwlad:

yf ohoni'r llif uniaith,
yf o'r dŵr sy'n cofio'r daith
heibio i dir lle bu derwen
a chri dur yr eryr hen,
y lle y mae tylluan
yn dal i weld rhwng dwy lan.

Gall hi, felly, feddu ar y cyflawnder perthyn a'r cyflawnder cofio nad yw'n eiddo i'w thad:

... chwilia'r gorwel nas gwelaf
hyd nes cael y byd nas caf ...

A rhagor, cofia'r stori,
A bydd gof i'm hangof i.

Mae'n rhaid i'r ferch ei hun gyrchu'r mynydd a mynd at y tarddiad. Ni wêl mo'r mannau hyn ar unrhyw fap, gan fod y mapiau hynny wedi eu Seisnigo. Maen nhw'n gwbl ddi-gof. Dim ond y niwl mud, niwl anghofrwydd a niwl dilead, a welir ar fapiau o'r fath:

O le i le ar hyd lôn y niwl mud,
ni wêl map distraeon
hen gof mewn maen nac afon:
dim ond *spring* a *standing stone*.

Ac mae'r afon yn fwy nag afon, a'r meini yn fwy na meini: afon tarddle cenedl a meini cof cenedl ydynt, nid *spring* a *standing stone* y mapiau:

Gwêl di nad afon mohoni'n unig,
ac mae'r maen a weli
yn fwy, fwy na'r holl feini
sydd yn gylch o'i hamgylch hi.

A thrwy ddarganfod tarddle'r afon y daw'r ferch i weld ei chychwyn hi ei hun:

A chan weld ei chychwyn hi yn yr hafn
sydd rhwng yr hen feini,
tybed a fyddet wedi
dod i weld dy gychwyn di?

Ac fel yna y mae'r awdl yn cloi.

Ym marn A.Ll., y mae *Drws y Coed* yn fardd cyfareddol a roddodd i ni awdl wych. Cryfderau mawr ei gerdd yng ngolwg E.L. yw ei chynildeb

Enillwyr Prif Wobrau Eisteddfod Genedlaethol Cymru, Eryri a'r Cyffiniau 2005

Dyma gyfle i ddod i adnabod
enillwyr gwobrau mawr yr Eisteddfod:
y Gadair, y Goron, y Fedal Ryddiaith,
Gwobr Goffa Daniel Owen a'r Fedal Ddrama

Cyflwynir y Gadair gan Gangen Sir Gaernarfon o Undeb Amaethwyr Cymru.
Cynlluniwyd a gwnaed gan John Parry, Porthmadog
(llun Arwyn Roberts)

TUDUR DYLAN JONES
ENILLYDD Y GADAIR

Cafodd ei eni yng Nghaerfyrddin, ac wedi cyfnod o ddwy flynedd yn byw yn Y Tymbl yng Nghwm Gwnedraeth, symudodd i Fangor. Aeth i Ysgol Gynradd Gymraeg St. Paul a'r Garnedd ac wedyn i Ysgol Tryfan. Graddiodd mewn Cymraeg ac Addysg ym Mhrifysgol Bangor. Symudodd yn ôl i'w ardal enedigol, gan ddysgu yn yr Adran Gymraeg yn Ysgol Bro Myrddin. Wedi cyfnod yn Ysgol Uwchradd Aberteifi, symudodd i Ysgol Gyfun y Strade, lle mae'n parhau i ddysgu yn yr Adran Gymraeg. Mae'n aelod o dîm Talwrn y Beirdd 'Y Taeogion'. Enillodd Gadair Eisteddfod yr Urdd ym 1988, a Chadair yr Eisteddfod Genedlaethol ym Mro Colwyn 1995. Mae'n briod ag Enid ac mae ganddyn nhw ddwy ferch, Catrin a Siwan.

Cyflwynir y Goron gan Wasg Dwyfor, Penygroes. Cylluniwyd a gwnaed y Goron gan Ann Catrin Evans, Glynllifon, Caernarfon
(llun Arwyn Roberts)

rhyfeddol, y ffaith fod ynddi gymhlethdod a dyfnder ystyr sy'n dyfnhau ar bob darlleniad, ac yn drydydd, ei darluniau syml ar gynghanedd drawiadol sy'n drymlwythog o ystyr. Y mae P.L. hefyd yn cytuno fod yma 'gyfanwaith caboledig gan fardd twyllodrus o syml'.

Beth, felly, am ein dyfarniad?

Gwêl P.L. deilyngdod yng ngwaith tri bardd, *Gaia*, *Lusudarus* a *Drws y Coed* a'r ddau sy'n ymgiprys â'i gilydd am y Gadair yw *Lusudarus* a *Drws y Coed*. Er ei fod yn edmygu camp fawr *Drws y Coed*, fe roddai P.L. y Gadair, a hynny o drwch blewyn, i *Lusudarus* ar sail newydd-deb ei ddeunydd, gwreiddioldeb ei feddwl a herfeiddiwch ei welediad. *Drws y Coed* yn unig sy'n deilwng o'r Gadair ym marn Alan Llwyd, ac y mae'n 'fwy na theilwng ohoni'. Ym marn Emyr Lewis, hefyd, y mae bwlch sylweddol rhwng awdl *Drws y Coed* a'r gweddill, ac eiddo'r bardd hwnnw, heb unrhyw amheuaeth, yw'r Gadair eleni. Cadeirier *Drws y Coed*.

Yr Awdl

GORWELION

'A'r haul heb wawr o olau,
si hei lwli 'mabi, mae
hi'n go hwyr yr hen gariad.
Nos da.'   'Ond ga' i hanes, Dad?'

Cei, mi gei'r stori i gyd
o'i gofyn, mi gei hefyd
weld gwlad o gymeriadau
eto'n dod aton ni'n dau . . .

Cyn i'r gweld cynhara i gyd
euro'r bae, a chyn i'r byd
gofio brawddegau hefyd;
cyn i ni ddweud storïau
am wŷr hen, am arwyr iau,
cyn bod gwawr, cyn bod geiriau . . .

> *Ag erchwyn gwely'n galw,*
> *yn oriau'r nos arnyn nhw,*
> *brenin a dewin sy'n dod,*
> *gwŷr, arwyr, ac eryrod,*
> *a holl adar dewra'r dydd*
> *a chewri a'u chwiorydd,*
> *tylwyth o liw'r petalau*
> *oll yn cwrdd . . . a'r llenni'n cau;*
> *ac os yw'r byd yn fudan,*
> *mae erchwyn y gwely'n gân.*

. . . ac o'r sêr daw Pryderi yn yr hwyr
i roi winc drwy'r llenni,
a daw Gwydion aton ni
hyd y wawr gyda'i stori.

Dei o hyd i ffrindiau hen hyd orwel,
fel aderyn Branwen,
a chei Gulhwch ac Olwen
ar y Garn yn crïo gwên.

Un awr i gael y stori
a fedd dy Flodeuwedd di,

ac awr i Bwyll ac Arawn
gael dod i'th 'nabod yn iawn.

Cei fod yn ferch o flodau ymhen dim,
mewn dawns â'r holl liwiau,
tra'r llygaid sionc heno'n cau;
ac i daith dy gwsg dithau

yn awr dos, a thyrd o hyd i bob un,
chwilia bawb yn ddiwyd
rhag i un fethu'r funud
ar goll yn yr hwyr i gyd.

Mi af â thi at afon
fydd yn dweud ei dweud trwy'r don,
gwranda hi o'r Garn yn dod
heb air, ond mae hi'n barod
i droi'n llafar wrth siarad
iaith a ŵyr un ferch a'i thad.

Llifo'n oer wna Llyfni hen
heibio i dir lle bu derwen,
ac i lawr ar hyd ei glan
daw ei lli yn dylluan,
y dŵr lle gwelwyd eryr
yn dod â'i grafangau dur.

Awn ein dau yn hwyr un dydd
o'r dre' a throi ar drywydd
lle rwy'n barod i godi
i daith o hud gyda thi,
a dal dy law hyd y lôn
yn hyderus o dirion.

Llawer gwell i ni bellach
yw byw'r byd ar lwybyr bach,
lôn y sawl sy'n dilyn sêr,
y lôn lai na wêl lawer;
ac fe awn i gyfannu
dau gof sy'n glustiau i gyd.

Ond â 'nghoesau innau'n wan ar y daith,
a'r dweud yn troi'n duchan . . .
. . . gam ar gam, mewn hen gwman
fe drïaf fi . . . hyd ryw fan;

y man sydd ar bob mynydd
i'r rhai iau gael torri'n rhydd.

Daw o'r gorwel awel hŷn
hyd y rhostir, i estyn
y gorwel i'r awel iau,
y gorwel lle mae geiriau
a ddwed am wreiddiau wedyn
yn dal o hyd rhwng dau lyn.

Er hynny, dan yr wyneb,
â hithau'n hwyr, ni ŵyr neb
mor dawel yw'r awel hŷn,
heblaw dail Baladeulyn.

A glywi di sigl y don
'roes ei bryd ar sibrydion,
llyn lle bu deulyn un dydd,
llyn cyfrinachau llonydd?

Weli di niwl? Dw i'n oer . . .

Weli di niwl wedi nos
hyd y dŵr wedi aros
        yn darth dros dir?

Weli di niwl hyd y nant
a'i felan yn gyfeiliant,
        a nos yn hir?

Gwêl fwy nag a welaf fi;
dos ymhell, dos os gelli
        i weld y wawr.

Weli di niwl? Dw i'n oer . . .

Ar goll y mae gwŷr a'u gwedd,
a'r enwau'n niwl ar Wynedd.

Dw i isio cofio cyhyd,
a chofio'n fanach hefyd.

Ond dw i'm yn cofio'r stori hon i gyd
bob un gair ohoni;
dw i isio dod – ond dos di
dy hun i chwilio amdani.

Unwaith y doi di yno
i siarad gyda dy go',
a adewi di dy wên
cyn gadael, cyn i goeden
grino'n un â'r graean hwn
yn y bedd, cyn y byddwn
drwy'n deall anneall ni
hyd y dŵr yn ddi-stori?

Mewn amser daw i'r dderwen
golli'i dail, ond gall dy wên
di eilwaith, fesul deilen

doddi'r rhew, ac o'r newydd
â thi ar daith, roi i'r dydd
gynhaea'r brigau newydd.

Roedd enwau i gaeau gynt,
a gwraidd i'n geiriau oeddynt,
enwau ar goll yn nhro'r gwynt,

fel hoff enwau'r blodau blêr
wedyn dynnwyd yn dyner,
enwau'r sawl fu'n cyfri'r sêr,

fel holl enwau'r blodau blwydd
roed dan glawr yn ddistawrwydd;
cof a ŵyr y cyfarwydd;

enwau meini ym mynwes
rhai hŷn na llyfrau hanes,
a'r rhai mud fu'n plannu'r mes

cyn bod amser, i'r deri
wreiddio'n nwfn ein priddoedd ni
ac enwau 'mhell cyn geni . . .

Ar lôn yr heneiddio'n iau
dos, a gadael dy sgidiau,
tro i mewn trwy'r giât i'r mynydd
lle bu rhai y llwybrau rhydd
unwaith yn crwydro'r meini;
yno dy hun mentra di.

Tawel o hyd yw'r nant lai
trwy'r eira; dim ond rhywrai
ddaw uwchlaw i'w chwilio hi
hyd orwel dechrau'r stori,
a'i gweld yn ifanc i gyd,
mor ifanc â'r mor hefyd.

Mae'r Garn yn gwrando arni,
ar ei halaw'n meirioli'n
ddafnau dan dy wadnau di.

Dos â'th gân, a rheda'n rhydd
drwy eira diwetha'r dydd,
eira mân mwya'r mynydd.

Dos yn wên, dos yn heini o garreg
i garreg, dyw'r Sgilti
Sgafndroed ddim 'fod i oedi'n
ymyl hon, dy afon di.

I'r lle uwchlaw pob heol
â thraed noeth yr ei di'n ôl,
lle mae tonnau'r dechrau'n deg
yn gorwedd o dan garreg;
ac yno, yn ddigynnwr'
ni ddaw dim . . . ond tarddiad dŵr.

Ni elli fynd ymhellach na'r hafn oer,
fan hyn 'daw'r gyfrinach
hon eto fyth mewn nant fach,
y dŵr yfed arafach.

Cymer di Lyfni'n dy law,
y dwylo-clywed-alaw,
yf ohoni'r llif uniaith
yf o'r dŵr sy'n cofio'r daith
heibio i dir lle bu derwen
a chri dur yr eryr hen,
y lle y mae tylluan
yn dal i weld rhwng dwy lan.

Ar ôl cwpanu'r eiliad
rho floedd dros diroedd dy dad,
hawlia hwy yn ôl o hyd
faen ar faen, hawlia'r funud,
chwilia'r gorwel nas gwelaf
hyd nes cael y byd nas caf.

A rhagor, cofia'r stori,
a bydd gof i'm hangof i.

O le i le ar hyd lôn y niwl mud,
ni wêl map distraeon
hen gof mewn maen nac afon:
dim ond *spring* a *standing stone*.

Gwêl di nad afon mohoni'n unig,
ac mae'r maen a weli
yn fwy, fwy na'r holl feini
sydd yn gylch o'i hamgylch hi.

Teimla di Lyfni'n dy law; ynddi hi
er bod ddoe a'i alaw,
i ti bydd rhyw ddydd a ddaw
wedi'i ddal yn dy ddwylaw.

A chan weld ei chychwyn hi yn yr hafn
sydd rhwng yr hen feini,
tybed a fyddet wedi
dod i weld dy gychwyn di?

Drws y Coed

Casgliad o gerddi rhydd ar thema heb eu cyhoeddi a heb fod dros 300 llinell

BEIRNIADAETH
DEREC LLWYD MORGAN, IFOR AP GLYN A JASON WALFORD DAVIES

Goddefer inni wneud dau bwynt cyn mynd ati i ddweud rhyw bwt am bob un o'r ymgeiswyr. Y mae a wnelo'r cyntaf â natur yr hyn y gofynnwyd amdano eleni, sef 'casgliad o gerddi ar thema'. Onid oes elfen gref o dyndra rhwng y cysyniad o 'gasgliad' ar y naill law a'r cysyniad o 'thema' ar y llall? Mewn ystyr greiddiol y mae'r gair 'casgliad' yn arwyddocáu amrywiaeth ac, at hyn, ryddid rhag gofynion thema benodol. Ond y mae 'ar thema' yn cyfyngu'r ymgeisydd ac megis yn negyddu'r rhyddid a awgrymir yn y gair 'casgliad.' Wrth gyd-feirniadu, trafodasom fwy nag unwaith natur a lleoliad y ffin rhwng 'casgliad . . . ar thema' a 'dilyniant o gerddi,' rhywbeth y gofynnodd sawl Pwyllgor Llenyddiaeth o'r blaen amdano gan feirdd y Goron. Annhestunoldeb yw un o feiau hanesyddol cystadlaethau'r Gadair a'r Goron. A'n gwaredo rhag ychwanegu anniffiniadrwydd at y beiau hynny.

Y mae a wnelo'r ail bwynt â natur gyfansawdd y feirniadaeth ysgrifenedig hon. Tan y llynedd, ceid beirniadaeth bob un gan y tri beirniad. Golygai hynny beth ailadrodd, ac, mewn ambell achos, beth lludded i ddarllenwyr. Golygai hefyd – ac y mae hyn yn bwysig – fod pob ymgeisydd yn cael barn pob beirniad ar ei waith, un o hanfodion y drefn eisteddfodol. Eleni, fel y llynedd, beirniadaeth ar y cyd a geir yng nghyfrol y *Cyfansoddiadau a Beirniadaethau* (ceir y beirniadaethau unigol ar y we). Y lluddedig bellach yw'r beirniad y rhoddwyd iddo'r dasg (anodd yn aml) o gymathu barnau a dyfarniadau'r panel o feirniaid. Soniaf am ddyfarniadau am nad un dyfarniad, sef hwnnw ynghylch y buddugol, y deuant iddo: fel arfer, ceisiant osod dosbarth ar yr ymgeiswyr. Os dyry John Jones yr ymgeisydd-a'r-ymgeisydd yng nghanol yr ail ddosbarth, efallai mai yn y trydydd dosbarth y gesyd y Prifardd Dafydd ef. Sut mae cyfleu hynny mewn beirniadaeth gymathedig heb amwysedd, a heb bedantri? A sut mae dweud gair o gysur wrth ymgeisydd $A - B - y$ mae ar John Jones eisiau'i dawelu am byth? Yr awdurdodau, ailystyriwch y mater hwn, os gwelwch yn dda.

Daeth dau gasgliad ar bymtheg ar hugain i law; un, eiddo *Y Begar Bach*, yn rhy hwyr inni ei ystyried. Fel bob blwyddyn, y mae yma geisiadau gan bobl na feiddient fyth gystadlu ar yr unawd tenor neu ddawns y glocsen am nad oes ganddynt unrhyw ddawn yn y cyfeiriadau hynny. Er eu diffyg dawn, am eu bod fan hyn megis yn guddiedig, wele meiddiant gynnig am y Goron. Da fyddai iddynt feithrin mwy o hunanfeirniadaeth cyn mentro eto i faes mor fawr.

Yn isel y'u gosodir hwy. Y mae *Hafod y Coed, Neb (a), Neb (b),* a *Llysgennad,* oll yn bwriadu'n dda, o ran eu bod yn foesolwyr sy'n poeni am gyflwr y byd. Heddychwr yn coffáu ei arwyr – yn eu plith Waldo Williams, R. S. Thomas, Henry Richard a Miss E. M. Bush (chwaer Percy Bush) – yw *Hafod y Coed,* heddychwr y mae ei bortreadau coffa yn arwynebol ac elfennau o'i fydryddiaeth yn dreuliedig o dlawd. Nid oes yma afael ar athroniaeth nac awen. Tebyg ddigon yw'r ddau *Neb* (ac nid hwyrach mai'r un un ydynt), o ran eu bod yn beirniadu'r presennol tila mewn gwrthgyferbyniad amrwd ac anneallus â'r hyn a ystyrir yn ogoniant y gorffennol, ac o ran eu bod yn fydryddwyr sâl. Cyfres o bymtheg soned wedi'u seilio ar wahanol rannau o Efengyl Ioan a geir gan *Llysgennad* ac, yn rhodd ychwanegol, nodiadau helaeth wrth droed pob un sy'n gais i esbonio cyfeiriadaeth a delweddaeth y cerddi. Pam nad yw beirdd diathrylith yn fodlon ymddiried yn nawn yr Ysgrythur i gyfleu ei neges ei hun? Siawns nad yw llinellau llwytaf y Beibl yn rhagori ar nonsens gorodledig diatalnod y cwpled hwn:

> Camddealltwriaeth ddaeth yn faeth Duw ffraeth
> gorchymyn yn gynhaeaf Iesu droes.

Ynghyd â'r llinellau hyn, printier cwpled agoriadol 'Casgliad Dienw' *Garth Coch:*

> Mab fferm fynyddig oedd John
> a'i thurlun yn rhan ohono.

Nid yw'n gallu sillafu, ac mae enghreifftiau eraill a ddengys na ŵyr beth yw sillgoll ac nad yw'n gyson gyda phersonau ei ragenwau: mewn tri gair, y mae'n anobeithiol.

Trown at arall. Tipyn o hyfdra ar ran *Gerallt Arall* oedd mabwysiadu'r ffugenw sydd ganddo. Gwir ei wala, y mae ei thema'n debyg i un o themâu Gerallt Lloyd Owen ac i thema rhai ymgeiswyr a enwyd eisoes – euro'r gorffennol ar draul y presennol – ond lle mae Lloyd Owen yn athrylithgar gynnil ei fynegiant cynganeddol, y mae *Gerallt Arall* yn dawtolegol a rhyddieithol: sonia am 'Yr "hows fach" ar dop yr ardd, nid ar ei gwaelod' ac am 'wreiddiau'n ymestyn/yn ddwfn i ddyfnderoedd gwlad'. Gwynedd yw'r wlad honno, o Gorris i Fynytho. Dyna wlad *Cefn Brith,* hefyd, awdur 'Taith'. Dryslyd braidd yw'r llinyn storïol – beth yn union yw'r daith? Ai siwrne ddychmygol drwy rai o'n chwedlau ynteu siwrne ddaearyddol fyfyrdodus? Gwaetha'r modd, bardd 'Taith' sydd hefyd yn dweud mai 'Yn llonyddwch ein bod/Mae'r gwirionedd'. Petai'r ymgeisydd hwn yn amrywio'i rythmau, yn dibynnu llai ar ddelweddau a symbolau treuliedig, ac yn meddwl mwy am yr hyn yr hoffai'i ddweud, gallai wneud rhywbeth ohoni – ond nid yn yr Eisteddfod Genedlaethol efallai. Y mae *Gofalwr* ynteu yn afradlon anofalus gyda'i ddelweddau – mor afradlon nes i'w waith fynd yn llythrennol yn ddi-lun am ei bod yn amhosibl i'r darllenydd ddal a dirnad y dweud. Er enghraifft:

Cyflymodd llif y siopwyr . . .
yr epaod hyn
mewn carpiau o gnawd ar y concrit llwyd
sydd eto fel angylion gwyn
dan drum y dafnau,
a phob un â bydysawd am eu pen
fel duwiau bach mewn dillad gwlyb . . .

Crisialed ei ddelweddaeth! A dysged atalnodi'n synhwyrol! At hynny, trefned ei linellau *vers libre* yn llai mympwyol! Y mae safon ei gerdd orau, 'Storm Rosod', yn tystio i ddawn a allai gyfansoddi'n nodedig gyda pheth disgyblaeth. Y mae eisiau dwbwl ddos o ddisgyblaeth ar *Drws Agored*. Dyma orddelweddwr arall, cyfansoddwr sy'n troi popeth yn rhywbeth arall, nes gwneud rhai o'i gerddi yn chwerthinllyd. Y gerdd 'Smotyn', sy'n troi ploryn ar 'orsedd [ei ên]' yn ymwelydd o sgweiar ar dir ei gorff, yw'r gerdd fwyaf chwithig yn ei gasgliad; ond ceir eraill. Fel llawer o'r ymgeiswyr am y Goron, dylai *Drws Agored* dreulio tymor yn gwneud dim ond darllen barddoniaeth dda – ac, am fis, barddoniaeth dda blaen, y W. J. Gruffydd hwyr a Robert Frost. Eled â'r *Dyn Di-nod* gydag ef i'w fyfyrgell, awdur sydd yn gorlwytho'i gerddi drwy raffu ynghyd drosiadau a chymariaethau sy'n llethol yn eu catalogrwydd. 'Lliwiau ym Mywyd Dyn Di-nod' yw ei bwnc, pinc yn dynodi ei eneth; coch, ei gar; gwyrdd, gerddi ei gymydog, ac felly yn y blaen. Y mae'r ddyfais yn iawn am dipyn, ond ar ôl dwy neu dair cerdd â'n llethol, oblegid dyfais fwriadedig (chwedl *Geiriadur yr Academi* am *studied*) ydyw, dyfais nad yw'n dygymod â disgrifio Jack Russell gwyn a brown yn cwrso ieir. Amheuwyd unwaith neu ddwy mai cael hwyl am ein pennau yr oedd *Y Dyn Di-nod*; ond y perygl yw nad e.

Pe ceid beirniadaethau unigol ar glawr, gwelid tua'r fan hon fod y tri beirniad yn anghytuno peth ar union ddosbarthiad rhai o'r ymgeiswyr uchod a rhai o'r ymgeiswyr a enwir yn y paragraff hwn. Er enghraifft, petai yma Drydydd Dosbarth, rhoddai JWD *Y Dyn Di-nod* ynddo, ond yn selerydd yr Ail Ddosbarth (petai yma Ail Ddosbarth) y rhoddai DLlM ef. Fel arall *Awel*: yn yr Ail gan y naill ac yn y Trydydd gan y llall. Cerddi gan blentyn na chafodd gyfle i adnabod ei dad yw'r rhain, cerddi ac ynddynt fwy na'u siâr o sensitifrwydd a synwyrusrwydd ond cerddi sy'n siomi dyn yn aml oblegid anghynildeb eu harddull. Cwestiwn arall y mae'n rhaid ei ofyn ynghylch y cerddi hyn yw hwn, sef ai casgliad ydynt ynteu dilyniant? Neu, yn wir, ai pryddest wedi'i rhannu? Petai yma ganu gwych, prin y poenid. Ond fe *allai* canu *Awel* fod yn llawer agosach at fod yn wych pe na bai'n gorweithio'i ddelweddau ac yn ymddiried yng nghrebwyll y darllenydd i'w dirnad yn eu cynildeb. Yn Rhan (ii), dyma'r ffordd y disgrifia'r adroddwr y modd y clywodd am farwolaeth y tad:

> Geiriau barugog
> modryb bell ei llais
> yn torri'r newyddion
> â rhew ei geiriau.

Ar ôl defnyddio 'geiriau barugog', y mae 'â rhew ei geiriau' yn ddiangen, mor ddiangen fel ei fod yn dirymu gwerth y 'geiriau barugog'. Yn y Trydydd Dosbarth y rhoddai DLlM *Ianto* hefyd, tra rhoddai JWD ef yng ngwaelodion yr Ail. 'Bod' yw teitl ei waith. Gocheler awduron 'Bod'. Crwydro'n ddiamcan, a gwag-athronyddu wrth fynd, y maent gan amlaf, a rhoi mynegiant i bethau y cywilyddient rhag eu dweud wrth siarad. Er enghraifft:

> Dioddefaint fel seren
> wedi ffrwydro yn dy ffurfafen
> ac yna doedd fawr ddim ffurfafen.
> Dioddefaint nid yw'n ddioddefaint
> – wel nid bob tro.
> Ac yna doedd dim seren.

Ego trip sâl yw 'Gerfydd fy nghorff' a cheir gorgariad at yr hunan yn 'Croen' yn ogystal. Y drafferth yw nad yw'r ymwneud hwn â'r hunan yn debyg o ennyn cyd-deimlad neb arall. Fe wna barddoniaeth dda hynny. Mewn gwrthgyferbyniad i *Ianto* (nad yw'n brin o ddefnyddio llinellau hirion), cerddi byrlinellog am rywbeth na chyffyrddodd ei hunan ag ef mewn ffaith nac mewn ffuglen sydd gan *Logo*, 'Cerddi Diferion Gwaed' am agweddau ar Ryfel Irác. Nid oes yma argoel o gwbl iddo fedru hyd yn oed ddychmygu profi'r profiadau y ceisia'u mynegi, am fod ei rythmau mor herciog ac am fod y naratif mor boenus o esboniadol. Am nad oes ganddo'r offer meddyliol ac awenyddol i gloddio'i ddeunydd, gadewir ef uwch ei ben yn ochneidio amdano: 'O! y drygioni, / dynion y drygioni', meddai, bump o weithiau yn ei gerdd olaf. Herciog at ei gilydd yw'r wers rydd yng nghasgliad *McRame* eto. Yr hyn a geir yn y cerddi yw cyfuniad o gyffesion lled-athronyddol gan ferch yn ei man am ei chyflwr mewnol (mewn oes arall, gallasai Gwladys Rhys adrodd rhai o'r cyffesion hyn) a disgrifiadau cymharol ddiawen am ei chyflwr corfforol. O ystyried hyn, anodd deall sut y mae'r ddwy gerdd olaf yn ffitio i'r casgliad, 'Roeddwn i yno', cerdd am gêm rygbi Cymru ac Iwerddon ddiwedd Mawrth eleni, a 'Plethu', sy'n sôn yn fyr, fyr am blethiad cariad ('Ti a fi'), nad oes rhagredegydd iddi yng ngweddill y gwaith. Llac yw gwers rydd *Tre-wern* – llac am ei bod yn cael ei defnyddio'n anawenyddol. Er gwaetha'r cyfeiriadau Waldoaidd, nid oes yma afael barddonol ar bethau. Yr hyn a geir yn hytrach yw sylwadau ar bethau, sylwadau ar Ryfel Irác, ar y gyfres sebon 'Talcen Caled', ar gyflwr y Gymraeg. Y mae *Tre-Wern* yn agor ac yn cau'r casgliad gyda chyfeiriadau at yr ywen yn Nanhyfer sy'n diferu gwaed ond y mae'n anodd deall arwyddocâd hynny; ond, wrth gwrs, fe all yr ymgeisydd feddwl ei fod, wrth roi'r darlun hwnnw yn neupen ei gasgliad, yn rhoi undod i'w anundod. Anodd gweld undod yng ngwaith *Bratislafa* yntau. 'Synhwyro' yw ei deitl, teitl digon penagored i gynnwys tipyn o bopeth. Yn 'Ymgom â'r Wawr', yr ydys yn ôl yn oes y Bardd Newydd gyda'i athronyddu diwerth mewn iaith sydd weithiau'n od (pam 'gofidion' yn y pennill a ddyfynnir?):

> Gofynnais i'r wawr am funud i rannu
> llith y gofidion sy'n llidio fy mron.
> Atebodd, 'fy machgen, ti'n meddwl gormod,
> ffrwyna bryderon dy galon gron.'

Yn 'Greddf', adrodd hanes gêm bêl-droed rhwng dau dîm o fechgyn ar stryd y mae *Bratislafa*. Yn 'Plu'r Gweunydd', dyfalu'r blodau y mae, yn llwybr llaethog, yn bryfed gwlanog, yn ddagrau'r lleuad. Beth sy'n clymu'r oll yn gasgliad? Dyn a ŵyr. Ond y mae gan yr ymgeisydd hwn wreichionen o awen, yn bendifaddau. Gellir dweud yr un peth am *Ffynnon Wen*, 'a lefarodd am anifeiliaid' (I Brenhinoedd iv, 33), anifeiliaid byw ac anifeiliaid ffuglennol y profodd o'u cwmni rywsut neu'i gilydd. Bardd a chanddo ddychymyg glyngar sy'n gweld y llwynog yn 'sefyll yn stond / Yn sonedau ddoe', yna'n serennu'n 'fodern / Ar bapur a sgrin',

> Cyn treiddio drwy fagwyrydd y sefydliad
> I baragraffau Hansard.

Ei wendidau amlycaf yw ei fod mewn rhai cerddi'n feddal a sentimental a bod yr arddull yn ddigyfnewid ei rhythmau (wrth drafod anifeiliaid, y mae gan ddyn gyfle i geisio cyfleu eu natur yn nhempo'r cerddi ond ni ddigwyddodd hynny yma).

Yr ydym yn awr yng nghwmni ymgeiswyr a chanddynt fwy na chrap ar farddoni, ymgeiswyr y talai iddynt ymarfer eu doniau'n ddidostur-ddisgybledig. A defnyddio eto gymhariaeth a wnaethpwyd ynghynt, prin yr âi canwr i gystadleuaeth heb ymarfer maith, heb yr ymarfer hwnnw sydd nid yn unig yn caniatáu iddo roi datganiad triw o'i gân ond sydd hefyd yn ei alluogi i anadlu'n ardderchog a lliwio'n llachar. Y mae ym mhob un o'r casgliadau a drafodir yn yr adran hon o'r feirniadaeth gerdd neu gerddi gorffenedig, gafaelgar sy'n dangos bod gan eu hawduron wir ddawn; y mae ynddynt gerddi eraill sy'n dangos na lwyr ddisgyblwyd ac na ddatblygwyd y ddawn honno. Cerdd orau *dwed wrth rywun!* yw 'mwclis'. Disgrifir y 'marblis/plastig coch/ar lastig' fel 'darnau gwydrog/megis dafnau gwaed/ar wddw'. Yna, daw lladrones i ddwyn y mwclis,

> gan adael
> pennau pin o waed
> ar wddw[.]

Daeth yr hyn oedd 'megis dafnau gwaed' yn waed. Credodd y bardd yn ei ddawn ddyfaliadol a'i gadael hi i wneud ei waith trosto. Bryd arall yn y casgliad ('bwlis' yw ei enw, a bwlian yw ei bwnc), myn y bardd lwytho'i gerddi â manylion diangen am ddioddefiadau'r ferch fach, Laura, sy'n cael ei bwlian. Dylai'r ymgeisydd hefyd ymdrafferthu mwy gyda'i arddull a'i rythmau ac ymgadw rhag cynhyrchu gormod o linellau byrion diafael sy'n fwrn ar ddarllenydd. Nid hwyrach mai'r bwrn mwyaf ar ddau o'r beirniaid y tro hwn oedd y ffaith fod cynifer o'r cerddi ar yr un pwnc yn union. Noder bod IapG o'r farn y gall fod y cerddi untant yn pwysleisio llethdod y bwlian: gosodai ef y casgliad yn uwch na DLlM a JWD. Talai i *Lilith*, yr un fel, wrando ar rai o bennau'r bregeth uchod – y pen ynghylch rhythm (er mwyn osgoi llinellau afrosgo fyr), y pen ynghylch cynildeb darluniadol yn ogystal (er mwyn osgoi esbonio pethau o hyd), a dylai roi mwy o sylw i fanion gramadeg (nid bod llawer o wallau yma ond disgwylid gwell gan ymgeisydd mor ysbeidiol addawol). Rhinweddau *Lilith* yw ei ffraethineb, ei synnwyr dramatig, ei ymwybod â thraddodiad. Heb y cwestiynau ebychiadol italig a geir yn 'Heledd y Basra', dylai gyhoeddi'r gerdd. O weithio ar un neu ddwy o'r lleill, gallai eu cyhoeddi hwy hefyd. Heb os, cyhoeddodd *Liber Cardiffensis* lawer o gerddi eisoes ac nid oes amau'i ddawn. Petai'r casgliad i gyd o safon y mwyafrif o'r cerddi sydd yn ail hanner 'Llyfr Du Caerdydd', byddai wedi cael ei ystyried yn uwch am y Goron. Er gwaethaf ambell fefl, y mae yma sonedau a dwy *villanelle* sy'n hyfryd, o ran eu crefft ac o ran eu crebwyll barddonol. Ond rhyw farddoni talcen-slip a geir mewn llawer o'r cerddi eraill, barddoni mor slipus onid yw'r bardd yn bodloni ar wallau gramadegol a chymalau chwithig, annheilwng o'i allu. Eisiau dychanu a ffraethebu y mae ond nid yw'n llwyddo. Ei ffraethineb ffres yw nodwedd amlycaf casgliad *Ein Mam Ni Oll*, a'i phwnc yw bywyd prysur merch gyfoes sy'n ceisio bod yn gyfrifol am fywyd pawb arall yn ei theulu hefyd. Y mae 'Blas Blwyddyn' yn galendr o'r disgwyliadau ceginaidd sydd iddi. Y mae 'Myfi sy'n Magu'r Baban' – 'a Dad yn ei swyddfa/yn canu clodydd ei epil/ar gainc ei gyfrifiadur' – yn gatalog o'r dyletswyddau mamaethol sydd ganddi. Y mae 'Dirgel Ddyn' yn freuddwyd ganddi:

Mil harddach wyt na dyn go iawn,
F'eisteddwn [sic] wrth dy fwrdd pe cawn
A sipian gwin coch drwy'r prynhawn,
Fy nirgel ddyn.

Cyfeiriwyd at gatalog ac at galendr. Gwaetha'r modd, bodlonodd y cystadleuydd hwn ar rythmau rhwydd rhestrau o wahanol fathau ac, o ganlyniad, y mae'r hyn a ddylai fod yn brofiad dwfn (er yn ddoniol ddwfn) yn rhy argraffiadol o lawer. Mam arall yw *Fi*, sy'n sôn yn 'Ti' am ei pherthynas â'i phlentyn ifanc yng nghyd-destun rhai o erchyllterau'r byd cyfoes a modern. Ceir yn y gwaith amrywiaeth o fydrau, ceir ynddo arabedd ac anwyldeb, a pheth clyfrwch chwaraegar. Ond y mae ynddo hefyd or-rwyddineb, glibrwydd, o ran y ffordd y mae'n trin pwnc weithiau (yn 'Defaid', er enghraifft, lle dywed y plentyn fod 'Duw ar ei wyliau'), ac o ran y ffordd y mae'n defnyddio darluniau ystrydebol (Iwan Llwyd a ddechreuodd ddelweddu archfarchnad fel eglwys neu deml ac yn awr y mae tipyn o bawb wrthi); y mae hefyd, fel cynifer o'r ymgeiswyr, yn rhestrwr diarbed. Eithr y mae yma gyffyrddiadau cofiadwy:

Pan fydd stŷds ar dy galon
a bachau drwy dy gnawd,
dy lais yn chwythu dreigiau
a minnau'n destun gwawd, . . .
pan na fydd dim yn syndod
a thithau'n glamp o ddyn,
mi gofiaf i ryfeddod
y plentyn ar fy nglin.

Cafwyd gan *Penderyn* yntau gerddi ac ynddynt bethau cofiadwy, nid am y rheswm gorau bob amser: yr oedd yn ofid calon i'r hynaf o'r beirniaid fod yr awdur hwn yn gosod dyn trigeinmlwydd nid yn unig ar bentalar ond 'rhwng cadair orthopedig a bwrdd coffi' yn 'sugno drwy gwilsyn/ddiddanwch eildwym/yn nhymor [ei] sliperi'. Mae'n rhaid bod yr ymgeisydd ymhell bell o'i drigain! O'r crud i'r bedd yr eir â ni yma, dyfais sydd yn rhwym o ennyn y feirniadaeth gatalogaidd unwaith yn rhagor, achos rhestru profiadau a geir yn hytrach na chrisialu profiadau, yn enwedig tan y deuir i ail ran y gwaith. Ond gan mor gyfoethog yr iaith a chan mor fyrlymus y disgrifio, y mae'r darllenydd yn amlach na heb yn mwynhau'r dweud. Gwelir cryfder a gwendid y casgliad yn y dyfyniad hwn, a ddarlunia ddyfod gwraig i fywyd y prif gymeriad:

Daeth hithau'n llechwraidd
i fwrw'i diweirdeb wrth erchwyn y nosau
ac i grymanu'r sêr,

noethlymuno'r angerdd
a gwisgo dy fysedd
â chynghanedd y don
sy'n dawnsio'n dyner i'r traeth.

Y mae yma ddweud rhythmig. Y mae yma ddelweddu cryf, ond y mae yma ormod delweddu – a cham-briodi pethau: ai yn 'llechwraidd' y daeth y wraig i fywyd ei gŵr? Ac os ei angerddoli a wnaeth, pam dewis sôn am hynny yn yr un llun â dawns 'dyner' y don? Dyma fardd a allai wneud rhywbeth ohoni gyda rhagor o ddisgyblaeth. Y mae *Gwern-y-Mynydd* yn un arall sy'n ei medru hi. Er gwaetha teitl ei gasgliad, 'Peidio â Bod', sy'n benagored o ddiystyr, cerddi wedi'u gwreiddio mewn profiadau sydd ganddo, ac ynddynt lawer o flodau a phlanhigion, adar a llefydd. Daw â llawer ohonynt yn fyw – y mae'r 'Eryr Tinwyn' yn eithriadol fflachiog fyw – gyda'i ddisgrifio delweddgar. Brydiau eraill yn ei waith, y mae'n newyddiadurol-ddiddychymyg ei ddisgrifio, megis pan sonia am 'yr aerwyon cyfarwydd yn disgwyl' adeg clwy'r traed a'r genau, 'a'r cyrff glasddu'n llosgi'n grimp.' Cymaint gwell y disgrifiad awgrymus o'r dynion sy'n dod i'r fferm i ladd y gwartheg:

Pob un â'i wn
ar sêr y talcenni.

Fe all ei fod wedi chwilio'n rhy galed am bynciau i'w gerddi olaf: y mae blas gwneud arnyn nhw.

Tybir mai'r un un yw *Llyn Lleifiad* a *Gwyliwr y Glannau*: y mae'r papur a'r teip yr un fath yn union gan y ddau ond y mae'r testunau y canant arnynt yn wahanol – o leiaf i ryw bwynt. Cerddi'n ymateb i weithiau celf Cadeirlan Anglicanaidd Lerpwl a geir gan *Llyn Lleifiad*. Dyry inni luniau ohonynt i gyd-fynd â'r cerddi – llun o ffenest Carl Edwards, llun o Samariad Trugarog Adrian Wiszniewski, ac yn y blaen. Gwaetha'r modd, nid yw'r farddoniaeth yn ychwanegu llawer iawn at y gweithiau y seiliwyd hi arnynt, oherwydd bod y bardd yn bodloni ar draethu arnynt ac amdanynt yn hytrach na'u dehongli: pynciau ydynt o hyd, nid pynciau a drowyd yn brofiadau. Ond mae'n rhaid nodi iddo'u trin gyda hyder rhwydd. Gwelir yr un hyder rhwydd yng nghasgliad *Gwyliwr y Glannau*, sydd yntau'n ysgrifennu unwaith am ddarn o gelfyddyd ac am ymweld ag eglwys. Ond ei gerddi gorau yw'r rheini am bobl agos-ato, am ymddygiad Anti Gwyneth wrth wylio Wimbledon ac am Yncl Len yn lladd gwyddau. Yn 'Wimbledon', dygir ynghyd bersonoliaeth Gwyneth (tipyn bach o snob, o Hirwaun), awyrgylch y tŷ a'r ardd yr ymwelai'n freiniol â nhw, ac ymagweddiad y bardd-adroddwr tuag ati; ac y mae yn y gerdd groesgyfeiriadau glân sy'n rhoi patrwm moddus iddi. Gwell dyfynnu na disgrifio:

29

Pob Wimbledon
deuai Anti Gwyneth
yn fwg sigarét a siesta,
a bwyta allan, a napyn yn y
prynhawn [sy'n ofer ar ôl *siesta* yn y llinell flaenorol]
a phrynu 'hake' i de . . .

Dywedai *'Quite'*
wrth gytuno'n dyner â phopeth
fel cwpan de orau fregus.

'New Balls, please'
ond hen yw'r trawiadau
fel yr hir, hir waun hwnnw y dychwelai drosto
ar derfyn defod flynyddol.

Fan hyn y mae'r bardd yn cynhyrchu'r peth byw hwnnw sydd mor brin mewn canu cystadleuol. Y mae'n ei tharo hi. Fel y gwna *Berach* yn o leiaf un o'i gerddi, y gerdd 'Wats Aur F'ewyrth Dan'. Gweinidog oedd Dan, yn Nhŷ'n y Coed, Abercraf. 'Pan lusgai'r bregeth/... byddai'n ffidlan â'r gadwyn/wrth balfalu am eiriau.' Ar ôl marw Dan, etifeddodd adroddwr y gerdd y wats honno, ac 'Ambell noson'

cymeraf y wats
o'i chas ledr a'i weindio
a chlywaf eto eiriau ei bregeth
a'r galon yn curo yn fy llaw.

Ardderchog! O ystyried y gall *Berach* lunio penillion mor delynegol-brofiadol â hyn, y mae'n siom gweld yn ei waith gymaint o ddeunydd barddonllyd ffug, megis y deunydd a geir yn y 'Prolog' am y '[g]eiriau mud' a

ysgrifennwyd ym mêr ein hesgyrn
pan dorrwyd iaith ar femrwn y cof[.]

Nid oes ystyr i beth fel hyn nac yng ngolau dydd nac wrth lamp dychymyg. Rhaid ffrwyno'r dweud – ac y mae'n amlwg fod *Berach* yn gallu gwneud hynny – trwy ei ddynoli, trwy ei gysylltu â chig a gwaed. Y mae'n galondid fod gan lawer o'r ymgeiswyr un (ac, yn aml, ragor nag un) gerdd wironeddol loyw, sy'n tystio i ddawn eithaf disglair. 'Hi hen, heddiw ganed' yw campgerdd *Lôn Isa*, cerdd naratif ymddangosiadol ddiymdrech am wraig yn erthylu plentyn yn ei hystafell ymolchi ac yn ei roi i gadw:

Heb gynllun na chyngor wrth law
fe gydiaf mewn cewyn Pampers,
lapio'r parsel bach
a'i stwffio i gefn y silffoedd.
Fe gaiff gyfnod byr o barch,
ychydig o ddiwrnodau'n gorwedd
rhwng tywelion glân
yng nghefn y cwpwrdd crasu.

Y mae'r gerdd yn ysgytwol nid yn unig yn herwydd y pwnc, y stori, ond
hefyd, ac yn fwy felly, yn herwydd dilolrwydd y mynegiant. Dyma fardd
deallus, dyfeisgar. Ond y mae ganddo yn ei gasgliad gerddi y mae angen
mwy o waith arnynt – 'Taith', er enghraifft, a cherdd neu ddwy sy'n
ddisylwedd o'u cymharu â'r orau; at hynny, y mae ganddo linellau nad
ydynt yn ddim ond datganiadau adroddol. Os gall *Lôn Isa* gynhyrchu nifer
o ddarnau fel 'Hi hen . . .', gall fod yn ymgeisydd peryglus (ys dywedir)
am y Goron ryw dro. Y mae'n amlwg fod gan *Lleufer* hefyd ymennydd
barddonol, sef y ddawn i ddychmygu ac i ysgrifennu cyfres o gerddi sy'n
priodi â'i gilydd yn gelfydd. Evan Roberts a Diwygiad 1904 yw eu testun,
ac eto nid Evan Roberts 1904 eithr y diwygiwr yn ei henaint mewn cartref
hen bobl, a'r adroddwr (? ifanc) yn 2004 yn profi peth o rin yr hen awelon.
Yn ôl IapG, dylai *Lleufer* fod ar ymylon y Dosbarth Cyntaf: canmola'i
adeileddu gofalus, ei ddefnydd annisgwyl o ddelweddau crefyddol, a'r
adleisiau a glywir rhwng 1904 a 2004: y mae'r symud, meddai, yn 'Peter
Ackroydaidd.' Barn DLlM a JWD yw bod yma ar y mwyaf o ymadroddion
chwithig a darlunio dryslyd i gyfiawnhau dyrchafu'r bardd i blith y
goreuon. Gorwedd *Tysilio* yn yr un gwely: y mae pethau da odiaeth
ganddo, a gwendidau. O ran ei ddychymyg y mae'n grefftwr dyfeisgar
sy'n dewis canu ar natur Amser mewn un gerdd ac ar 'jest cath' mewn
cerdd arall; y mae ganddo hefyd afael bur dda ar y wers rydd, clust i
rythmau, a ffansi eithaf ffres. Dyma fardd a all ddweud yn 'Ffosil':

Darllenais dy negeseuon heddiw,
wedi eu carcharu yn y cerdyn SIM
fel pryfyn mewn ambr,
neu gariadon Pompei dan y llwch difäol.

Ei wendid yw ei fod yn rhy barod i syrthio'n ôl ar y 'dull rhestrol
ailadroddus hwnnw' (chwedl JWD) sydd mor flinderus: yn ei ail gerdd,
agorir pob paragraff gyda 'Chwarter i bedwar', yn ei drydedd, ceir un 'pob'
ar ddeg mewn chwe llinell, ac yn ei bedwaredd, dywedir 'Pe bai Dr Who yn
Gymro' bedair gwaith. At hynny, yn 'Cyngor', mabwysiada'r cyfarchiad 'Fy
mab' a enwogyd gan Dafydd Rowlands yn Eisteddfod y Fflint: erbyn hyn,
dyfais dreuliedig yw. Tua'r fan hon, ymysg y galluog ond nid ymhlith y

goreuon, y gosodir *Sidoli* (er y mentrai JWD ei osod yn uwch). Dyma fardd a chanddo synnwyr o ddrama a'r ddawn i ddarlunio golygfeydd ac i ddweud pethau'n ddoniol o gynnil ('tywydd salad/a thynnu sanau'). Y mae'n ysgubol-rwydd ei ddawn i greu ffigyrau ymadrodd, a theimlir wrth ei ddarllen ei fod yn fardd at ei fêr. Ac eto y mae'n ddiffygiol. Gan mor rhwydd y cyfansodda, weithiau tybir mai barddoniaeth law-fer sydd ganddo. Ac y mae'n flêr wrth arwyddnodi ac wrth atalnodi.

Erys pump. Rhown ddau gyda'i gilydd ar frig y gweddill fan hyn, fel petai, un ymhellach ar y blaen a dau i'w trafod ar wahân eto. *Dim ond Deud*... yw ffugenw addas awdur 'Y Cyfathrebwyr', casgliad o gerddi'n traethu ar agweddau ar fynegiant llafar, llenyddol a chrefyddol. Y mae, heb os, yn fardd deallus a deallusol, yn adnabod Cicero a'i ddamcaniaethau am rethreg lawn cystal ag yr adwaen sgrîn y caffi seibr. Droeon dyry i ni gerddi ysmala o wreiddiol ond medda hefyd ar y gallu prin i ddweud difrifolwir yn bur ysgafala, megis pan ddyfyd

> Rwy'n prynu petrol mewn garej
> yn Hollywood, ar lan afonydd Babilon.

Y mae telynegrwydd 'Eira yn y Gelli Gandryll' yn hyfryd, fel y mae 'Prynu Petrol yn Hollywood' yn feirniadaeth gymdeithasol (a gwleidyddol) hyfryd. Gwaetha'r modd, y mae eraill o'i gerddi sy'n dangos tipyn o ôl straen, straen cynnal dewis ddelwedd estynedig neu jôc estynedig. Eithr y mae gennym oll lawer mwy i'w ddweud o'i blaid nag yn ei erbyn. Dyma wir fardd, sy'n caru geiriau, sy'n barod i feistroli mesurau gwahanol. Dalied, dalied i ganu!

Deil DLlM mai pryddest sydd gan *Poco* nid casgliad o gerddi ond ni phoenodd hynny mo IapG na JWD. 'Sonata' sydd ganddo, dau Symudiad, Scherzo a Rondo, a'r cyfansoddiad drwyddo yn llawn – nage, yn orlawn – o dermau cerddorol a mwyseiriau sy'n seiliedig arnynt. Dywedir hynny'n gystwygar braidd am fod yr obsesiwn hwn yn byrnu gwaith a fyddai hebddo'n ymddangos yn llai ffuantus: y mae'r termau hyn yn dod rhwng y bardd a'i wir fwriad, dathlu perthynas a fu'n werthfawr yn ei fywyd. Er hyn, mae'n rhaid datgan bod *Poco* yn fydryddwr celfydd dros ben, a bod ei bersonoliaeth farddol yn un o'r rhai mwyaf deniadol yn yr holl gystadleuaeth. Bydded iddo borthi'i hyder amlwg yn ei ddawn, bydded iddo ar yr un pryd ymgadw rhag gorglyfrwch, ac yna gall wneud marc heb os. Pwy na all gynhesu at fardd a chanddo lygad a chlust i farddoni fel hyn?

> a[c] weithiau, wrth arllwys
> te i ymwelydd,
> rhaeadrai'r *Water Music* drosti

a breuddwydiai
am Handel ei hun yn estyn
am un o'i brechdanau ham
ac yn hymian . . .

i be sydd nesaf at y goreuon yn y gystadleuaeth; bardd ymenyddol siarp, treiddgar ei sylwadaeth, crafog iawn ei ddull, a ganodd am brynwriaetholdeb y gymdeithas gyfoes, ei materoldeb, ei naïfder a'i hygoeledd, mewn casgliad o un gerdd ar ddeg o dan y teitl 'cyrion' (sy'n nodi, wrth gwrs, yr 'out of town retail park'). Noder ymhellach fod teitlau naw o'i gerddi yn deitlau Saesneg ac Americaneg, a all awgrymu mai peth estron yw'r patrwm bywyd a ddisgrifia. Wel, efallai, ond derbyniodd y Cymry ef fel cenhedloedd eraill, gan ddilyn

yr arwyddion dwyieithog
i barth y *lingua franca*
i barc manwerthu ein mân werthoedd.

Sylwer ar yr ergyd yn y fan yna: y mae'n ergyd a daniwyd gan un sy'n gallu defnyddio'i iaith yn awgrymog glyfar. Yn y gerdd 'next', mynn fod y 'nwyddau'n dy brynu di/am y nesa' peth i ddim': y mae yma fwysair ac y mae yma awgrym o foesoli digon call. Mewn rhai cerddi, y mae'n beryg' iddo'i gorwneud hi nes peri i'r darllenydd weld cynllunwaith y gerdd a'i hystyried yn rhy drefnedig, fel yn 'multiplex', lle try'r sinema brynhawn Sul yn eglwys ac ynddi lusern, cymun, gweddi, fel hefyd yn 'food theatre'. Er bod y trawiad sy'n troi archfarchnad neu sinema yn addolfan bellach yn ystrydebaidd (soniwyd am hyn gynnau), y mae sicrwydd meddwl a hyder arddull *i be* (mwysair o *e-bay*, y mae'n debyg) yn cario'r dydd yn amlach nag yw'n methu; yn wir, y mae ffresni yn y rhan fwyaf o'i ganeuon – caneuon sydd, bron bob un, yn cynnwys cyfeiriad at fardd enwog neu adlais o linellau ganddo. Y mae Gwenallt yn y 'jacuzzi', T. H. Parry Williams ar y 'treadmill', Gerallt Lloyd Owen yn y 'food theatre', a Phantycelyn yn 'jc world'. Yr oedd – ac fe fydd – darllen *i be* yn ddifyrrwch o'r mwyaf.

Y ddau fardd y buwyd yn hir drafod eu casgliadau – a'r ddau fardd yn y gystadleuaeth sydd heb os nac oni bai yn haeddu Coron yr Eisteddfod Genedlaethol – yw *Shasbi* a *Pwyntil*, dau fardd tra, tra gwahanol i'w gilydd. Y mae casgliad *Shasbi* yn gasgliad eithriadol sylweddol, o ran swmp y gwaith, o ran yr ystod o ffurfiau barddonol y cyfansoddodd ynddynt, o ran nifer y profiadau a ddiffinnir yma ac o ran y cyfeiriadaeth hanesyddol, gymdeithasol, lenyddol ac ieithyddol sy'n cyfoethogi'r cyfan. Nid ar chwarae bach yr ysgrifennwyd 'Cerddi R'yfelwr Bychan': y mae'n waith y bu'i awdur yn myfyrio amdano ac arno ymhell cyn ei gyfansoddi, ac yn waith – o'i gyhoeddi – a fydd yn gyfraniad nodedig i lên yr Ail Ryfel Byd yn y Gymraeg. Fe'i cyfansoddwyd yn y Wenhwyseg, ac yn atodiad i'r copïau o gerddi a anfonodd *Shasbi* i Swyddfa'r Eisteddfod, rhoes i'r beirniaid Eirfa – 'rhestr frysgyfeiriol', chwedl yntau – i'w helpu i'w llawn ddeall. Cyfeiriodd hefyd at *Geiriadur Prifysgol Cymru* ac at y gyfrol *Blas ar Iaith Blaenau'r Cymoedd* gan Mary Wiliam. Yr oedd arnom eisiau'r help hwnnw. Dyma hanner cyntaf y gerdd agoriadol, 'Yr 'æf hwnnw' (= yr haf hwnnw). Fe'i printir er mwyn i'r darllenydd flasu'r defnydd:

> Dôdd y r'yfal ddim weti dychra 'to.
>
> Ond y pryn'awn 'na,
> a'r 'oul yn ffaglo'r r'etyn ar y Meio ishta trichant o genddi,
> a ffenast y llofft ffrynt yn 'Ewl yr Alcam ar led, a basnad o ddŵr ôr wrth law
> i'r fytwith olchi'r 'wŷs o wimad 'i fam fyl dæth 'i phoena'n amlach,
> rodd y r'estar cyfan yn gallu clywad 'i sgrechada
> a wet'ny, næd gynta'r babi yn 'i garnsi ruddgoch
> wrth iddi' fa gæl 'i wpo'n sgaprwth o'i chroth shag ola'r byd.

O ddarllen y darn, gwelir bod yma awdur o gryn faintioli – gafaelodd mewn profiad cyffredin, mawr a'i ddiffinio'n wreiddiol mewn iaith wreiddiedig – ond, ar yr un pryd, y mae'r darllenydd yn ymbalfalu am ystyron geiriau dieithr ac yn baglu wrth geisio'u dirnad. Mewn cymhariaeth â 'Y Llen', Dyfnallt Morgan, y mae'r cerddi hyn yn llawer anoddach. Ond rhoesom amser da i geisio'u deall – a llwyddo'n amlach na heb. Eithr ym mhob trafodaeth, yr oeddem yn gorfod cyfaddef i'n gilydd fod y dafodiaith yn benllanw'r ymdrech weithiau. Barnwyd hefyd fod ambell gerdd – 'R'og ofon', yn enwedig – wedi croesi'r ffin i ryddiaith, a bod diweddglo ambell un arall yn anweddus i'w chorff. Eto i gyd, pe na bai un arall yn y gystadleuaeth y barnasom ni ei fod yn well nag ef, cawsai *Shasbi*, awdur ardderchog y 'R'icwm sgipo' gorau yn yr iaith, y Goron.

Egin-epigwr yw *Shasbi*. Telynegwr manylbleth yw *Pwyntil*, a ysgrifennodd gerddi sy'n ymwneud â darnau o gelfyddyd, paentiadau gan mwyaf, ond cerflun yn ogystal, gan naw meistr Ewropeaidd ac Americanaidd, darnau y cynhwysodd gopïau ohonynt gyda'i waith. Efallai y bydd yn amhosibl cynnwys yr atgynyrchiadau hyn yn y *Cyfansoddiadau a'r Beirniadaethau* am resymau hawlfraint a chost; ond ni waeth; bydd golud y cerddi'n amlwg hebddynt. Dywedir eu bod yn gerddi sy'n ymwneud â'r darnau celf hyn yn hytrach nag yn gerddi sy'n seiliedig arnynt am fod y bardd yn eu defnyddio fel dechreubwyntiau i'w farddoniaeth, gan hawlio'i berspectif ei hun arnynt, ac allan ohonynt yn mynd i ddychmygfyd newydd. Mae'n rhaid wrth ddyfeisgarwch mentrus a sylwgarwch gwybodus i gyflawni'r gamp hon ond nid yw *Pwyntil* yn brin o'r naill na'r llall. Cymerwch y gerdd 'y Ffrances a'r Gymraes'. Y Ffrances yw gwrthrych glaswisg llygatfawr *La Parisienne* Renoir, ac yn ei genau hi y gosodir y gerdd. Y Gymraes yw'r ferch y mae'r eneth o Baris yn ei chyfarch, sef Gwen. Ei chyfarchiad cyntaf iddi yw: 'Ai'r lliw a dynnodd dy lygaid, Gwen?' Gyda chymorth dau gyfeiriad daearyddol yn y trydydd pennill, deuir i weld mai Gwendoline Davies, un o'r ddwy chwaer enwog o Gregynog a brynodd y Renoir hwn, yw Gwen, wyres David Davies, Llandinam, a wnaeth ei ffortiwn yn cloddio ac yn allforio glo o Dde Cymru yn y bedwaredd ganrif ar bymtheg. Ar ôl gofyn nifer o gwestiynau chwilfrydig, difyr am beth a ddenodd Gwen i brynu'r llun, cwestiynau sy'n ymwneud â lliw a thoriad ac arwyddocâd y wisg ddrudfawr, y mae'r Barisienne yn newid ei thac ac yn gofyn:

> Neu a sylwaist ar yr esgid fach,
> ei blaen yn mynnu brigo dan y godre glas
> fel cnwbyn cudd o'r glo mân
> fu'n fodd i gyfoethogi gwlad?

Yr ydym yn ôl gyda glo David Davies. Chwedl JWD, 'Y mae ehangder rhyfeddol yn y manylyn lleiaf.' At hynny, hyd yn oed yn yr ychydig linellau hyn, ceir amwysedd a sawl haen o ystyr. (i) '[B]rigo' y mae'r esgid sydd fel 'cnwbyn' o lo, brigo fel glo brig. Dyna'r amwysedd. (ii) Ac yna'r haenau o ystyron. Y glo a 'fu'n fodd i gyfoethogi gwlad', ebe'r bardd. Y wlad yw Cymru David Davies, onid e? Gall fod yn gefn gwlad Maldwyn yn ogystal, yn gyfoeth Gregynog. At hynny, y mae'r ffaith fod y Renoir hwn ers tro byd yn yr Amgueddfa Genedlaethol mewn ystyr arall eto fyth yn '[c]yfoethogi gwlad.' Y mae nifer da o gerddi *Pwyntil* yn gerddi amlblyg fel hyn, yn hyfryd ymddangosiadol-rwydd i'w darllen ac, ar yr un pryd, yn gyfoethog eu cynnwys a'u cynodiadau. Ar 'Madonna'r Geian' gan Raffaello Santi yr adeiladwyd y gerdd 'blodau Mair'. Mair yn ymson a geir yma, Mair y mae'r Baban Iesu'n chwarae yn ei chôl. Allan drwy'r ffenest, gwelir adeiladau'r pellter, ond am yr ardd anweledig gerllaw'r tŷ yr edrydd Mair, am ei harfer o ddiddanu'r crwt am '[a]wr fach yn yr ardd/cyn swper bob nos' drwy enwi 'blodau [ei] gwanwyn' iddo, hynny yw, enwau'r blodau a enwyd ar ei hôl hi, rhosmari, ysboden Mair, mantell Mair, esgid Mair, etc. Wrth gwrs, ni rydd hi'r enw Mair ar eu hôl – ni all, oblegid oesau diweddarach a wnaeth hynny, – a dyna ni ar ein pennau yn y lle hwnnw lle mae anachronistiaeth yn ymwneud â'r tragwyddol. Eithr un ystyriaeth yw honno. O'r holl flodau y gallai'r Iesu fod wedi'u cludo i'r tŷ, beth a ddewisodd oedd 'ceian wyryfaidd' (noder yr ansoddair):

> pob petal
> yn smotyn o waed sych
> ar y gynfas lân.

Rhagwelediad anwreiddiol o'r groes, wrth gwrs. Rhy amlwg. Treuliedig. Ond nid dyna uchafbwynt y gerdd. Y mae pennill eto i ddod:

Ac wedi iddo gymryd
ei wala o laeth fy mronnau
a chysgu o'r diwedd,
llifodd fy nagrau
am na ddewisodd
gywain imi lili.

Wele, y mae'r ddihalog forwyn yn wylo am na chafodd symbol o burdeb. Nis cafodd gan Grëwr y Byd. Y mae'r ddiwinyddiaeth yn iasol, iasol: ac yn iasol delynegol nid yn iasol o ddatganiadol, diolch i'r drefn. Dewisa *Pwyntil* weithio ar thema'r berthynas rhwng mam a'i phlentyn mewn sawl cân ac mewn sawl ffordd, nes creu cymhlethdod da o brofiadau clwm, yn 'gollwng' ac yn 'lliwddall' fel yn 'blodau Mair'. Mewn cerddi eraill, treiddir i berthynas dyn a menyw (perthynas na ellir epil hebddi). Beth arall a wneid â Chusan Rodin? Digon gwir; ond camp *Pwyntil* yw gweld mwy nag un wedd ar y Cusan hwnnw, ac o ganlyniad fwy nag un wedd ar berthynas dyn a menyw. Â'r bardd yn cymryd arno'i fod yn eneth ysgol yn y gerdd gyntaf i'r Cusan, 'anwes efydd' a wêl yn y cerflun a '[ch]ywilydd noeth', tra yn yr ail gerdd iddo, 'ystryw efydd' a wêl a '[ch]elwydd noeth.' Dyna ddangos bod y bardd hwn yn meddwl yn gyfannol.

Hyfrydwch i ni'n tri oedd derbyn casgliad o farddoniaeth mor gaboledig a chyffrous â 'Llinellau Lliw' fel y gallwn gyhoeddi gyda balchder dwfn mai enillydd Coron yr Eisteddfod yn Eryri a'r Cyffiniau yw *Pwyntil*.

Y casgliad o Gerddi Rhydd ar Thema

LLINELLAU LLIW

arddangosfa
[*Y Gusan*, Auguste Rodin]

Ymlusgo'n ddiogel ddiflas o lun i lun
heb weld 'run diben
i'r daith falwen
ar hyd orielau fyddai'n farw
oddieithr am ein siffrwd slei
– tewch, ferched! –
a gwich gorfodaeth
ein sgidiau synhwyrol,
gweddus,
yn gyfeiliant
i'r sylwebaeth fwll;

heibio i ryw lilis dŵr mewn pwll,
a glaw mawr ar gae
yn rhywle,
ac eglwys gadeiriol
yn machludo'n syrffedus
ar noson na welsom
harddwch gwrid ei gosber
y prynhawn hwnnw;

ymlaen at bontydd, dŵr dan niwl,
nes ein hatal
gan dalp o realaeth,
i'n golwg ni,
a'n tynnodd yn gylch
annisgwyl ei awch am gelf,
a ninnau'n gegrwth
wrth gywilydd noeth
cwlwm o gusan gain;

cyn ein hysio ymlaen
– dewch, ferched! –
o olwg anwes efydd, llyfn fel llaid
ar fron, ar fraich,
o olwg pwysau llaw,

meddalwch parod clun,
at blatiau, tebot propor,
ac arddangosfa arall
fu'n llai angerddol ei hargraff
ar glai ein glasfeddyliau
ddiwedd prynhawn poeth.

y Ffrances a'r Gymraes
[*La Parisienne*, Pierre-Auguste Renoir]

Ai'r lliw a dynnodd dy lygaid, Gwen?
yr asur mor danbaid â'r awyr
ar brynhawn Sul diog o Awst,
a llyfnder afon Seine yn llepian
bysedd poeth fel cusan pali,
ei siffrwd tywyll fel y dail
y cysgodem danynt rhag y gwres
cyn rhodianna eto'n ôl, fin nos,
tua'n swper ar fraich ein *beaux*.

Neu'r toriad, efallai, fu'r atynfa, Gwen:
afradlonedd sidan, plyg ar blyg
yn rhaeadr chwil o grychau *chic*
a dasgodd o ffynhonnau'r *nouveaux riches*
yn ewyn nwyd dan enw ffasiwn,
a'i phwytho wedyn hyd ffansi
gwniadwreg fwy crefftus na'r cyffredin,
une madame a chanddi enw yn y ddinas
ymhlith gordderchau'r *bourgeois* a'r *élite*.

Ai dirgel chwennych ffrog fel hon
i wenu'n fursen ar Sabathau swil
Llandinam, darbodaeth Tregynon,
a'th yrrodd, Gwen, i'm prynu
eilwaith fel putain? fy ngosod fyth
i sefyll yn nrws y tes llesmeiriol
yn borth i lenwi llygaid barus,
heb unwaith deimlo mwythau maneg cariad
mewn rhyw sioe o bilyn benthyg?

Neu a sylwaist ar yr esgid fach,
ei blaen yn mynnu brigo dan y godre glas
fel cnwbyn cudd o'r glo mân
fu'n fodd i gyfoethogi gwlad?

cysgod y gadeirlan
[*Eglwys Gadeiriol Rouen: Machlud Haul*, Claude Monet]

Doedd angen fawr o iaith
i ddeall meddwl hwn
a'i gwpan o law yn gwthio
i ganol ein pryd byrfyfyr
yng nghysgod y gadeirlan.

Awr offeren *al fresco* yn Rouen:
ninnau'n gwledda'n ddigywilydd rad
ar lathen o *baguette*,
a hwn yn dod â gwynt y gwin
i'w ganlyn.

Ni fynnai fara,
a dirmygodd ein dyrnaid arian mân
yn fygythiol floesg;
roedd am gael rhagor,
gan godi llais wrth enwi swm
tu hwnt i goffrau iaith,
cyn poeri'n hael
a gweu cwrs sydyn
ar draws y sgwâr
at rai eraill, gwerth eu poeni.

Ond glynodd blas ei wrthod
fel afrllad ar daflod;
ac wrth wylio'r cerrig cynnes
yn toddi yng ngwin *rosé* haul yr hwyr
cripiai ei fegera'n gysgod gothig
ar hyd cynteddau gorllewinol
y gadeirlan.

ar oleddf
[*Glaw: Auvers*, Vincent van Gogh]

'Bydd y tristwch hwn yn para byth'
                              – Vincent van Gogh

Mor dyner,
dyner
y syrthiai'r
dafnau cyntaf,

39

eu disgyn
ysgafn yn anwes
gras annisgwyl
ar wres
y pridd sawrus,
yn offrwm pêr
i'w ffrwynau ei hun
dros fethiant ei fod.

Ac eto'r dafnau'n dod,
yn dyner
dyner eto,
nes diferu'n gysgodion
o law *pointillist*
i'r clai coch
cyn anweddu
heb olwg gwellhad.

Yn awr y gawod guchiog
sy'n troi byd ar ei ben,
yr anarchiaeth glaf
o gwmwl
yn aredig yr awyr
gan ollwng ei llafur
yn ddadwrdd
o dywysennau plwm
i'w frest;
a blaenffrwyth erwau'r
nefoedd gau yn ffusto
terfysg y môr melyn
na fyn ufuddhau iddo byth.

Â'i feddwl chwip
yn ei erlid fel cysgod brân
trwy gaeau hun,
mae'r llafnau mud
yn rhaselu eto i'r bywyn
mewn storm o law
nad oes ffoi bellach
rhag ei llachiadau
i ddiogelwch
yr anheddau llwyd,
na gwella dim
ar ei gwrymiau
na'u goleddf annigonol.

hedfan
[*Cymylau Arian*, Andy Warhol]

Wrthyf fy hun
ar gangen o wynt
a'r awel yn wal o wefr
yn fy wyneb,
mae'r byd islaw,
islaw sylw,
mor bell
â'r llun hwn
o'm hunan
fach
mewn drych
â'i drwch
o graciau mân,
neu'r pecyn gwag
sy'n fy ngyrru
i estyn, estyn fy llaw
heb feddwl am ymyl arian
na chwilio chwaith
am gortyn cudd.

blodau Mair
[*Madonna'r Geian*, Raffaello Santi]

Awr fach yn yr ardd
cyn swper bob nos,
a minnau wrth fy modd
yn enwi blodau fy ngwanwyn
yn eu tro i'w ddiddanu,
a bedyddio'r rhai nad adwaenwn
yn bleser inni'n dau.

Dacw'r rhedyn a'r rhosmari;
dacw fy nghanhwyllau
wrth y gwrych,
ysnoden a chribau i'm heurwallt
yn y llwyn;
a gwisgwn am fy enw
fantell ac esgid,
a chario f'allweddau wrth fy ngwregys
fel petawn i'n arglwyddes
ar ei fyd bach.

Ond hon a ddewisodd
i'w chludo i dŷ ei dad
ar ddiwetydd:
ceian wyryfaidd
yn gwrido'n goeswan
fel morwyn wrth ei rhoi i ŵr;
pob petal
yn smotyn o waed sych
ar y gynfas lân.

Ac wedi iddo gymryd
ei wala o laeth fy mronnau,
a chysgu o'r diwedd,
llifodd fy nagrau
am na ddewisodd
gywain imi lili.

gollwng
ffarwelio â'r mab hynaf yn Awyrenfa Heathrow

[*Creu Adda*, Buonarroti Michelangelo]

Cest ti'r rhain cyn dy fod,
yn etifeddiaeth ysgafn
i'w chludo'n rhwydd o'm côl:
delw fy nghnawd a gair yn gân.

A chyn iti flysio am flasu
cyffro ffrwythau'r wlad bell,
rhois iti'r ardd hon i'w rhodio
a'i meddu'n gron Gymraeg.

Rhwng pob pilyn pwrpasol
a aeth i'r baich di-hid ar dy gefn,
taenais gariad fesul tafell denau
fel na phwysai arnat ddim.

Ac fel na wyddit amdani
gwthiais fy ffedog i gefn y drâr
gyda'r rysáit am lo pasgedig
a pherlysiau'r blasusfwyd bras.

Ond cyn llacio llinyn ein llygaid,
rhof iti'n bwn y bwlch rhwng bysedd
fydd iti'n fesur ar y rhyddid rhwth
sy'n agor o'r fan hon hyd gibau'r moch.

noethlun
[*Merch Noeth yn Lledorwedd*, Pablo Picasso]

Gosodais hi i orwedd ar obennydd
a thynnu'r llenni'n ofalus
i greu'r gwyll hwn ar ein cyfer.

Pwysai yn ôl ac ymlaen ar fy nghais,
pob ystum i'm boddhau,
a minnau'n penderfynu,
ar chwiw yn y diwedd,
ei chymryd y tro hwn ar ei hochr,
ei choesau ymhlŷg
a'i braich y tu ôl i'w phen
i brofi llawnder ei bronnau.

Ni fûm i fawr o dro drosti,
yn olrhain amlinell dynn
cyhyrau clun a chefn,
yn meistroli llyfnder cnawd
a'r cysgodion dirgel
dan fol, dan fron,
cyn ei thalu a threfnu
cwrdd eto, yr un amser,
ymhen yr wythnos.

Ni fentrais edrych unwaith
dan orchudd ei phroffesiwn,
heibio i'r mwgwd dychryn,
rhag ei throi yn fenyw fyw.

lliwddall
[*Trefniad mewn Llwyd a Du*, James Abbott McNeill Whistler]

'*Pan fydd y goleuni a adlewyrchir gan wrthrych yn syrthio i
amrediad y mae'r gwyliedydd yn ansensitif iddo, bydd y
gwrthrych yn ymddangos yn ddu.*'

Am fod hisial main y lleisiau diarth yn ei chlust
mewn iaith nas mynnai'i whilia erioed
yn troelli'n lluwch o nifwl llachar am ei phen,
gadawyd hon i syllu'i hun o ymyl bod
y llymdra hwn, i ryw bellteroedd draw,

tu hwnt i'r ffrâm,
lle taena cyfoeth sgyrsiau ddoe o hyd
eu perlau glân ar odre llenni trwm ei chlyw,
i'w casglu eto, fesul gair,
i'r nisied glaerwen yn ei chôl.

Ac am y collai hithau'i golwg ar y lliw
oedd yn ei llun, a dim ond adlais hanes pŵl
i'w wystlo am oleuni'r parch a fu,
dychmygwyd hon i ffrâm
sydd prin yn ffitio:
rhyw gornelyn o gorff, a'i chadair gaeth
mor ddiddychymyg syth â Sul
y rhai a fynnodd roi amdani sgertiau llaes
eu meddwl monocrom eu hun.

ymgolli mewn cusan
[*Y Gusan*, Auguste Rodin]

Pâr yng ngonestrwydd noeth
cwlwm perthynas berffaith:

dall i bob mynd a dod,
y sefyllian a'r sibrwd;

y chwerthin ifanc, swil,
neu hen ochenaid ysol,

a thwtian ambell un
na phrofodd serch ei hunan;

heb weld ystryw efydd
pâr ar goll yn ei gilydd.

*

Un arall, nad yw'n y llun,
sydd â'r hawl i'r gusan hon
a'r anwes anghyfreithlon.

Wrth dderbyn gwth gwres ei gnawd
ar wefus, i'w chôl barod,
rhoed llafn trwy galon priod.

Nid dechrau'r ffordd i'w gwynfyd
mo'r gusan yn hanes 'rhain
ond porth Dinas Dolefain.

*

Ac wrth hir syllu eto ar ddau
a rewyd yng ngwendid
eu nwyd,
ni ellir ond pendroni
ai ef sy'n gwthio
ynteu hi sy'n ei dynnu
wysg ei chefn
dros ddibyn dedwyddwch,
a'u llygaid ar gau
i'r golledigaeth
sy'n gorwedd o hyd
yng ngenau cwlwm
o gelwydd noeth.

ar risiau'r amgueddfa

Oedaf yma bob tro
i gyfri'r cynfasau,
eu rhowlio'n dynn yn y cof
i'w dangos eto yn y man
ac archwilio dan olau arall
orfoledd gwewyr eu gwead cudd.

Pwyntil

Englyn: Trysor

Ni chofiaf y flwyddyn, na'r gêm hyd yn oed, ond fe gofiaf y gôl tra byddaf byw. David Ginola, yr athrylith diafael o Ffrainc, a'i sgoriodd. Yn seren wib o brofiad, roedd y cyfan drosodd o fewn ychydig eiliadau. Daeth y bêl ato yn yr awyr ac yntau â'i gefn at y gôl wrth ymyl y cwrt cosbi. Roedd pawb – y dorf, aelodau'r ddau dîm, a minnau o flaen y teledu mewn rhyw dafarn neu'i gilydd – yn disgwyl iddo'i phasio'n ôl neu, o bosibl, ei thynnu i'r llawr, ei rheoli, a symud tua'r asgell, lle câi fwy o amser i ystyried ei gam nesaf. Ni wnaeth yr un o'r pethau hyn. Yn hytrach, mewn un symudiad didor, ffliciodd y bêl dros ei ben, troi, a'i folio hi i gornel uchaf y rhwyd. Safodd yr amddiffynwyr yn gegrwth. Ffrwydrodd y dorf. Rhyfeddu wnaethom at ddewiniaeth annisgwyl y Ffrancwr. Anwybyddai'r hen gyngor diflas hwnnw ynglŷn â 'chwarae'r bás rwydd'. Ni fynnai hwn ddilyn plot yr ymosodiad arferol: gwell ganddo ef dalfyriad; llên ficro oedd celfyddyd y bêl i David Ginola. Ac yna, wedi'r rhyfeddu, sylweddoli mor naturiol oedd y cyfan, mewn gwirionedd: mor gaeth i reolau ongl, cyflymder, cydbwysedd a phellter; mor ddibynnol ar sgan y llygad, ar osgo'r droed. Ni allai fod fel arall. Yn annisgwyl, ac eto'n anorfod: dyma gydbwysedd peryglus a heriai ddisgyrchiant.

Daliwn i mai rhyw David Ginola llenyddol yw'r englynwr ar ei orau. Lle mae angen chwaraewyr canol-cae pwyllog, diogel, strategol i lunio nofel, stori fer, cerdd faith neu unrhyw ddarn sylweddol o lenyddiaeth, y mae'r englyn, o raid, yn simsanu ar droed dde'r ymosodwr chwim, wrth iddo geisio twyllo'r amddiffynnwr olaf. A'r twyll hwn yw hanfod cyflawni llawer mewn ychydig symudiadau, neu lunio byd mewn ychydig eiriau. Yng nghystadleuaeth yr englyn eleni, prin oedd yr ymgeiswyr a feddai ar y gallu hwn. Gwyddai'r rhan fwyaf sut i dynnu'r bêl i lawr a'i rheoli. Gallai rhai ei phasio hi'n ôl yn bwyllog ddiogel. Roedd gan ychydig y ddawn i fentro i'r asgell. Ond ychydig iawn, iawn a allai gadw'r bêl yn yr awyr. A hynny er bod y testun, 'Trysor', yn cynnig cyfle gwych i arfer y fath ddewiniaeth.

Baglodd rhai cyn dod o'r twnnel. O'r 54 cais a ddaeth i law, yr oedd 14 yn wallus eu gramadeg neu eu cynghanedd – mwy na hynny pe bawn i'n hollti pob blewyn – sef eiddo *Cadwen Aur, ?(a), Rhoddion, An Cailleach Béara, Gobaith, Beta, Epsilon, Cyngor Nain, Rhedynfre, Cnwd, Modrwy Aur, Y Berl, Bwncath*, a *Llwch Aur*. Mân wallau oedd yn y rhan fwyaf o'r rhain, a gellid yn hawdd eu cywiro, ond siawns na ellid trefnu rhyw brawf ffitrwydd cyn mentro i'r cae?

Yna, cafwyd y rhai nad oedd eu doniau rheoli cystal ag y gallent fod: byddent yn colli meddiant o hyd, yn plygu dan y tacl, yn gwaldio'r bêl i ben arall y cae yn hytrach na'i thrafod. Dyma'r englynion a fodlonai ar ymadroddi a delweddu rhwydd: *Cae Dan Tŷ, Goludog*; rhai aneglur eu mynegiant, efallai am fod eu hawduron yn gwegian dan bwysau cynnal y gynghanedd: *Clwyd, Alffa, Haul ar Fryn*; ambell un a fradychwyd gan linell glo dila, megis englyn *Gem*; y cynigion hynny a gynhwysai syniad neu ddelwedd addawol ond a fethodd eu cynnal – *Offerynnol* a *?(b)* – a'r rhai na cheisient wneud fawr mwy na mydryddu gosodiadau moel (*Deio Bach, Delta*).

Gallai 23 o'r gweddill drafod y bêl yn llawer mwy hyderus, a'i phasio'n gywir hefyd. Er hynny, aent i drafferthion trwy ei gwneud yn rhy amlwg i ba gyfeiriad yr oedd y bás am fynd. Dyma gywirdeb heb y cyfrwyster angenrheidiol sy'n llorio'r gwrthwynebydd. Llwyddai'r cynigion hyn i greu rhyw undod, i gynnal delwedd a chywair, i dynnu'r edafedd ynghyd yn dwt ac yn bert. Gwirebol neu delynegol oedd llawer ohonynt, rhai'n cofnodi achlysuron neu'n rhoi teyrnged i unigolion, eraill yn datgan gwirioneddau crefyddol. Ond os oeddent yn ddigon cadarn eu crefft, ac weithiau'n hyfryd o lyfn a phersain (megis cynnig *Gruff*), di-fenter oedd eu hieithwedd a'u syniadaeth. Awduron y cynigion hyn oedd: *Y Dyn Di-nod, Hiraethus, Coron Aur, Golud y Galon, Hen Ffarmwr, Coed y Fron, Edrych 'Nôl, Pandora, Dingad, Morgan, Sboner, Gruff, Mabon, Bixxi, 11-9, Siŵr o Fod, Cilelan, ?(c), Hedd, Morfa, Traeth y Pigyn, Gama, Rhys* ac *Arthur*. Byddai *Arthur* wedi codi'n uwch pe bai wedi cadw cysondeb rhwng ei ddelweddau.

Y mae pedwar englyn ar ôl. Ac mae'r rhain yn disgleirio mewn cystadleuaeth siomedig am fod eu hawduron o leiaf yn ceisio cadw yn eu gwaith ryw elfen awgrymus, anorffenedig sy'n caniatáu nifer o ystyron posibl; sydd, fel y pêl-droediwr nad yw'n bodloni ar y bás amlwg, yn twyllo, yn crwydro o'i safle gosodedig, yn ffug-basio, yn cadw'r meddwl yn effro agored.

Ceir gwrthgyferbynnu effeithiol yn englyn *Morthwyl*, ac mae'r awgrym mai'r un a brynodd y 'trysor' sydd nawr yn ei werthu yn ychwanegu ystyr eironig.

> Roedd ers oesoedd yn ysu am ei gael,
>   ac mi ga'dd ei brynu
>   â'i bres hael; ond pa bris sy
>   ar y gwarth ddaw o'r gwerthu?

Myfyrdod ar amser sydd gan *Ifan*:

Gwanwyn 'r ôl gaea hynod – yn yr ardd
A'r pris am gael datod
Hen gwlwm hirlwm fy mod
Ar lechen yr haul uchod.

Mae'r ddelwedd o'r haul yn symud ar draws y ffurfafen, o ddydd i ddydd, o dymor i dymor, megis llaw yn sgrifennu ar lechen, yn drawiadol. Mae gen i fymryn o amheuaeth ynglŷn â lliw'r llechen, sy'n anodd ei gysoni ag awyr heulog, ac annelwig braidd yw delwedd 'hirlwm fy mod'. Trueni, hefyd, am ''r ôl' yn y llinell gyntaf.

Englyn awgrymog sydd gan *Trysor y Marwor Mân*. (Bu'n rhaid twtio'r atalnodi rywfaint.)

Ga' i'r gist o'r ddaear arw, ga' i eilwaith
Ran o'r golud hwnnw,
A ga' i'n hael o'u digon nhw,
A ga' i wedyn ei gadw?

Dyma ddelwedd a apeliai at lawer o'r ymgeiswyr ond y mae rhyw stori gudd yn y fan yma hefyd. Unigolyn tlawd a di-rym yw hwn ac awgrymir bod ei eiddo wedi'i ddwyn oddi arno: ei dreftadaeth, efallai, neu, yn fwy llythrennol, gynnyrch ei dir neu gyfoeth ei wlad. Y mae'r llinell olaf yn brathu.

Pâl piau'r englyn a ganlyn:

Trysor eto a roeswn yn y pridd.
Pe'i rhoddid gwaddolwn
Y cof amdano fe wn.
Ond, a gleddid, a gloddiwn.

A dyma'r unig englyn sydd, i'm tyb i, yn llwyddo'n gyfan gwbl i gadw'r bêl farddonol yn yr awyr. Nid yw'n ildio ei ystyr yn hawdd: yn wir, y mae rhan helaeth o'i ystyr o'r golwg, yn debyg i'r trysor ei hun, ac mae angen cloddio er mwyn dod o hyd iddo. Diau fod sawl dehongliad posibl ond, i mi, englyn yw hwn sy'n trafod cariad at rywbeth neu rywun – cariad y bu'n rhaid cefnu arno neu ei roi o'r neilltu – ac am yr awydd i'w atgyfodi. Ystyr amodol sydd i'r ferf yn y llinell gyntaf, 'roeswn', mae'n debyg, sef: 'buaswn yn rhoi . . .'. Y mae'r un sy'n siarad yn gwybod ei fod ef, neu hi, yn methu dianc rhag gafael y 'trysor'. Pe bai'n cydnabod ei dranc a'i gladdu, byddai'r cof amdano'n parhau, ond cysur annigonol fyddai hwnnw: mynd ati i ailafael yn yr hen angerdd a wnâi, yn ddi-feth. I ba ddiben ei gladdu, felly? Rhan hanfodol o'i fyw a'i fod yw'r ysfa hon. Mae'r gair 'eto' yn awgrymu bod anallu'r unigolyn i ollwng ei afael ar yr hyn a fu, yn gysylltiedig â phrofiadau cyffelyb yn y gorffennol neu, fel arall, fod ynddo duedd i ymwrthod â chariad gweithredol a byw ar atgofion yn unig. Y mae hanes o ryw fath yma, boed hwnnw'n hanes personol neu, o bosibl, hanes cenedl neu gymuned.

Amodol iawn yw'r dehongliad hwn, o raid, a dyna ran o gryfder y gerdd. Y mae'n ymgorfforiad o'r ansicrwydd a'r amwysedd a ddisgrifir ynddi, fel petai wedi'i hysgrifennu o ganol y cyflwr hwnnw, yn fyfyrdod ger y dibyn. Dyma'r 'cydbwysedd peryglus' y soniais amdano uchod. Oherwydd, y tu ôl i gydbwysedd persain y gynghanedd; y tu ôl i gywair llafar pwyllog y drydedd linell (a'r Sain Drosgl a'i hodl gudd yn ategu hynny'n gelfydd); y tu hwnt i lais rhesymol, ffurfiol y berfau amhersonol ('rhoddid', 'gleddid') – y tu ôl i'r 'twyll' yma, y mae calon yn rhwygo. Dyma gadw'r bêl yn yr awyr yn yr eiliad ffrwydrol honno pan yw nifer o bosibiliadau'n cyd-fodoli. Y mae cydbwysedd a chynildeb anghyffredin y gerdd yn ategu'r ymdeimlad hwn o fod ar ryw echel neu drobwynt emosiynol.

Nid yw'r englyn heb ei anawsterau. Bydd rhai'n barnu, efallai, fod gormod o amwysedd ynddo. Ond dyma, i mi, yr unig gystadleuydd eleni sy'n cynnig trysor y mae'n werth cloddio'n ddwfn amdano; sydd, fel David Ginola gynt, yn drysu er mwyn goleuo. Y mae'n llwyr haeddu gwobr yr Eisteddfod Genedlaethol.

Yr Englyn

TRYSOR

Trysor eto a roeswn yn y pridd.
Pe'i rhoddid gwaddolwn
Y cof amdano fe wn.
Ond, a gleddid, a gloddiwn.

Pâl

Englyn beddargraff ysgafn

BEIRNIADAETH DIC JONES

Daeth saith a deugain o englynion i law, a 'does yma neb heb obaith. Gwaetha'r modd, mae gan *Gwyfyn, Ta-ta, Tanddaearol*, a *Bugail yr Hafod* ryw fân wallau mewn cynghanedd neu ramadeg.

Mae'r ugain cystadleuydd nesaf, sef trwch y gystadleuaeth (ond bod *Jocer* â chanddo bum cynnig, a *Clwyd* â dau) mewn rhyw fath o drydydd dosbarth. Penillion digon didramgwydd, lawer ohonynt, ond bod llinell wan neu air anffodus yn gymysg ag ambell drawiad gwell na'i gilydd ynddynt bron i gyd. *Clwyd, Pharisead* (chwaeth amheus), *Cic Mul, Jocer* (llongyfarchiadau ar ddewis gwrthrychau anarferol a diddorol i'w feddargraffiadau), *Er Gwell, Un-dim, Anfoddhaol, Dwyn i Gof, Gwen Iaith, Beddargraffwr II, Melys Hedd, Pedr, Llwch y Llawr, Boi Gwyrdd, Dant am Ddant, Marchog, Toni, Meddai Nain, Ioan y Graig, Mwydryn* a *Llais o'r Llan*.

Dosbarth llai niferus ac amlach eu mannau disglair yw'r wyth nesaf. Mae gan *Mewn Syndod* dri chynnig. Ei uchafbwynt ef yw'r cwpled i Wil Siân, 'Nid syn i'r clochydd ddweud/"Syr hei dwi isio bwldoser"'. Yna, cawn *Fel Dafedyn* a'i englyn i'r gŵr hwnnw na fynnai ddim ond lori ludw i gario'i weddillion ef. A *Brodor, Gethin Rhys, Meistres Mr Mostyn* (llinell ola gref, mewn sain a synnwyr), *Ffrind Gabriel, Er Cof*, a *Y Cipar* (yntau â phum cynnig, a'i orau, ni synnwn i ddim, yw ei feddargraff i gar).

A dyna adael tri: *Pwy 'se'n meddwl?, Gŵr Archeoleg ar Chwâl* a *Cefni*. Fe'u dyfynnaf i bawb a'u gwêl gael rhannu'r un hwyl â mi. Nid chwerthin gwaelod bol, bid siŵr, ond englynion *ysgafn*, reit i wala. Dyma *Pwy 'se'n meddwl*, yn union fel y mae ar ei gopi.

> 'Delyth o Biccadilly"
> Un ddygodd Orseddogion heini
> Ati i orwedd, ond heddi
> Yma ei hun y mae hi.

Chware teg, dim ond un ansoddair sydd ynddo – ac mae lle i amau addasrwydd hwnnw!

'Athro Archeoleg' yw gwrthrych beddargraff *Gŵr Archeoleg ar Chwâl*, a dyma'i dynged.

Gwirion oedd crafu'r 'garreg' – yn y twll,
  Â'i 'thic-toc' drwy'r adeg,
  Ond un dwl, – i fod yn deg,
  Oeda cyn dechrau rhedeg.

Syniad gwreiddiol – trueni am y 'drwy'r adeg' yna, a hwyrach hefyd y gellid bod wedi llunio llinell glo fwy bachog.

Cefni yw fy ffefryn i. Ac nid yw'n anodd synhwyro at bwy y cyfeiria, 'chwaith. Mae'r llinell glo yn yr un byd â 'Canys nid oes cyw yno' W. D. 'slawer dydd.

  Rhoddwyd Hywel yn welw – a heb lais
    Mewn blwch o bren derw
  Dan chwyn fan hyn, medden nhw,
  Oherwydd iddo farw.

Englyn ysgafn o'r iawn ryw, gwobrwyer ef.

Yr Englyn Beddargraff Ysgafn

  Rhoddwyd Hywel yn welw – a heb lais
    Mewn blwch o bren derw
  Dan chwyn fan hyn, medden nhw,
  Oherwydd iddo farw.

Cefni

Telyneg: Cysgod

BEIRNIADAETH CHRISTINE JAMES

Traethodd sawl beirniad o'm blaen yn dra huawdl ar hanfodion y delyneg ac ni welaf ddiben ail-greu'r olwyn yn y fan hon. Digon yw nodi'r nodweddion yr oeddwn yn chwilio amdanynt wrth dafoli'r gwaith a gyflwynwyd i'r gystadleuaeth eleni: cerdd fer, gadarn ei strwythur, yn cyflwyno un syniad neu brofiad canolog, gan arwain at ddiweddglo naturiol a fyddai'n gwahodd y darllenydd i uniaethu â'r bardd yn y profiad hwnnw, neu i gydymdeimlo ag ef. Roeddwn am weld synwyrusrwydd a chynildeb yn y dweud, a theimlo erbyn diwedd y gerdd fod rhywbeth wedi'i ddweud – ond heb fod y cwbl yn y golwg 'chwaith. A'r delyneg *vers libre* wedi hen ennill ei phlwyf, ni fynnwn gyfyngu fy sylw i gerddi mewn mydr-ac-odl ond roeddwn am i'm clust gael ei boddhau lawn cymaint â'r meddwl a'r galon.

Tuedda'r awen delynegol at y cywair lleddf, ac anodd mynd yn erbyn y llif naturiol â 'Cysgod' yn destun. Ysbrydolwyd awduron yr wyth a deugain o gerddi a gyflwynwyd i'r gystadleuaeth gan amrywiaeth o gysgodion: rhai llythrennol (wrth eu traed, dan goed, mewn cysgodfan ar lan y môr, ar wal ystafell wely plentyn) a rhai trosiadol (salwch, marwolaeth, bygythion ac erchyllterau o bob math). Ond os oedd pob un o'r cynigion a ddaeth i law yn weddol destunol, nid oedd pob un – i'm tyb i, o leiaf – yn delyneg. Dyma sylwi ar bob cerdd yn ei thro, yn y drefn y'u derbyniwyd o Swyddfa'r Eisteddfod, ac eithrio'r tair a osodais ar y brig.

Rhos Wyllt: Telyneg gymen a chynnil am fygythiad y gellir ei ddehongli mewn sawl ffordd. Mae yma ddelweddu effeithiol ond mae'r mesur a ddewiswyd braidd yn fywiog i thema mor dywyll.

Seren Wen: Cysgod ywen mewn mynwent yw'r testun. Er bod yma rai cyffyrddiadau da, ceir sawl hen drawiad hefyd ('hen glychau pêr y llan', 'bro'r cysgodion'). Mae'r mesur eto'n rhy sionc i weddu i'r thema brudd.

Cilhaul: Baled, braidd yn hen ffasiwn ei naws, yn adrodd hanes gweld ysbryd merch a fu farw'n ifanc. Byddai hon ar ei hennill o'i thynhau a dylid trwsio'r odl ddiffygiol yn y pennill clo ('Pont-sarn/lân').

Blas y Wermod: Telyneg gymen sy'n esgyn yn gadarn o bennill i bennill. Braidd yn sionc yw'r mesur yn wyneb bygythiad sinistr y cynnwys, ac er y gorwedd llawer o rym y gerdd hon yn ei hawgrymusedd, byddai'n gryfach eto o ddatgelu ychydig rhagor.

Peter Pan: Cerdd *vers libre* gynnil sy'n delweddu'r broses o ddifa bwgan o gyfnod plentyndod. Efallai y byddai hon ar ei hennill o ddatblygu rhywfaint ar y diweddglo, a byddai dileu 'felly' (ll.8), ac 'allan' (ll.10) yn hwyluso'r rhythm yn y llinellau hynny.

Ffoadures: Daeth tri chynnig i law gan yr awdur hwn: (i) dau bennill cyferbyniol ar fesur cywrain, am ddarparu llochesi i ferched sy'n cael eu cam-drin. Yr odl sy'n llywio'r dweud mewn mannau ond prif wendid y gerdd hon yw ei bod yn datgan yn hytrach nag awgrymu. Dwy draethgan *vers libre* oedd (ii) a (iii), y naill yn gerdd natur, a'r llall yn ymson. Mae yma ddychymyg byw ac ambell ddelwedd gofiadwy ('cynffonnau metronomig' y gwartheg) ond rhyddieithol yw mynegiant y naill a'r llall, a byddent yn elwa o'u tocio'n chwyrn.

Twm Twm: Tri phennill am fygythiad terfysgaeth a delwedd y cysgod yn rhan annisgwyl o dro yn y gynffon. Fodd bynnag, nid yw'r un dyfeisgarwch i'w weld yn y dweud yn gyffredinol ac mae sawl hen drawiad yma ('y galon gas', 'adenydd angau').

Caul a chael [*sic*]: Rhigwm ysgafn am gysgodi rhag cawod annisgwyl. Hoffais ddelweddaeth y pennill cyntaf ('bu'r gwynt â'i ewinedd/ar delyn yr haul') ond mae'r ail yn siomedig. Ni ddylai'r odl reoli'r dweud.

Arad: Telyneg *vers libre* gadarn ei datblygiad trwy gyfres o ddelweddau. Er y gŵyr *Arad* sut i ganu'n gynnil, rhoddodd ormod yn y golwg ar ddiwedd pennill dau a diffinio'r cysgod dan sylw: 'cysgod pechodau llencyndod,/cysgod hen gamwedd'.

Crinddail: Cerdd *vers libre* sy'n sôn am ddiddanu merch fach sâl â 'phypedau' o gysgodion ar wal ei hystafell wely. Hoffais gynildeb y pennill cyntaf ond rhythmau rhyddiaith a glywaf yn bennaf yng ngweddill y gerdd.

Ninon: Cerdd *vers libre* sy'n creu naratif argraffiadol trwy gyfres o ddelweddau byw yn y ddau bennill cyntaf. Yn y tair llinell olaf, cyflwynir yn gynnil gysgod o arswyd y gorffennol sy'n cyferbynnu'n chwyrn â 'normalrwydd' y penillion agoriadol. Rhyddieithol yw'r dweud yn y trydydd pennill.

Cragen: Cerdd naratif yn y wers rydd, sy'n adeiladu o bennill i bennill, am ddiflastod gwyliau siomedig. Mae'r cysgod annisgwyl o gadarnhaol a gyflwynir yn y diweddglo'n ddigon effeithiol ond braidd yn rhyddieithol yw'r dweud mewn mannau eraill.

Caspar: Cerdd *vers libre* synhwyrus ac awgrymog – hyd at ddiwedd y trydydd pennill. Dylid edrych eto ar leisiau pennill pedwar, ac ar yr ailadrodd anghynnil ar y gair 'cysgod' yn y pennill olaf.

Rhy Hwyr: Pennill awgrymus o ingol am salwch, a chysgod ar sgan meddygol. Gan fod chwe llinell y gerdd fer hon yn troi o gwmpas y syniad o amser ac oedi, efallai y byddai ei hergyd yn fwy effeithiol pe bai'n datblygu'n arafach, dros ragor o linellau.

Jac-y-do: Cerdd rydd, gwta saith llinell, sy'n cyfleu symudiad cysgod fflam trwy gyfrwng ei rhythmau yn bennaf. Anuchelgeisiol ond digon effeithiol.

Du a gwyn: Telyneg gymen, gadarn ei strwythur, yn cyflwyno agweddau gwahanol ar gysgod oriau'r tywyllwch. Cyrhaedda'r cwbl uchafbwynt naturiol yn y pennill olaf ond mae nifer o hen drawiadau yma ac ystrydeb yw'r llinell glo: 'Ar ôl y nos, bydd dydd'.

Bwgan: Er bod elfennau rhigwm plant yma, mae'r ddelweddaeth yn rhy dywyll i'w ddehongli felly. Wedi awgrymiadau sinistr y tri phennill cyntaf, braidd yn siomedig i'm chwaeth i yw'r pennill clo cyferbyniol o olau.

Dyn sâl: Tri phennill am glaf. Er bod ambell gyffyrddiad sylwgar yma, hen drawiad yw sôn am gystudd fel 'dyffryn tywyll du', a thrwy flaenu'r ansoddair a'i negyddu, crëwyd llinell bur anghynnil: 'a'i ddi-segur ddwylo cedyrn'.

Hen Fugail: Effaith ddifaol cysgod coed bytholwyrdd ar gynefin a fu gynt yn gyfoethog amrywiol yw testun y delyneg hon. Mae'r mydryddu'n bert a cheir ambell linell swynol, ond catalogaidd yw'r cynnwys ac nid yw'r diweddglo'n cyflawni bygythiad y pennill agoriadol.

Fflam: Cerdd *vers libre* am gysgod gofal mam rhag stormydd bywyd. Fe'i strwythurwyd yn bwrpasol ond mae'r ddelweddaeth yn ddisgwyliedig a'r dweud i gyd yn y golwg.

Chwaer: Telyneg yn ymateb i farwolaeth brawd. Mae'r profiad a fynegir yn ingol ond mae'r duedd i flaenu'r ansoddair ('hir nos', 'wan lais') ac i ddefnyddio ymadroddion 'barddonol' ('canig dlos') yn creu naws or-sentimental.

Riwbi: Darlun synhwyrus o gysgod 'nos o Haf/a'i hud' wedi'i gyflwyno mewn cyfres o ddelweddau hyfryd. Awgrymaf ddileu un llinell fer ('â phinc'), a chryfhau'r adran glo.

Pelydren fach: Cysgod marwolaeth yw testun y gerdd fer hon. Mae'r arddull lem yn gweddu i'r dim a'r darlun ingol o'r ci yn 'llyfu ei ffordd o stôl i stôl' yn bur effeithiol.

Vladimir: Cerdd *vers libre* a'i llinell agoriadol, 'Ynys yw dyn', yn cynnig gwrtheb i Fyfyrdod enwog John Donne. Dyma waith cynnil, synhwyrus, ond efallai y byddai ar ei ennill o beidio â chyflwyno thema newydd yn y llinellau clo.

Rhif Saith: Cyfres o benillion telyn nad ydynt yn ymffurfio'n uned ddigon tyn i'w hystyried yn delyneg. Mae yma ymadroddi pert ond mae angen rhoi sylw i'r sillafu ('haelwen', 'cynig', 'disglaer') a'r defnydd o'r collnod (heb sôn am y gwallau teipio).

Yn y bwlch: Telyneg ar y mesur 2.88.888. Methais ddarllen hon heb i'r emyn-dôn gyfarwydd 'Braint' (*Caneuon Ffydd*, 25) wthio i'r meddwl ac, yn wir, ceir sawl adlais emynyddol yn y pennill olaf. Siomedig o dreuliedig yw'r gymhariaeth sy'n cloi'r gerdd: 'cysgodion fel y nos'.

Eryl: Cerdd *vers libre* effeithiol, amwys ei delweddaeth. Mewn gwaith mor gynnil, braidd yn eiriog yw 'Gwelai hi rybudd/golau coch/y sigarét' yn yr ail bennill ond mae'r diweddglo'n hyfryd o dynn.

Olwen: Cysgodion diwydiant a diweithdra yng nghymoedd y De yw thema'r ddau bennill cyferbyniol hyn. Mae'r dweud yn gymen ond yn ddi-fflach.

Cwasi: Dau bennill eto, yn cyferbynnu'r cysgod y mae cartrefi (yn y Dwyrain Canol, fe dybir) yn ei gynnig rhag gwres yr anialwch ar y naill law a gwres brwydr ar y llall. Canu cymen ond di-fflach a'r dweud braidd yn dreuliedig.

Eli: Canlyniadau llythrennol a throsiadol anrheithio Abaty Ystrad Fflur sy'n bwrw eu cysgod yn y delyneg hon. Ymgais i gyfleu cyfnod a chreu awyrgylch, efallai, sydd y tu ôl i ymadroddion fel 'tangnefeddus fan', 'y dawel fro a'i rhin' ac 'estron wŷr', ond y canlyniad yw mynegiant treuliedig, er y llwyddwyd i greu cwpled clo effeithiol.

Maes y Bryn: Dau bennill yn cyferbynnu profiadau bywyd plentyn ac oedolyn trwy sôn am geisio dianc rhag ei gysgod ei hun. Mae awgrymusedd yr ail bennill yn hyfryd ond braidd yn gloff yw rhythm a chystrawen y llinell olaf namyn un.

Peredur: Telyneg ddau-bennill gymen ei gwneuthuriad ond digyffro ei mynegiant, am glawdd sy'n darparu cysgod gwarchodol i ddefaid adeg tywydd mawr.

Mabli: Mynegiant o ddyhead ofer y bardd am gysgod cwsg rhag poenau realiti, mewn dau bennill twt. Mae'r mydryddu'n esmwyth a'r ymadroddi'n rhwydd ond mae'r dweud, fel teimladau'r bardd, oll yn y golwg.

Bugail yr Hafod: Telyneg gymen ar ffurf dau bennill cyferbyniol. Mae'r delweddu'n glir a'r iaith yn syml – a mwy i 'ysgwyd cwt' y llinell olaf nag a dybir ar y darlleniad cyntaf. Mae 'caled lain' yn afrwydd a'r odl yn llywio'r dweud.

Ynys-hir: Cerdd *vers libre* gref sy'n ein tywys o harddwch y môr 'ar fore mwyn o haul' i ddinistr 'hen anghenfil/â'i ewinedd rhwygo-creigiau'. Mae yma ddawn delweddu arbennig a chynildeb iasol yn y llinellau clo ond nid telyneg mo hon i'm tyb i.

Ymwelydd: Cerdd *vers libre* ar thema salwch. Mae ynddi nifer o linellau trawiadol ond y duedd yw dweud gormod, a byddai hon ar ei hennill o'i thynhau – gan gynnwys tocio'r tair llinell olaf.

Fel y grisial: Cerdd *vers libre* sy'n troi o gwmpas delwedd ffenestri brwnt. Mae yma ymgais glir i strwythuro ac ambell gyffyrddiad da ('rhithiau graen', 'syfrdan haul'), ond rwy'n amau a yw'r llinell 'nes dod yn ddifrycheulyd' yn talu am ei lle.

Dowch i'ch sedd: Telyneg *vers libre* sy'n cyferbynnu rhithiau cyffrous ac amrywiol byd y sgrîn fawr â gwacter digysgod 'oren unlliw' goleuadau'r stryd y tu allan i'r sinema. Mae yma ddeunydd cerdd gref ond gellid tynhau tipyn ar y rhan gyntaf.

EW!: Cerdd goffa i'r diweddar Eirug Wyn, sy'n llwyddo i osgoi sentiment a chreu naws o dynerwch ysgafn trwy gydblethu delweddau o haul, gwên, cwmwl a chysgod. Efallai bod y delweddau hynny'n cael eu gorweithio a byddai'r gerdd yn gryfach o'i thynhau.

Un o'r miloedd: Cerdd *vers libre* am ryfel Swdan, gan fardd hyderus sy'n medru llunio llinellau trawiadol iawn – a hefyd yn medru llunio rhai llac. Y duedd yma eto yw dweud gormod, a byddai hon yn gryfach o docio'r pedair llinell olaf gan ddiweddu ar nodyn cryf.

Nant Gwrtheyrn: Telyneg am gysgod atgofion a marwolaeth, sy'n tynnu ei delweddau o fyd dŵr. Mae'r rhythmau'n gloncog mewn mannau, fodd bynnag, ac nid yw 'ffoi' yn gweddu i ddelweddaeth y cwpled clo. Peidiwch â gadael i'r odl lywio'r dweud.

Nant y Moel: Disgrifiad o dirwedd ar ôl rhyw drychineb – tswnami Gŵyl San Steffan a ddaeth i'm meddwl i. Mae'r dweud yn dwt ond yn ddigyffro.

Clust gam: Cerdd *vers libre* drawiadol sy'n llwyddo i greu awyrgylch o fygythiad cyntefig. Teimlaf y byddai hon yn gryfach o'i thynhau trwy gyfuno'r penillion agoriadol. Hoffais linell gyntaf y pennill olaf: 'Rwy'n briod ag unigeddau'.

Erys tair telyneg heb eu trafod: gwaith *Melangell, Math* a *Llwyd*. Dyma delynegion mwyaf trawiadol y gystadleuaeth, yn fy marn i.

Melangell: Telyneg *vers libre* sy'n diriaethu cysgod dinistr trwy adrodd hanes lladd fflyd o gywion hwyaid gan 'gatrawd ddu' o adar ysglyfaethus. Er bod elfen naratif yma, nid yw'r adrodd yn uniongyrchol ac mae'r dewis o air a delwedd yn peri i feddwl y darllenydd wibio'n ôl ac ymlaen rhwng y cywion a maes y gad neu frwydr ar fôr. Os yw delweddaeth yr ail bennill ychydig yn anghyson, mae'r llinellau olaf yn ingol eu mynegiant o brofiad oesol:

> dim ond mam
> yn un â'r merddwr
> a hen wylo yr oesoedd.

Math: Pwnc y delyneg drawiadol hon yw un o'r 'cysgodion' dynol a seriwyd ar lawr ac ar garreg pan anweddwyd pobl ar amrantiad gan wres eithafol ffrwydro'r bom atomig yn Hiroshima, Awst 6, 1945. Dirieithir lladd amhersonol y miloedd trwy ganolbwyntio ar un cysgod, a phendroni yn ei gylch:

> Am wyth y bore hwnnw,
> pwy ydoedd, gŵr 'ta gwraig,
> a seriwyd yma'n atgof
> o gysgod ar y graig?

Try'r holi didaro yn hunanholi erbyn y pennill olaf a'r bardd yn gorfod cyfaddef bod ei ddifrawder yntau'n 'gysgod ar y graig'. Gosododd *Math* gryn her iddo'i hun wrth ddewis '-*aig*' yn odl acennog ym mhob pennill, a theimlir straen hynny mewn un man o leiaf, ond gwrthbwysir hynny gan yr ymadroddi didostur o oer. Cerdd effeithiol o anghysurus.

Llwyd: Hoffais symlrwydd ymddangosiadol y delyneg synhwyrus hon o'r darlleniad cyntaf. Llwyddodd y bardd i greu awyrgylch o unigrwydd ac ansicrwydd ofnus yn y pennill cyntaf trwy apelio at y glust a'r llygad, sydd yn eu tro yn arwain at y galon erbyn llinell olaf y pennill. Nid oes na gwres na chysur yn y 'sgarff am wddf y lloer' – disgrifiad hyfryd o'r niwlen sy'n ymdaenu ar draws wyneb lleuad lawn ar rai adegau yn y flwyddyn – ac mae calon y traethydd yn oer.

Ar weld – a methu gweld – y mae holl bwyslais yr ail bennill: a'r hyn na welir sy'n rhoi ei hergyd i'r gerdd. Er bod gan y traethydd lygaid i weld y byd naturiol o'i gwmpas, nid yw ei harddwch yn golygu dim iddo am fod llygaid trosiadol ei gof yn dehongli'r hyn a wêl yng ngoleuni profiadau'r gorffennol. Yn y gweld, a'r methu gweld, trosiadol hwnnw y gorwedd cysgod amwys y gerdd. Un gair bach yn y cwpled clo sy'n rhoi tro yn y gynffon, gan ddarparu cyd-destun ar gyfer yr ailddarllen sy'n rhwym o ddilyn.

Os cerdd draddodiadol yw hon o ran ei dull a hefyd ei thraw mewn ambell fan, mae ei thechneg yn gadarn, ei rhythmau'n llyfn a'i chynildeb yn ddifeth. Hon, yn fy marn i, yw telyneg orau'r gystadleuaeth, ac mae *Llwyd* yn llawn haeddu cael ei wobrwyo.

Y Delyneg

CYSGOD

Pan safwyf ambell hwyrnos
Is cangau'r deiliog bren,
A hwt tylluan ofnus
Yn gryndod uwch fy mhen,
Nid am fod sgarff am wddf y lloer
Y mae fy nghalon i yn oer.

Nid am nad oes im lygad
I weld yr hyn sydd gain
Y methaf ganfod harddwch
Fel doe ym mlodau'r drain,
Ond am nad oes wrth ddrws y ffau
Ond un ohonom, lle bu dau.

Llwyd

Cerdd mewn cynghanedd gyflawn: S4C

BEIRNIADAETH ISLWYN JONES

Un cyfansoddiad a dderbyniwyd, sef eiddo *Realiti'r TV.* Rhyw arolwg byr a chyffredinol ar hanes y sianel a gawn gan y cystadleuydd hwn cyn iddo orffen drwy gynnig barn ar safon y rhaglenni a ddarperir heddiw. Gwneir hyn i gyd mewn pum brawddeg a rannwyd yn dri deg a phedair o linellau. Cynllun traethawd sydd i'r cyfansoddiad.

Dyma'r agoriad:

> Degawd ei genedigaeth
> ydyw hi, ac mae'r dadlau amdani'n dasg
> anodd i'r rheini
> sydd ei heisiau hi;

Yna, cyfeirir at anfodlonrwydd yr awdurdodau i roi sianel arbennig i Gymru a hynny

> . . . am mai risg
> yw annog annibyniaeth
> barn yn y byd.

Wedi hynny, sonnir am y llywodraeth yn newid ei meddwl ac am ympryd Gwynfor Evans. Mae'r awdur yn sylweddoli bod teledu Cymraeg yn gorfod cystadlu â sianelau eraill ac y mae gwylio'r rheini'n gallu cael effaith andwyol arnom:

> Ond mae realiti'r TV, er mor 'fyw',
> yn ddi-rym yn nyddiau'r holl
> sŵn ac opsiynau
> eraill, y mae oriau
> o wylio yn tanseilio ein sens
> o'n realiti ni'n hunain,
> nes i ni
> actio allan o berspectif . . .

Mae'n cloi trwy ddweud bod y rhaglenni a ddarlledir yn awr wedi ymbellhau 'o'r hen raglenni'.

Rhyddiaith cynganeddol a geir gan *Realiti'r TV* ac mae'r mynegiant yn drwsgl a sathredig yn aml. Ar ben hynny, ceir ambell linell lle mae'r gynghanedd ymhell o fod yn dderbyniol:

> Yn erbyn Llundain, Prydain a'i hymerodraeth ymprydiodd

a dangosir diffyg parch at y cyfrwng mewn llinellau megis

a rhywsut, am ryw reswm
newidiwyd sianeli teledu.

Y mae'r ystyr yn gymylog ar brydiau ac nid yw'r awdur, ychwaith, yn siŵr o'i ffeithiau ynglŷn â'r ymprydio. Cyfansoddiad siomedig iawn yw hwn o eiddo *Realiti'r TV* ac mae ymhell islaw'r safon a ddisgwylir. Gofynnwyd am gerdd ond nid cerdd a gafwyd. Ni allaf ond atal y wobr.

Stori Mewn Mydr ac Odl: Y Dewis

BEIRNIADAETH TECWYN IFAN

Mae adrodd stori mewn mydr ac odl yn gyfrwng pwysig yn llenyddiaeth pob gwlad. Mae'n un ffordd o ddiogelu ei hanes ac i drosglwyddo stori ei phobl o genhedlaeth i genhedlaeth mewn modd cryno a chofiadwy. Er hynny, dim ond pedwar ymgeisydd a ddaeth i'r gystadleuaeth hon. Diolch i'r pedwar ohonynt a dyma fel yr wyf yn eu gweld.

Er bod gofynion sylfaenol y gystadleuaeth yn eitha' syml ac eglur, rwy'n ofni na ddeuthum o hyd i na mydr nac odl yng ngherdd *Awelon*. Ofnaf ymhellach fod y stori hefyd wedi aros yr un mor ddirgel. Serch hynny, rwy'n synhwyro bod ymgais yma i gyfleu rhyw brofiad go ddirdynnol a dwys. Ond mewn cystadleuaeth o'r natur yma, mae angen gallu cymryd cam yn ôl o'r hyn y cenir amdano er mwyn ei gyflwyno mewn ffordd fwy gwrthrychol na'r hyn a gafwyd gan *Awelon*. Ond diau bod llunio'r gerdd hon wedi bod o help i *Awelon* fwrw'i faich/baich.

Mae *Cymunedwr* yn adrodd stori sy'n gyffredin i lawer o ardaloedd yng Nghymru bellach, sef y bygythiad i'n ffordd o fyw gan fewnlifiad a dylanwadau estron. Noda'r bardd fod y gerdd wedi ei seilio i raddau ar yr hanes a gynhwysir yn awdl fuddugol Tilsley yn Eisteddfod Genedlaethol Llangefni 1957. Gwêl *Cymunedwr* bod y dynged a broffwydai'r Prifardd bron i hanner canrif yn ôl wedi ei hen wireddu, a bellach mae 'Cwm Carnedd a Thilsley, ill dau yn y bedd'. Er bod y mynegiant drwy'r gerdd yn esmwyth a rhwydd, mae'r diffyg newydd-deb a'r methiant i geisio rhoi dehongliad mwy cyfoes i'r stori a bortreadir yn cadw'r gerdd rhag codi'n uwch na'r cyffredin rywsut.

Stori ysgafn a gyflwynir gan *Sam y Teiliwr* am hen fardd yn eistedd 'wrth y bar/a'i lás mor wag â'i ben'. Yr hyn sy'n ei boeni yn y fath gyflwr yw pethau fel:

> Paham mai despret ydoedd Dan?
> Paham mae Rhodri'n fawr?
> Paham mae jam yn tynnu clêr?
> Paham mae Dewi'n Sant?
> Paham cenhedlwyd Tony Blair?
> Paham erioed Gerdd Dant?

Ond o gael clust barod i wrando arno, aeth stori *Sam y Teiliwr* rhagddi am bris 'dracht o jin – ond nid un bach'. Er syndod mawr (iddo'i hun, o leia'),

61

cafodd ei ddewis 'i farnu'n 'Steddfod Môn'. Ond pan ddaeth seremoni'r cadeirio, cadeiriodd ei hunan, a hynny am ganu 'awdl hir/i fam Sadam Hwsên/ag awen fyddai'n dal ei thir/â gorau Llywarch Hen'. Diolch i *Sam y Teiliwr* am ychwanegu llawer at y gystadleuaeth ac am gerdd a roes gryn foddhad i mi.

Mae *Dringwr* yn adrodd stori ryfeddol Joe Simpson yn dringo mynydd y Siula Grande yn yr Andes ym 1985 gyda'i gydymaith Simon Yates. Mae Joe Simpson wedi cofnodi'r hanes yn ei lyfr, *Touching The Void*, a wnaed bellach yn ffilm. Yn ystod yr anturiaeth fawr hon, bu'n rhaid i Joe wneud dewis anodd iawn. Yn dilyn cwymp ar yr eira, dewisodd dorri rhaff ei gydymaith a olygai y byddai hwnnw'n disgyn i'r dyfnderoedd, er mwyn i Joe achub ei fywyd ei hun. Ond, fel yr adroddir yn y gân, nid dyna ddiwedd y stori.

Er bod hon yn hen stori bellach, mae'r mynegiant yn afaelgar a'r tyndra'n cael ei gynnal yn gelfydd drwyddi. Ac er y byddai'n well gennyf wobrwyo stori fwy Cymreig ei chefndir, mae cerdd *Dringwr* yn codi i dir dipyn uwch na'r lleill ac mae'n llawn deilwng o'r wobr gyntaf.

Y Stori mewn Mydr ac Odl

Y DEWIS
(*Touching the Void*, Joe Simpson)

Bu swyn y mynyddoedd yn denu drwy'r oesau
Y mentrus a'r dewr i'w hudol binaclau;
A phrofodd y medrus a'r ffôl fel ei gilydd
Y rheidrwydd i ildio i alwad y mynydd.
Fe heriodd sawl mintai'r copaon uchel
Yn frwd a hyderus, ar antur ddiddychwel;
Ac mae nifer â'r eira yn drwch ar eu beddau,
Ar ôl disgyn i'w tranc ar yr anial lechweddau.

A'r alwad a ddenodd Joe Simpson ar ymdaith
I'r Andes, a'r dewr Simon Yates yn gydymaith.
Siula Grande oedd eu nod, a'u bryd oedd ar ddringo
I'w gopa mawreddog, nad oedd neb wedi'i goncro.
Fe wyddai y ddau mai menter ryfygus
Fyddai mynd i'r fath le, oedd mor wyllt a pheryglus;
Ond roedd hyder ieuenctid yn drech na'u gofidiau,
A'r cynnwrf yn llifo yn fyw'n eu gwythiennau.
A gofyn wnaeth cyfaill a gâi yntau ymuno,
I warchod eu gwersyll tra byddent yn dringo.

Teithiasant yn eiddgar i'r unigedd anghysbell,
A chanfod y mynydd bygythiol o hirbell;
Ac wrth agosáu, fe syllent yn gegrwth
Ar y copa disgleirwyn a oedd yno'n eu bygwth.
Roedd melltith a gwae yn nhrem y clogwyni,
A'r bargodion crisialaidd oedd yno yn crogi.

Yn eu pabell ddigysur, diorffwys fu'r noson,
A'r ddau'n cael eu llethu gan ofn ac amheuon;
Ond pan wawriodd y bore, a'r haul yn disgleirio,
Dychwelodd eu hyder a'u hoen unwaith eto.
Cychwynnodd y ddau ar eu taith tua'r llethrau,
Gan droedio'n drymlwythog drwy'r graean a'r creigiau.
O'u blaen roedd rhewlifoedd a'u hafnau diwaelod,
A'r tirwedd o'u cwmpas oedd yn foel a digysgod.
Roedd y daith tua'r mynydd yn hir a blinedig,
A threuliwyd y nos mewn rhyw geudwll oer, unig.

Pan dorrodd y wawr, dychwelodd yr ofnau
Wrth ystyried anferthedd y dasg oedd o'u blaenau;
Roedd yr iâ ar y graig i'w weld yn disgleirio,
Dim ond y medrusaf a fentrai ei ddringo;
Ond bu'n rhaid ymwroli a throi tua'r llechwedd,
A'r bwyeill iâ pigfain yn dynn yn eu bysedd.
Esgynnwyd dros wyneb y graig bob yn dipyn,
Tra oedd cerrig ac eira o'u cwmpas yn disgyn.
Roedd yr awyr yn denau a'r gwaith yn llafurus,
Ac yn syth oddi tanynt roedd gwagle enbydus.
Fe dreuliwyd y noson mewn twll yn yr eira,
A'u bryd fore trannoeth ar gyrraedd y copa.

Roedd rhewynt y bore yn fain ar eu gruddiau,
A'r creigiau'n atseinio i sŵn eu cramponau;
O gam i gam ac o ergyd i ergyd,
Ymlusgent ymlaen uwch y dyfnder dychrynllyd,
Nes cyrraedd o'r diwedd, a hi yn ddiwedydd,
Yr esgair sy'n arwain at gopa'r mynydd.
Ymlaen yn lluddedig, a'r eira'n lluwchio,
A'r ddau'n benderfynol o gyrraedd yno;
Ac yna, o'r diwedd, rhoi bloedd orfoleddus
Wrth gyrraedd y copa yn fuddugoliaethus.

Ar hyn, dyma'r awyr yn cyflym dywyllu,
A chymylau bygythiol o'u cylch yn ymgasglu;
Disgynnodd yr eira yn drwchus dros bobman,
Gan ddileu ôl eu traed a gorchuddio y cyfan.
A gwyddent mai rhaid fyddai gadael ar unwaith
A chilio o'r fangre ddigroeso a diffaith.
Roedd y storm yn gwaethygu, a'r nos ar eu gwartha',
Ac araf a blin oedd eu siwrnai drwy'r eira;
Ffolineb oedd bwrw ymlaen drwy'r tywyllwch,
A gwell oedd llochesu rhag yr oerni a'r düwch.

Ar ôl noson ddigysur ar y grib uwch y dibyn
Roedd y ddau yn betrusgar wrth ailddechrau disgyn;
Yr iâ oedd yn llithrig a'r eira'n dwyllodrus,
Rhaid oedd cymryd pob cam ymlaen yn ofalus.
Ond ar hyn llithrodd Joe, ac yna mewn ennyd
Fe'i hyrddiwyd i lawr tua'r gwagle dychrynllyd;
Fe dorrwyd ei gwymp gan y rhaff am ei ganol,
Ond chwalwyd ei goes, a'r boen oedd arteithiol.
Pa obaith oedd nawr i ddychwelyd o'r antur?
Rhaid wynebu marwolaeth ar y llethrau didostur.

Griddfannai'n ei boen, a phob gobaith yn cilio,
Wrth i Simon ymdrechu i ddod lawr tuag ato.
Pan ddaeth Simon at Joe, a gweld ei gydymaith,
Fe'i meddiannwyd ar unwaith gan fraw ac anobaith.
Roedd tranc ei gyd-ddringwr fel pe bai'n anochel;
A ddychwelai ef, Simon, o'r daith yn ddiogel?
Ond yna i lygaid ei gyfaill fe syllodd,
A gwyddai fod yn rhaid ceisio'i achub e rywfodd.

Fe glymodd ddwy raff yn dynn yn ei gilydd,
A gollwng ei gyfaill hyd ochr y mynydd;
Yn raddol disgynnent i lawr yn ffwdanllyd
Dros wyneb y graig a'r pileri rhewllyd.
Oddi tanynt roedd clogwyn na wyddent amdano,
A Joe a ddisgynnodd i'r gwagle oedd yno.
Fe grogai'n ddisymud dros erchwyn y dibyn,
Heb neb i roi cymorth na chwaith i'w amddiffyn.
A Simon, mewn gwewyr, oedd fry ar y gwaered,
Ynghlwm wrth ei gyfaill, nad oedd obaith ei arbed.
Sedd fregus o eira oedd yn ei angori;
Cyn bo hir byddai'r pwysau yn siŵr o'i ddisodli;
A byddai dau gorff yn hyrddio i'r gwaelod
I farwolaeth anochel ar y rhewlif oedd isod.
Roedd yr oerfel di-ildio i'w hesgyrn yn treiddio,
A'r sedd yn yr eira yn bygwth dadfeilio.
Roedd Simon yn gwybod nad oedd gobaith ymwared,
Ac mai disgyn o wyneb y graig fyddai'u tynged.
Fe wyddai, pe na byddai Joe yno'n hongian,
Y gallai encilio a'i achub ei hunan.
Pe torrai y rhaff, gallai ef, Simon, ddisgyn,
A Joe fyddai'n myned i'w dranc dros y dibyn.

Roedd y dewis yn ingol; pe bai'n gwneud yr anfadwaith
Byddai'n 'i achub ei hun ond yn lladd ei gydymaith.
Yn ei hunllef, eisteddai'n benisel a phruddaidd;
Roedd meddwl am wneud y fath weithred yn ffiaidd.
Ond gwyddai, pe na chyflawnai y drygwaith
A thorri y rhaff, nad oedd ganddo ddim gobaith.
Ond poenid e'n ddirfawr gan hunlle'i amheuon,
A sut fedrai wedyn wynebu'i gyfeillion?
A feddylid amdano fel bradwr a llwfrgi
Am adael ei ffrind ar y mynydd i drengi?
A fyddai cyd-ddringwyr i gyd yn condemnio,
A'i gydwybod anesmwyth o hyd yn ei flino?

Roedd rhaid gwneud y dewis, ai torri'r rhaff ddringo
Neu rewi, a disgyn i'r dyfnder oedd dano.
Pendronai uwchben ei ddewisiad arswydus,
Yn gyndyn i wneuthur y weithred fradwrus.
Penderfynodd! Fe wynebai feirniadaeth a cherydd;
Fe dorrai y rhaff a dianc o'r mynydd.
Yn araf fe dorrodd drwy'r rhaff a'i cysylltai
Â Joe, oedd ynghrog yn y gwag eangderau.
Disgynnodd y corff tua gwaelod y clogwyn,
A Simon oedd nawr yn ddifaich uwch y dibyn.

Yn araf enciliodd o ŵydd y mynyddoedd,
Gan droedio'n ofalus drwy'r iâ a'r rhewlifoedd,
A chyrraedd o'r diwedd, yn drist a lluddedig,
I'r babell a godwyd yng nghysgod y cerrig.
O'i mewn yr oedd cyfaill yn aros amdano,
A Simon a dd'wedodd yr holl hanes wrtho.
Ac yno'n y babell bu'r ddau'n ymochelyd,
Gan feddwl am gyfaill na fyddai'n dychwelyd.

*   *   *

Dan wyneb y clogwyn roedd agendor bygythiol,
A Joe a ddisgynnodd i'w ddyfnder angheuol.
Fe dorrwyd ei gwymp gan silff a ymwthiai
I ganol yr hafn, ac yno gorweddai.
Oddi tano roedd agen ddiwaelod i'w gweled,
A chŵyn annaearol y rhewlif i'w chlywed.
Roedd diferion y dŵr yn hyglyw ac eglur,
Ac adleisid pob sŵn yn y beddrod digysur.
Gorweddai'n ei boen, yn un swp diymgeledd,
A gwyddai mai marw a fyddai'n y diwedd.
Ni fedrai fyth ddringo yn ôl i'r fynedfa;
Pe disgynnai yn is, a oedd gobaith dihangfa?
Angorodd ei hun wrth yr iâ yn ddiogel,
Gan ddisgyn ar raff i'r dyfnderoedd dirgel.

Wrth fyned yn is, fe welodd o dano
Lawr rhewllyd, a'r haul yn disgleirio arno.
Roedd colofn o iâ yn ymestyn i'r gwagle,
A thrwy'r hollt uwch ei phen gwelai heulwen y bore!
A oedd gobaith ei dringo a dianc o'i garchar,
A chael unwaith eto ei draed ar y ddaear?
Ymgripiodd yn betrus at waelod y golofn,
A dechrau ei dringo yn araf ac eofn.

Roedd y boen yn ei goes erbyn hyn yn arteithiol,
Ond i fyny y dringai yn benderfynol.
Yn raddol, esgynnodd yn uwch o'r diddymdra,
A llusgodd ei hunan drwy'r twll ger y copa.
Llwyddasai i ddianc o'i feddrod echryslon,
A gorweddodd ar lawr yn gynhyrfus a bodlon.

Bu'r siwrnai yn ôl yn hir a blinderus,
Roedd wedi ymlâdd, roedd ei goes yn ddolurus;
Yn araf ymlwybrodd drwy'r rhewlif a'r cerrig,
Yn dioddef o newyn a syched dieflig.
A fyddai'n diffygio dan bwys ei flinderon,
Ac angau'n ei hawlio, er gwaetha'i ymdrechion?

                    *   *   *

Yng nghlydwch y babell, roedd Simon yn huno,
Pan ystwyriodd ei gyfaill yn sydyn a deffro.
Meddyliodd fod rhywun yn galw ei enw –
Ai breuddwyd a gafodd fod rhywun yn galw?
Ai synau y nos mewn man anghyfannedd?
Neu oedd rhywun yn ymbil yn daer o'r unigedd?
Gadawodd y ddau eu pabell gysurus,
A sefyll fel delwau i glustfeinio'n ofalus.
Ac yna i'w clyw daeth llais yn dolefain,
A brysiodd y ddau i geisio ei olrhain.
Fe alwai y llais yn wan o'r anialwch,
Tra rhuthrai y ddau ymlaen drwy'r tywyllwch.

Ac yna, mewn cilfach, ar wely o raean,
Fe welsant eu cyfaill clwyfedig yn griddfan.
Ar ôl rhoddi ymgeledd i'w cydymaith musgrell,
Fe'i cariwyd yn dyner yn ôl at y babell.
Ar ôl gweled ei goes, fe'u llanwyd â phryder,
Byddai'n rhaid ceisio'i symud o'r mynydd ar fyrder.
A phan ddaeth y bore, daeth un o'r brodorion
Â'i fulod i'w gludo dros lwybrau cul, geirwon.
Fe deithiwyd am ddeuddydd i dref Cajatambo,
A phob un yn falch o gael cyrraedd yno.
Yna tridiau o daith i'r ysbyty yn Lima,
Lle cafodd Joe driniaeth, a chyfle i wella.

                    *   *   *

Aeth hanes yr antur ar led drwy y gwledydd,
Ac mae bellach yn rhan o chwedloniaeth y mynydd.
Roedd y dewis wnaeth Simon yn weithred anhyfryd,
Ond drwy dorri y rhaff, fe achubwyd dau fywyd.
A bydd eto wrhydri ar wyneb y creigiau
Tra denir y mentrus i'r anial lechweddau.

Dringwr

Deg pennill telyn yn ymwneud â'r tywydd

BEIRNIADAETH SIÂN LLOYD

Mwynheais feirniadu'r gystadleuaeth hon a chael cyfle i ddysgu tipyn am goelion tywydd o Gymru benbaladr. Yn wir, canolbwyntio ar ymadroddion a diarhebion a wnaeth y rhan fwyaf o'r cystadleuwyr, i'r fath raddau nes fy mod i'n dyheu am fwy o symbolaeth a syniadau, heb sôn am emosiynau!

Yng nghynigion *Alaw, Prydydd y Gors, Perseffoni, Moses Pant-y-Meysydd* a *Nel*, hoffais y cyfeiriadau cyfoes at broffwydi'r tywydd, Ellen MacArthur, cynhesu byd-eang, llawr y gegin yn sychu'n boenus o araf, a 'natur weithiau'n drysu'. Yn ogystal â hynny, hoffais hiwmor *Hafod y Cwm*, a phragmatiaeth *Pen Talar*, sy'n dod i'r canlyniad, beth bynnag fo'r tywydd, 'os iechyd gawn, fe fyddwn ddedwydd'.

Gwaetha'r modd, anwybyddodd *Hen ŵr* y rheolau, gan gyfansoddi *deuddeg* pennill yn lle deg. Hoffais ei waith a theimlaf yn euog fy mod yn gorfod ei gosbi, yn enwedig am ei fod eisoes yn brudd oherwydd 'Oer a thywyll diwedd blwyddyn – Tybed 'wela' i haf yn dilyn?'

Beth bynnag, roedd y gystadleuaeth o safon uchel tu hwnt. Cynigiodd 16 a gallaf ddweud heb flewyn ar dafod imi gael blas ar waith pob un ohonynt.

Dyma fy sylwadau byrion ar fy hoff rai:

D. A. Rogan: Benthycodd ddywediadau o wahanol ardaloedd Cymru a'u rhoddi ar ffurf penillion. Dyma waith swynol a chynnil, sy'n llifo'n esmwyth iawn ac yn gwbl naturiol.

Gŵr Gweddw: Dyma fardd sy'n canolbwyntio ar ddigwyddiadau'n ymwneud â'r tywydd yng Nghymru yn yr ugeinfed ganrif, o stormydd enbyd i wastraff a llygredd. Mae'n anodd penderfynu a yw'r pennill olaf yn wir effeithiol. Dywed y bardd ei fod yn drist ar ôl colli ei wraig oherwydd: 'Pwff o wynt aeth tani hi, / Ni welwyd moni wedyn'.

Uwchaled: Mae'n llwyddo i weu deuddeng mis i mewn i ddeg pennill mewn ffordd ddigon naturiol. Hoffais ei gyseinedd: 'y glaw a sglein yr heulwen' a 'gwedd y wlad glwyfedig'. Ond roeddwn yn chwilio am rywbeth mwy.

Niwl o'r Môr: Braf cael cyfeiriad eitha' modern i ddarogan y tywydd yng ngwaith yr ymgeisydd yma. Mae'n clywed trên yn rhuo 'Draw ar ddolydd ir Llandeilo'. Eto, ceir llawer o ddiarhebion diddorol yn y deg pennill ond mae'r cyfan braidd yn rhy un-dimensiwn.

Un Wennol: Ceir yma ddefnydd da o iaith a chyseinedd. Mae'r penillion yn ymffurfio'n gyfanwaith crwn. Gwelais y 'broga melyn, broga bodlon' a theimlais 'y tes prynhawn yn hyfryd hofran'. Ac yn union fel y wennol sy'n dychwelyd bob blwyddyn, mae *Un Wennol* yn gwybod i sicrwydd y 'Bydd 'na dywydd fory eto'.

Gwernydd: Mae'n croniclo hen ddywediadau am y tywydd mewn ffordd ddigon diniwed. Wedi dweud hynny, dysgais am ddiarhebion gwerinol nad oeddwn erioed wedi clywed amdanynt (ond 'wn i ddim faint o bobl sy'n trin menyn y dyddiau yma 'chwaith!). Mae'r iaith yn llifo'n naturiol a'r odlau'n dda.

Coel Gwrach: O'r diwedd, dyma fardd sy'n cynnig mwy na diarhebion yn ymwneud â'r tywydd. Mae'n defnyddio'r tywydd fel symbol ar gyfer teimladau ac emosiynau:

> Ond fe bery'r storm am ddyddiau
> Pan fo'r cochni ar dy ruddiau

Yn yr un modd, gwneir cymhariaeth rhwng yr eira'n aros ar yr Wyddfa a'n heniaith: 'Er pob gelyn mae hi yma'. Dydi pob pennill ddim yn berffaith, berffaith ond mae'r deunydd yn ddiddorol ac yn wahanol, a'r iaith yn hyfryd reddfol.

Eli: Croniclo diarhebion a hen goelion tywydd a wneir. Mae'r cerddi cyntaf yn addawol ond braidd yn siomedig yw'r penillion tua'r diwedd. Braf dysgu am arferion y ci yn 'cwrso'i gynffon', y moch 'yn flin a swnllyd' a'r 'gwydde'n clegar hefyd'. Ond brafiach fyddai mymryn mwy o ddyfnder.

Bu'n gystadleuaeth arbennig o dda. Roedd o leiaf hanner dwsin o'r cynigion yn haeddu'r wobr ond fy ffefryn, o drwch blewyn, yw *Coel Gwrach*.

Y Deg Pennill yn ymwneud â'r Tywydd

Maen nhw'n addo glaw ac eira
Yn Sir Fôn a 'lawr y De 'na,
Dim ond haul fydd yma 'leni,
Tra bydd Gwen yn gariad i mi.

Tra bydd niwl ar ben Garn Fadryn,
Fydd hi fawr o dywydd wedyn.
Pan ddaw'r crëyr i fyny'r afon
Fe ddaw haul i gochi'r mafon.

Arwydd da yw coch y machlud,
Cynnes fydd yr haul pan gyfyd,
Ond fe bery'n storm am ddyddiau
Pan fo'r cochni ar dy ruddiau.

Gwynt y Saeson maen nhw'n galw
Gwynt a ddaw o Ben y Bedw,
Ond mae ias tu hwnt i eiria'
Yn acenion dyn drws nesa'.

Er bod glaw o'r to'n diferu,
Fe ddaw tywydd gwell yfory
Ond ni dderfydd llif fy nagra'
Nes daw hi a'r bychan adra'.

Ar y silff mae llestr pygddu,
Fu am oes yn rhan o'r teulu,
Pan fydd haul yn taro arno
Gwelaf graciau lawer ynddo.

Eira'r llynedd ar yr Wyddfa,
'N mynnu aros rhwng y creigia',
Felly mae fy heniaith inna':
Er pob gelyn, mae hi yma.

Pan fydd Môn i'w gweld yn agos,
Fe ddaw glaw cyn gwelwn hirnos,
Er agosed yw hi heno
Pell yw'r un a drigai yno.

Llwyd yw'r môr pan fo hi'n genlli,
Llwyd yw creigiau Ynys Enlli,
Llwyd yw'r coed ar ganol gaea',
Lleucu Llwyd yw 'nghariad inna'.

Mae hen sŵn yng nghorn y simdda,
Cyn bo hir fe ddaw yr eira,
Ond er gweddi, er fy mhledio,
Dim ond un a all fy mendio.

Coel Gwrach

Cerdd *vers libre:* Dychwelyd

BEIRNIADAETH GWYNNE WILLIAMS

Priodol iawn, â ffwdan ffôl yr Eisteddfod wedi dod yn ôl unwaith eto i gysgod yr Wyddfa a'i chriw, oedd gosod 'Dychwelyd' yn destun. A chan fy mod i wedi derbyn chwech ar hugain o gerddi, mae'n amlwg ei fod yn destun a afaelodd. Roedd y rhain yn amrywio o delynegion bach o ychydig linellau i gerddi a oedd bron iawn â bod yn bryddestau bach. Nid bod maint yn gwneud gwahaniaeth, achos chwilio yr oeddwn am fardd oedd â golwg ar fywyd ac a lwyddodd i fynegi'r olwg honno'n groyw mewn cerdd *vers libre* a roddai foddhad esthetig.

Gair am bob un fel y daethant i law.

Rhiant yn galaru am fab fu farw o effaith cyffuriau a geir gan *Glyn.* Wrth gwrs, mae hi'n amhosib dweud a ydi'r cymeriad a'r digwyddiad yn real ai peidio ynteu'n greadigaeth lenyddol. Ac i'r darllenydd, dydi hynny ddim yn bwysig, mewn gwirionedd, os ydi'r gerdd yn argyhoeddi ar lefel artistig. Gwaetha'r modd, er bod ambell ddarlun effeithiol yma, mae'r dweud at ei gilydd yn ddi-fflach ac ystrydebol gyda gormod o frychau iaith.

'Mam yn dychwelyd i'r goleuni' a geir gan *Jac.* Mae'r gerdd yn gyforiog o liwiau ond teimlaf mai defnyddio lliwiau i geisio creu effaith a wna yn hytrach nag o reidrwydd artistig. Er enghraifft, anodd ydi gweld yr 'haul/yn sbecian/trwy'r fflur/yn ei gafael oer' a hithau o'r golwg yn yr arch. Mae'r newid rhwng y presennol a'r amherffaith yn ddryslyd hefyd. Ond roedd symlrwydd diffwdan y diweddglo'n fwy effeithiol.

Mae *Dola* hefyd yn euog o newid o'r presennol i'r amherffaith gan gymylu'r darlun o rywun yn dychwelyd i hen gwm lle mae rhywun wrthi'n 'brysur/yn ail godi'r waliau cerrig/i ddal yr eira/a ddaw ar fygwth/y cymylau tywyll'. Mae'r dyfyniad hwn yn nodweddiadol o'r dweud a 'does dim sy'n drawiadol drwyddi draw nac uchafbwynt o unrhyw fath.

Ofnaf fod *Randall* wedi crwydro o ryw gystadleuaeth arall gan mai teitl ei gerdd ydi 'Mine'! 'Fyddai hynny ddim yn ei ddiarddel pe bai'r gerdd ei hun wedi bod yn destunol. Gwaetha'r modd, 'doedd hi ddim ac ar ben hynny roedd hi'n llawn brychau iaith a llithriadau teipio o bob math.

Cafwyd cerdd *vers libre* gynganeddol gan *Byd bach.* Mae'n wir fod y cynganeddion yn syml iawn ond mae'n effeithiol ac yn disgrifio ymdrech y bardd i ddal i gerdded 'ar hyd y lôn/codi pac, cadw poen/yn ei le a chroesi i wlad/a chwm y dychymyg'. Wedi cyrraedd y wlad honno, mae'n anodd dychwelyd i'n byw bob dydd. Gwaetha'r modd, methwyd cynnal y weledigaeth gan droi'n ystrydebol iawn ac, ysywaeth, tua'r diwedd, fe gollwyd meistrolaeth ar y gynghanedd a oedd wedi rhoi cadernid i'r gerdd. Ond ymdrech deg.

Dychwelyd i'w hen gartref lle 'mae croeso'n aros' a wna *Porffor.* Gadawodd realiti'r cartref am yr addewid o 'ryddid/a'i rwysg,/ei rwysg rhwydd/i'w dderbyn'. Fel y gwelir, dydi toriadau'r llinellau ddim yn ychwanegu at y mynegiant a go brin fod 'cusanu' yn addas yng nghyd-destun y pennill cyntaf.

Mae *O'r Diwedd* yn cofio dyddiau caru ym Mharc Ceirw Syr Richard Williams Bwcla dros hanner canrif yn ôl. Bellach, wedi iddo ddychwelyd i Ynys Môn a'i thraethau euraid, mae 'adlais y gorffennol/yn plethu ddoe a heddiw'n un'. Mae'r dweud yn ddigon diffwdan – rhy ddiffwdan, efallai – a pham defnyddio hen eiriau fel 'huan' a 'dylan' pan fo 'haul' a 'thon' gymaint mwy derbyniol?

Mae 'pererin y mileniwm', cerdd *Clywedog,* yn 'sbecian ar ogoniannau syn y Duwiau cyntefig'. Dim ond 'sbecian' sy'n bosib gan ei fod yn crynhoi prif grefyddau'r byd i dri phennill byr. Yn fy marn i, dydi'r lluniau ddim yn llwyddo i gyfleu mawredd y crefyddau ac, o ganlyniad, 'does dim digon o wrthgyferbyniad pan ddychwelwn i lwydni heddiw lle mae cof yr hil wedi ei lastwreiddio.

Cymysglyd ydi ymdrech *Barnabas.* Mae'r cymeriadau, y digwyddiadau, y drefn a'r gyfeiriadaeth i gyd yn un cymysgedd na lwyddais i gael gafael arno. Pwy ydi'r 'gelyn sy'n ymgynnull' yn y pennill olaf a beth ydi arwyddocâd y dyfyniad o'r drydedd Salm ar hugain? Ar wahân i fod yn ffordd rwydd i gloi, wrth gwrs.

Sefyllfa ddirdynnol ydi thema *Y Tlawd Hwn,* sef milwr gwallgof yn dychwelyd o erchyllterau rhyfel ac yn methu dygymod â bywyd normal bob dydd. Mae lonydd deiliog y wlad yn jyngl a'i gymdogion i gyd yn elynion wrth ei sodlau. O'r diwedd, wedi iddo'i gloi ei hun yn ei gartref efo gwn, mae meddygon yn llwyddo i'w ddiarfogi a'i gymryd i'r ysbyty. Ond 'allai'r doethion hyn ddim rhoi ei fyd yn ôl ar ei echel. Mae deunydd cerdd eithaf yma ond mae angen mwy o finiogi ar y mynegiant a dewis ansoddeiriau grymusach cyn y gellir ei gyfrif ymhlith goreuon y gystadleuaeth.

Teimlaf fod gwreiddyn y mater ynghyd â gafael sicr ar y cyfrwng gan *Atgof.* Yn ei gerdd, mae'r bardd yn symud yn dawel ar hyd coridorau

Auschwitz ei gyndeidiau sy'n oer o hyd 'dan eira'r atgofion'. Ac mae'n cyrraedd uchafbwynt yn nistawrwydd y siambr lle mae'n teimlo'u henbydrwydd 'yn fy nhagu . . ./fel y nwy/a'u mogodd hwythau'. Er – neu efallai oherwydd – symlrwydd, mae *Atgof* yn weddol agos i'r brig. Ond hoffwn awgrymu ei fod o, neu hi, yn ailystyried addasrwydd ymadrodd cyntaf ac olaf yr ail bennill.

Telyneg syml a geir gan *pentalar*. Mae hen wladwr yn dychwelyd i'r ddaear un bore o wanwyn, a hoffais y pennill 'ôl cerfio ar ddrws cartws y co/yn dyfnhau/a llesmair mwg baco/yn hydreiddio'r atgofion'. Ond er bod sôn am Moss wrth ei dennyn yn ychwanegu at y darlun, go brin ei fod yn angenrheidiol nac yn talu am ei le.

Dychwelyd o ddadwrdd de orllewin Llundain i 'fwrlwm rhywiog yr hen wlad' oedd bwriad *Y Dresglen Goch*. Ysywaeth, mater o newid 'Cherry Tree Lane' am 'Mountain View' a 'Meadows Green' oedd hyn a chael cymdogaeth na wyddai ond 'gronynnau gwirion' o'r hen iaith. Mae'r dweud yn ddi-fai ond mae wedi ei ddweud yn ddi-fai droeon o'r blaen a 'does dim byd newydd i ysgwyd rhywun hyd yn oed pan ddown ni at yr uchafbwynt a deall bod *Y Dresglen Goch* wedi dod at ei goed ac yn difaru. Roedden ni'n gwybod hynny ymhell cyn iddo gael ei ddweud wrthym yn blwmp ac yn blaen.

Cerdd *Pwyth* ydi'r fyrraf yn y gystadleuaeth. 'Fyddai'r ffaith honno, wrth gwrs, ddim yn cyfrif ffeuen yn ei herbyn pe bai hi'n fawr o ran gweledigaeth a mynegiant. Gwaetha'r modd, dydi hynny ddim yn wir ac ni allaf lai na theimlo bod angen ychwanegu at y gerdd, neu dwtio arni, er mwyn dangos yn gliriach wir arwyddocâd y dychwelyd i fod yn 'bwyth yn dy frodwaith'.

O'r gerdd fyrraf yn y gystadleuaeth at y ddwy hwyaf. Ac mae'r ddwy, ond odid, gan yr un bardd. Ac unwaith eto, mae'n rhaid mynegi nad ydi eu hyd yn bwysig. Cydbwysedd eu gweledigaeth a'u mynegiant sy'n cyfrif.

Dyna gerdd *Cyfarwydd* i ddechrau. Mae ei ffugenw'n awgrymu'n gryf sut y mae'r bardd yn gweld ei swydd yn y gerdd hon – dweud stori! Neu, fel y dywed ef: 'Pa stori sydd ymhlyg pan fo'r dychymyg ar daen/Yn chwilio, yn synhwyro, yn effro'n y nos?'. Y stori ydi hanes ci'r Gilfach Wen yn mynd ar goll ac yn dychwelyd â'i 'gynffon aflonydd/yn ysgwyd ac ysgwyd wrth ganllaw'r giât'. Caiff y bardd hwyl yn dilyn anturiaethau'r ci gan ddilyn ble bynnag yn ei ddychymyg y mae'r ci – a'r gynghanedd – yn ei arwain. Ac mae'r llinellau a ddyfynnwyd yn ddigon i brofi bod y bardd yn feistr corn ar y gynghanedd. Ond, fel y dywed *Cyfarwydd*, mae hon yn 'stori sy'n hŷn na chlos Gilfach Wen'. Ac onid adroddwyd y stori hon yn well o lawer yn y gorffennol (gan Walt Disney, ymhlith eraill, ac mewn ffilmiau fel *Lassie Come Home*)? Ac er cydnabod ac edmygu ei feistrolaeth ar y gynghanedd, ni allaf lai na theimlo, gyda phob dyledus barch, nad ymarfer cynganeddol ydi'r gerdd hon – ymarfer llwyddiannus, mae'n wir, fel ymarfer. Ond mae'n rhaid i mi gyfaddef nad oeddwn i, a fu'n ddyn cŵn erioed, yn malio fawr am dynged hen gi'r Gilfach Wen a bod ymadroddion fel 'Nos da, yr hen gi' yn codi fy ngwrychyn!

Efallai y byddwn i wedi dangos mwy o gydymdeimlad tuag at yr ymgeisydd hwn oni bai am y ffaith nad hon oedd ei unig gerdd yn y gystadleuaeth! Achos fo, hefyd, ydi *iet-y-garn*. Ac mae'n rhaid i mi gydnabod bod yr un elfen o slicrwydd mynegiant a chynghanedd er mwyn cynghanedd – yn enwedig y gynghanedd sain a'r gynghanedd lusg – i'w gweld ar brydiau yn y gerdd hon hefyd (mewn llinellau fel 'Bys ar y triger. Y panther yn troi'n llipa ei wedd' a 'lluniau asynnod ac eliffantod mewn ffair', er enghraifft). Yn bersonol, hefyd, dw i'n credu bod braidd gormod o enghreifftiau o dorri rhwng enw ac ansoddair ar ddiwedd llinell (wedi'r cyfan, beirniedir hyn yn hallt pan fo'n digwydd efo'r orffwysfa). Ar y llaw arall, mae ganddo lawer o ddelweddau grymus a phenillion sy'n hudolus drwyddynt draw – 'Gweld cornicyll y waun/Yn ei gap pig-ôl/Yn turio fel proletariat/Ar gramen y siglennydd,/Yn crafu byw, yn palu â'i big/Ar fron y gweunidr a'r mynydd-dir noeth./Yn turio'n ddistaw yn y baw heb godi ei ben'. Mae pob gair yn talu am ei le yma ac mae'r rhythm yn hyfryd a swynol. Yn y gerdd hon, mae'r bardd yn sefyllian ar lethr y 'tir swrth' ac yn syllu ar a wêl â'i lygaid a'i ddychymyg. Mewn geiriau eraill, 'profi gwynfyd ennyd awr/y grefft o greu'. Ond wedi'r breuddwydio a'r dychmygu, mae'r tarth yn clirio ac mae'r bardd yn dychwelyd i'r presennol a'r gramen o dir corsiog sydd dan ei draed o. Uwch ei ben 'mae'r curyll ar ei esgyll o wanc/Yn gwylio. Yn gwylio am argoelion/O'i brae yn y brwyn'. Ac islaw, ar gwr y gors, mae'r cornicyll o hyd yn dal i grafu byw ac 'yn ei gwrcwd yn hel/Ei damaid o'r dom'. Ac er nad ydw i'n gallu ymateb yn gyflawn i bob cymal o'r gerdd hon, eto mae ei phensaernïaeth sicr a chadernid ei chrefft ynghyd â meistrolaeth ar ofynion *vers libre* yn ei gosod ymhell uwchben y cerddi eraill yn y gystadleuaeth.

Wedi afradlonedd y ddwy gerdd uchod, mae rhywbeth hyfryd ac iach yng ngherdd *Eli*. Ynddi, mae'r fyddin, er mwyn dangos ei bod yn fyddin sy'n malio, yn mynd â chriw o hen bobl i ymweld â'u hen gynefin a gipiwyd gan y fyddin yn y pedwar degau i fod yn faes tanio. Dangoswyd iddyn nhw ryfeddodau'r maes ymarfer. Soniwyd am 'Dixie's Corner,/Piccadilly a Callow's Hill'. Ond yr hyn a welai'r hen griw oedd 'Cilfach yr Haidd, Blaen Talar/a Gwybedog,/yn ymgodi eilwaith/o'r pentyrrau cerrig'. 'Does ryfedd, felly, na chafwyd 'fawr o flas ar y bwyd' a ddarparwyd ar eu cyfer! Ond mae'n rhaid i mi ddweud fy mod i wedi cael blas ar ddychwelyd efo'r criw hwn, a bod uniongyrchedd di-lol y gerdd yn ei gosod yn uchel yn y gystadleuaeth.

Dychwelyd i adfeilion ei hen gartref wedi trychineb y tswnami a wna *Palmwydden Gam* i oroesi 'ar ddognau dyddiol . . . dan gynfasau plastig o gartref' cyn mynd ati i geisio llunio dyfodol gwell gyda chymorth dieithriaid a fydd, cyn bo hir, yn 'mynnu eu pwys o gnawd yn ôl'. Er bod ambell ddelwedd afaelgar megis y darlun o'r awyren yn dod â bwyd a moddion fel 'yr enfys gynorthwyol/a'i llewyrch yn disgyn o grombil trugaredd/yr angel arian', mae llawer rhagor o linellau sy'n ystrydebol ac ansoddeiriau hawdd megis 'y don ddieflig' neu 'dresi drewllyd'. Mae hyn yn rhoi'r argraff i mi, o leiaf, mai profiad ail-law a fynegir ac nid rhywbeth a dreiddiodd i gyfansoddiad *Palmwydden Gam* a mynnu daeargrynu allan yn gerdd rymus.

Dau gariad yn dychwelyd i 'dawelwch yr adfeilion a gerwinder ei rhychau' a geir yng ngherdd *Y Llen Olaf*. Ofnaf, fodd bynnag, fod gormod o ddryswch i'm chwaeth i. Un munud mae'r bardd am ddianc yn ôl i 'ddiogelwch' rhyw 'ddoe seicadelig' a'r munud nesaf mae am 'ddychwelyd i ddiogelwch ein caer freuddwydion'. 'Doeddwn i ddim yn deall arwyddocâd ymadroddion megis 'y creu a lladd/claddu a chyfodi', 'chwaith. Ond hyd yn oed pe bawn i'n gallu eu dirnad, roedd geiriau haniaethol megis 'hen ymyrraeth' a chymariaethau ystrydebol megis 'fel defaid dan erledigaeth blaidd' yn milwrio rhag gwneud cerdd *Y Llen Olaf* yn gyfanwaith artistig.

Darlun o'r hen Bab a achubodd 'fyrddiynau o orthrwm y Cryman' yn serennu sancteiddrwydd a geir yng ngherdd *Sionyn*. Mae'n mynd ymlaen i sôn fel y daw miloedd i 'dderbyn bendith gref o law grynedig' ac i ddiolch fod John Paul wedi dod yn ôl o lyn cysgod angau am ychydig eto – 'cyn y dychwelyd olaf'. Purion, mae'n siŵr gen i, ond oni fynegwyd syniadau fel hyn mewn geiriau tebyg mewn cannoedd o bapurau newydd a chylchgronau ledled y byd? Disgwylir mwy na newyddiaduraeth mewn cerdd.

Mae rhyw huodledd hudol drwyddi draw yn perthyn i gerdd *Nostar*. Dyma'r pennill agoriadol yn ei grynswth gan na ellir tynnu dyfyniad ohono heb ddifetha'i fiwsig: 'Yr un yw'r bont/sy'n codi'r galon/o'i chroesi/a dacw'r fan –/lle mae'r afon yn dal i droelli/trwy'r gweunydd mwyn/a than y llwyni . . .'. Mae'n ymddangos yn syml ond mae ôl llaw meistr sy'n deall gofynion rhythm y mesur anodd hwn i'r dim. Mae'r gerdd yn mynd yn ei blaen mor hamddenol â'r afon sy'n llifo drwy bob darlun ac yn adlewyrchu treigl y tymhorau a'r newid a fu yn y gymdeithas a'r gymdogaeth. A'r un hefyd yw 'wyneb y tŷ . . ./yng ngoror dieithr/tai y drysau clo'. Dyma ddarlun sy'n wir am bob cymdeithas wledig yng Nghymru heddiw, wrth gwrs, a does dim angen dweud bod cerdd *Nostar* yn agos iawn, iawn at y brig.

Er ei bod mewn ffordd yn ymdrin â'r un thema, y mae cerdd *Twynyrodyn* yn dra gwahanol. Ynddi, mae'r bardd yn dychwelyd at fedd ei hen dad-cu yn Nhregaron ac yn rhoi darlun o'r hen gymdeithas a fu. Ysywaeth, mae'n gofidio nad ydi'r hen ardal yn golygu cymaint i'w blant o gan mai yng Nghaerdydd a'r Cymoedd y mae eu gwreiddiau nhw. Mae *Twynyrodyn* yn cloi ei gerdd efo dau gwestiwn sy'n cyfeirio at waith Gwenallt: 'A ddychwel neb yn nhreigl y cenedlaethau/i syllu eto ar y garreg wen/a phrofi'r ias a gerdd trwy'r cnawd?/Neu a fu yma heddiw angladd gwreiddiau?' Serch hynny, dydi'r mynegiant rhyddieithol ddim yn agor y gerdd allan nac yn gwneud digon o iawn am draethu syniad a sefyllfa sydd wedi mynd yn ystrydebol bellach ac yn gofyn am ymdriniaeth fwy gwreiddiol.

Cerdd fach frathog a dychanol a geir gan *Dinas*. Ynddi, mae'n rhoi darlun o drigolion Craig y Deryn yn dychwelyd o raid i'w hen ddeorfa er bod y môr wedi hen gilio ymhell o'u rhiniog. Daw tyrfa o ymwelwyr tymhorol i'w gwylio trwy 'sbienddrych unllygeidiog'. Mae awgrymusedd cynnil yr ansoddair hwn yn ein paratoi ni at ergyd y gerdd, sef bod yr ymwelwyr bondigrybwyll hyn yn fygythiad peryclach i rywbeth 'hynotach na nythfa Cormorants/yn Bird Rock'. Mae'r ymadrodd Saesneg yn fwriadol ac yn ddeifiol yn y cyd-destun. Cerdd fach rymus.

Cerdd serch am ddau gariad wedi ffraeo a gwahanu ydi cerdd *ap Gwil*. A'r ferch bellach yng nghôl rhywun arall, mae'r bardd braidd yn hunandosturiol yn ystyried tybed a deimla ef fyth eto 'ergydion dy gariad/yn sigo fy myd'. Dyma sefyllfa ystrydebol sydd wedi ei mynegi droeon mewn caneuon pop ac mae mynegiant *ap Gwil* yn rhy haniaethol a gwastad.

Mae gwreiddyn y mater yn sicr gan *pen-blwydd yr angladd*. Mae'n cofio'r diwrnod flwyddyn ynghynt pan ddychwelwyd corff ei fam i'r pridd wedi iddi edwino 'gyda'r blodau/a syrthio i'r pridd./Ymhell cyn y Pasg'. Y blodau hyn – hoff flodau'r fam – ydi'r eirlysiau, a heddiw, ar ben-blwydd yr angladd, 'na, nid angylion/wedi disgyn o'r nef/sy'n siglo-dawnsio/ar wely'r hirlwm/ond blodau/o annwfn yr ardd/(gallech dyngu eu bod o gig a gwaed)/wedi esgyn o'u gwreiddiau'. Ydi, mae'n wir na fyddai'r eirlysiau hyn allan o'u lle yn y 'border bach' na chwaith wrth ddrws Cynan ond dydi'r gerdd ddim yn sentimental na dynwaredol ac mae'r bardd yn deall yn union beth yw gofynion y mesur anodd hwn. Ar ben hynny, mae'n cloi'n orfoleddus – 'ynom ni/mae'r cof/yn blodeuo'n wyn'. Ond un pwynt bach. Dydw i ddim yn credu bod angen priflythyren yn 'hi' i ddynodi arbenigrwydd y fam i'r bardd. Os nad ydi'r gerdd ei hun yn mynegi hynny, mae hi'n fethiant.

Mae brychau iaith yn amharu ar gerdd *Graddfa* – er enghraifft, 'lle dy welais am y tro olaf.' Gellid derbyn y rhain – o'u cywiro, wrth gwrs –

mewn cerdd sy'n rhoi boddhad fel undod artistig. Gwaetha'r modd, mae hon ymhell o fod yn gerdd felly. Dydw i ddim yn amau am eiliad nad yw'r profiad yn ddilys i'r plentyn wrth iddo gofio gweld ei dad am y tro olaf ac yntau newydd gael clun fetel. Ond dydi'r mynegiant ddim yn cyfleu dwyster a difrifoldeb y digwyddiad hwnnw i mi o gwbl

Wel, dyna'r ddau ddwsin a dwy! Mae'r sawl ohonoch sydd wedi darllen hyd yma wedi dyfalu bellach bod *Atgof, Eli, Nostar, Dinas* a *pen-blwydd yr angladd* ar y blaen ac yn haeddu clod. (Ac ydi, ar fy ngwaethaf, mae ci'r Gilfach Wen yn cyfarth wrth eu sodlau!) Ond 'does dim angen bod yn graff iawn i sylweddoli mai *iet-y-garn* sydd ar y brig o bell ffordd ac yn llwyr deilyngu'r wobr.

Y Gerdd *Vers Libre*

DYCHWELYD

Â min ar yr awel, sefyllian yn nhawelwch
Y llethr. Gweld cornicyll y waun
Yn ei gap pig-ôl
Yn turio fel proletariat
Ar gramen y siglennydd,
Yn crafu byw, yn palu â'i big
Ar fron y gweundir a'r mynydd-dir noeth.
Yn turio'n ddistaw yn y baw heb godi ei ben.

* * *

Rhoi sawdl yn y tir swrth
A gweld o'r ucheldir
Y tarth aflonydd sy'n ymestyn o'r mynydd i'r môr —
Fel yr hud ar Ddyfed oedd ar gerdded gynt
Yn drwch mewn storïau.

Gweld o'r ucheldir
Y nudden o len lwyd
Sy'n ymysgwyd rhwng y mynydd a'r môr
Yn farclod dros bechodau
Ein byw budr,
Yn orchudd i guddio
Ein ffwlbri. Yn llenwi ein llygaid â llwch
Distaw ei law laith.

Yn esmwythyd i'n hudo
O ysgryd y byd a'i boen.

* * *

Y tu hwnt i len y tarth
Mae aur a phorffor yn lledu'r gorwel
Yn sioe o swyn —

Yr wybren sy'n denu
Antur yr enaid a'i hynt ar riniog
Tir y pellterau
I chwilio'r nef uwchlaw'r niwl.

Chwilio uchelion
Dyhead dyn. Onid y tir
Pell ac anghysbell sydd yn cymell ein camau
Ar rawd o chwilfrydedd,
Yn troi rhamant pob antur
Yn ias yn y fron, yn gyffro'n y gwaed?

Yno y mae tu hwnt i'r môr
Efallai ryw Afallon
O wlad, a'i thir yn ymledu
O drum i drum yn fireinder o wedd.

Mynyddoedd pigfain a'u copaon yn sgleinio'n
Loyw-wyn o dan gwfl o ôd,
Rhaeadrau fel cath-i-gythrel yn diwel o uchelion
Y creigiau sydd fel bwâu yn crogi uwchben,
Aberoedd yn berwi
Trochion o ewyn i'w gwasgaru'n y gwynt,
Afonydd o ddŵr grisial yn tincial ar eu taith
Ar hast drwy'r fforestydd
Gan olchi'r glannau â llywethau eu llif . . .

Anturio. Mentro o'r maes
I dwf cyntefig y coedwigoedd.
Teimlo'r her a'r hyder yn crynhoi
O'n mewn. Yr ysfa'n dynfa yn y gwaed o hyd.

Teimlo'r hyder i herio
Gwaedd yr anifeiliaid gwyllt
Yng nghyffro'r fforest.

Bys ar y triger. Y panther yn troi'n llipa ei wedd . . .
Dal anadl . . . ennyd . . .
A'r wefr o weld
Ei feingorff milain yn troi'n gelain yn y gwellt.
Y gamp o'i gwympo!

Rhyw ysfa'n dynfa yn y cnawd o hyd
I fynd a mynd dros fynydd a maes
I wynebu'r anwybod.

*   *   *

Gweld gwawr
Ceffylau o gymylau mawr
Ar ruthr drwy'r wybren fry —

Yn wynion, yn frithgochion, yn carlamu drwy'r gwellt
Uwchlaw'r tarth. Onid Marchogion Arthur
A ddychwelodd i chwilio
Stad y berfeddwlad? Onid eu cynnwrf hwy
Yw'r meirch sydd yn hawlio'r maes
Ar ruthr drwy'r wybren fry?

Pwy'r gwladgarwyr twymgalon? Pwy'r glewion fu'n canu'r gloch
Y tu ôl i'w drysau cau? Ac ar yr awr eu cael
Wedi codi o'u cwsg
Yn fyw o'u hogofâu,
Yn goch gan gynddaredd. Codi o'u beddau
A fflach eu tarianau yn belydrau o haul
Ar ras yn yr asur
Uwchben. Dod i'n hachub o warth . . .

Onid galwad y galon
Yw eu dychwel y tu hwnt i'r gorwelion?
Y dreigiau. Y Meibion Darogan
Ar eu taith. Ein gobaith!

Onid gwŷs
Y marchogion sy'n gyffro'n ein gwaed
Ar eu hynt yn yr wybr
Yw meirch y cymylau mawr?

                    *   *   *

Gweld rhwydwe ymylwe'r haul
Melyn rhwng gwawl cymylau
Fel llun arlunydd.

Gweld disgleirdeb ei grebwyll
Yn ias ar ei gynfas. Onid ei gamp
Yw ein hannog ninnau
I greu? Teimlo grym
Darluniwr a dehonglwr ein dydd
Yn ysfa, yn dynfa yn y cnawd o hyd.

Ar len yr asur gweld ein natur ni.

Lluniau asynnod ac eliffantod mewn ffair
Yn ffurfiau, yn symbolau o'n byw
Brwysg. Gweld drwy wybr o aur
Smotiau duon fel ellyllon a'u llaw

O lanastr. Gweld mewn llanw o oleuni
Egni a daioni dyn
Yn trechu entrychion
Anwar ein byw barus.

Mytholeg . . . damhegion . . .
Yn un gymysgfa, yn gybolfa o baent.

Gweld yn ffurfiau'r uchelder
Ŵyn bach yn wyn eu byd
Ar gynfas hafodlasau'r
Nef. Nes dod o'r ci lladd defaid
Yn llechwraidd, yn gïaidd o giwt!

Onid chwim yw'r dychymyg
Sy'n datrys hynt y bydysawd
Ben bwy gilydd, pan fo arlunydd â'i law
Gain yn gosod ei gamp
Syfrdan i'w hongian ar fachau'r nef?

Gwelwn yn siapau'r golau
Y gwyddau yn estyn eu gyddfau gwyn
Yn gythruddgar, i glegar yn y glas,
Yn dodwy wyau
Clwc! Gweld cliciau
O beunod beunydd
Yn brolio, yn swanco yn eu swydd.

A gweld mewn logo o haul
Â'i leufer yn nyfnder y nef
Y Duw sydd yn fwy na dyn.
Y golau sydd yn nisgleirdeb ei wyneb Ef.

Profi gwynfyd ennyd awr
Y grefft o greu.

*   *   *

Ciliodd y tarth. Dihatrodd y tir
Ei wisg lwyd. Oni chwalwyd y breuddwydion
Fu'n hongian ac yn lingran ar oriel y wawr?

Oni chwalwyd y chwilio
Am ryfeddodau'r pellterau? Lle bu tarth
Mae'r tirlun yn ymagor tua'r môr. Wedi tynnu'r masg
Gwelwn y cythreuldeb sy'n ei wyneb a'i wedd.

Yma nid oes ond cramen o dir
Esgyrniog. Y fawnog. A rheg y gylfinir.
Ac uwchben fel hofrennydd
Mae'r curyll ar ei esgyll o wanc
Yn gwylio. Yn gwylio am argoelion
O'i brae yn y brwyn.

Ac islaw ar y gweundir tywyll mae'r cornicyll o hyd
Yn ei gap pig-ôl
Yn crafu byw, yn palu â'i big
Ar gwr y gors.

Edn y waun yn ei gwrcwd yn hel
Ei damaid o'r dom.

iet-y-garn

Chwech o gerddi lloerig

BEIRNIADAETH MYRDDIN AP DAFYDD

Ffin denau iawn sydd rhwng bod yn fardd a bod yn lloerig yn ôl yr hen chwedlau Cymreig. Treuliwch noson ar ben Cader Idris ac mi ddowch i lawr o'r mynydd yn y bore y naill beth neu'r llall. Dyma gystadleuaeth sy'n ceisio closio'r ddau gyflwr hyd yn oed yn nes at ei gilydd.

Beth fu ymateb y beirdd lloerig? Wel, dydyn nhw ddim yn niferus iawn. Diolch am hynny, meddech chwithau. Efallai mai'r ychydig amwyster yng ngeiriad y gystadleuaeth fu'n gyfrifol am hynny. Ers deuddeng mlynedd bellach, mae casgliadau o farddoniaeth i blant wedi ymddangos o dan y teitl 'cyfres cerddi lloerig'. Dydi'r cystadleuwyr (na'r beirniad) ddim yn hollol siŵr ai am fwy o bethau felly ynteu am gerddi cnoc y dorth yn arddull yr hollol loerig Dewi Pws, Arwel Pod a Dewi Prysor yr oedd y gofyn.

Dyma'r ddau ymgeisydd:

Sam: Cerddi i blant sydd yma. Rhigymu rhwydd am destunau fel 'Y Cyfrifiadur', 'Cinio'r Ysgol', 'Mam yn colli pwyse' a 'Taid' – cerddi a fyddai'n ddigon derbyniol mewn casgliadau i blant. Mae yma hiwmor chwareus ond ni ellid eu galw'n gerddi 'lloerig' ychwaith.

Gratw: Mae'r rhain hefyd yn gerddi a allai fod wedi eu hanelu at blant ond eto dydw i ddim yn siŵr. Mae'r rhigymu weithiau yn rhy rwydd a ffwrdd-â-hi ond mae yma ddawn i ddweud stori a chreu awyrgylch hefyd, fel yn y faled i Ellen MacArthur.

Mae 'na le i gerddi'r ddau ymgeisydd ond mae arna' i ofn nad yn y gystadleuaeth hon y mae'u lle nhw. Mae'n ddrwg gen i ond mae'n rhaid i mi atal y wobr.

Cywydd yn dechrau â'r gair 'Unwaith'

BEIRNIADAETH BLEDDYN OWEN HUWS

Cystadleuaeth ddigon siomedig oedd hon ar y cyfan. Credaf fod gennym yr hawl i ddisgwyl mewn cystadleuaeth yn yr Eisteddfod Genedlaethol ein bod yn mynd i ddenu cywyddau o'r safon uchaf. Nid oes amheuaeth nad oes gennym nifer o gywyddwyr cyfoes hynod fedrus ond mae'n ymddangos nad yw'r gystadleuaeth hon yn ystod y blynyddoedd diwethaf ddim fel petai wedi llwyddo i'w hudo.

Gan fod y testun mor benagored eleni, caniatawyd i'r naw ymgeisydd a ddaeth i'r maes rwydd hynt i drafod beth a fynnent, a chawn yr argraff fy mod weithiau'n darllen deunydd a oedd wedi ei ailgylchu. Parchai'r holl ymgeiswyr ofynion y mesur ac yr oeddynt i gyd, at ei gilydd, yn gynganeddwyr digon dibynadwy, er bod tuedd gan fwy nag un i gynganeddu'n beiriannol heb fod yn arbennig o awenyddol. Cynganeddu geiriau yn hytrach na syniadau a wnâi rhai, gyda'r canlyniad mai'r hyn y gwelwn ei eisiau yn fwy na dim oedd teimlo'r wefr a geir yn aml wrth ddarllen cywydd da sy'n undod crwn.

Cynigiaf sylwadau byrion ar bob ymgais yn ei thro.

Gan nad yw wedi meistroli'r cyfrwng yn ddigon da eto i'w fynegi ei hun yn glir a diamwys, y mae'n anodd dilyn trywydd meddwl *Llyn Emrallt*. Credaf mai canu am ddau gariad yn ffraeo â'i gilydd a wna, ac am berthynas yn chwerwi. Cywyddwr go simsan ei gerddediad ydyw am na fedr gystrawennu'n hyderus. Os ymgeisydd ifanc sydd yma, dylai'n sicr ddal ati a cheisio perffeithio'i grefft oherwydd y mae'n gynganeddwr addawol.

Trafod datblygiad dyn drwy'r oesau fel heliwr a dyfeisiwr a wna *Chwiliwr*. O fod yn hyrddio saethau at anifeiliaid mewn coedwig, datblygodd dyn y gallu i anfon roced i'r gofod. Diffyg meistrolaeth ar y cyfrwng a welir yma eto a thuedd gref i gynganeddu geiriau nes bod symudiad y cywydd o'r herwydd yn dra herciog.

Cywydd i goffáu Thomas Richard Keyes, sef y milwr ifanc o Lanuwchllyn a laddwyd yn Irác, a gafwyd gan *Yn fy enw i*. Digon ystrydebol a dof yw'r coffâd heb ddim awgrym o goegni nac o eironi. Er bod bwriad yr awdur yn un cwbl ddiffuant ac anrhydeddus, y mae'r ymadroddi'n bur ddiafael a cheir rhai llinellau gwan ganddo.

Galaru ar ôl difrodi gallt o goed derw, a fu'n lloches i adar ac anifeiliaid ac yn ffynhonnell bwyd i ddyn ac anifail, a wna'r *Hen Heliwr*. Y mae hefyd yn gofidio am golli'r hawl i hela, sef hen arfer wâr a derfynwyd gan yr hyn a ystyria'n wallgofrwydd yr oes oleuedig hon. Ystumiodd ychydig ar gywirdeb yr iaith er mwyn y gynghanedd mewn dwy linell: 'Yn ddirgel gloddio argae' – berfenw cyfansawdd yw 'dirgel gloddio' ac nis treiglir ar ôl *yn*; 'Yn 'ludw wast' yng ngolau dydd' – y mae *ll* yn gwrthsefyll treiglo ar ôl *yn* traethiadol, felly 'Yn lludw wast' sy'n ramadegol gywir, ac y mae'r llinell fel y mae yn wythsill. Mae ganddo linell arall sydd sillaf yn ormod: '..... A'i ludw? Mae fforest lydan', ac un arall sy'n ddigynghanedd: 'A chi drwy fylchau Annwn'.

Cywydd o gant a thrigain o linellau yn dramateiddio'n ffraeth ac yn rhwydd 'chwedl y tri bwch gafr surbwch' a gafwyd gan *Y Barf Cwsg*. Try'r gor-rwyddineb yn wendid erbyn y diwedd wrth i'r digrifwch golli'i flas. Roedd ôl straen ar ambell bennill wrth i'r bardd geisio cynnal y stori. Cerdd anghynnil oedd hon ac ynddi rai enghreifftiau o ystumio cywirdeb yr iaith er mwyn y gynghanedd: 'Cig sgwarnog, ddraenog neu ddraig'; 'Yn lumiaidd bur ei linach'; 'I'w draed y neidiai'r adyn' – meidio *ar* ei draed y bydd pob adyn o Gymro.

Adrodd am dro trwstan a ddigwyddodd ar wyliau haf yn yr Almaen a wnaeth *Gwersyllwr*. Ymosodwyd ar y bardd a'i gymar gan bâr o elyrch, mi dybiaf ('brenin a brenhines/ein hafon'), pan oeddynt yn brecwasta un bore ar lan afon Mosel. Gall drin y gynghanedd yn ddigon deheuig wrth adrodd yr hanes ond ni chafwyd dim ganddo a roddai wefr.

Molawd i reddf y wennol sy'n dychwelyd yn wyrthiol bob blwyddyn o'r Affrig dros diroedd Ffrainc i dir Meirion a gafwyd gan *Dan y Bondo*. Byddai'r cywydd hwn ar ei ennill pe bai'n gynilach ei wead. Dylid bod wedi ymddisgyblu mwy a chanolbwyntio llai ar geisio creu rhai llinellau stroclyd. Ni lwyddwyd i daro deuddeg â'r cwpled hwm, er enghraifft: 'Y TGV! Gwennol fach,/Medi a Mai, ydym mwyach.....'. Llinell wythsill yw'r olaf.

Myfyrio ar linell gyfarwydd Gruffydd ab yr Ynad Coch, 'Poni welwch-chi hynt y gwynt a'r glaw?' a wna *Gruffudd*. Dyma fardd a ŵyr werth cynildeb. Awgrymu y mae fod hen wae alarnadol y Gogynfardd yn cael ei hystyried gan rai yn rhy besimistaidd ac amherthnasol i sefyllfa'r Gymru gyfoes: 'Ei nodau, gainc annedwydd,/Yn "dôn wedi cael ei dydd" ...'. Deil y bardd i gredu bod gwae'r Gogynfardd adeg marw Llywelyn yn dal i atseinio heddiw am mai'r un yw cyflwr y Gymru hon â'i chyflwr drannoeth marw'r Llyw Olaf.

Eiddo *Gwylan* yn ddi-os yw cywydd gorau'r gystadleuaeth. Canu am yr olion traed dros chwe mil o flynyddoedd oed a ddarganfuwyd ar draeth

Aber-wysg a wna'r bardd hwn. Cymer mai olion traed rhyw ferch ydynt, a dychmyga sut un oedd hi. Y mae, ar dro, yn cael ei ddal gan ddirgelwch ei hamgylchiadau a'i bodolaeth, fel y daliwyd Waldo gynt gan ysgerbwd y ferch gyntefig yn 'Geneth Ifanc'. *Gwylan* yw'r unig ymgeisydd a ddefnyddiodd y gynghanedd i ddelweddu: yr unig un a allai gynganeddu syniad yn llwyddiannus. Dengys feistrolaeth ar ei gyfrwng ac y mae'n bwrpasol gynnil. Efallai y dylid tynnu sylw at un llinell ganddo, sef 'Dod i gyfrol gyntaf dyn'. Bwriadwyd iddi fod yn gynghanedd draws fantach ond gwahanol yw aceniad y llinell gan nad yw'r orffwysfa'n disgyn ar y sillaf gyntaf.

Fe wêl y craffaf o ddarllenwyr y gyfrol hon i'r cywydd hwn gael ei ddyfynnu ym meirniadaeth cystadleuaeth y Gadair yng Nghasnewydd y llynedd. Gan nad oes yr un rheol yn gomedd i gystadleuydd aflwyddiannus mewn un gystadleuaeth roi cynnig ar gystadleuaeth arall gyda'r un deunydd, y mae'n llawn deilyngu'r wobr gyntaf. Hwn, wedi'r cyfan, yw'r cywydd mwyaf caboledig a dderbyniwyd, a gallaf ddweud heb flewyn ar dafod imi gael y wefr a geisiwn wrth ei ddarllen.

Y Cywydd

Y WRAIG AR Y TRAETH
(olion traed Mesolithig Aber-wysg)

Unwaith, bu'n crwydro'r foryd
Yn y bae ar erchwyn byd,
Gam wrth gam, at orwel gwyn,
A'i hôl ar dywod melyn.

Enw hon nis gwyddom ni,
Hanes ni ddwêd amdani,
Ei hoed, na sut un ydoedd,
Ai hen wraig, ai meinir oedd?
Na'i hosgo, beth a wisgai
Ar y traeth ar awr y trai.

O ba lwyth, ac i ba le
Yr heglai? tua'i thrigle
At ei phlant, troi tua'i phlwy?
Hynodion annirnadwy
Ei hiaith, a ble y teithiai
Hyd y traeth yn llaid y trai.

Ar dywod ei dinodedd,
Hyd ei gwallt, ei phryd a'i gwedd,
Hyn o gof aeth gyda'r gwynt
Fe'i cariwyd gan lif cerrynt;
Awr wibiol ei bodolaeth
I ddyfnder yr aber aeth.

Ond undydd cyn ei suddo
Yn ddim i'w anghofrwydd o,
Dalen wen ein gwawrddydd ni
A oedd yn agor iddi

Y dydd diderfyn y daeth
O le hŷn na chwedloniaeth,
Dod i gyfrol gyntaf dyn
I adael ei throednodyn
Ar ôl yn y gwlyptir hwn
Am mai amrwd y memrwn;

Eiliad a'i hanfarwolodd,
Yna'r clai dan glawr a'i clôdd.

Gwylan

Cerdd i gynnwys y geiriau a ganlyn: ailgylchu, annog, araf, arnofio, cerrig, chwyrligwgan, codi, cropian, darganfod, deall, dewin, esgyrn, gloyw, lliain, llwybr, malwoden, melfed, oes, pont, seren, sidan, smwddio, teilchion, twyll, tywod. Caniateir treiglo, cysyllteiriau, arddodiaid, y fannod, ffurf-droadau berfol.

BEIRNIADAETH DEWI PWS

Derbyniwyd chwech o gerddi.

Ceridwen: 'Calan Gaeaf'. Ceir naws dda yn y gerdd, digon o ddelweddau gwych, gwahanol, a defnydd da o'r geiriau gosod: 'Ymlusgodd hen falwoden/Ar lwybr gloyw llaith'. Mae'n dechrau'n dywyll ond yn gorffen yn bositif a hapus.

Un yn Ormod: 'Oherwydd Grym y Wirod'. Ma' hon yn hwyl, ac yn syniad erchyll. Hunlle' rhywun sy' 'di ca'l cwpwl yn ormod: 'Fe gwympais 'rôl troi fel rhyw chwyrligwgan/Gan fethu â chodi na hyd yn oed gropian'. Rwy' wedi ca'l diwrnode fel hyn fy hun ac yn cydymdeimlo'n llwyr â'r bardd.

Ceiri: 'Tro yn Eryri'. Cerdd o foliant i ardal y 'Steddfod a gawsom ac rwy'n nabod llawer o'r llefydd y ma'r bardd yn sôn amdanynt. Dyma enghraifft o'i ganu:

> Esgyn uwch ei dyfroedd gloyw
> Gwerth i ti godi ar y fy llw,
> Oes, mae mef o ben yr Wyddfa
> Wedi cropian hirddydd ha'.

Mae'n amlwg fod y bardd yn hoff iawn o Lŷn, hefyd, a chawn amryw o ddelweddau hyfryd ym y gerdd am yr ardal hudolus honno. Gwaetha'r modd, mae'n wirioneddol ddrwg gen i na lwyddodd y cystadleuydd hwn i ateb yn llwyr i ofynion y gystadleuaeth. Mae'n amlwg iddo gamddarllen *un* gair, sef 'esgyrn' – ym ei gerdd, cynhwysodd 'esgyn' yn lle 'esgyrn' (a, hefyd, fel mae'n digwydd, cynhwysodd 'sêr' yn lle 'seren'). O ganlyniad, ni allaf, ar gydwybod, ei ddyfarnu'n fuddugol er cymaint ydyw ar y blaen o ran crefft a chynnwys i bob un o'r cystadleuwyr eraill.

Pigiwigi: 'Cerdd i gynnwys y geiriau . . .'. Mae'r bardd wedi llwyddo i gynnwys y geiriau i gyd yn y gerdd fer ond effeithiol hon a gwelwn i ba raddau y llwyddodd ym y dyfyniad a ganlyn:

> teilchion esgyrn a cherrig
> wedi eu hailgylchu
> a'u smwddio fel sidan
>   i'm twyllo

Nid yw fel pe bai wedi cael ei gaethiwo gan y dasg a chyflwynodd gerdd gryno sy'n apelio.

Mici'r Llygoden: 'Ailgylchu'. Mae hon yn eitha traddodiadol ac yn ein hannog i gyd i ailgylchu ein hadnoddau prin er mwyn sicrhau byd gwyrdd i'n plant.

Y Llwybr Gloyw: 'Ar Draeth Dinas Dinlle'. Mae'r bardd wedi llwyddo i gynnwys y geiriau i gyd mewn cerdd weddol fer: 'Pa ddewin/Fu'n smwddio'r tywod/Yn un lliain melfed?' Mae'n glyfar iawn a 'dyw'r rheolau ddim fel pe baen nhw wedi llesteirio dychymyg y bardd.

Gwaetha'r modd, yn ogystal â *Ceiri*, roedd dau ymgeisydd arall, sef *Pigiwigi* a *Mici'r Llygoden*, na lwyddodd i gynnwys yn eu cerddi bob un o'r geiriau a osodwyd. Trueni am hynny, yn enwedig yn achos *Mici'r Llygoden*, gan iddo golli'i ben drwy geisio seboni'r beirniad gyda'r cyfarchiad 'Dewi Hynod!' pan oedd wedi bwriadu (efallai!) annerch '*Dewin* Hynod!'.

Mewn cystadleuaeth ddiddorol, *Y Llwybr Gloyw* sy'n mynd â hi.

Y Gerdd yn cynnwys geiriau gosodedig

AR DRAETH DINAS DINLLE

Heibio i esgyrn yn arnofio
A thros gerrig a thywod
Y cropia malwoden dan godi'i phont sidan.

Yn oes yr ailgylchu,
Yn oes y darganfod twyll,
Yn oes y chwyrligwganu hyd nes bod y deall yn deilchion:

Pa ddewin
Fu'n smwddio'r tywod
Yn un lliain melfed?

Pa seren
Sy'n annog malwoden araf
Ar hyd ei llwybr gloyw?

Y Llwybr Gloyw

TESTUNAU A GWOBRAU ARBENNIG LLYS YR EISTEDDFOD GENEDLAETHOL

Gwobr Goffa Daniel Owen: Nofel heb ei chyhoeddi gyda llinyn storïol cryf a heb fod yn llai na 50,000 o eiriau

BEIRNIADAETH ELFYN PRITCHARD, BETHAN MAIR A CATRIN PUW DAVIES

Er bod geiriad y gystadleuaeth hon wedi newid eleni, a bod gofyn bellach am nofel gyda llinyn storïol cryf a heb fod yn llai na hanner can mil o eiriau, fe ddenodd naw o gystadleuwyr, yr un nifer â'r llynedd, a dau yn fwy nag ym Maldwyn yn 2003. Mewn tair blynedd, felly, dyna bump ar hugain o gyfansoddiadau, heb i'r un fod wedi cael ei ailgyflwyno ac, o'r pump ar hugain, fe gyhoeddwyd erbyn hyn o leiaf saith ohonyn nhw, a bydd rhagor yn dilyn cystadleuaeth 2005. Dyna ateb pendant, os oedd ei angen, i'r rhai hynny sy'n amau gwerth y gystadleuaeth arbennig hon.

Y mae'n rhaid talu gwrogaeth eleni eto i'r cystadleuwyr hynny a aeth ati i lafurio ac i gynhyrchu gweithiau sydd, rhyngddyn nhw, yn cynnwys ymhell dros hanner miliwn o eiriau. Nid ar chwarae bach y cynhyrchir nofel ac y maent oll yn haeddu sylw, hyd yn oed os yw'r sylw hwnnw'n un beirniadol. Ac nid o agwedd ddirmygus na sarhaus yr ydym yn mynegi'r feirniadaeth honno ond o safbwynt gwerthfawrogi'r ymdrechion a wnaed ac yn y gobaith y bydd y sylwadau hyn o gymorth. Y mae gan bawb sy'n cystadlu yn y gystadleuaeth hon yr hawl i wybod eu hyd a'u lled llenyddol, o leiaf o safbwynt y tri sy'n beirniadu. Bydd beirniadaethau unigol y tri ohonom ar wefan yr Eisteddfod. Yr hyn a wneir yma yw mynegi'n gyffredinol agweddau a safbwyntiau'r tri ohonom – safbwyntiau sy'n rhyfeddol o unol.

Os yw'r nifer eleni yn destun llawenydd, nid felly lawer o'r mynegiant sydd yn y nofelau hyn. Y mae pwnc yr iaith gyda ni'n wastadol ac nid yw'r flwyddyn hon yn eithriad. Yn 2002, cyfeiriodd y beirniaid at lacrwydd y defnydd o'r ferf, at bwysigrwydd cael gafael sicr ar iaith a chystrawen draddodiadol cyn mynd ati i lafareddio neu i symud yr iaith yn ei blaen. Gallwn ddweud amen wrth y sylwadau hynny eleni. Yn 2003, cyfeiriwyd at bwysigrwydd creu ieithwedd realistig ac yn 2004, ar ôl cyfeirio at nifer o wallau mynegiant a chystrawen, mae un o'r beirniaid yn gofyn: 'Sut y mae trafod a chyfnewid syniadau heb gystrawen sicr?'

Cwestiwn arwyddocaol. I'r llenor, y gystrawen yw'r craidd, fel y mae'r gynghanedd yn hanfodol i fardd y mesurau caeth, ac ni ellir dychmygu sefyllfa lle y byddai beirniaid y Gadair am wobrwyo awdl sy'n llawn o wallau cynganeddol. Nid elfen sy'n ychwanegol i gynllunio a datblygu syniadau, i ddisgrifio a chymeriadu, i gyfleu gwrthdaro rhwng cymeriadau, yw mynegiant, ond rhan annatod o'r holl wead. Gall y broses olygu gywiro rhai gwallau megis camddefnyddio arddodiaid, camsillafu, camamseru ambell ferf, ond dyna'r cyfan. Yn ei sylwadau wrth feirniadu cystadleuaeth Llyfr y Flwyddyn, bu cadeirydd y panel dewis yn llawdrwm iawn ar y broses olygu yng Nghymru gan ddweud nad yw'n ddigonol. Beth bynnag am hynny, nid y golygu a argymhellir yn y datganiad hwnnw yw'r disgwyl o safbwynt nofel arobryn y Genedlaethol, neu fe ellid dod i sefyllfa lle byddai'r gwaith a gyhoeddid yn sylfaenol wahanol i'r gwaith a wobrwywyd. Cyn y digwydd hynny, bydd yn rhaid newid geiriad y gystadleuaeth – ac nid yw hynny'n amhosib. Fe fyddai'n drist pe bai'n dod i hynny ond fe ellid nodi yng ngeiriad y gystadleuaeth fod disgwyl i'r buddugwr gydweithio gyda golygydd cyn i'r nofel arobryn gael ei chyhoeddi. Cafwyd geiriad cyfatebol sawl tro yng nghystadleuaeth cyfansoddi'r ddrama hir lle y cafodd yr enillydd gyfle i gydweithio gyda chynhyrchydd neu gyfarwyddwr artistig cyn llwyfannu'r ddrama. Ac efallai'n wir ein bod yn prysur ddod i hynny, neu fe fydd drws y gystadleuaeth hon yn ddrws caeedig i nifer fawr o ddarpar ysgrifenwyr y Gymraeg, sy'n ysgrifennu Cymraeg gwahanol iawn i'r hyn a ystyriwyd gennym yn Gymraeg safonol, yn Gymraeg derbyniol. Na feddylied neb ein bod yn gwrthwynebu arbrofi gyda'r iaith nac ymestyn ei therfynau, na defnyddio iaith lafar. Ond y mae rhagor rhwng datblygiad (neu esblygiad) a dirywiad, a llwybr peryglus iawn i'w droedio yw'r un lle'r esgusodir diffygion amlwg a'u galw'n ddatblygiad: pen draw'r llwybr hwnnw o bosib yw iaith ysgrifenedig nad yw'n werth ei hachub. Yr ydym hefyd yn llawn sylweddoli fod yna Gymry newydd gydag iaith newydd yn dod i'w hetifeddiaeth yng Nghymru'r dyddiau hyn, cynnyrch ein cyfundrefn addysg, prif obaith goroesiad ein hiaith, ond rhai na chlywsant erioed y Gymraeg ar aelwyd nac mewn cymdeithas. Y mae o leiaf un o'r nofelau – un o'r goreuon, fel mae'n digwydd – yn cynrychioli'r ieithwedd newydd hon.

Cyn mynd ati i roi sylw i'r cystadleuwyr unigol, dyma un argymhelliad taer i ddarpar nofelwyr – i gynnwys ar eu silffoedd llyfrau gyfrolau megis *Canllawiau Iaith a Chymorth Sillafu* (J. Elwyn Hughes), *Cywiriadur Cymraeg* (Morgan D. Jones), *Gramadeg y Gymraeg* (Peter Wynn Thomas) ac i sicrhau bod Cysill yng nghrombil eu cyfrifiaduron. Yn bwysicach na dim, dylent roi lle blaenllaw i *Geiriadur yr Academi* (Bruce Griffiths a Dafydd Glyn Jones) – cyhoeddi'r gyfrol honno yw'r cymwynas fwyaf a wnaed â'r Gymraeg ers dyddiau cyfieithu'r Beibl a byddai troi ati'n gyson yn sicrhau na fyddai awduron yn trosi'n uniongyrchol idiomau a phriod-ddulliau ac ymadroddion Saesneg i'r Gymraeg, rhywbeth sy'n bla mewn llawer o ysgrifennu, ac sydd wedi treiddio i fêr esgyrn llenyddol bron bawb ohonom erbyn hyn.

Dyma sylwadau ar y cystadleuwyr, heb iddynt fod mewn trefn arwyddocaol nes dod at y diwedd.

Hector Berlioz: 'Symphonie Fantastique'. Ffugenw a theitl addawol, a rhagwelem efallai nofel gelfydd yn dilyn patrwm adeiladwaith y gerddoriaeth. Ac y mae'r rhagair yn awgrymu saernïaeth felly. Ond, gwaetha'r modd, nid dyna ydyw o gwbl ond dyddiadur manwl iawn un a fu am gyfnod eithaf maith yn delynores yn Bankok. 'Does dim o'i le ar ddefnyddio ffurf y dyddiadur i ysgrifennu nofel a gallai hanes bywyd personol fod yn ddeunydd cyfoethog ar ei chyfer. Yn wir, gwnaed hynny'n llwyddiannus gan amryw. Ond ni lwyddwyd yma i droi catalog o ddigwyddiadau a hanes bywyd un person yn stori. 'Does 'na ddim gwrthdaro gwirioneddol rhwng cymeriadau, dim datblygu ar y cymeriadau hynny na'u sefyllfaoedd, dim llifo ac arafu yn y traethiad. Cofnod o arhosiad mewn gwlad dramor a dinas ddieithr ydyw, cofnod gwerthfawr i'r awdur, mae'n siŵr, ond ni lwyddodd i'w droi'n brofiad gydag apêl gyffredinol i bawb. Fe'i hysgrifennwyd mewn iaith lafar sydd, ar y cyfan, yn llifo'n ddigon naturiol, ond mae llawer o feflau ieithyddol ynddi. 'Dyw is-deitl y gwaith, 'Cofnod mewn hanes cerddor', ddim yn addo'n dda, ac mae'n frith o gamgymeriadau – pethau fel 'o fedru weithio', 'os fydd', 'wnes i ddim ofyn', 'stwffio gymaint o bethau', 'i roi arian mewn cyfnewid'.

Gwri: 'Estron'. Dyma nofel uchelgeisiol ac fe gawson ni'r argraff wrth ei darllen y gallai fod yn ymgais gyntaf. Os felly, mae'n dangos addewid pendant a gallu i ddyfalbarhau. Ond y mae hi ar hyn o bryd yn greadigaeth hynod o dywyll ac aneglur. Nofel ydyw am rywun neu rywbeth yn meddiannu person arall, yn dod o rywle i'r byd, yn perthyn iddo ac eto y tu allan iddo, yn rhan o bersonau eraill ac eto y tu allan iddyn nhw. Mae yma weithio ar fwy nag un lefel: lefel go iawn y byd a'r bywyd hwn a lefel y meddwl, y person – os person hefyd – sy wedi meddiannu. Mae yna ddryswch mawr ynddi ac ni lwyddwyd o'r herwydd i greu stori gredadwy, ddiddorol sy'n symud a datblygu ac argyhoeddi. Mae'n astrus iawn ac fe amheuir weithiau a yw'r awdur ei hun yn glir ei feddwl am yr hyn sy'n digwydd ac am ei fwriadau a'r sefyllfa a greodd. Y mae gofynion y math yma o ysgrifennu'n ormod i'r awdur ar hyn o bryd, er bod yn y nofel rannau sy'n dangos addewid amlwg, rhai rhannau deialog yn arbennig. Ond y mae yma hefyd nifer fawr o wallau iaith, nid gwallau esgeulustod, fe dybiwn, ond gwallau nad yw'r awdur yn ymwybodol ohonynt am nad yw teithi'r iaith ar flaenau ei fysedd – pethau fel: 'a'r nos a ddyr y pleser orau', 'canys yr hyn a yswn amdani', 'ceisio cyfathrebu ydoedd', 'rydym yn bod, ac yna nad ydym'. Mae'n gymysgedd rhyfedd o ddarnau trwsgl ac o rannau lle mae'r iaith yn llifo'n naturiol a chywir.

Pili Pala: 'Rhwng y Llenni'. Dyma sefyllfa addawol lle mae hen wraig yn byw gyferbyn â dau deulu. Yn rhan gyntaf y gwaith, mae hi fel rhyw sylwebydd yn adweithio i fynd a dod y teuluoedd hyn a'u cysylltiad â'i gilydd, cysylltiad sydd yn addo bod yn un eithaf stormus. Roedd lle yma i ddatblygu'r syniad fel ein bod ni, y darllenwyr, yn gallu profi bywydau go iawn aelodau'r ddau deulu a gweld y bywydau hynny drwy lygaid Miss Tomos, yr hen wraig. Ond, yn fuan iawn, fe sylweddolir bod gan Miss Tomos ei stori ei hun ac mae honno'n cymysgu â stori'r teuluoedd ac eto'n tueddu i fod yn rhywbeth ar wahân yn hytrach na bod yn rhan o wead y cyfan. Mae cryn amser yn mynd heibio rhwng dwy ran y nofel. Anecdotaidd ar y cyfan yw'r rhan gyntaf, a'r ail ran yn ymdrin â phynciau mawr megis cam-drin merched a phroblemau cyffuriau. Ond mae'r ail ran yn rhy fyr i gyfateb i ddwyster y problemau a 'does yna fawr o gysylltiad yn wir rhwng dwy ran y nofel ar wahân i'r ffaith mai plant y rhan gyntaf, a hwythau bellach yn oedolion, sydd yn cael problemau yn yr ail ran. Y mae yma lawer yn digwydd ac mae'r dweud ar brydiau yn rhwydd a diddorol, y mynegiant yn sionc ac ambell olygfa yn wirioneddol ddoniol. Ond rhyw noson lawen o nofel ydyw, yn enwedig y rhan gyntaf – cyfres o eitemau yn hytrach na chyfanwaith. Mae gan yr awdur ddawn i ysgrifennu'n ddigri, dawn y dylid ei meithrin gan ei bod yn ddawn brin yn y Gymraeg. Mae'r iaith hefyd ar y cyfan yn eithaf glân.

Penchwiban: 'Ar Ddelw Dyn'. Mae'r nofel hon yn dangos dyfeisgarwch a gallu – ar brydiau – i ysgrifennu'n ddifyr. Mae hi'n nofel mewn dau fyd, y byd y tu mewn a'r byd y tu allan, nofel am greadigaethau go iawn a chreadigaethau metal neu gyfrifiadurol. Mae hi'n dechrau'n sionc a difyr fel pe bai hi'n mynd i fod yn stori Siôn Bugail ond yna'n datblygu i fod yn stori dau gymeriad arall, Fides a Libitinia. Mae 'na 'feddwl mawr' yn rheoli'r byd 'y tu mewn', a cheir, cyn y diwedd, frwydr dyngedfennol yn erbyn y dreigiau sy'n bygwth rheoli popeth. Mae'n swnio fel un o greadigaethau byd dychmygol plant – a rhai hŷn y dyddiau hyn – byd Playstation, Nintendo a rhaglenni gemau cyfrifiadurol o bob math. Mae hi'n ddiddorol ar brydiau a'r ail ran yn llawer gwell na'r rhan gyntaf, ond mae'r effaith gyffredinol yn un o siom. Addo'n dda ond heb gyflawni'r addewid honno y mae hi. At hynny, mae'r iaith yn wallus iawn ynddi a cheir yr argraff yn aml mai cyfieithu'n uniongyrchol o'r Saesneg a wneir, a hynny weithiau'n creu digrifwch anfwriadol. Ceir 'gwallt wedi llwydo' yn lle '. . . wedi britho', a 'crystyn uchaf' yn gyfieithiad uniongyrchol o 'upper crust'. Caiff yr awdur drafferth gyda'r genedl ('o'r malais ofnadwy hon'), yr arddodiaid ('dianc o ryw fwystfil'), Cymraeg idiomatig ('. . . chroen gwelw a safai allan yn erbyn ei wallt'), mynegiant wedi ei gyfieithu ('sioc diwylliant ydi o'; 'syndod o gyflym am un oedd mor dew').

Plentyn Yfory: 'Dyna fy Hanes'. Adroddir y stori hon o safbwynt March, un o ddinasyddion llwyth sy'n byw mewn ceunant, llwyth sydd wedi ei neilltuo oddi wrth y byd mawr y tu allan. A'r unig gysylltiad â'r byd hwnnw yw'r rhyd sy'n croesi'r afon, man peryglus ar y gorau, a man amhosib ei groesi pan fo lli yn yr afon. March yw'r cysylltiad rhwng y llwyth a'r bobl y tu allan gan ei fod yn mynd i dref Magor yn rheolaidd i werthu Sulys, ffrwyth planhigyn sy'n tyfu yn y ceunant, i'r trigolion yno. Rhan o'r stori yw carwriaeth March ac Awel, merch y dafarn. Mae gan y gymdeithas glòs hon ei rheolau ei hun a dyw'r safonau ddim wedi eu difwyno gan y byd mawr y tu allan, nes daw Torin, ymwelydd o'r byd hwnnw, yno. Er mai dymuno lles y gymdeithas fechan y mae, unwaith y mae'r cyswllt wedi ei wneud, mae safonau gwachul byd masnach a'r ffaith mai arian ac ariangarwch sydd wrth wraidd pob drygioni yn dechrau effeithio ar y gymdeithas fechan, ac ar March ac Awel a'u perthynas hwy yn arbennig. Mae hon yn nofel swmpus iawn ac y mae yna botensial sicr yn y syniad ac yn y cymeriadau a grëwyd. Ond nid yw'n cyflawni'r potensial gan fod gormod o din-droi ynddi, gormod o bregethu, gormod o elfennau llyfr gosod ac o or-fanylu wrth i'r awdur ymgodymu â'r broblem o osod y cyfan yn y cefndir priodol. Mae hi'n orfanwl a goreiriog. Ac yma eto mae'r mynegiant yn gallu bod yn dramgwydd. Mae rhannau helaeth ohoni'n llifo'n naturiol, ddiymdrech a'r iaith yn lân, ac yna fe geir gwallau gramadegol a mynegiant hynod o garbwl. Bydd dyfynnu un frawddeg yn ddigon i enghreifftio: 'Fedrwn i fyth gorfodi fy hun i drafod hyn oll efo Awel, na chynnig Torin roedd mor anodd ei amgyffred; fedrwn i ddim bygwth difetha'r amser mor berffaith breuddwydiol oedd gynnon ni'.

Miloš: 'Montana'. Dyn sy'n byw mewn carafán ac yn chwarae criced ar ei ben ei hun, bardd sâl sy'n meddwl ei fod yn dda a phob amser wedi meddwi, gŵr a gwraig sy'n ceisio'u gorau i droi eu merch (actores wael) dros y nyth, dyn sy'n gwirioni ar ddreifio bysys, dynes ganol oed sy'n ailddarganfod doniau cerddorol ei hieuenctid – dim ond rhai o'r nifer fawr o gymeriadau od sy'n britho'r nofel hon. Teipiau ydyn nhw i gyd ond nid gwendid mo hynny yn y nofel. Aberystwyth a chefn gwlad Gogledd Ceredigion yw'r lleoliad, a gellid dadlau mai nofel ydyw am bobl barchus yn byw bywydau anfoesol, yr anfoesoldeb derbyniol hwnnw sy'n golygu twyllo'r gwasanaethau cymdeithasol a cheisio godro ac ystumio deddfau cynllunio a pherchnogaeth i'w heithafion amheus. Mae hon yn nofel ddifyr, ddiddan i'w darllen, gydag amryw byd o olygfeydd a sefyllfaoedd gwirioneddol ddoniol ynddi. Y mae ynddi hefyd gryn dipyn o ddychan, dychanu'r bywyd cyhoeddus a'r gwasanaethau yng Nghymru. Y mae ynddi, fodd bynnag, rai mannau gwan ac y mae cryfder y mannau disglair fel pe'n tanlinellu'r mannau hynny. Ambell dro, mae'r arddull yn mynd yn syrffedus a cheir yr argraff nad yw'r awdur wedi llawn benderfynu ai dychan ynteu doniolwch yw'r prif nod. Beth yw prif bwrpas y nofelydd: ai darlunio er diddanwch ynteu ysgrifennu nofel ddychanol am y sefyllfa gymdeithasol yn nhref Aberystwyth a'r cylch? Ar y cyfan, y mae'r iaith yn lân ond dylid mynd i'r afael â rhai gwallau a rhai cystrawennau anhylaw (e.e., 'Roedd yr holl dir ffrwythlon fedrai weld o'i flaen . . .'; 'Hwn oedd ei etifeddiaeth wrth ei fodryb Martha . . .' – ac mae'r ddwy enghraifft yna yn y paragraff cyntaf!) Dyma nofel y dylid ei chyhoeddi, wedi iddi gael ei golygu'n greadigol er mwyn chwynnu neu sbriwsio rhai darnau, tynhau mewn ambell le, godro mwy ar ambell sefyllfa, penderfynu ar y cydbwysedd rhwng doniolwch a dychan, a chymhennu peth ar yr iaith.

Henblas: 'Ma' nhw'n dweud bod gwaed yn dewach . . .'. Mae Megan Evans yn wael iawn yn yr ysbyty; yn wir, mae hi ar ei gwely angau, yn dioddef o'r un aflwydd ag a laddodd ei mam, a chawn ddod i wybod, drwy ei meddyliau a'i mynych ddwyn i gof, am ddigwyddiadau arwyddocaol ei bywyd – yn enwedig felly ei pherthynas hi â'i chwaer, Mali. Mae hon yn berthynas gymhleth o gariad a chasineb: o gariad am eu bod yn chwiorydd clòs, o gasineb oherwydd y tro sâl a wnaethai Mali â'i chwaer. Mae profiadau Megan yn rhai ingol, a darlunnir perthynas y ddwy chwaer yn effeithiol. Heb ddatgelu gormod, gellir dweud mai canlyniad pellgyrhaeddol tro sâl Mali oedd i Megan golli ei chariad. Y mae'r nofel yn pendilio rhwng y presennol yn yr ysbyty a mabinogi bywyd Megan, ac y mae yna gyswllt da rhwng meddyliau'r claf a throeon ei bywyd. Y mae'r rhan gyntaf yn arbennig o dda a'r arddull yn llithrig ac yn gorfodi'r darllenydd i fwrw ymlaen. Mae 'na gynnal y diddordeb yma, yn sicr. Serch hynny, y mae 'na elfennau o felodrama ynddi a chyflwynir Megan fel yr eicon perffaith a Mali fel y chwaer amherffaith. Er bod llawer o'r digwyddiadau sydd ynddi wedi eu lleoli'n amseryddol yn y 1960au a'r '70au, agweddau cymdeithasol a moesol y 1950au sydd ynddi, y cyfnod cyn chwyldro mawr y gymdeithas oddefol. Yn yr ystyr hwnnw, mae hi'n hen ffasiwn ac efallai fod angen ei hail-leoli ynghynt yn y ganrif ddiwethaf a'i gwneud yn fwy o *period piece*. Y mae Megan yn cael cariad, mae'n ei garu'n angerddol, ac eto mae'n ei adael, a'r cwestiwn pwysig yw: a yw'r rheswm dros iddi wneud hynny yn argyhoeddi'r darllenwyr? 'Na' oedd yr ateb yn ein hachos ni a dyna pam nad yw ail hanner y nofel gystal â'r hanner cyntaf. Nofel Mills and Boonaidd ydyw ar ryw agwedd ond mae'n bendant yn ateb gofyn y gystadleuaeth am elfen storïol gref ac mae'n nofel y gellir ei chyhoeddi o ailystyried y colyn y mae'r cyfan yn troi arno (sef rheswm Megan dros adael ei chariad), o benderfynu lle y dylai fod yn amseryddol, o'i gwneud yn fwy o nofel gyfnod, ac o olygu'r iaith yma a thraw.

Luc Swan: 'Ffawd, Cywilydd a Chelwyddau'. Dyma enigma mwya'r gystadleuaeth. Nofel ddinesig yw hon ac os gellir disgrifio nofel *Milōs* fel darlun o anfoesoldeb pobl barchus, y mae hon yn darlunio moesoldeb gonest pobl amharchus. Y byd sy'n bodoli – bron na ellir dweud yn crawni – o dan wyneb ymddangosiadol barchus a threfnus ein prifddinas, yw thema'r nofel: hanes Luc Swan sy'n gweithio ym maes y cyfryngau ac sy'n bersonoliaeth gymhleth iawn. Yn raddol, ac yn gelfydd, dadlennir ei orffennol, y tristwch mawr yn ei fywyd, a'r gorffennol a'i gwnaeth, i raddau helaeth iawn, yr hyn ydyw, a'r rheswm am ei sinigiaeth. Anodd, o fewn terfynau beirniadaeth fel hyn, yw dweud y cyfan y carem ei ddweud am y nofel hon. Mae hi'n ddarlun graffig a chymhyrfus o fywyd neu o isfyd y ddinas, o agweddau rhai pobl ifanc; mae hi'n afradlon o ddi-chwaeth gyda rhannau ych-a-fi sy'n troi'r stumog, ac mae obsesiwn yr awdur gyda gweithgareddau'r tŷ bach yn troi'n syrffed, ac nid yw'r elfen ddiafolaidd sydd ynddi yn llwyr argyhoeddi. Mae'r iaith yn broblem fawr, yn argyhoeddi mai ymestyn terfynau y mae ambell dro, gan flaguro mewn disgrifiadau a phortreadau sy'n creu darluniau cofiadwy o leoedd, o amgylchfyd ac o gymeriadau megis Whitey; dro arall, yn merwino'r glust ac yn awgrymu'n gryf mai adlewyrchu a wna'r mynegiant derfynau adnoddau ieithyddol yr awdur. A yw, tybed, yn meddwl ac yn creu yn y Saesneg ac yna'n trosi i'r Gymraeg? Mae 'na rannau helaeth a brawddegau di-ri sy'n awgrymu hynny: 'Roedd rhywbeth amdano fe roedd hi'n hoffi' ('There was something about him that she liked'); 'Ar y llaw arall roedd yna rywbeth amdano oedd yn ei dychryn i'w chraidd' ('On the other hand there was something about him that frightened her to the core'). Ac mae yna rai cyfieithiadau doniol: '... fel pâr o paramedics corniog yn "ymarfer" eu techneg dadebru'. Go brin mai corniog yw'r cyfieithiad mwyaf addas o *horny*!

Cae Cors: 'Stori Hon'. Golwg newydd ar hen stori a geir gan *Cae Cors*, stori'r ymfudo i Batagonia gan y rhai oedd yn dianc rhag erledigaeth ac yn chwilio am fyd newydd – am nef newydd, yn wir – yn y Wladfa bell. Nid *Cae Cors* yw'r cyntaf i ddanlinellu realaeth y cyrchu yno a gerwinder bywyd yn y wlad newydd ond aeth yr awdur hwn ati'n fwriadol i 'anharddu'r syniad Iwtopaidd sydd o'r Wladfa Gymreig'. Dwy thema gyfochrog sydd i'r nofel hon: hynt a helynt y teithwyr ar eu taith ar y 'Mimosa', ac ymdrechion Edwin Cynrig Roberts a Lewis Jones i sefydlu'r 'Wladychfa'. Mae'r ddau'n enwau yn hanes y Wladfa – fel amryw eraill yn y nofel – ond pwysleisir mai dychmygol yw'r cymeriadau ac mai ffuglen yw'r nofel. Yr hyn a wneir yn y ddwy thema yw chwalu'r myth – nid yn unig y myth o geisio a chanfod gwlad sydd well ond y myth mai pobl gyfiawn a pharchus foesol oedd y rhai a aeth ati i baratoi'r wlad a'i meddiannu. Ai gwir ynteu dychymyg? 'Does wahaniaeth am hynny, mae wedi creu nofel ddiddorol, gynnil and effeithiol ei darlun o'r cyfnod. Mae'n darlunio'r gweinidogion a'r arweinwyr fel rhai anobeithiol, a'r rhai drwg eu moesau fel y gwir arweinyddion. Mae'n darlunio problemau'r teithwyr ar y llong, pobl garpiog gyda moesau carpiog, a'r ffaith eu bod, bob un, yn dianc rhag rhywbeth. Darlunnir hefyd, yn bur effeithiol, y trafferthion a gaiff Edwin Cynrig Roberts gyda'i rywioldeb a'r berthynas rhyngddo ef a Lewis Jones a'i wraig, Elen. Mae llawer o'r cynnwys yn disgrifio profiadau diflas ond nid yw'r ysgrifennu'n ddiflas, a chryn gamp yw llwyddo i wneud hynny! Nid yw'r nofel hon heb ei gwendidau gan fod y diwedd yn dod yn ddisymwth a siomedig, a chamgymeriad, fe dybiwn, oedd llusgo'r Indiad i mewn i'r stori ar ei diwedd. Tipyn o sioc i ni, hefyd, oedd canfod, hanner ffordd drwy'r stori, mor ifanc oedd Jane. Efallai, hefyd, fod gormod o fanylu ar ddechrau'r daith a'r darllenwyr dan yr argraff bod y teithwyr eisoes hanner ffordd ar draws y byd cyn iddyn nhw gyrraedd Lerpwl. Nid yw'r gystrawen yn ddi-fefl chwaith er ei bod yn gywir iawn o gymharu ag aml un arall yn y gystadleuaeth.

Fe fu pedair nofel dan ystyriaeth gennym ar gyfer gwobrwyo, sef nofelau *Henblas, Milo͞s, Luc Swan* a *Cae* Cors. Yna, aeth y pedair yn ddwy: nofelau *Luc Swan* a *Cae Cors*. Y cwestiwn sylfaenol oedd: a oedd yna deilyngdod gan nad yw'r gystadleuaeth eleni wedi codi i'r uchelfannau na bod nofel ynddi a oedd yn argyhoeddi'n llwyr ar unwaith. Ond pethau prin yw pethau felly, a'r hyn y chwiliem amdano oedd nofel ddarllenadwy 'gyda llinyn storïol cryf' oedd wedi llwyddo i gyflawni'r hyn y bwriadodd yr awdur iddi ei gyflawni.

Mae'n ddiamau mai *Luc Swan* yw meddwl praffaf y gystadleuaeth a'r athrylith mwyaf sydd ynddi. Mae ei nofel yn un uchelgeisiol yn ymdrin â phroblemau dyrys, yn ddwys ac yn ddoniol, yn gynnil ac yn graffig. Ond, er ein bod yn barod i ganiatáu rhai gwendidau ieithyddol, a hyd yn oed ieithwedd newydd anturus, onid oes yna hefyd ffiniau y mae'n rhaid cadw o'u mewn gan gofio'r cwestiwn a ddyfynnwyd ar ddechrau'r feirniadaeth hon – 'Sut mae trafod a chyfnewid syniadau heb gystrawen sicr?' Pan fydd gwendidau ieithyddol yn tarfu ar y mynegiant, mae'n rhaid ystyried hynny o ddifri. A dyna wendid mawr *Luc Swan*. Ar y llaw arall, ni osododd *Cae Cors* dasg mor anodd iddo'i hun ac fe lwyddodd o fewn terfynau'r dasg honno i greu stori a darllun credadwy, cofiadwy a diddorol. Ac y mae ganddo adnoddau ieithyddol amgenach na rhai *Luc Swan*.

Yr oeddem yn ymwybodol ein bod yn trafod gwobrwyo dwy nofel hollol wahanol, un fyddai'n dod o fewn terfynau diogel y cyhoeddi arferol ac un a fyddai'n camu allan y tu hwnt i'r terfynau diogel hynny. Yn y diwedd, bwriwyd y coelbren ar waith *Cae Cors*, nid am ein bod yn ofni mentro ond am ei fod wedi llwyddo'n well, o fewn terfynau ei fwriadau, i gyflawni'r bwriadau hynny. Mae angen golygu ar y ddwy nofel ond mae llawer mwy o waith ar nofel *Luc Swan*, gwaith golygu dwys – ond mae'n werth ymlafnio â hi. Siawns na fydd yna gyhoeddwr digon mentrus i fynd i'r afael â hi a'i chyhoeddi yn y man.

Cae Cors, felly, sy'n ennill ond fe awgrymwn yn gryf bod y teitl yn cael ei newid. Gellir dadlau bod y ffugenw, *Cae Cors* – yn fwriadol neu'n ddamweiniol – yn un athrylithgar gan mai gobeithio am gae a chael y profiad o gors a wnaeth y teithwyr a'r gwladychwyr eraill yn y nofel hon, ond mae'r teitl, 'Stori Hon', er yr amwysedd awgrymog sydd ynddo, braidd yn ddiddychymyg. Dylid, hefyd, hepgor y llythyr sy'n annerch y darllenydd ar ddechrau'r nofel ond, gan fod enwau hanesyddol yn y gwaith, mae'n rhaid nodi yn rhywle mai dychmygol yw'r cymeriadau a'r digwyddiadau.

Hyderwn y gwelir, yn y man, gyhoeddi nifer o nofelau'r gystadleuaeth hon a gobeithiwn y bydd yr awduron eraill, gan fod addewid yn y gweithiau i gyd, yn mynd ati i ddatblygu eu crefft. Llongyfarchiadau arbennig i *Cae Cors* am lunio nofel sy'n deilwng o'r wobr eleni.

YSGOLORIAETH EMYR FEDDYG

Er cof am Dr Emyr Wyn Jones, Cymrawd yr Eisteddfod

BEIRNIADAETH JANE EDWARDS

Cynigir y wobr eleni am ddarn neu ddarnau o ryddiaith o gwmpas 3,000 o eiriau ar un o'r ffurfiau a ganlyn: braslun nofel, pennod agoriadol nofel, tair stori fer neu dair ysgrif. Bydd yr ysgoloriaeth hon o hyd at £1,000 yn galluogi'r buddugol i gael cymorth arbenigol gan awdur cydnabyddedig.

Cystadleuaeth i brentisiaid, felly – i rai heb gyhoeddi o'r blaen. Doedd gen i ddim hawl, mae'n debyg, i ddisgwyl pethau mawr ond roeddwn i wedi disgwyl gwell: roedd y cynnyrch ar y cyfan yn wan ac ansylweddol, heb ddim o'r fflach a'r gwreiddioldeb yr oeddwn wedi gobeithio amdano. Hwyrach mai amodau a gofynion y gystadleuaeth sydd i'w beio am hynny, gan fod blas gwersi ysgol i'r tasgau. Mae'n anodd iawn i lenor yn ei fan greu argraff mewn cyn lleied o eiriau heb sôn am rywun sy'n bwrw prentisiaeth. Eto, mae'n rhaid peidio â bod yn rhy nawddogol: mae'n rhaid gosod tasgau â mwy o gig arnynt sy'n gofyn am fwy o ymroddiad a dawn, gan fod y stori fer erbyn hyn yn dechrau dangos ei hoed, yr ysgrif yn hen het ac wedi goresgyn ei hapêl, a braslun neu bennod gyntaf nofel heb fod yn debyg o esgor ar lyfr. Tyfu a wna nofel wrth i rywun ymlafnio uwch ei phen a mynd i'r afael efo'r cyflwyniad.

Wyth ymgeisydd a fentrodd i'r maes a'r rhan fwyaf ohonynt yn ifanc iawn, yn ifanc a di-hid o gystrawen ac iaith. Eto, mae yna obaith i bob un, dim ond iddyn nhw fynd ati o ddifrif i ddarllen nofelau Cymraeg cyn bwrw'u prentisiaeth, a dewis sgrifennu am rywbeth sydd o fewn eu profiad yn hytrach na chwilio am ddrama fawr eiriog.

Elfina: Tair stori fer sy'n amrywio o ran eu cynnwys a'u cyflwyniad. Mae'r arddull yn rhy lenyddol a blodeuog a hynny ar draul dweud y stori. Roedd y drydedd stori yn fyrrach ac yn fwy uniongyrchol ac yn llwyddo i greu awyrgylch syrjeri lle mae pawb yn magu eu gofidiau. Mwy o'r math yma o sgrifennu fyddai'n plesio.

Hyff: Tair ysgrif sydd yn rhy arwynebol a chyffredinol i greu unrhyw argraff o bwys er bod yma ddigon o frwdfrydedd. Weithiau, mae'r gwaith ymchwil yn dod ormod i'r amlwg. Mae'r ysgrif olaf (am golli pwysau) yn fyrrach a mwy personol ac felly'n fwy difyr a blasus.

Y Gŵr: Tair stori eithaf cymhleth a geir yma sy'n dibynnu'n helaeth ar gyd-ddigwyddiadau. Treulir gormod o amser yn y stori gyntaf yn ceisio creu awyrgylch ac, yn y ddwy sy'n dilyn, i gymhlethu sefyllfaoedd yn ormodol. Mae gormod o ffrils yn arafu stori ac yn treHu amynedd y darllenydd. Symlrwydd piau hi bob tro. Rwyf wedi darllen y straeon yma mewn cystadleuaeth o'r blaen. Dylid symud ymlaen nŵan i sgrifennu rhywbeth arall gan eich bod yn amlwg wrth eich bodd wrthi.

Anest: 'O'r Gele i'r Granta'. Braslun o nofel hanner bywgraffiadol wedi ei gosod yn nau a thri degau'r ugeinfed ganrif ac yn darllen yn hynod o ddifyr er braidd yn hen ffasiwn erbyn hyn, a braidd yn hunanfoddhaus a hunangyfiawn ar brydiau. Ond mae yma waith meddwl a chynllunio, a stori a fyddai wrth fodd y to hŷn pe bai'r awdur yn mynd ati i gyhoeddi.

Casanova: Pennod agoriadol nofel a geir yma ond sy'n darllen yn debycach i bortread. Mae cymaint o bethau'n cael eu datgelu ar y dechrau fel ei bod yn anodd credu y gellir ychwanegu at hynny. Awdur gwamal ydyw, fel y mae'i ffugenw'n awgrymu. Cydymdeimlo â'i gymeriadau a wna awdur da, nid eu cymryd yn ysgafn.

Deiniol: Dyma awdur arall nad yw'n sicr o'i gyfrwng; mae weithiau'n wamal, dro arall yn syber. Nid oes yma ddigon o ddefnydd yn y bennod agoriadol i mi weld sut y bwriada ehangu. Beth am geisio cysondeb cyn mynd ati o ddifrif ?

Arthur Bach: Awdur ifanc arall sydd wedi dewis sgrifennu pennod agoriadol nofel. Fel gyda'r ymgeiswyr eraill, mae'n gosod yr wyau i gyd yn y fasged heb adael dim i'r dychymyg. Dyw'r ffaith mai hel atgofion a wna'r prif gymeriad ddim yn help o gwbl yn yr achos yma i ddatblygiad y stori. Ond mae yma sgrifennu da mewn mannau a digon o addewid i ddyfalbarhau.

Clysgafn: Tair stori fer gan awdur ifanc arall. Mae yna ormod o hel meddyliau am y prifathro yn y stori gyntaf ac mae hynny'n llesteirio'r stori. Mae'r ddwy stori arall yn fwy swrreal a ffantasïol a gellir dadlau mai'r ysfa i greu sy'n gyfrifol am hynny a bod yr ifanc yn hoffi arbrofi. Iawn, ond trueni na fyddai'r awdur yn ymorol am iaith a chystrawen yn ogystal. Wedi dweud hynny, mae ganddo ddawn ddiamheuol sy'n ei godi uwchlaw'r cystadleuwyr eraill, a dawn sydd yn werth ei meithrin, a chyda gofal a bwyd llwy, dylai'r ddawn honno ddwyn ffrwyth. Am yr addewid hwnnw, rwy'n falch o gael dyfarnu'r ysgoloriaeth i *Clysgafn*.

RHYDDIAITH

Y Fedal Ryddiaith. Amrywiaeth o ddarnau rhyddiaith yn darlunio cyfnod, heb fod dros 40,000 o eiriau

BEIRNIADAETH
CATRIN STEVENS, GERAINT VAUGHAN JONES A MEINIR PIERCE JONES

Bu hon yn gystadleuaeth doreithiog a beirniadu'r ugain cyfrol ynddi yn her – ac yn waith caled. Ar yr ochr gadarnhaol, mae dros hanner y cyfrolau a ddaeth i law yn haeddu'u cymryd o ddifri am eu bod wedi cyflwyno gweithiau llenyddol cymeradwy. Yn wir, byddem yn argymell cyhoeddi sawl un ohonynt ond gan bwysleisio'r cafeat, a chan adleisio sylwadau diweddar golygyddion *Taliesin*, fod angen sylw golygyddion craff a chreadigol arnynt cyn iddynt ddod o'r wasg.

Bu trafodaeth rhyngom fel beirniaid ynglŷn ag union eiriad y gystadleuaeth ac a yw'r cystadleuwyr wedi llwyddo i '(d)darlunio cyfnod'? Ond y gwir amdani yw fod pob gwaith llenyddol yn ddarlun o gyfnod, neu'n bortread o le ac amser, neu fwy nag un lle ac amser, ac ni chredem fod yr un o'r awduron wedi cyfansoddi'n 'annhestunol'.

Roedd cymal arall y geiriad, sef bod angen cyflwyno 'amrywiaeth o ddarnau rhyddiaith', yn llawer mwy o fagl i'r gweiniaid ymhlith y cystadleuwyr. Amlyga nifer ohonynt ddiffyg adnabyddiaeth ddigonol o'r *genre*, boed hwnnw'n stori fer neu ysgrif, yn ddarn o lên micro neu ran o ddyddiadur. Mae'r stori fer, er enghraifft, wedi bod yn gyfrwng poblogaidd eleni ond byddai'n werth i'r awduron llai llwyddiannus fyfyrio uwchben geiriau'r diweddar Ddr John Gwilym Jones ar y gwahaniaeth rhwng hanesyn a stori fer, 'Mae hanesyn yn gorffen efo fo'i hun, fel taflu carreg i fwd: mae Stori Fer fel taflu carreg i lyn a ffurfio'i channoedd o gylchoedd'.

Blinder hefyd oedd gorfod nodi gwallau elfennol yn yr iaith a'r mynegiant droeon – camsillafu, camdreiglo a'r llu brychau teipio. Yn y pen draw, beirniad gorau pob llenor yw ef/hi ei hun a byddem yn disgwyl bod gan bob un o'r awduron hyn ddigon o hunan-barch i fod eisiau anfon ei waith gorau i gystadleuaeth y Fedal Ryddiaith. Ond gellid maddau meflau ieithyddol, efallai, petai yn y gwaith weledigaeth a'r rhywbeth newydd, cyffrous a gwerth ei ddweud hwnnw sy'n swyno beirniad. Yn rhy fynych, mae'r ysgrifennu'n arbennig o anarbennig. Diau fod sawl llenor ifanc neu ddibrofiad ymhlith y cnwd eleni ond nid yn y gystadleuaeth hon y mae ymbalfalu am ysbrydoliaeth na thorri dannedd llenyddol.

103

Cystadleuaeth a oedd 'yn gymysg oll i gyd' oedd hon eleni, felly. Ond ni fynnem am eiliad roi'r argraff ei bod yn gystadleuaeth wan ar ei hyd. I'r gwrthwyneb, fel yr awgrymwyd eisoes, cafwyd cynnyrch gwirioneddol wych gan y goreuon, y mae wedi bod yn fraint ei ddarllen, heb sôn am ei feirniadu. Fel beirniaid yr oeddem yn hynod o gytûn am safon bron bob cystadleuydd ac yn unfryd unfarn am deilyngdod yr enillydd.

Cyflwynir sylwadau ar bob cyfrol yn ei thro heb eu rhannu'n ddosbarthiadau manwl ond gan gadw'r goreuon at y diwedd.

Un o'r Llan: 'Rhwng y Bore a'r Prynhawn'. Rhoes gofynion penagored y gystadleuaeth ormod o raff i *Un o'r Llan* ramantu'n atgofus am 'gyffro' cyfnod ei ieuenctid ym mhentre Rhydaber y pum degau. Prin iawn yw'r cyffro er hynny, di-fflach yw'r cynnwys a does fawr o gamp ar y 'dweud', 'chwaith. Tuedda'r defnydd at y llafar ac er y ceir rhai darnau a allai fod yn addas ar gyfer papur bro, byddai angen gweithio'n galed i roi cnawd am yr esgyrn noeth. Cyfrol fer iawn yw hon, yn frith o wallau sillafu, treiglo ac atalnodi.

Wyres Nain: 'Teulu Ty'n y Coed'. Gwaith mewn dwy ran sydd yma. Mae'r rhan gyntaf wedi'i seilio ar ddyddiadur hen ewythr i'r awdures a ymfudodd i Awstralia yn 1886. Ffuglen yw'r ail ran, yn adrodd hanes merch ddychmygol o'r enw Hannah Jones, a oedd yn un ar ddeg oed yn 1896. Gwaetha'r modd, roedd y gyfrol hon, yn seiliedig ar deulu Tŷ'n y Coed, a'r cymysgedd ynddi rhwng ffaith a ffuglen, yn ddryslyd braidd. Byddai'n ddoeth i'r awdur gofio y gall hanes teulu rhywun arall fod yn hynod anniddorol oni bai fod iddo elfen o'r annisgwyl neu ei fod wedi'i adrodd yn ddisglair-lenyddol. Cafwyd amrywiol arddulliau, mewn llythyr, stori fer, erthygl i ddysgwyr, ysgrif, ymson a phortread, ond darllenai rhai o'r cyfansoddiadau fel darnau prawf. Yn y rhai mwy personol eu natur, fel yr ysgrif, daw cymeriad hoffus yr awdur i'r golwg. Ond anwastad yw'r safon drwodd a thro.

Sali Mali: 'Yr oen . . . yn dysgu'r ddafad . . . i frefi'. Fel y noda'r is-deitl, 'casgliad amrywiol o ysgrifau yn portreadu cyfnod o bum mlynedd 1999-2004 ym mywydau mam a'i merch' yw cynnwys y gyfrol hon, ynghyd â nifer o gerddi penrhydd nad ydynt yn talu am eu lle. Ceir ambell gameo cofiadwy, megis y darlun o'r fechan yn defnyddio palmwydden Sul y Blodau fel awyren i ddinistrio tyrau 9/11 ei blociau lego. Yr argraff gyffredinol a gafwyd, er hynny, oedd fod yr ysgrifau, sy'n tueddu i athronyddu a moesoli, yn dangos 'bai rhy debyg'. Ceir ambell wall yma ac acw (un amlwg yn y teitl, hyd yn oed) ac, o bryd i'w gilydd, mae'r gystrawen yn peri trafferth a'r arddull yn galw am fwy o gynildeb. Ni chafwyd gwefr lenyddol wrth ddarllen y gwaith hwn er y gallai apelio, o bosib, fel 'cyfrol ymyl gwely'.

Tonto: 'Dyddiau Dennis'. Mae anwyldeb diniweidrwydd plentyn yn lliwio darluniau *Tonto* o fagwraeth ddelfrydol capel-a phêl-droed-ganolog ardal Croesor y pum degau ac roedd ambell fflach o hiwmor ac eironi yn torri ar yr awyrgylch gor-ramantus. Yn sicr, bydd y cameo o Edith a Lilly yn dawnsio'n fronnoeth gyda'u gwydrau gwin yn aros yn y cof! Ond ceir gorymdrech i geisio cynnig amrywiaeth o gyfryngau, gyda deunydd hunangofiannol a storïol, darn o ddeialog, llythyrau – un ohonynt at T. G. Walker (rhaglen 'Byd Natur'), ysgrif bortread, dau adolygiad o'r un nofel, sef *Yn Ôl i Leifior*, a dwy weddi! Tipyn o gowlaid, a dweud y gwir. Mae yn y gyfrol ddefnydd darllen digon difyr ond ni cheir dim byd newydd na gwahanol i'r llu cyfrolau eraill tebyg sy'n adrodd atgofion bore oes.

Dwyryd: 'Be' Nesa?'. Casgliad o dri ymson a phum stori fer sy'n canolbwyntio ar drobwynt ym mywyd y prif gymeriad, megis plentyn yn gadael cartref, marwolaeth perthynas, gwraig yn darganfod chwydd o dan ei chesail, neu unigolyn mewn cyfweliad am swydd, sy yng nghyfrol *Dwyryd*. Mae'r awdur hwn yn gallu ysgrifennu'n gymen a chywir gydag ambell ddisgrifiad trawiadol, fel wrth sôn am yr henwr Ellis yn 'britho'i grimogau' ger tanllwyth o dân, neu ddisgrifio oerni gorsaf drên, 'fel petai pob tamaid o wynt wedi ymgynnull yno i'r cyfarfod blynyddol'. Ond mae tebygrwydd yr hanesion i'w gilydd, yn yr ystyr na cheir nemor ddim digwydd allanol ac mai dilyn llif meddyliau'r cymeriad canolog a wneir, yn golygu bod y darllen yn bygwth mynd yn syrffedus ac ailadroddus. Ac eithrio'r ymson cyntaf, go brin 'chwaith fod yma ymgais i ddarlunio cyfnod.

Corn Hir: 'Rhyfel a Heddwch'. Edrych ar gyfnod y ddau ryfel byd a wneir yn y gyfrol hon a hynny trwy nifer o storïau a llythyrau wedi'u cyflwyno mewn arddull or-gryno. Ceisiodd yr awdur rychwantu profiadau nofelau cyfain mewn cwta gannoedd o eiriau ac ni cheir cyfle o gwbl i adnabod cymeriadau na gwerthfawrogi cymhlethdod eu sefyllfaoedd. Mae'r darn olaf 'Oradour-sur-Glane' yn sefyll uwchlaw'r gweddill a hynny, i raddau, ar gyfrif hynodrwydd yr hanes a adroddir am saethu trasig cannoedd o Ffrancwyr gan griw o Natsïaid dialgar, digofus. Gall *Corn Hir* ysgrifennu'n raenus a diddorol ar ei orau ond yn y pen draw mae 'Rhyfel a Heddwch' yn bynciau anferthol na wnaethpwyd hanner cyfiawnder â hwy yn y gyfrol hon.

Llwch yr Heli: 'Lleisiau'. Fe gaed rhywfaint o amrywiaeth gan y cystadleuydd hwn – un stori ar ddeg, llythyr, erthygl, llên micro – ond mae diffyg cydbwysedd, serch hynny, yn y casgliad. Mae rhai o'r darnau'n ddigynllun a swta ac yn fwy o anecdotau ac o atgofion llafar na dim arall. Ond eto, mae'r storïau rhyfel, er enghraifft 'Bwled' ac 'Ennill Medal', yn llwyddo i ddangos bywyd yn y fyddin o'r tu mewn mewn modd cryf, ciaidd, nad oes fawr ddim tebyg iddo ar gael yn y Gymraeg. Gwaetha'r modd, mae'r llu brychau iaith a theipio yn awgrymu mai drafft cyntaf a gyflwynwyd i'w feirniadu. Yng nghanol 'Lleisiau' ei gyfrol, mae gan yr awdur hwn ei lais ei hun ond mae angen iddo fyfyrio a dysgu sut i gyfeirio a chyweirio'r llais hwnnw i gael y gorau ohono.

O dan y cloc: 'Dy Wialen a'th Sialc'. 'Amrywiaeth o ddarnau rhyddiaith yn disgrifio cyfnod yr Ysgol Ramadeg (wedi eu cysylltu yn nofel)'. Dyna sut mae'r awdur hwn yn disgrifio'i waith. Go brin, serch hynny, bod hon yn nofel. Go brin, 'chwaith, ei bod yn disgrifio cyfnod yr Ysgol Ramadeg gan na cheir yma fawr mwy na chipolwg ar fywyd mewn un ysgol yn Llundain yn y 1960au cynnar. Yn hytrach, mae'r gwaith yn crisialu anawsterau creu 'nofel' hanesyddol gredadwy a darllenadwy. Er mwyn profi dilysrwydd yr ymchwil a gwybodaeth ddihysbydd yr awdur o'i gyfnod, llwythir y testun â chyfeiriadau hanesyddol nes ein bod yn boddi ynddynt. Bron na allem ddychmygu'r awdur â rhestr hirfaith o'i flaen o'r holl nodweddion y mae'n rhaid eu cynnwys ac yna eu ticio ymaith, un ar y tro, fel athro ysgol cydwybodol. Un gwendid arall sylweddol yw stiffrwydd artiffisial y ddeialog – er enghraifft, y sgwrs ffôn anghredadwy ym Mhennod 4 rhwng Morgan a'i gyfaill, Islwyn. Er y ceir amrywiaeth o arddulliau ac ysgrifennu da ar brydiau, nid oedd y cynnwys yn gafael.

Tacsi: 'Siarad'. Fel yr awgryma'r teitl, cyfathrebu, neu'n hytrach fethu cyfathrebu, yw hanfod y gyfrol hon. Mae'n ymdrin ag effaith profedigaeth, sef marw Marged, merch 16 oed Mair Mathews, gweithwraig swyddfa, a John ei gŵr, sgriptiwr teledu, a chwaer Siôn, myfyriwr a phrotestiwr yn erbyn globaleiddio, mewn damwain taro-a-ffoi yn y brifddinas. Mae pob cymeriad yn ei focs ffantasïol ei hun, boed hynny'n fyd yr opera sebon, y seibr-ofod neu negeseuon testun, o fewn bocs muriau eu cartref anhapus. Wele syniad modern a gwreiddiol a chynllun gafaelgar, gyda gwir botensial i ddatblygu'n nofel lwyddiannus. Ond mae'r union thema, sef anhawster cyfathrebu galar, yn llyffetheirio'r awdur. Mae'r cyfan yn ddryslyd a cheir tudalennau di-ben-draw o ddeialog anghynnil sydd, yn fuan iawn, yn creu undonedd a diflastod. Collwyd y momentwm tua'r canol. Os yw *Tacsi* o ddifri ynglŷn â llenydda, a gobeithio ei fod, efallai y byddai trosi'r 'nofel' hon yn ddrama radio neu lwyfan yn fan cychwyn llwyddiannus iddo.

Jaques: 'Cyfnod: Y Saith Oes'. Cyfres o saith stori fer yn cwmpasu troeon yr yrfa ac wedi'u lleoli yng nghanolbarth Ceredigion sy gan *Jaques*. Mae'r cystadleuydd hwn yn gyfarwydd iawn â gyrfâu chwist, eisteddfodau lleol a chwarae dartiau ac mae'r bywyd cefn gwlad hwn yn gefnlen liwgar i drafod themâu mwy arwyddocaol, fel perthynas tad a mab, rhagrith ac annigonolrwydd. Portreadodd y cyfnodau o fewn oes dyn â chryn egni, gan gymeriadu'n gelfydd. Apeliodd yr hiwmor hefyd ar dro, yn enwedig y sylwadau ffraeth a sinigaidd ar gymdeithas ac ar wleidyddion. Mae yma allu pendant, ond anwastad oedd y cynnwys. Byddai trigolion y filltir sgwâr a ddarlunnir yn debyg iawn o gael blas ar y goreuon o blith y straeon bywiog a dyfeisgar hyn.

masawroc: 'Ac ni fu dwthwn fel y dwthwn hwn . . . yn y Gymru a'r byd sydd ohoni' – dim marciau am y teitl clogyrnaidd hwn! Casgliad o ysgrifau ar ffurf dyddiadur o fis Medi i Dachwedd 2004 yw eiddo *masawroc*. Ceir hanes teithiau i fannau arbennig ac ymateb athronyddol i newyddion a helyntion y dydd. Mae trwyn newyddiadurwr am stori gan yr awdur hwn; mae'n feddyliwr annibynnol, treiddgar ac yn ymchwilydd dyfal sy'n datgelu i ni 'ochr arall' aml stori. Mae ei wybodaeth, ei ddeallusrwydd a'i ddiwylliant eang yn ennyn edmygedd ac ymhen blynyddoedd gallem ddychmygu'r ysgrifau hyn yn cael eu gweld fel cofnod diddorol a dadlennol o flynyddoedd cynnar yr unfed ganrif ar hugain. Ysgrifenna'n rhwydd ac mae'r mynegiant yn raenus, er bod tueddi weithiau i fynd i ormod o stêm bregethwrol. Eto, er bod yma ddefnydd cyfrol neu erthyglau ar gyfer cylchgrawn amgylcheddol neu wyddonol, mewn cystadleuaeth lle mae'r goreuon eleni wedi llenydda'n greadigol a chofiadwy nid yw'r casgliad hwn yn cyrraedd y brig y tro hwn.

Menai: 'Be' ddigwyddodd i Frida'. Hoeliodd teitl trawiadol y gyfrol hon a theitlau dychmygus ei phenodau, megis 'O Mam!' ac 'O flaen dy gell', sylw ar unwaith. Stori dditectif yw un *Menai*, stori sy'n mynd ar drywydd yr hyn a ddigwyddodd i'w hen nain, Frida Williams, o'r Felinheli, a fu farw'n ddisymwth mewn amgylchiadau amheus yn 1949. Rhyw fath o gatharsis personol sy yma wrth i'r orwyres ddilyn y cliwiau a thynnu sgerbydau o'r cypyrddau, er mwyn gallu dwyn diweddglo taclus i hanes sy wedi bod yn llechu ac yn corddi yn ymysgaroedd ei theulu ers tair cenhedlaeth. Mae'i pharodrwydd i wynebu'r caswir posibl am Frida, ynghyd â'r ffaith mai angen gwaelodol am ddarganfod y gwir hwnnw yn hytrach na dial ar ei 'llofrudd' sy wrth wraidd ei hymchwil, yn sicrhau bod yr ysgrifennu yn ddiffuant a dirodres. Rhennir y gyfrol yn dair rhan, sef Ei Chyfnod Hi (y gwrthrych), Ein Cyfnod Ni (yr awdur a'i chyfoeswyr) ac, yn olaf, Ei Gyfnod O (y 'llofrudd'). Gwnaeth yr awdur waith ymchwil manwl ac mae'r *reportage* yn llifo'n rhwydd gan apelio'n uniongyrchol. Yn wir, mae'r hanes yn un diddorol tu hwnt. Mae *Menai* yn haeddu clod am y modd amrywiol a dychmygus yr aeth ati i gyflwyno'r cyfan trwy lythyrau ac ymsonau, cofnodion ac adroddiadau. O'i golygu rywfaint, gwnâi hon gyfrol afaelgar a darllenadwy.

1+1=1: 'naw mis a mwy'. Dyma nofel sy'n pendilio rhwng gobaith ac anobaith, wrth i'r awdur adrodd am orfoledd cyfnod beichiogrwydd mam newydd ar y naill law ac, ar y llaw arall, ei gwewyr am na all rannu'i chyfrinach a'i llawenydd, am y tro o leia, â thad y baban sy'n dioddef o iselder ysbryd a pharanoia. Mae'r ddyfais o ddefnyddio camera fideo,

107

ynghyd â chyfarwyddiadau ffilm, i gyfleu meddyliau'r fam yn gweithio'n wych, ac mae'r arddull lafar yn taro'n iawn. Teimlai dau (neu, yn hytrach, ddwy) ohonom fel beirniaid fod yma gnewyllyn nofel sy'n llawn addewid, gan awdur ifanc efallai. Nid yw'n gaboledig, orffenedig, mae'n wir, ac mae angen mwy o amrywiaeth arddull, mireinio'r iaith, cael gwared â llawer o'r geiriau Saesneg a gwella'r atalnodi i helpu'r darllenydd i gadw ar drywydd y labyrinth o fyfyrdodau ymddangosiadol digyswllt ynddi. Ond mae'n ymgais wahanol, sy'n cyrraedd tir uchel ar adegau ac y byddai iddi ei chynulleidfa barod pe câi ei chyhoeddi maes o law.

Mae'n ddrwg gen i: 'Cadw'r Heddwch'. Nofel am Victor Evans, cyn-filwr o'r Rhondda, yw hon ac ynddi darlunnir effaith greulon a phellgyrhaeddol rhyfel sy'n dinistrio bywydau, fel bom yn ffrwydro neu shrapnel yn sgrialu'n farwol. Mae'n nofel hefyd sy'n mynd dan groen digwyddiadau cywilyddus ac amheus tebyg i'r rhai a welwyd yn ddiweddar yng ngwersyll milwrol Deepcut neu yng ngharcharau Irác. Cawn ein hyrddio i fyd cam-drin geiriol, corfforol a rhywiol trwy lifeiriant profiadau'r cyn-filwr a dirgelwch gwaelodol y nofel yw perthynas amwys Victor â'i dad, sy'n goddef i'w fab gael ei gam-drin yn y fath fodd. Mae'r ysgrifennu'n gras a digyfaddawd yn nhafodiaith gyhyrog y de-ddwyrain, y cymeriadau'n gryf a chredadwy a'r lleoliadau, boed ar Fannau Brycheiniog, ar fwrdd y llong ryfel chwilfriw neu yng ngwely moel yr ysbyty, yn llawn awyrgylch a thyndra. Ond mae'n rhaid cyfaddef nad yw'n gyfrol hawdd ei darllen na'i deall wrth i'r awdur symud yn gwbl ddirybudd o un olygfa i'r llall. Mae'r ôl-fflachiadau mynych a'r deialogau niferus yn gallu llethu'r amynedd a chreu rhwystredigaeth. Efallai y byddai byd y ffilm yn gyfrwng mwy priodol ar gyfer y gybolfa gymysglyd hon a'i harddull stacato. Mae dawn llenor gan yr awdur hwn ond mae gwaith tynhau a thocio cyn y gwêl y gyfrol hon olau dydd.

Gwas y Neidr: 'Yr Awr Dywyllaf'. Cyfrol fer yw hon sy'n portreadu'r cyfnod ar ôl i Fyddin yr Almaen, a'r Gestapo yn eu plith, oresgyn Paris yn ystod yr Ail Ryfel Byd, a hynny trwy lygaid dyn dall, cyn-ddarlithydd yn y Sorbonne ond sydd bellach yn weithgar dros y *Resistance*. Mae ôl ymchwil ar y gwaith ac ymgais ganmoladwy i greu awyrgylch y cyfnod a'r ddinas, mewn ffatri a phuteindy ac ar ei strydoedd lliwgar. Heb os, llwyddodd yr awdur i fynd dan groen y prif gymeriad, yn ei wendid a'i nerth, a dyma un o brif gryfderau'r gyfrol. Mae cyffyrddiadau pwerus a sensitif ynddi, fel yn y puteindy pan welwn y puteiniaid yn ffieiddio cyffyrddiad gor-eiddgar eu cwsmer dall ond yn fodlon dioddef ymweliadau'r gelyn, ac mae perthynas Phillipe â'r butain Rosita yn cyffwrdd â'r galon. Nid yw'r dull llif ymwybod di-dor, heb strwythur pennod na phennawd, a'r duedd gyson i adrodd yn ôl am ddigwyddiadau cyffrous yn hytrach na'u darlunio'n ddramatig, yn llwyddiannus bob tro er hynny. Tuedda'r stori i din-droi ac mae'r mynegiant yn orflodeuog ar adegau. Eto, rydym yn gytûn fel beirniaid unwaith eto fod yma egin-nofel wahanol ac addawol y gwnaethom ei mwynhau.

XS: 'Transit'. Cyfres o wyth stori fer ac un stori fer hir yn darlunio ail hanner yr ugeinfed ganrif, o ran cyfnod, sydd gan *XS*, meddai, ond straeon ydynt sy'n ein taflu bendramwnwgl i fyd ffantasi a ffars, yn llawn cyfeiriadaeth slic a chlyfar at ffilmiau Americanaidd, chwedloniaeth Roegaidd a llenyddiaeth Saesneg a Chymraeg, ac yn llawnach fyth o fwyseiriau a thawtoleg gan awdur sy, fel un o'i gymeriadau rhyfeddol, 'yn ymhoffi mewn gemau geiriol amlieithog'. Yn ddi-os, mae'n awdur dawnus, yn Gymreigiwr gyda'r gorau, yn byrlymu o syniadau ac yn feistr ar sawl math o arddull. Gall fod yn fombastig, gall ddynwared, gall fod yn grafog, ac yn ddigri dros ben, hefyd, wrth ddisgrifio episodau slapstig, dawn ddigon prin yn y Gymraeg i fod eisiau gwneud yn fawr ohoni. Mae'r hiwmor a'r dychan yn aml-haenog, wrth iddo drafod pynciau difrifol megis ewthanasia yn hynod o goeglyd, a gŵyr i'r dim sut a phryd i gyfieithu termau ac idiomau Seisnig neu ddefnyddio arddull Feiblaidd. Cawn yr argraff ei fod wedi'i fwynhau'i hun yn eithriadol wrth ysgrifennu am 'Ffrancenstein Taliesin Ifans' neu wrth gyflwyno 'Cofiant Crocodeil' a hawdd fyddai dychmygu John Ogwen yn gwneud cyfiawnder â'u doniolwch gerbron cynulleidfa werthfawrogol. Ond mae lle i ffrwyno weithiau, aeth camp yn rhemp ambell dro, fel yr awgryma'i ffugenw *XS* efallai ac, o ystyried hoffter yr awdur o gŵn, byddai'n ddoeth iddo gofio mai 'gormod o bwdin (tebyg) a dagith gi'!

A dyma gyrraedd y pedair cyfrol a ddaeth i'r brig eleni, ac er nad oeddem yn gwbl gytûn ar yr union drefn, nid oedd unrhyw ddadl ynglŷn â pha awdur oedd yn cipio'r Fedal.

Pellwelyr: 'Yn y Llyfr Hwn . . .'. Dyma lenor wrth reddf sy wedi troi i fyd hanes a llên gwerin Cymru ar draws pymtheg canrif am ddefnydd ei storïau a'i hanesion. Cyflwynir yr hanes mewn gwisg newydd, gan roi golwg ffres ar hen gymeriadau a digwyddiadau. Mae'r dweud yn llawn dychymyg, afiaith, ffraethineb a dwyster yn eu tro. Caiff *Pellwelyr* hwyl nodedig arni yn y ddwy stori (neu ymson) a gawn mewn tafodiaith (nid yr un dafodiaith) sef 'Ystyriaethau Cofi', lle cwrddwn â Chofi sy'n codi cwestiynau ynghylch hawl cynllunio castell enwog ei dre, a 'Mam Morfudd', lle disgrifir Dafydd ap Gwilym yn anfarwol fel dyn sy'n 'gwitho pishys'. Mae gofyn am athrylith hefyd i ddychmygu Offa yn taro i mewn i Ganolfan Arddio i brynu defnyddiau ei Glawdd tramgwyddus gan lanc mewn oferôls coch ac i adrodd chwedl Gwrtheyrn yn cribo Cymru i chwilio am 'fasdad' i'w gynorthwyo i godi Dinas Emrys. Caiff y golygfeydd amrywiol eu cyflwyno gan 'Y Cof', 'y bod annelwig yng nghynteddau amser' sy'n 'dweud stori ddoe wrth glustiau yfory'. Mae'r ddyfais hon yn gweithio ac yn gymorth i roi unoliaeth i'r gwaith. Serch hynny, er gwaetha'r canmol hwn, cytunem fod hon yn gyfrol anwastad ac nad yw ambell stori, fel 'Dwynwen' neu 'Disgybl Ysbas', yn taro deuddeg. At hyn, mae'r dewis o hanesion ein cenedl yn fympwyol braidd, yn enwedig yn y cyfnod modern. Teimlai Geraint Vaughan Jones i'r gwaith syrthio rhwng dwy stôl braidd gan nad yw'r awdur, yn ei farn ef, wedi llwyddo i roi unrhyw arwyddocâd pellach i'r storïau a ddefnyddia. Credai Meinir Pierce Jones fod y duedd i ddadlennu'r gyfrinach ar ddiwedd pob darn yn gallu bod yn ailadroddus ac yn rhagweladwy. O'm rhan fy hun, gwirionais ar y goreuon a byddwn yn croesawu unrhyw ymgais ddeallus, ddychmygus a all gynnig dehongliadau trawiadol a lliwgar o'n hanes i genedl sy mor ddiffygiol ei chof.

Telor: 'Gwylad'. Nofel yn dilyn hynt a helynt nifer o gymeriadau sy'n byw o fewn yr un bloc o fflatiau, a'r modd y daw eu bywydau i orgyffwrdd yn frawychus, sy gan *Telor*. Yn wahanol i sawl cystadleuydd arall, mae wedi cynllunio'i waith yn ofalus ymlaen llaw ac, oherwydd hynny, mae'n adnabod ei gymeriadau ac yn gallu uniaethu â nhw. Mae holl elfennau'r plot yn gwau i'w gilydd yn gelfydd. Nofel am gariad yw hon, a'r hyn sy'n digwydd pan fo'r berthynas rhwng pobl yn chwalu, am ba reswm bynnag. Thema syml sy ganddo, felly, ac un sy wedi'i hadrodd ganwaith o'r blaen, ond mae crefft gywrain yng ngwead y stori ac yn arbennig yn y modd y datgelir y twyll trwy ystryw mor ddialgar-ddyfeisgar. Cynhelir y delweddau, yn arbennig delwedd y lliwiau, yn effeithiol dros ben. Mae'n nofel gyfoes, soffistigedig, ac yn llawn posibiliadau. Ond mae'n rhaid cydnabod bod iddi rai gwendidau – y camdreiglo parhaus, ambell idiom chwithig neu Seisnig, ac ansicrwydd yn y defnydd o amser berf. Tybed, hefyd, a yw'r teitl 'Gwylad' yn argyhoeddi? Nid oedd y rhagymadroddi rhwng pob rhan, rhyw fath o gerddi rhyddiaith lle mae'r nos a'r adeilad yn cael eu personoli, yn taro deuddeg 'chwaith ac ymddangosent yn ffuantus braidd. Ond mân frychau yw'r rhain mewn nofel gan lenor ifanc a dibrofiad, efallai, ac mae'r ysgrifennu drwodd a thro yn sensitif a chyffrous. Mewn blwyddyn wannach ei chystadleuwyr, byddai *Telor* yn llwyr deilyngu'r Fedal a byddem wedi bod wrth ein bodd yn gwobrwyo'r addewid yng ngwaith y llenor dawnus hwn.

LG: "Dan Ni'n Mynd i'r Steddfod!'. Cynhyrfwyd *LG* i gynhyrchu'r gyfrol fechan chwareus a chyfoethog hon gan brofiadau treulio wythnos yn Eisteddfod Casnewydd a'r Cyffiniau yn 2004. Mae pawb yn ei chael hi ganddo – Yr Orsedd, y Beirniaid, Cymdeithas yr Iaith, Cymuned, y Pwyllgor Trafnidiaeth . . . – heb sôn am eisteddfodwyr a charafanwyr, a hynny yn y modd mwyaf cynnil a digrif. Edrych drwy chwyddwydr ar rai o'n 'ffobias cenedlaethol' a wna'r awdur, a'u crynhoi a'u cywasgu'n ôl wedyn yn llên micro. Gemydd yw'r awdur a phob stori, gan gynnwys y teitl, yn gyfanwaith bychan perffaith, a phigog yn aml. Mae safonau dwbl a rhagrith yn themâu amlwg, ynghyd â'n hoffter ni, Gymry diwylliedig, dosbarth canol, o'n twyllo ein hunain a phobl eraill yn ogystal. Gellid pentyrru enghreifftiau o ddawn yr awdur i hoelio sylw ag un ergyd gynnil, galed, graff. Dyma ddinoethi rhagrith yn y darn 'Pris y Farchnad': "Dach chi 'di trïo hwn? Ac yntau yn ei drywsus cargo *Gap* o Foroco, ei grys-T *Adidas* o Sri Lanca a'i sgidiau rhedeg *Nike* (£79.99) o Indonesia, hwrjiodd yn gydwybodol goffi Masnach Deg'. Darn i aros pryd yn unig, nes caiff y gyfrol glyfar, grefftus hon ei chyhoeddi. Dim ond rhyw gwta dair mil a hanner o eiriau sydd ynddi i gyd ond mae pob un ohonynt yn talu am ei le. Dyma lên micro ar ei gorau ac ar ei mwyaf effeithiol. Dyma gyfrol sy'n gwneud inni chwerthin, gwylltio, cywilyddio ac amenio a does dim amheuaeth na fydd yn boblogaidd pan ddaw o'r wasg. Ar unrhyw flwyddyn arall, yn bendifaddau, byddai'r llenor penigamp hwn wedi ennill y Fedal Ryddiaith.

Sam: 'Darnau'. Aeth cyfrol swmpus *Sam* â'n gwynt ac â'n bryd o'r darlleniad cyntaf un. Mae'n cyfarfod holl ofynion y gystadleuaeth. Dim ond llenor wrth reddf a allai fod wedi llunio'r ystod lenyddol sydd yn y casgliad hwn. Dim ond llenor praff iawn hefyd a allai droi cofnodion pwyllgor, er enghraifft, neu sgript rhaglen deledu, neu adroddiad busnes, yn stori fer lenyddol. Cawsom ein synnu gan grefft, saernïaeth ac ystwythder llenyddol rhyfeddol yr awdur hwn. *Darn*lunio ein byd cyfoes, ddechrau'r unfed ganrif ar hugain, a wna. Drwodd a thro, sefyllfaoedd bob dydd sy ganddo, 'Tagfa' draffig; cyffrogarwch sioe realiti 'I'r Gad'; neu awdures yn ysgrifennu 'Stori' ar gyfrifiadur, ond yn raddol try'r cyfarwydd yn anghyfarwydd hyll a brawychus a'r cyffredin yn anghyffredin dychrynllyd – yn argyfyngau bygythiol ac anesboniadwy sy'n adleisio ein hofnau dyfnaf am fywyd heddiw. Mae'r un eironi i'w weld yn 'Terfysgwr', 'Dêt' a 'Tân', lle gwelir mai'r sawl sy'n gosod y 'trap' neu'r 'caethiwed' sy'n cael ei 'ddal' yn ei rwyd ei hun yn y diwedd. Mae'r gyfrol ardderchog hon yn cyrraedd uchafbwynt yn yr ymson olaf, 'Map', lle gwêl henwr, wrth agor map o'i fro, ei bod yn diflannu o'i olwg a'i afael, fesul enw, fesul cilfach, fesul darn ac ni all oddef edrych mwyach. Ond nid â gordd yr eir ar drywydd y themâu pwysig hyn. Gall *Sam* ysgrifennu'n ddoniol, weithiau'n abswrd hyd yn oed, yn grafog sardonig, yn dyner ac yn egr mewn deialog a thraethiad; gall wneud y cyfan. Er nad oeddem, fel beirniaid, wedi ein hargyhoeddi'n llwyr fod y teitl 'Darnau' yn gwneud cyfiawnder â chynnwys amlochrog a chyfoethog y gyfrol hon, anodd meddwl, o ystyried drachefn, am deitl gwell i ddarlunio'r darnau ar chwâl a'r darnau'n disgyn i'w lle ynddi.

Yn sicr, dyma lenor hyderus ei gyfrwng a'i neges, aeddfed ei weledigaeth a chyson ei safon aruchel. Mae'n dweud cymaint wrthym am ein byd cythryblus ni heddiw. Hyd yn oed mewn cystadleuaeth luosog a chymeradwy iawn ei safon fel hon, y mae *Sam* ben ac ysgwydd diogel uwchben ei gydgystadleuwyr. Llongyfarchiadau iddo. Braint i Eisteddfod Eryri yw cael gwobrwyo'r awdur disglair hwn.

Stori Fer ar y testun 'Tair'

BEIRNIADAETH JOHN ROWLANDS

Ni feiddiwn gynnig diffiniad o'r stori fer, ond ar ôl darllen cynnyrch y gystadleuaeth hon eleni, mi garwn awgrymu nad 'stori *fer*' mohoni. Hynny yw, nid dim ond '*stori*' yw hi, na *chwaith* ddarn 'byr-byr' o lenyddiaeth. Mae'n wir fod bri ar 'lên micro' y dyddiau hyn, ond os gwn i unrhyw beth am y ffurf honno, un peth hanfodol yw nad cofnod llythrennol o ddigwyddiadau (boed wir neu ddychmygol) ydyw. Yr oedd rhai o'r storïau a dderbyniais i eleni mor fyr ag un tudalen ond doedd dim arlliw o lên micro ar y rheini o gwbl. Dim ond unwaith yr oedd yn rhaid eu darllen, gan mai adrodd stori yn unig a wnaent, heb greu adlais adlais yn y dychymyg o gwbl.

Daeth dwy stori ar hugain i law, a siom yw gorfod dweud mai symol oedd ansawdd nifer ohonynt. Mae unrhyw stori fer werth ei halen yn crefu am ail ddarlleniad, am ail ddehongliad hyd yn oed, ond dim ond gan ryw ddeg o'r storïau hyn y cefais i'r ias honno sy'n peri bod yr alaw'n dal i ganu yn y pen ar ôl i'r darllen cyntaf orffen.

Am wn i nad oedd y testun, 'Tair', yn cynnig lleng o bosibliadau – nid tair merch yn unig, ond tair awr, tair teisen, tair dolen, tair storm – sawl tair arall. Nid oedd arwyddocâd y testun yn cael ei amlygu'n glir gan bob awdur ond teimlwn fod gwefr lenyddol yn bwysicach na thestunoldeb.

Dyma air byr am bob un, mewn rhyw fath o drefn yn ôl chwaeth un darllenydd.

Cardotyn: 'Tair Mellt' yw'r teitl ond mae mor anghywir ag a fyddai dweud 'Tair merched'. Stori am dymestl sydd yma, a'r mellt yn taro deirgwaith, gyda chanlyniadau echrydus. Er mor ddramatig yw'r digwyddiadau ar yr wyneb, 'does dim cryndod dychmygus dan yr wyneb.

Rhiannon: Storm o stori sy'n gorffen ar nodyn melodramatig gan ein gadael yn fyr ein gwynt ond heb ddim i gnoi cil arno.

Cri'r Wylan: Go brin bod digwyddiadau'n dilyn ei gilydd ar garlam mewn dim ond un tudalen yn haeddu'r enw stori fer.

Crwydryn: Stori felodramatig am ŵr yn darganfod ei wraig yn godinebu gyda chymydog. O leiaf mae'r teitl, 'Tair Awr', yn ddehongliad gwreiddiol o'r testun gosod. Mae'r darlun o'r godinebwr yn dianc tuag adref yn noethlymun yn anfwriadol ddoniol.

Brân y Nos: Mewn tri thudalen cwta, adroddir sut yr aeth Charlie Clark yn Charles Clark-Hearst a sut y bu farw ym mlodau'i ddyddiau er gwaetha'r cyfoeth a gasglasai. Sgerbwd nofel sydd yma, heb gnawd ar yr esgyrn.

Emma: Mae blas hen ŷd y wlad ar y stori hon. Trwy ddefnydd (amrwd braidd) o *double entendre*, fe grëir peth doniolwch, ac mae'r diwedd yn dod â gwên i'r wyneb. Mae'n rhaid tynhau cryn dipyn ar y stori am fod diffyg cynildeb yn amharu arni.

Gwas: Math o stori yn llinach chwedlau'r Oesoedd Canol sydd yma am gyflawni tair camp. Ni lwyddir i ddihuno'r dychymyg rywsut, a braidd yn undonog yw'r arddull, er bod y deunydd crai yn addawol.

Craig-yr-Odyn: Myfyrdodau hen ŵr mewn ysbyty yw craidd y stori hon – am dair merch: ei gariadferch gyntaf, ei wraig ymadawedig, a'r nyrs fach Asiaidd sy'n tendio arno. Ailadrodd hen bethau a wneir heb roi sglein newydd arnynt. Ceir peth ymadroddi trawiadol ond ambell gam gwag hefyd.

Hendre: Anodd gwneud pen na chynffon o'r stori swrrealaidd hon am dair lôn yn arwain i dri chyfeiriad. Gwelir fflach o ddawn yma ac acw ond nid yw'r cyfanwaith yn gydlynus.

Nionyn Picl: Mae'r stori hon am wraig yn dioddef o glefyd *alzheimer* yn eithaf teimladwy ond mae'n gorffen yn ddi-ffrwt. Er bod y deunydd crai yn addawol, ni chyflawnwyd yr addewid y tro hwn.

Gwanwyn: Mae yma syniad eithaf dyfeisgar a thipyn o gynildeb yn y dweud sy'n creu chwilfrydedd yn y darllenydd. Ar hyn o bryd, nid yw'r stori'n taro deuddeg gan ei bod yn ormod o amlinelliad ond gallai'r eginyn dyfu'n stori rymus.

Berach: Stori o un o gymoedd y de, am dair arch. Ceir rhywbeth priddlyd, garw yma, ac mae'r awdur yn naddu'n agos at yr asgwrn. Dadorchuddir natur anifeilaidd bywyd a hynny'n eithaf ysgytiol.

Boffen: Dyma stori gelfydd sy'n cynnig damcaniaeth newydd am farwolaeth Owain Glyndŵr. Nid oes amheuaeth am ddawn yr awdur i ddal naws cyfnod. Mae'i synnwyr hanesyddol yn gryf a'i Gymraeg gyda'r cadarnaf yn y gystadleuaeth. Efallai mai dawn banoramig nofelydd yn hytrach na dawn delynegol y storïwr byr sydd gan yr awdur. Mae'r stori'n ennyn edmygedd ond nid yw mor ysgytwol ag y dylai fod.

Iddawg: Ceir llawer o drioedd yma – tair chwaer, tair cath, a'r obsesiwn ynglŷn â chyflawni pethau fesul tri. Mae'n stori sy'n dechnegol gelfydd ac mae'r mynegiant yn loyw. Serch hynny, ni lwyddir i gyfleu'r elfen obsesiynol yn ddramatig yng ngwead y stori ei hun.

Riat: Yr hyn sydd yma yw hanes tair merch ddigon di-glem yn ymwthio i fyny'r ysgol gymdeithasol a dod yn benaethiaid ar 'Teledu Tair'. Mae pennaeth cwmni teledu annibynnol yn dod o'u blaen am gyfweliad ac yn cyfaddawdu trwy gytuno i greu rhaglenni isel-ael, er yn groes i'w hewyllys. Mae yma ymgais bur dda i greu sgit grafog ar fywyd diwylliannol Cymru a cheir dyfeisgarwch storïol yn ogystal.

Dioddefwr: Amheuthun yw darllen stori yn nhafodiaith Cwm Tawe. Tair stori am 'slawer dydd yn y pyllau glo sydd yma ac yn arbennig am un o'r glowyr tawel – Ifan – a'i wraig, Mari. Ceir cryn dipyn dan yr wyneb yn y stori hon a llawer o awgrymusedd.

Sanau'r Gwcw: Mae hon yn stori sy'n llwyddo i greu naws, yn ogystal â dod â lwmp i'r corn gwddw. Llwydda'r awdur i ymdrin yn sensitif â theimladau briw. Mae'r mynegiant hefyd yn arddangos dawn aeddfed i drin geiriau.

Blodyn Tatws: Llwydda'r stori hon i greu chwilfrydedd. Cafodd ei hysgrifennu'n dda, mae'n cyfleu sefyllfa anghyffredin i'r dim ac mae'n gorffen ar nodyn o ddirgelwch. O bosib ei bod yn rhy gynnil ond mae'n ein gadael yn dyfalu ar ei diwedd ac nid drwg o beth mo hynny.

Ap Goronwy: Tair storm yn hanes Erasmws Jones sydd yn y stori hon. Cynhelir diddordeb o'r dechrau i'r diwedd a cheir golygfeydd ysgytwol ynddi. Mae gan yr awdur ddawn danbaid i adrodd stori. Eto, nid yw'r stori'n undod crwn ac mae rhyw ddamweinioldeb ynglŷn â hi.

Penmaen: Merch a mam a nain yw'r tri chymeriad a gyflwynir yn y stori hon. Mae iddi gynllun dyfeisgar ac mae'r dweud yn afaelgar. Curad ifanc sy'n holi'r hen ficer am hynt a helynt y tair y mae'u henwau ar garreg fedd ym mynwent yr eglwys. Dadlennir y cyfan yn raddol – er nad y cyfan, 'chwaith, oherwydd gadewir cryn dipyn i ddychymyg y darllenydd. Teimlir ar adegau mai saga deuluol sydd yma yn hytrach na stori fer. Serch hynny, dyma waith o safon.

Llaeth Enwyn: Dyma stori fywiog, fyrlymus gyda chryn dipyn o hiwmor yn perthyn iddi. Tair gwraig ganol oed yw'r cymeriadau, gyda dwy ohonynt yn mynd ati i syfrdanu'r drydedd ar ei phen-blwydd. Enynnir ein chwilfrydedd trwy gydol y stori a chawn syndod pleserus ar y diwedd.

Perl: Trydedd gariadferch Dafydd ap Gwilym yw adroddwraig y stori hon – ar ôl Morfudd a Dyddgu. Hi yw'r ferch dawel sy'n ei ddilyn o hirbell ac wedi ffoli arno ac yntau heb fod yn ymwybodol o hynny yn ymddangosiadol. Ond nid yw pethau mor syml ag yr ymddangosant ar yr wyneb. Dyma stori sy'n llawn dychymyg, wedi'i hadrodd gydag asbri.

114

Er nad oedd y gystadleuaeth yn gref eleni, mae *Perl* yn llawn deilyngu'r wobr.

Y Stori Fer

TAIR

Tair cariad oedd ganddo.

Newidiodd fy ffawd yng nghynhesrwydd tyner mis Mai â'r pla'n bygwth. Minstreliaid crwydrol oeddynt – y glêr fel y'u gelwid gan y beirdd go-iawn. Fe'u clywais yn agosáu o bell, yn lliwgar a swnllyd, yn ddigri' a dibryder. Gosodasant wersyll gerllaw'r goedwig a ffiniai gyda thyddyn fy rhieni. Gan danio coelcerth a hwylio swper, canent a dawnsient â'r fath egni nes i mi gael fy swyno'n llwyr. Hoeliwyd fy llygaid ar eu gwisgoedd lliwgar. Lliwiau dail yr hydref yn erbyn llwydni fy mrethyn i.

– *Dilyna'r Porthmyn!*
Dyna fyddai gorchymyn fy mam ers fy nghrud. Sylwai ar fy llygaid yn lledu gyda'i hawgrym. Adnabu natur rydd f'enaid tawel. Roedd hi'n tyner wthio'i chyw melyn ola' o'r nyth.
– *Cer am farchnad Llanymddyfri, crwydra'r Epynt am farchnad Aberhonddu. Prioda borthmon! Bywyd da yw bywyd gwraig porthmon.*

Ond nid apeliai bywyd blinedig porthmon ataf. Eto i gyd, yswn am gael crwydro. Ac roedd hwyl yn amgylchynu'r glêr. Eu bywyd di-drefn, chwit-chwat yn berygl deniadol. Rhyw swildod penderfynol a barodd i mi gerdded draw at y gyfeddach i gael gweld ai dyma oedd yr adeg i adael cartref. Wedi awr neu ddwy o wrando ar eu cyfeillach swnllyd, sylwais ar giwed arall, ddistawach, a oedd hefyd yn cysgodi gerllaw, dan y bargod y noson honno.

Ar hoe rhwng Basaleg a Bro Gynin yr oeddynt, mae'n debyg. Clowyd fy llygaid ar ddyn ifanc hardd, hurt o ddeniadol. Creffais arno'n gwrando ar y glêr – yn chwerthin ar eu digrifwch ac yn rhyw gyfeddach â hwy. Nesaodd atynt. Clywais ieithoedd di-ri yn blith draphlith – yn Ffrangeg a Saesneg, Lladin a Chymraeg. Dywedodd, gyda gwên, wrth un o'i giwed nad oedd llunio cywydd yn ofynnol heno, na chanu mawl Arglwyddi'n addas dan y fath amgylchiadau. Lluniodd, yn hytrach, benillion am y coed a'r adar, yn ateb i'w penillion hwy. Rhai syml, rhai cymhleth, rhai coch a rhai cain.

Amsugnodd eu hwyl eiriol a'i chyfuno gyda'i grefft hynafol. Ei hyder yn fodd i gyfansoddi unrhyw beth a fynnai, a'i gyfoeth yn caniatáu i'r peth ddigwydd. Gallwn glywed bywydau lliwgar yn eu lleisiau: gwleddoedd, arglwyddi, llysoedd. Yn ddistaw bach, roeddwn yn dyst i'r cyfan.

'Fuasai neb, heb sôn am Mam, wedi rhagweld y bywyd crwydrol a ddewisais wedi'r noson honno. 'Tawn i'n marw! Ei ddilyn oedd unig bwrpas fy modolaeth wedi hynny, a'i glywed yn chwarae gyda'r geiriau yn ddiddanwch fy nosweithiau. Rhythu ar ei brydferthwch yn danwydd gorffwyll i'm gwallgofrwydd. Gallaswn fod wedi dilyn y glêr heb broblem. Gallaswn fod wedi bod yn 'un ohonyn nhw' heb bryder. Gallaswn fod wedi dewis un o blith degau o borthmyn ym Marchnad Aberhonddu. Ond hwn aeth â'm bryd. Ei ddilyn wnes i, mewn tawelwch ac yn y dirgel. Mewn perlewyg swil, ffarweliais â'm teulu gan ddweud ei bod hi'n bryd i mi ddilyn cyngor Mam.

Drannoeth yr ymddiddan, fe'i gwelwn yn hel ei bac, gyda'i geffyl a'i osgordd o'i ôl. Ei glywed yn chwarae mig gyda'i ddychymyg. Dilynais yn ddistaw, ddistaw bach. Dim smic. Reit yn y tu ôl. Un fechan ydw i; roeddwn i. Un fach dawel.

Oni sylwodd neb ar yr un fach a swynwyd gan gyfaredd y dyfalu? Beth oedd ganddo? Eos? Tylluan? Gwylan? Rhaid oedd imi gael gwybod. Do, dilynais yn ddistaw, ddistaw bach. Dim smic. Dim angen lluniaeth o fath yn y byd – llysiau'r weirglodd a chnau llwyni yn ddigon; carlam fy nghalon yn ysgog barhaus. Ei churiadau'n cydsymud â'i gân. Sylwodd neb – ar yr un fechan.

Clyfrwch ei eiriau'n goglais fy nghlust, ddydd a nos. Dysgais gymaint. 'Feiddiais i ddim dweud dim. Dim smic. Cymysgu'r llythrennau, ychwanegu'r odlau, creu campweithiau – difyrrwch pur! Llithrais i mewn i fynachlogydd yn ddiarwybod i neb. Gwrandawn ar ei athro barddol yn hyfforddi, hyfforddi a'i osod ar ben ffordd. Sleifiais i'r neuaddau bwyta mewn tai crand, gan gymryd arnaf bod yn was yn gweini gwin, dan wrando, gwrando. Clywed popeth; dweud dim. Dotio ar ei hyder. Tra bo'r beirdd eraill yn poeni am fygythiad clera i'w hygrededd, yn colli cwsg dros gael eu hadnabod fel un o'r glêr yn hytrach na Phencerdd, heriodd yntau'r bygythiad hwn. Fe afaelodd ynddo a'i ddefnyddio i'w blesio'i hun. Câi wneud hynny – ei gyfoeth yn llwybr clir tuag at herio'r drefn. A'i newid a wnaeth! Digon buan y daeth y beirdd eraill i droi at draethodl a chywydd a chefnu ar eu hawdlau mawl. Roedd ei arddull mor rhwydd, ei hyder yn ddiddanwch pur. Digon buan y daethant hwythau hefyd i ganu am natur a serch – doedd dim dewis ganddynt! Roedd noson o ganu Dafydd wedi newid dyletswyddau Pencerdd am byth. A minnau'n dyst i hyn, roedd y cyffro'n fy nghynnal.

116

Anghofiais am unrhyw gynhaliaeth fydol arall y byddai'i hangen arnaf. Cysgais yn grwn, grwn mewn cuddfannau clyd, ei gytseiniau'n clecian clustiau yn y pellter. 'Sylwai neb. Neb yn amharu arnaf, pawb yn fy ngadael i fod – yr un fach dawel. Doeddwn i ddim trafferth yn y byd.

Pa ddewis oedd gen i? Dewis? Dim dewis! Roedd pla yn y gwynt; teuluoedd yn marw; Duw yn ddig. Geneth y wlad heb ŵr, heb arian, heb statws. Doethineb oedd ei ddilyn – gorfodaeth, nid dewis. Gyda'm gwallt mewn ffunen goch a'r brethyn yn garpiau budron bellach; nid oeddwn na merch na bachgen, na gwryw na benyw. Er y llosgai ysfa 'nghalon fel Mair Magdalen. Cuddiais bob deallusrwydd. Bûm lwyddiannus. Gwisgais fantell diniweityn. Yr un fach dawel, dwp. Celais fy niddordeb ysol yn ei grefft. Dim smic, dim trafferth, dim disgwyliadau. Pa obaith oedd i mi glywed crefft y dynion hyn pe na bawn i wedi ei ddilyn? Pam aros gartre a disgwyl am y pla?

Nid byd gwragedd oedd hwn, na hawl gwragedd 'chwaith. Dafydd! Nid ar gyfer fy nghlustiau i yr oedd dy eiriau di. Eto i gyd, roeddynt yn fy ngogleisio, fy nghynhyrfu. Gallwn eu deall, symlder ei grefft, stori dda: defnyddiai fy ngeirfa i. Roedd hwn yn wahanol. Gwnaeth i mi chwerthin – ond 'ddangosais i hynny erioed i neb. Fy mudandod oedd hanfod fy mod.

Dysgais ieithwedd estron – Saesneg a Ffrangeg. Dyfalais mai dail ir mis Mai oedd ei 'ffloringod brig'; blodau'r ddraenen wen yn 'fflwr-dy-lis'; bod ei droeon trwstan yn 'fabliaux'. Deallais Ladin yr Offeren, diosgais ofergoeledd cred. Roedd ei amharchusrwydd o lefydd sanctaidd yn fy nghyffroi. Galwai ar Santes Dwynwen i'w osod ar ben ffordd godinebu. Hawliai'r ferch, boed yn briod ai peidio. Mor eofn y llygadai ferched Llanbadarn yn yr eglwys, yn poeni dim am ei enaid nac am blesio'r Fair Forwyn. Mor ddeniadol oedd ei syniadau peryglus.

Wtied i ddiawl, beth ynfyd!

Clywais ei fod yn rhannu'i syniadau newydd â dieithriaid estron, a'u cynnwrf yn hyder eu rhyddid. Beirdd wrth reddf, nid wrth broffesiwn. *Da fyd im oedd dyfod Mai!*

A minnau, yr un fach dawel, yn dyst i'r athrylith hwn. F'ymennydd yn orlawn o'i ddyfalu, fy swch yn fud i'w datgan. Byd pendefig, llais yr aristocrat a gawsai glust i glera. Rhaid oedd cadw'n dawel, yr un fach dawel, os oeddwn am barhau i'w ddilyn. A dyna oedd y cwbl oedd gen i, ei ddilyn yn ddistaw bach, bach. A phla yn yr awel i'n canlyn ym mhob man.

Cyfeiriodd at ei arwyr fel llewod ac eryrod. Cariodd draddodiad ein cynfeirdd yn ei gerddi newydd. Yn drwythedig yng ngherddi ei gyndeidiau, gallai ganu'n rhwydd am lendid Indeg a Luned. Doedd dim enw gen i. Dychmygwn fod yn Indeg neu'n Luned ac yn 'orlliw eiry mân' ei freuddwydion. 'Tai ond yn gallu 'ngweld. 'Phrofai e fyth gariad mwy triw. Morfudd a Dyddgu oedd fy ngelynion. Perthynai traean o'i galon i mi.

Roedd ei dristwch mewn cariad yn boen i mi, a thrydar adar wrth i ni noswylio yn dwysáu'r tristwch hwnnw. Fi oedd yr un a fu'n glaf o gariad. Ni wyddai e faint y gallai merch ei garu – o hirbell – oherwydd ni wyddai fy mod i'n ei garu, gan na wyddai fy mod yn bodoli! Ond er gwaetha 'ngwewyr, teimlwn yn ddiogel gyda'r cariad digydnabod hwn. Cwyn f'ocheneidiau fel y gwynt. Caru merch fonheddig a wnâi: *Arglwyddes eiry ei gloywddaint*. Ni sylwodd arnaf.

Ond ryw ddiwrnod, clywais e'n cyfeirio ataf fel 'yr un fach dawel'. Ni siaradwyd â mi, doeddwn i ddim yn haeddu cydnabyddiaeth nac yn ei disgwyl. Rhaid oedd i mi ofalu bod yn dawelach a pheidio â thynnu sylw ataf fy hunan os oeddwn i barhau gyda'm hantur. Doedd dim meddwl na barn na diwylliant yn perthyn i mi. Pam felly y swynwyd fi gan ei eiriau? Sut, felly, y cawn fy hun yn chwarae'r un gemau geiriol yn fy mhen ddydd ar ôl dydd, am filltiroedd meithion rhwng Bro Gynin a Basaleg? Fy nghywyddau'n frith o'i eiriau e; o'i feddyliau e; ei ddyfalu e. Ysu am ei garu, ofni ei garu. Nid fi oedd i fod i'w garu, braint arglwyddes oedd hynny.

mawr yw ei thwyll a'i hystryw.

Ffynnai'r cariad at yr arglwyddes honno ar ei hanwadalwch. Mwynhâi yntau'r geiriau croes – cyn y cymodi. Ffieiddiais at gylch dieflig eu cwffio cyn caru. Roedd fy nghariad i'n lanach na phur, yn burach na glân. Fy ffunen goch yn well na'r perlau a'r rwbis ar dalcen honno, a'r benwisg am ben y llall. Cystudd cariad. Ac aros felly, yn gariad heb ddyfodol na gorffennol 'chwaith, oedd ei raid. *Wtied i ddiawl, beth ynfyd!* Fe ŵyr am gariad a wrthodwyd, ond nid aeth y cariad hwn mor bell â chael ei wrthod. Nid oedd deilwng i'w wrthod am nad wyf deilwng i'w gynnig. Y fflam orffwyll anweledig yn dyheu am ddeildy, yn ddistaw, ddistaw bach. Dilornai'r Brodyr Llwyd o fynachdy i fynachdy. Cododd wrychyn wrth lygadu lleianod.

Yn llawen iawn mewn llwyn ir

Dan orweddian gyda'r hwyr dan loches coedwigoedd Ceredigion, ar ein ffordd i Fôn, fe'i clywais yn llunio honno.

Llawen ydoedd hefyd – Dyddgu'n ei garu eto, heddiw, a Morfudd yn addewid dan y bargod am ddiwrnod arall. Minnau'n ymhyfrydu yn ei hapusrwydd yntau, ond mewn trallod fy hun. Mor ddistaw 'roeddwn, 'sylwai e fyth arna' i. Ambell waith, bûm yn ddigon hy i eistedd ychydig yn nes ato – ond byddai hynny bob amser mewn cuddfan. Ni bu gwell tŷ na'r deildy. 'Welai e fyth mohonof – 'allwn i ddim dioddef dal ei olygon. Byddai ei awen mor hapus mewn mannau fel hyn. Byddai byd natur yn goflaid o syniadau, a'i ryddid i ganu amdano fel pluen ysgafn uwch ei ben drwy'r amser. Byddai Ifor Hael wrth ei fodd yn clywed y cerddi hyn, y cywyddau newydd a'u pynciau rhwydd, dim ond ei fod yn cael clywed y mawl y disgwyliai amdano'i hunan hefyd. Anfodlonwyd y beirdd; atebodd Dafydd hwy gyda gwên. Cymerai ofal arbennig dros ei odlau a'i gytseiniau bryd hynny. A'r pla i'r drws bob bore.

Ceisiem godi pac a symud o gwmpas llawer yn yr haf. Roedd arogl pla yn waeth yn nyddiau poeth ei hoff fisoedd. Marwolaeth yn creulon grafangu meidrolion – yn dlodion ac uchelwyr fel ei gilydd. Doedd meini muriau'r llysoedd yn dda i ddim i gadw'r haint allan. Pam hynny? Pam oedd y cyfoethog yn marw fel y tlodion? Barn Duw a'r Fair Forwyn. Fy noddwr fydd nesaf, dywedodd Dafydd ar noson braf yng Ngwern y Clepa.

A'r noson honno y teimlais innau'r gwewyr gyntaf. Fe'm trawodd yn annisgwyl gan i mi gadw draw o'r haint yn Llys Ifor Hael y mis Mai hwnnw. 'Fûm i ddim yn gweini gwin. 'Chlywais i mo'i gerddi newydd. Heb smic y llechwn mewn cuddfannau, 'fwyteais i ddim byd am ddyddiau – daeth gwendid drosof. Es i chwilio am y guddfan olaf un. Os oedd y pla yn dal gafael ar y bonedd – pa obaith oedd gen i?

Ond deffro wnes i! Duw'n llai dig hefo fi? Pan ddeuthum ataf fy hun, teimlais y meddalwch rhyfeddaf yn f'anwesu. Teimlad fel cwmwl yn f'amgylchynu – neu o leiaf, dyna'r unig beth y gallwn ei gymharu ag e, oherwydd doeddwn i heb brofi'r fath deimlad moethus erioed. Nid fy mod wedi prcfi cwmwl yn f'anwesu 'chwaith, ond roedd profiad fy nychymyg yn fwy byw na'm profiadau daearol. Gorwedd ar liain 'roeddwn – doeddwn i heb orwedd ar liain erioed. Mewn gwely pren! Ar bentwr o blu a lliain gwynnach na 'nghnawd yn lapio'r cwmwl.

Mae'n debyg eu *bod* wedi sylwi nad oeddwn gyda'r osgordd pan oedd Dafydd yn barod i ymadael â'r llys. Lle'r oedd yr 'un fechan'? Roedd rhywun *wedi* sylwi. Roedden nhw'n *gwybod* amdanaf, roedden nhw *wedi* sylwi arnaf.

On'd oeddwn i'n ddistaw, ddistaw? Onid y tawelaf o blant dynion oeddwn? 'Fûm i ddim yn bwyta ffrwythau'r gweirgloddiau, yfed dŵr afonydd? Ynfytyn diniwed â meddwl plentyn oeddwn. Rhyw drempyn anffodus a ddylsai fod wedi dilyn y glêr, neu ganfod porthmon.

119

Mae'n debyg ei fod wedi hoffi'r gêm y bûm yn ei chwarae gyhyd. Fe'i cyffrowyd â'm gwreiddioldeb, â'm beiddgarwch. Teimlais yn ffŵl am fod mor dryloyw am fynd i'r fath drafferth i'm cuddio fy hun, ac yntau'n fy ngweld yn iawn.

Pa ferched eraill a wnaethai hyn? Hoffai ferched gwahanol. Merched na allai gael gafael arnynt – Morfudd, lleian, fi. Hoffodd fi! Roedd wedi bod yn edrych arna' i'n cysgu'n grwn yn y gwrych.

Gwelsai brydferthwch yn fy niniweidrwydd. Ac er na ofynnais i am unrhyw beth erioed gan unrhyw un ohonynt, roedden nhw wedi sylwi ar fy absenoldeb, ac anwybyddu fy mhresenoldeb. Ac yn yr absenoldeb y daeth i'm hadnabod. Yn yr absenoldeb y gwerthfawrogodd fy mhresenoldeb. O'r eiliad yma, gwyddwn fod rhaid i mi ddianc a bod fy nhaith ar ben.

A dyna pryd y daeth ataf – a minnau'n ddiymadferth mewn lliain amdoaidd gwyn, ac eto'n ffrwydro gyda bywyd.

yr haint wedi fy ngadael;   dywedodd;

y gwres uchel wedi cael rhwydd hynt i fynd; dywedodd;

fy nghorff wedi ymladd ei frwydr ffyrnicaf; dywedodd;

na, nid pla oedd wedi gafael ynof – ond newyn.

Pa bryd gest ti damaid ddiwethaf?

a'm gwallt; dywedodd;

a'm gwallt; wedi ei gribo a'i olchi; a'r hen ffunen goch wedi'i llosgi nawr;

dywedodd fod gwrthrych newydd i'w awen – y cudynnau melyn a lyfai'r gobennydd – *fy nghudynnau i*. Bu'n dyfalu pa liw oedd i'm gwallt ers tro; meddai.

Difethwyd ei phrydferthwch gan gig a gwaed. *Goel nos.* Nid dwy gariad oedd ganddo, ond tair! Yn fregus fyw – ac wedi'i ymgartrefu yn fy meddyliau mud, rhyddhawyd y cariad digydnabod. O'i ryddhau, fe'i difethwyd, oherwydd cariad ar ffurf rhith yw perffeithrwydd. Yn ddistaw, ddistaw bach, rhaid oedd i mi ddiflannu unwaith eto er mwyn magu'r rhith, a dyma'r pla oedd i'm poenydio o Fai i Fai.

Perl

Cyfansoddi darn o ryddiaith yn ymateb i unrhyw ddarn o gelfyddyd (e.e., ffilm, darn o gerddoriaeth, dawns, paentiad), heb fod yn hwy na 1500 o eiriau

BEIRNIADAETH GARETH GLYN

Darn o ryddiaith yn *ymateb* i unrhyw ddarn o gelfyddyd, sylwch, nid darn o ryddiaith *am* unrhyw ddarn o gelfyddyd, na darn o ryddiaith yn *dadansoddi* darn o gelfyddyd, na darn o ryddiaith yn ymateb i *ddarnau* o gelfyddyd, na darn o ryddiaith yn ymateb i rywbeth *nad* yw'n ddarn o gelfyddyd, nac ychwaith ddarn o *farddoniaeth* yn ymateb i ddarn o gelfyddyd. Ond mae pob un, bron, o'r 14 ymgeisydd wedi gwneud o leia un o'r camgymeriadau uchod wrth geisio dehongli gofynion y gystadleuaeth hon.

Hefyd, roedd yn ofid i mi i weld cynifer o gamgymeriadau sillafu a gramadeg – 'gwlâd', 'côf' (ond, ar y llaw arall, 'per'), 'afiaeth', 'a'i chreodd' (*Swn-y-Don*); 'a ddechreuwyd cynllwynio' (*Pupur*); '. . . o gyngerddau Mozart yn nyddiau cyfoes', 'darlinnir' (*Yr Ucheldirwr*); 'yn fy lithio' (. . . *A Oes Heddwch?*); 'tonau' (yn lle 'tonnau'), 'ai dewr oedden nhw neu gwirion', 'ysgfan', 'trigoloion', 'tirlyn' (*Báldr*); 'llichio dŵr', 'dy ddychymig', 'llychlud', 'ffwrndo', 'cynnigais' (*Tebot Piwis*), ac yn y blaen – mae un ymgeisydd hyd yn oed yn cyhoeddi ar ei flaenddalen ei fod yn cyflwyno darn o 'ryddiaeth'. Nid peth anodd ydi gwirio pethau fel hyn cyn eu hanfon i'r Eisteddfod Genedlaethol.

P'un bynnag, gair byr am bob ymgais, heb fod mewn unrhyw drefn arbennig.

Mae *Swn-y-Don*, yn 'Afon Fy Mreuddwydion', yn ysgrifennu am *'Vltava'* gan Smetana, darn cerddorol sy'n darlunio taith afon o'i tharddiad i'r môr. Ar ôl paragraff yn esbonio pa mor bwysig yw'r gathl symffonig hon i'r ymgeisydd, cawn ddisgrifiad neu ddadansoddiad a fyddai'n dra defnyddiol i unrhyw un sy'n astudio'r gwaith neu sydd ag angen arweiniad wrth wrando arno. Ond, serch y mynegiant dychmygus, mae'r ymgais hon yn ymddangos yn rhy wrthrychol i mi i fod yn wir ymatebiad i'r gerddoriaeth.

Darluniau Monet o lilïau dŵr, *'Les Grands Nymphéas'*, a ysbrydolodd ymgais ddi-deitl *Thalys*, sy'n defnyddio tudalen gyfan i sefydlu cyd-destun cyn ein tywys ni i'r oriel, a thraean o un arall cyn dechrau sôn am y llun ei hun. Wedi hynny, yn yr ychydig eiriau sy'n weddill o'i ddogn o fil a hanner, mae'n ymateb o ddifri i ofynion y gystadleuaeth, a chawn argraff gref o effaith campwaith Monet arno. Efallai y dylid bod wedi ailystyried rhai ymadroddion trwsgl megis 'cynnwrf mewnol a gronnai o'm mewn i'.

Mae rhagymadroddi o'r un math yn nodwedd hefyd o ymateb di-deitl *Pupur* i *'Guernica'*, y darlun a gafodd ei baentio gan Picasso i fynegi ei ymateb yntau i erchylltra rhyfel. Unwaith eto, mae'n dudalen cyn i ni gyrraedd yr oriel a pharagraff ychwanegol cyn ein bod ni'n sefyll o flaen y darlun; ac, yn union fel yn ymgais *Thalys*, mae'r hyn sy'n dilyn yn werth ei gael. Mae 'na dro effeithiol yn y gynffon gyda sylw'r ymgeisydd mai 'methiant fu ymdrechion Picasso i ddeffro cydwybod y ddynoliaeth'.

Symffoni gorawl fawr Mahler (rhif 2, 'Yr Atgyfodiad') ydi testun ymgais ddi-deitl *Twm*. Unwaith eto, cawn ymhell dros dudalen o gefndir – gydag atgofion am Goronwy Owen a chanu pop ar y BBC ymhlith materion eraill – cyn troi at y gwaith dan sylw. Mae'r hyn sy'n dilyn yn sicr yn rhoi rhyw syniad o'r wefr y mae *Twm* yn ei phrofi wrth wrando ar y symffoni ond 'does dim digon o hynny: er enghraifft, mae'n ymdrin â phedwar symudiad o'r Mahler mewn deg llinell.

Gosodiad Gabriel Fauré o'r Offeren ydi testun ymgais ddi-deitl *Cadi* ond mae cymaint ohono'n werthfawrogiad o fywyd Cymro 'unplyg a gostyngedig' sy'n cael ei alw'n 'J' nes bod argraff yn cael ei chreu bod yr ymgeisydd wedi impio paragraff neu ddau am waith Fauré ar ysgrif oedd eisoes yn bodoli. Beth bynnag ydi'r gwirionedd, dydi'r ymgais hon, er mor raenus a diddorol, ddim yn bodloni gofynion y gystadleuaeth.

Mae *Cerys*, wrth sôn am y ffilm *'Billy Elliot'*, wedi dewis ysgrifennu yn y trydydd person ('Lledorweddol oedd meddwl Cerys', 'Ni wyddai Cerys ond teimlodd anesmwythyd . . .'), sy'n codi mur, rywsut, rhwng ymgeisydd a darllenydd. Mae'n dechrau drwy wneud cysylltiad diddorol rhwng Billy a Bryn Terfel ac yna'n bwrw'n syth iddi. Mae 'na lawer o syniadau da yma, a'r rheini'n llifo, er bod tuedd yma a thraw i droi at ddisgrifio moel; serch hynny, dychwelais droeon at hwn.

Diolch i *Llygadu* am amgáu ffotograff o ddarlun Briton Rivière, *'Fidelity'*, llun o gyfnod Fictoria nad oeddwn i'n gyfarwydd ag o, yn dangos ci yn gwneud ei orau i gysuro'i feistr mewn cell ar ôl iddo gael ei ddal yn potsio. Yr hyn y mae *Llygadu* wedi ei wneud ydi ysgrifennu ei ddarn o ryddiaith *o safbwynt y ci*, gan roi'r teitl 'Cell – Ymson Sam' iddo. Mae hon yn dechneg ddyfeisgar sy'n golygu ein bod ni'n medru gweld yn syth fod yr ymgeisydd wedi ymateb i'r llun drwy feddwl be' allai fod ym meddwl y ci – y math o ymateb sy'n cael ei annog gan dywyswyr oriel, fel y mae dychmygu be' arweiniodd at yr olygfa yn y darlun yn y lle cyntaf. Dyma ni, felly, yn cael argraff hollol gredadwy nid yn unig o deithi meddwl ci ffyddlon ond hefyd o'r digwyddiadau a arweiniodd at y carchariad. Mae manylion yn y llun, fel 'sgidiau budur y meistr, yn cael eu dwyn i mewn yn gelfydd ac anuniongyrchol; mae 'geirfa' y ci wedi ei dewis yn ofalus (er enghraifft, geiriau fel 'cyfarth' a 'nadu' i ddisgrifio lleisiau'r bodau dynol. Mae'r cyfan yn llifo'n rhwydd mewn tafodiaith naturiol, ac yn bleser i'w ddarllen.

Y ffilm o ddrama Shaffer, *'Amadeus'*, am y gwrthdaro rhwng y cyfansoddwyr Mozart a Salieri oedd man cychwyn cynnig di-deitl *Yr Ucheldirwr*, a'r hyn a gawn i bob diben ydi disgrifiad o'r ffilm honno – ei 'ymateb' yn un dadansoddiadol yn hytrach nag emosiynol. Mae yma gamgymeriadau sylfaenol – camsillefir enw darn enwocaf Mozart fel *'Eine Kleina Nachtmusic'*, er enghraifft – ac mae ei sylwadau am y ddrama lwyfan wreiddiol yn gwbl groes i'r gwirionedd: *mae* chwerthiniad aflafar Mozart wedi ei nodi yn y sgript (ar sawl achlysur) ac *mae'r* gerddoriaeth yn cael ei chwarae drwy uchelseinyddion y theatr, fel y byddai cip ar y sgript (neu ymweliad â pherfformiad) wedi ei gadarnhau.

Yn 'Cariad Canol Oed', mae *Mavi* yn sôn am gerfluniau gan Donatello ond dydi o ddim yn ei gwneud hi'n eglur ei fod yn canolbwyntio ar unrhyw un o'r gweithiau hyn – serch ei ddisgrifiad o gael ei swyno gan ei gerflun o Ioan Fedyddiwr. Unwaith eto, mae yma ormod o ddisgrifiad, hanes a chefndir, gydag enwau a dyddiadau. Mae yma wallau difrifol y gellid bod wedi'u hosgoi drwy agor llyfr (er enghraifft, enw'r cerflunydd blaenllaw Brunelleschi yn ymddangos fel 'Brunelleschio' ac enw cynta'r eurych Benvenuto Cellini wedi ei newid yn 'Bienventuro'). Mae'r adran sy'n trafod apêl (neu beidio) testunau arlunwyr i'r enaid Anghydffurfiol Cymreig yn ddiddorol, fel y mae'r clo – sy'n cynnwys y math o ymateb emosiynol a ddylai nodweddu mwy o'r cyfanwaith.

Bedwar paragraff i mewn i 'Er Cof am Ogof', ysgrif *Eiflyn* am agorawd cyngerdd Mendelssohn, *'Ogof Fingal'* (neu *'Ynysoedd Heledd'*), mae'r awdur yn gofyn: 'Pam ymdroi fel hyn cyn dod at fy ymateb i ddarn o gelfyddyd . . .?' – ond dydi o ddim yn ateb ei gwestiwn! Dudalen yn ddiweddarach y down at y darn ei hun a thudalen yn ddiweddarach na *hynny* mae'n bwrw iddi i sôn am ei ymateb; ond dadansoddiad technegol a gawn ni – mae'n cyfeirio at sgôr y darn, gan ddyfynnu rhifau mesur, ac yn defnyddio ymadroddion technegol gwallus fel 'llonnod F leiaf'. Mae'r diweddglo lawer yn well, gan ei fod o'r diwedd yn y fan honno yn disgrifio'r effaith a gafodd y darn arno. Ond 'does dim rheswm dros alw testun yr agorawd yn 'Ogof y Fingal'.

Unwaith eto, llond tudalen o ragymadroddi a gawn ni ar ddechrau ymgais ddi-deitl *Clara* yn seiliedig ar Ffenestr Milflwydd Cadeirlan Caer, gydag amlinelliad o hanes y ffenestr ac yna ddisgrifiad ohoni fesul panel ond dim *ymateb* fel y cyfryw: mae hwnnw'n digwydd mewn cerdd sy'n dilyn yr ysgrif ac, er cystal ydi honno, dydi hi ddim yn cyfateb â gofynion y gystadleuaeth.

Mae 'na gryn ddisgrifio a dadansoddi hefyd yn 'Gwaedd Uwch Adwaedd', ymateb . . . *A Oes Heddwch?* i bryddest Cynan 'Mab y Bwthyn'. Mi gawn amlinelliad trylwyr o hanes cyfansoddi'r bryddest ac yna ddadansoddiad grymus gyda digon o ddadlau cryf ag ôl ymchwil iddo – er, 'alla' i ddim cytuno bod gair Cynan, 'malais', yn cyfateb i'r Ffrangeg *malaise.* Cefais fy addysgu a'm goleuo gan yr ymgais hon ond rwy'n amcangyfri ei bod tua 25% yn hwy na gofynion y gystadleuaeth.

Bûm yn crafu pen wrth ddarllen ymgais *Báldr,* 'Traeth Du yn Vík' [rhan o Wlad yr Iâ ydi Vík], gan na fedrwn ddirnad pa ddarn o gelfyddyd yr oedd yn ymateb iddo. Mae'r ymgeisydd yn amgáu ffotograff – wedi ei dynnu ganddo ef ei hun, mi dybia' i – ond rydw i'n gobeithio na fydd *Báldr* yn ddig os awgryma' i nad ydi'r ffotograff yn cyfri' fel darn o gelfyddyd; 'fedra' i ddim ond casglu, felly, mai ymateb y mae i'r traeth ei hun. Ysywaeth, y nodweddion cynta' imi sylwi arnyn nhw oedd y gwallau gramadegol a theipio (a nodais uchod), ond mae'r mynegiant yn ddi-os yn gyhyrog ac yn annog y darllenwr i ddarganfod rhagor am fywyd gerwin y Llychlynwyr. Mae'n ddarn campus o ysgrifennu-taith ond dydi o ddim yn ateb gofynion y gystadleuaeth.

Stori fer afaelgar a chrefftus ydi 'Drychau' gan *Tebot Piwis* – stori lle mae paentiadau gan Velázquez a van Eyck yn cyfri' bron fel cymeriadau yn eu rhinwedd eu hunain. Bûm yn meddwl yn hir am hon; pwy sy'n ymateb i'r lluniau – yr awdur ynteu cymeriadau'r stori? A gafodd y stori ei hysbrydoli gan y lluniau? Pam, felly, dewis o leia' ddau lun yn hytrach na'r un y mae'r gystadleuaeth yn gofyn amdano? Hoffais hon fel stori yn fawr ond, er tegwch i bawb, mae'n rhaid i mi feirniadu'r gystadleuaeth hon yn union yn ôl y gofynion.

Roedd rhywbeth i'w gynnig gan bob un ymgeisydd a diolch i bob un ohonyn nhw am fentro. Ond am ymateb mewn ffordd mor wreiddiol a dychmygus, mor fywiog a goleuedig i'r testun, *Llygadu* sy'n cael y wobr gen i.

Y darn o ryddiaith yn ymateb i ddarn o gelfyddyd

CELL – YMSON SAM
(Ymateb i baentiad o dan y teitl 'Fidelity' o waith Briton Rivière (1840-1920) a arddangosir yn Oriel Gelf Lady Lever, Port Sunlight, Penbedw)

O! dîar . . . O! dîar. Pam yr ydw i yma? O fore gwyn tan nos? Dyna yr hoffwn i ei wybod. Yn y twll lle yma o fore tywyll ddylwn i 'ddweud, tan nos ddiflas ddu. Mae'r nos yn llethol yma. Yn hirach na hir. Gwrando'r griddfan. A'r ffraeo. Ac weithiau, gwrando sgrech anobaith. Sŵn drysau trymion bron hollti 'mhen i. Mae'r arogl ffiaidd yma bron â mygu rhywun. Dim ond ambell, ambell dro y clywaf chwerthin; yn dilyn pryd bwyd weithiau. Pryd bwyd? A hwnnw'n ddim ond darn o fara mewn powlaid o ddŵr. Does dim cardod mewn carchar.

Dydi o, y meistr, byth yn canu rŵan fel y byddai. Does neb yn canu. Ddim hyd yn oed yr adar bach. Mi rydw i'n cofio pan na fydda taw arno, y fo a'i ganeuon am ferched dragywydd. Bloeddio canu gan ychwanegu ei 'Ffol-di-rol-di-rols' ei hun nes bydda'i fochau'n goch. Os nad oedd o'n canu am un o Ben y Gelli, roedd hi o Benderyn neu o Langywer ac ambell dro, mi ganai am ryw Fonheddwr Mawr o ymyl Fron-goch. Beth yn enw'r dyn, felly, oedd mor arbennig mewn marchogaeth ar gefn caseg denau ddu? Mi roddwn i fy hun y byd am gael bod yn dew. Tew a llond 'y nghroen. Cnewian esgyrn a gloddesta ar gig bob dydd; a'u golchi i lawr efo llaeth cynnes o bwrs buwch fawr frech. 'Ho-ho-ho-ho-HO-blincin-ho, yn wir.'

Pan oeddwn i'n gi bach, mi fyddwn yn cael mynd efo fo i bob un man. Mynd i ffair y dref ac ymgolli yn y sbort a'r sbri. Doedd cael eistedd wrth ei draed yn y 'Goat' yn ddim rhwystr. Dro arall, eistedd yn ei drol glonciog wrth gario dodrefn newydd i'r Plas. A'r peth oedd yn fwyaf o hwyl i mi oedd gorwedd ar ei fol cynnes. Ei deimlo'n anadlu'n esmwyth braf. A hynny yn yr awyr agored ar noson serog braf. Gwrando arno'n dotio at ryfeddodau'r ffurfafen. 'Esgob, Sam, mae Orion yn gwenu arnan ni heno. A 'drycha ar Sadwrn yn dwrdio.' Ac mi fedrai meistr ddweud yr amser dim ond wrth wylio safle'r sêr yn yr awyr fawr.

Does 'run seren i'w gweld yma. Na gobaith i'r cymylau gilio.

Mi gawsom ni amseroedd da. Do, yn wir. Yr adeg honno, mi fyddai fo'n mynd i'r drafferth i lanhau ei esgidiau. Mae golwg yr andros arnyn nhw rŵan. Mi fyddai'n mynd i drafferth mawr. Eu sgleinio'n drylwyr am

125

hydion efo cwyr. Cyn cychwyn allan yn dalog ar fin nos braf, wedi eillio'n ofalus, â sbrigyn bach o Lafant gwyn yn sbecian o boced ei wasgod. Blodyn yr arogl tyner. Mi fyddai'n ei hanelu hi tua'r goedlan dawel ger Llyn Maen Mawr. I wrando ar fiwsig yr afon. Ac ar alaw'r Eos, medda fo. A phwy oeddwn i i amau gwirioneddau fy meistr hoff. Ar adegau felly, gwneud dim byd oedd fy ngwaith i. Dim. Wel, dim byd ond pendwmpian wrth y setl fawr dderw a chyfrif tipiadau trymaidd yr hen gloc mawr yn y gornel. Ei daid wnaeth y cloc. A rŵan roedd o'n gwbl ddi-deulu. Ar wahân i fi, wrth gwrs. A'i ddwy feistres.

'Ista di'n fan'na, Sam bach. Fydda' i ddim yn hir. Ista!'

Minnau bron â chrio isio mynd efo fo. Ac yn trio bob ffordd i'w gael i newid ei feddwl. Llyfu ei foch neu roi 'mhawen ar ei glun a griddfan yn wichlyd dorcalonnus. I ddim pwrpas yn y byd.

Ond yma? Mae'n dda ganddo 'nghael i. O ydi, mae'n drybeilig o dda ganddo 'nghael i yn y 'sglyfaeth gell yma; ac er 'mod i'n syllu arno ac yn trio dweud wrtho fod gen i biti drosto, beth bynnag ddaeth â fo yma, dydi o ddim yn edrych arna i. Byth yn edrych yn y ffordd ddireidus fel yr arferai 'wneud. Ddim yn yngan gair o'i ben. Byth yn fy ngoglais fel y byddai o dan 'y mol nes byddwn i'n rowlio'n ddiddig ar 'y nghefn ar lechi oer y gegin. Neu, os oeddwn i'n lwcus, ar y mat racs o flaen tanllwyth o dân. Â'r coed yn clecian.

Meistr hapus fuo fo erioed. Un sionc ei droed yn chwibanu neu hymian canu dragywydd. Ond mi newidiodd pethau. Bron dros nos. O do, mi newidiodd pethau wedi iddi hi ddechrau cysgu yn y bwthyn. Y hi oedd asgwrn y gynnen, wir i chi, ac esgyrnes o ddynes ydi hi hefyd, y hi â'i phlethen fawr gochlyd yn cyrraedd bron at waelod ei chefn. Doedd o byth yn fy anwesu i os oedd hi o gwmpas. Dim ond ei chofleidio hi a'i chusanu bob bore a nos. Yn arbennig felly os oedd hi'n droednoeth a newydd newid i'w choban gwmpasog â'i phlethen rydd yn chwyrlïo o gwmpas fel tonnau'r môr. 'Cer o'r ffordd,' oedd ei fyrdwn wedyn. 'Dos i gysgu, Sam bach.'

Doedd y dydd fawr gwell. Tra oedd o allan yn llifio i'r Saer yn y Pentre, roedd hi wrthi fel melin. Pobi, corddi, sgwrio, dolio. Ac O, ei chanu aflafar, a'i llais sgrechlyd. Weithiau, wedi iddi dynnu pobaid allan o'r popty ac arogl cynnes y crasu'n fy ngyrru'n benwan, byddwn yn ei chlywed yn morio canu 'Di-wec-ffa-la-la-la-la', a byddwn yn dweud wrthyf fy hun, 'mi fedra inna ganu cystal â hithau, os nad gwell, 'Wîîîîîîîîîî. . . Wŵŵŵŵŵ'. Hithau'n anfoddog, a dweud y lleiaf – 'Bydd ddistaw, Sam, be' haru ti efo dy holl nadu?' ac yn fy anfon i fy nghornel. I orwedd yn dawel fel ci bach ufudd, da.

Mi newidiodd pethau'n waeth fyth wedi i'r crud gyrraedd y siambar. Un derw o waith y meistr ei hun, efo mesen wedi ei cherfio'n gelfydd ar y tu blaen. Wel, am newid oedd hyn. Newid er gwaeth i mi, wrth gwrs. Roedd gan y meistr ddwy feistres yn awr ac mi roedd o'n gorfod ufuddhau i bob math o orchmynion – 'Dos â'r ci allan . . . sua'r baban i gysgu. Bendith y Tad, paid â gadael Sam i mewn . . . mae'i draed o'n fudr . . . a dydi o ddim i lyfu ein plentyn bach . . . Pam? . . . Rhaid i ni gael bwyd . . . rhywbeth mwy maethlon na hyn . . . Pam mae'n rhaid i ni lwgu?' Roedd hi fel tôn ddiflas gron, yn wir i chi.

Newidiodd tôn ei lais yntau'n raddol hefyd. Rhyw gyfarth siarad gyda'i ochneidio diamynedd. Tôn blinder. Roedd ei gefn wedi dechrau gwyro a'i gerddediad wedi dechrau llusgo fymryn. Ac ar fore gerwin, barugog, gwyn, a hithau'n ochneidio a nadu o'i hochor hi, mi ddaeth y gorchymyn, 'Ty'd 'laen, Sam. Ty'd. Rŵan! Mae'n rhaid ufuddhau i orchymyn y Feistres.'

Ac allan â ni i goedwig y Plas. Dim ond y fo a fi. Wrth gwrs, 'roedd hyn yn gyffro llwyr i mi. Y fo a fi'n mynd ar anferth o antur. 'Dos! Dos i ddal ffesant. Yr un tewa weli di. Dos! Dalia fo a lladda fo'n gelain. Brysia!' Ac i ffwrdd â fi fel mellten. 'Wnes i 'rioed lwyddo mor sydyn i blesio fy meistr o'r blaen. Na dianc mor gyflym. Mi sbonciais fel broga dros y wal uchel oedd o amgylch y Plas. Ond ow, mi gafodd y meistr anffawd. Fel yr oeddwn i'n ei melltennu hi tuag adref, mi fachodd o ei droed wrth garlamu dros wreiddyn coeden. Y Dderwen wrth giât y bwthyn. Rowliodd mewn poen gan fwytho'i fraich dde ac ochneidio fel hen faharen ar farw . . . a dyna p'ryd y cafodd ei ddal gan Eleias Huws, y cipar bondigrybwyll. Does gan hwnnw mo'r syniad lleiaf am lwgu. Nac am rynnu yn oerfel y nos. Y fo a'i hen fol tew fel baril llawn cwrw llwyd . . .

A dyma ni yn y twll lle 'ma. Dim ond y ddau ohonom. Yn cyfrif eiliadau, munudau, oriau a dyddiau hirfaith. Dim ond y ddau ohonom yn rhannu'r un hunllef. Y fo â'i law ar ei ben dragwydd. Dagrau diflas yn powlio i lawr ei rudd . . . Minnau? Efallai, 'tase fo ddim ond yn edrych arna' i, efallai y gwelith o fy mod i'n tosturio wrtho. Tosturio'n llwyr o ddyfnder fy enaid. Efallai y deallith o fy mod i'n maddau pob dim iddo. Am fy ngyrru cymaint i'm cornel. Am wrthod fy ngoglais. Am fy hel i allan o'r ffordd. Ac am fyrdd o bethau eraill. Ac os edrychith o arna i'n ddigon hir, edrych i fyw fy llygaid, efallai y codith hynny ychydig ar ei galon. Fymryn.

Llygadu

Erthygl goffa yn null papur newydd safonol, yn cynnwys tua 750 o eiriau

BEIRNIADAETH MENNA BAINES

Mae'r gystadleuaeth hon yn un i'w chroesawu pe na bai ond am un rheswm, sef ei bod yn rhoi statws i'r ysgrif goffa fel ffurf. Mae diffyg cofféu cyson yn fwlch gresynus yn y wasg genedlaethol Gymreig a Chymraeg. Onid yw cofio am frodorion sydd wedi gwneud cyfraniad nodedig yn eu priod feysydd yn rhan o swyddogaeth gwasg unrhyw wlad? Mae'n wir fod teyrngedau'n cael eu cyhoeddi – fel arfer, i'r unigolion amlycaf – ond gellir meddwl am sawl Cymro a Chymraes o bwys sydd wedi ymadael â'r fuchedd hon ond na chaed prin air o sôn amdanynt yng ngholofnau ein newyddiaduron a'n cylchgronau – nac ar y radio na'r teledu petai'n dod i hynny. Oherwydd nad oes adran gofféu reolaidd i'w chael yn y rhan fwyaf o'r cyhoeddiadau hyn, mae'n ymddangos mai mater o hap a damwain yw pa un a yw rhywun yn cael teyrnged ai peidio. Ond da deall fod *Barn*, o leiaf, yn bwriadu unioni'r cam trwy gyflwyno adran deyrngedau, a gobeithio y bydd un yn *Y Byd* hefyd.

Beth, felly, yw hanfodion y *genre*? Mae'n debyg fod y teyrngedau gorau yn cyfuno dau beth yn y bôn, sef adnabyddiaeth dda o'r gwrthrych a mynegiant clir a chroyw o'r adnabyddiaeth honno. Mae rhywun yn disgwyl cael gwybodaeth ffeithiol sylfaenol am fywyd yr unigolyn – y cefndir, camau'r yrfa, y prif gyflawniadau – ond mae lle hefyd i fanylion mwy anffurfiol neu answyddogol. Disgrifiad, efallai, o olwg allanol y gwrthrych, argraff o'i ymarweddiad neu ei gerddediad neu ystum o'i eiddo, anecdotau dadlennol, argraffiadau pobl eraill – mae'r pethau hyn i gyd yn gymorth i ddod â lliw i'r portread ac i ddod â'r unigolyn yn fyw i'r darllenydd. A does dim rhaid canmol yn ddiwahân ychwaith; gall ffaeleddau pobl fod llawn mor ddiddorol â'u rhinweddau – a mwy diddorol weithiau! Gall trefn yr elfennau hyn amrywio; mae nifer o deyrngedau yn dilyn trefn gronolegol syml wrth olrhain bywyd y gwrthrych, gan ddechrau yn y dechrau, ond gellid yr un mor hawdd ddechrau yn y diwedd. Cyfuno'r ffeithiau sylfaenol a'r cyffyrddiadau bach eraill mewn modd difyr sy'n bwysig, a dethol yr hyn sy'n fwyaf arwyddocaol a dadlennol.

Daeth naw ymgais i law. Cymry neu bobl o dras Gymreig yw'r cwbl o'r unigolion a goffeir – chwech ohonynt yn enwau cyfarwydd neu weddol adnabyddus o leiaf, a'r gweddill yn bobl a wnaeth eu cyfraniad ar lefel fwy lleol. Er mwyn hwylustod, glynwn at y dosbarthiad hwn wrth eu trafod, gan gymryd yr enwau amlwg yn gyntaf.

Yr organyddes Carys Môn Hughes (1949–2004) yw gwrthrych teyrnged *Heol y Castell*. Mae'n deyrnged gynnes a chynhwysfawr ond gellid bod wedi agor mewn modd mwy uniongyrchol a gafaelgar, ac mae'r mynegiant ychydig yn

128

afrwydd yma ac acw. *Brenhinwr* sydd wedi coffáu'r unigolyn enwocaf, sef y pêl-droediwr John Charles (1931–2004). Ceir ganddo bortread digon cymen o'r 'Cawr Addfwyn' ond, unwaith eto, mae'r agoriad – a'r clo hefyd – yn wan; maent yn annewyddiadurol o foliannus. Mae ysgrif *Taphos* yn 'coffáu' rhywun sydd, mewn gwirionedd, yn dal yn fyw, ac mae'n debyg nad oes dim o'i le ar hynny o gofio arfer papurau newydd o gomisiynu ysgrifau coffa ymlaen llaw, pan fydd y gwrthrych yn dal ar dir y byw, yn barod i'w cyhoeddi maes o law adeg marwolaeth y sawl sydd dan sylw. Y gwrthrych yn y fan hon yw'r awdur a'r newyddiadurwr Meic Stephens (g. 1938) – gŵr a chanddo flynyddoedd eto o'i flaen, ond odid, i barhau i gyfrannu at lên a diwylliant Cymru. Y tro hwn, ceir gwell agoriad, ac â'r awdur rhagddo i olrhain gyrfa Meic Stephens gan nodi ei brif gyhoeddiadau, ond byddai wedi bod yn ddymunol cael gwybod ychydig mwy am gymeriad y gwrthrych ochr yn ochr â'r wybodaeth ffeithiol. Braidd yn gatalogaidd a moel, hefyd, yw teyrnged *Marged* i'r nofelydd William Owen (1889–1965); rhestrir troeon ei yrfa a'i lyfrau a'i fuddugoliaethau eisteddfodol heb wneud fawr ddim arall. Mwy diddorol yw ysgrif *Penybryn* am y chwaraewr rygbi Ivor Jones (1901–82) a fu'n chwarae i Lanelli, i Gymru ac i'r Llewod. Ochr yn ochr â'i ddawn a'i orchestion gyda'r bêl hirgron, rhoddir sylw i'w gymwynasgarwch, yn enwedig fel capelwr. Ond gresyn na chofiodd yr awdur gynnwys peth mor sylfaenol ag enw man geni Ivor Jones, sef Casllwchwr, er bod digon o sôn am y lle. Yr addysgwr Griffith Jones, Llanddowror, yw gwrthrych yr olaf o'r chwe theyrnged i Gymry amlwg, sef eiddo *Bryn Gwyrdd*. Crynhoir cyfraniad Griffith Jones yn ddigon taclus ond prin fod dim byd newydd yn yr erthygl, a rywsut mae'n anodd gweld ei phwrpas, gyda chymaint wedi'i ysgrifennu eisoes am y gwrthrych.

Mae'r tair teyrnged sy'n weddill, fel y soniwyd, yn portreadu unigolion anadnabyddus ond rhai a wnaeth argraff ddofn, serch hynny, ar y sawl sy'n ysgrifennu amdanynt. Does dim o'i le ar hynny; does dim rhaid bod yn enwog i fod yn ddiddorol, a gwelir yn y wasg weithiau ysgrifau coffa difyr i bobl sydd heb fod yn adnabyddus y tu allan i'w hardal eu hunain neu'r tu allan i'w priod faes. Ond mae'n rhaid wrth ysgrifennu gafaelgar i gyfleu arbenigrwydd unigolion fel hyn i gylch ehangach, ac ni theimlais fod ymdrechion *Y Waun*, *High Cross* na *Pegi Clwyd* yn deilwng o le mewn papur newydd safonol. Ceir edmygedd diffuant, ym mhob un o'r tair erthygl, o'r sawl sydd dan sylw – barbwr, cymwynaswr bro a chapelwr yn achos *Y Waun*, gwraig gweinidog ymroddgar yn achos *High Cross*, a gwraig tŷ groesawgar (a chapelwraig ffyddlon drachefn) yn achos *Pegi Clwyd*, ond braidd yn ddifflach yw'r traethu ar y cyfan.

Ni theimlaf fod yr un o'r ysgrifau'n taro deuddeg ac er bod cynigion *Heol y Castell*, *Brenhinwr* a *Taphos* yn dod yn nes ati na'r gweddill o ran cynnig cyfuniad o'r elfennau a grybwyllwyd, gyda gofid yr ataliaf y wobr.

Cyfweliad â pherson cyfoes adnabyddus (tua 1,500 o eiriau)

BEIRNIADAETH RHYS EVANS

Fe ddylai'r rhain fod yn ddyddiau o lawnder a digonedd i newyddiaduraeth Gymraeg. Mae'r BBC yn darlledu mwy o newyddion Cymraeg nag erioed; mae gennym hefyd Gynulliad Cenedlaethol i gostrelu ein cenedligrwydd; mae yna addewid y gwelir (rywbryd) bapur newydd dyddiol Cymraeg. Ond dyna'r wedd arwynebol ar bethau, gan mai dyddiau digofaint ŷn nhw go iawn. Crafu byw (yn arwrol ddigon) y mae ein papurau newydd Cymraeg; edwino hefyd y mae'r gymdeithas naturiol honno a unid gan newyddiaduraeth Gymraeg. Ysywaeth, mae'r gystadleuaeth hon yn ddrych o'r ffaeleddau hynny gan mai un cystadleuydd yn unig a gafwyd. Mae *Siân ap Gwilym* i'w llongyfarch ar ei llafur ond fe syrth ei hymdrech, sef cyfweliad â'r canwr Rhys Meirion, yn fyr iawn o'r nod.

Mae'r testun yn un cymeradwy a'r gwrthrych yn llawn haeddu ei gyf-weld ond mae'r ffordd y gwneir hynny yn hynod siomedig. Ni cheir unrhyw ymdrech i dyrchu i bac Rhys Meirion; yn hytrach, yr hyn a geir yw molawd o'r gwrthrych. O'r frawddeg gyntaf un, mae'n amlwg nad Gwilym Owen yw eilun newyddiadurol *Siân ap Gwilym* gan y dewisodd ysgrifennu yn y cywair canmoliaethus. Dysgwn, er enghraifft, fod cyf-weld Rhys Meirion 'yn fraint' i *Siân ap Gwilym* a'i bod wedi 'gwirioni'n lân' gyda'r albwm 'Pedair Oed'. Eir ymlaen tan y sillaf olaf un heb geisio deall na herio'r testun. Prinnach fyth yw ein dealltwriaeth o sut y medrodd Rhys Meirion gadw'i Gymreictod mewn byd llawn *prima donnas* hunan-dybus. Ychwaneger at hyn arddull glonciog, naïf ac fe geir cyfweliad siomedig iawn – cyfweliad, yn wir, na fyddai byth yn haeddu'i gyhoeddi rhwng cloriau unrhyw bapur newydd gwerth ei halen. Gwn na ddylwn swnio mor llawdrwm ond mae newyddiaduraeth Gymraeg yn haeddu gwell. Gyda chalon drom, mae'n rhaid atal y wobr.

Casgliad o 10 stori ar ffurf llên micro, rhwng 50 a 250 o eiriau yr un

BEIRNIADAETH MANON RHYS

Saith casgliad yn Eisteddfod 2000, un ar ddeg yn 2003, dau gasgliad ar hugain yn y gystadleuaeth hon eleni. Ynghyd â'r casgliad o storïau micro a enillodd y Fedal Ryddiaith i Annes Glynn y llynedd, a chyhoeddi'r casgliad *Corachod Digartref*, mae poblogrwydd cynyddol y dull anodd, heriol hwn o ysgrifennu rhyddiaith yn amlwg.

Bu digon o drafod ar y diffiniad o 'stori ficro'. Wrth reswm, mae hi'n hynod fyr, yn dynn ac yn gynnil; paragraff neu ddau'n cyfleu'r un dyfnder a'r un ehangder ag a geir mewn stori hwy o lawer. Does dim lle i wastraff, dim lle i ymadroddi llac ac mae pob gair a chymal yn ymladd am eu lle, yn rhan o'r adeiladwaith cywrain, cadarn. (Yn hyn o beth, onid ei byrder yn unig sy'n ei gwneud yn wahanol i stori fer gonfensiynol?) Yn bennaf oherwydd ei byrder, efallai mai'r 'awgrym' a geir ynddi sy'n gwbl ganolog iddi. Hoffaf y disgrifiad ohoni fel 'cymryd pip' drwy dwll llythyrau. Cyfyng yw'r hyn a welwch – y cyntedd a'r grisiau a'r drws sy'n arwain i ambell ystafell. Ond o gymryd cipolwg awgrymog fel hyn, gellwch ddychmygu a gwerthfawrogi gweddill y tŷ.

Yn fy marn i, fe gafwyd yn y gystadleuaeth hon eleni nifer o storïau unigol y dylid eu cyhoeddi. Ond am gasgliad y gofynnwyd, ac un casgliad cyflawn – â phob stori'n gydradd o ran safon – a gafwyd. Darllenais ormodedd o anecdotau atgofus a phortreadau a disgrifiadau yn hytrach na 'storïau'. Roedd gormod o bwys cyffredinol ar dechneg y tro-yn-y-gynffon. Roedd diffyg cynildeb yn nodwedd, yn enwedig ar ddiwedd stori, yn hytrach na gadael i'r stori hofran yn y pen.

Dyma nhw yn y drefn y'u darllenais.

Tom: Pytiau o ysgrifau teimladwy, ond anwastad eu crefft, yn bennaf ar ffurf ymson. Mae 'Trysor', 'Mair' ac 'Afallon' yn delynegol; 'Nonquasee' a 'Rhywun' yn llawn cyfrinach. Ceir fflachiadau cofiadwy megis 'cerddais yno echnos a hithau yn llaw fy nghof'; 'Ti neu dy frawd wyt ti, dywed?' A'r llinell glo hon o 'Mair': '. . . pnawn dydd Mercher, y dref mewn cwsg a thithau'n croesawu'r byd i'th wely.'

Iago: Hanesion atgofus, yn aml drwy lygaid athro ysgol, am gymeriadau fel Taffy, Bobby, Jock ac Ewythr Arthur. Maen nhw'n ddigon difyr ond does dim elfen storïol yn perthyn iddyn nhw.

LPL: Casgliad anwastad arall ac ynddo ambell stori hynod afaelgar megis ''Chydig o awyr iach', 'Wedi'r dilyw' a 'Llong Fach'. Yn y stori 'Dweud',

131

hoffaf yn fawr y disgrifiad cynnil o ffrog briodas sidan, hardd – sy'n 'dda i ddim mewn storm.' Ac mae'r disgrifiad o foddi'r cathod bach yn y stori 'Caead Sosban' yn erchyll o fyw.

Pererin: Mae marwolaeth yn llercian yng nghrombil y storïau tywyll hyn. Ar eu gorau – 'Yr Atig' a 'Llwfrgi' – mae'r syniad a'r dweud yn gryf. Ar y cyfan, mae angen tynhau ac anelu at fwy o gynildeb.

Esgidiau: Storïau byr – a bachog iawn, ar y cyfan. Mae'r stori 'Mwncis' – a Nain yn dyheu am gynffon mwnci rhag syrthio a brifo – ymhlith goreuon y gystadleuaeth a dylid ei chyhoeddi. Felly, hefyd, 'Lladd Amser' a 'Sathru'. Weithiau, fel yn 'Haul' a 'Traed', byddai'r stori ar ei hennill wrth hepgor y frawddeg olaf.

Gororau: Mae'r stori 'Hi' yn y casgliad hwn yn mynegi llais profiad, fe dybiaf, ac yn gwneud hynny'n gofiadwy iawn. Mae 'Tat?' – a'i dweud telynegol, megis 'Y môr yn greulon o lwyd fel gwahanu' a'r 'dyn mwyn, a ddangosai ei datŵs yn swil fel agor ffenestri calendr Adfent', yn storïau arbennig iawn; felly, hefyd, y storïau rhyfedd 'Sgets' ac 'Arbedwr Bywyd'. Gellid tynhau'r storïau bron i gyd er mwyn cynildeb.

Yma a Thraw: Hoffais 'Cofio Mam' yn fawr. Ond, ar y cyfan, ceir gormod o ddadansoddi a phregethu yn y gweddill (e. e., y llinell hon yn y stori 'Canu Mewn Côr': 'Diolch am ein harweinyddion hawddgar ac oddefgar [*sic*] sy'n ein disgyblu mewn ffordd hwyliog a chofiadwy.').

Ffloan: Ceir ambell stori gofiadwy yn y casgliad amrywiol hwn. Stori am nain unig, am fam ddi-hid, am brofedigaeth boddi plentyn; stori am yr Holocost, am Fedi'r unfed ar ddeg, am y mewnlifiad i Gymru. Yn fy marn i, mae'r storïau 'Cwmni', 'Dieithriaid', 'Newyddion' a 'Pnawn Braf' yn rhagori oherwydd eu dweud cynnil. Weithiau, fel yn 'Codi Tatws', gellid hepgor y llinell olaf.

Llain-las: Atgofion cynnes am gymeriadau a digwyddiadau o'r gorffennol. Hoffais yn arbennig y stori am Twm yn llunio englyn mewn toiled cyhoeddus!

Sylwebydd: Mae hwn, hefyd, yn gasgliad amrywiol o ran themâu. Ing personol yw sail y mwyafrif ac fe'u cyflwynir, ar y cyfan, mewn modd diffuant iawn. Teimlaf fod ambell dro yn y gynffon yn gweithio yn y casgliad hwn – megis yn 'Synhwyrau'. Efallai nad oes angen y paragraff canol yn 'Craith'. Mae diweddglo cryf iawn i 'Swyno', sy'n disgrifio tswnami '[sy'n] chwerthin am ein pennau fel geneth ddrwg benchwiban . . . yna sugna bopeth yn ôl i'w chrombil cyn dweud ei ffarwel.'

Ceiri: Ceir themâu arbennig o dda yn y casgliad hwn – yn enwedig yn y storïau 'Anobaith', 'Pob Peth', 'Haf 2004', a 'Safio arian'. Ond mae diffyg cynildeb, yn enwedig ynghylch y diweddglo, yn amharu arnyn nhw ac ar weddill y storïau.

Yr Adwy Wen: Ceir ambell 'hen drawiad' storïol yn y casgliad hwn: hen themâu heb unrhyw 'ddweud newydd'. Enghraifft o hynny yw 'Dyn Syrcas', ond mae'r llinell olaf yn ei hachub. Mae mwy o sbarc yn 'Babi Newydd Sbon' a 'Dweud Dim', ond gellid cwtogi llinell olaf y stori honno i 'Damia atal dweud pan ydach chi'n ddeg oed.' Mae 'Glawio', 'Disgwyl ateb' a 'Dim ond un' yn esgyn i dir uwch eto.

Barti Ddu: Ar y cyfan, mae hwn yn gasgliad diddorol o storïau hynod, enigmatig. Hoffaf yr olwg wysg-ei-hochr y mae'r awdur yn ei thaflu dros y byd a'i bethau a'i drigolion. Mae 'Henaint', 'Nadolig', 'Caru' ac 'Argoel' yn enghreifftiau da o'r sylwgarwch rhyfedd hwn. Ond yna mae 'Lleuad Lawn' a 'Y Lôn Gefn' yn annigonol o fyr ac arwynebol.

Ysgubor-y-Coed: Ceir yn y casgliad hwn storïau go hynod, gan gynnwys 'Sioc Ieithyddol', 'Synnwyr Digrifwch' (y byddai'n well ei gorffen â'r geiriau 'Yr oedd ganddi fymryn o lygad-tro') ac 'Ei jôc'. 'Y sŵn camarweiniol' yw fy ffefryn mewn casgliad sy'n anwastad – yn pendilio o'r cyffredin i'r da.

Olwen: Mae naws dŵr a môr a physgota dros nifer o'r storïau hyn. Hoffais sensitifrwydd 'Gollwng' a 'Cicio'r Bar'. Mae 'Diwedd Tymor', 'Dychwelyd' a 'Dau Ddiwylliant' yn storïau amlhaenog. Ond mae'r gweddill, yn fy marn i, yn anghynnil.

Elin: Cefais flas ar 'Lliw Haul', y stori gyntaf yn y casgliad, er y gellid torri'r cymal olaf '… gan achosi penbleth i bawb'. Mae 'Ffŵl Ebrill' yn stori dda er y gellid bod yn fwy cynnil. Y diffyg cynildeb hwn ynghyd â diffyg cyfeiriad sy'n nodweddu'r gweddill a sylfaenwyd ar syniadau digon cryf megis 'Celwydd Golau', 'Arallgyfeirio' a 'Siom'.

Ben: Naws galar a cholled yw craidd y casgliad hwn. Mae 'Haul Gwanwyn' a 'Hepian' â'u cynildeb sensitif ar frig storïau'r gystadleuaeth a hoffwn weld eu cyhoeddi. Hoffais 'Diweddglo', Llond Llaw' a 'Hen Adduned' yn fawr. Mae'r safon, o ran cystadleuaeth storïau micro, yn gostwng wedyn, yn fy marn i. Datgelir stori 'Galar' yn syth ar y dechrau; ysgrifennu cryf, nid 'stori', a geir yn 'Adfail' ac 'Egino' (a gwell fyddai hepgor y frawddeg olaf yn honno).

Lleiniog: Dylai'r awdur hwn fynd ati i gaboli tipyn ar y gwallau iaith. Ymhlith ei gasgliad anwastad o storïau, ceir rhai trawiadol iawn, gan gynnwys 'Siop Goch', â'i hawgrym cynnil o ymyrraeth rywiol, 'Kevin', â'i chipolwg rhynglinellog o fywyd milwr, a 'Communication Chord' â'i surni. Mae 'Bag Ledi' yn cyrraedd uchelfannau'r gystadleuaeth – gobeithiaf ei gweld mewn print. A dyma'r ddelwedd rymus sy'n cloi 'Y Gêm' – stori fach am gynnwrf gêm rygbi: 'Wrth edrych i fyny, gwêl un neu ddau y cymylau'n malu'n araf ac yn fân, yn gwahanu'n gyflym rŵan er mwyn i'r rhai nad ydynt hefo ni mwyach gael gwell golwg ar y gêm.'

Lafa: Casgliad cryf arall, er gwaetha'r brychau iaith sy'n ei fritho. Hoffais yn fawr 'Yr ymson aeth ar goll' – dylid ei chyhoeddi. Roedd symlrwydd twyllodrus 'Pwy' a 'Mwyara', odrwydd 'Hugan Fach Goch', a drygioni 'Aberth', yn apelio. Felly, hefyd 'Hydref', a'i hadlais o gerdd Crwys, 'Dysgub y Dail'. Nid yw gweddill y casgliad yn cyrraedd safon y storïau hyn.

Reggie Perrin: Safon anwastad sydd i'r casgliad hwn. Mae'r syniad sy'n gefndir i 'Llyfr ail law' yn ardderchog ond gellid tynhau'r stori. Felly, hefyd, 'Lili' sy'n sôn am gyfrinach dywyll y sawl sy'n ymweld â bedd ei gariad. Mae hi'n dechrau'n wych: 'Clychau maban. Enw hardd ar flodyn torcalonnus . . .' ac yn gorffen yr un mor gryf: 'Does neb arall – Duw na neb – wedi dod yma i fusnesu'. Mae 'Dechrau canu . . .' a 'Paned o de' yn rymus iawn.

Dan Grachen Dwynwen: Fel yr awgryma'r ffugenw, ysu am gariad, colli cariad, siom a chwerwder – dyna gefndir y rhan fwyaf o'r storïau hyn. Mae'r stori 'Anobeithiol', am berson sy'n chwilio'n ffrantig am gariad, yn arbennig iawn, a'i diweddglo grymus yn dweud y cyfan: 'A larwm cynddeiriog fy nghloc biolegol yn fy neffro'n aflafar bob dydd.' Mae 'Dideimlad' a 'Godineb' hefyd yn storïau trawiadol. 'Llwyrddibynnol' oedd y stori a afaelodd gryfaf ynof, er y gellid ei thynhau rywfaint. Mae 'na egin syniadau da yn rhai o'r gweddill yn y casgliad hefyd.

Huwcyn: A dyma ddod at 'Marblis o'r Llwch' a'i stori agoriadol 'Disgwyl amdano'. Roedd y casgliad hwn o storïau hunllefus, am fyd tywyll, amwys o ran amser a lle, yn werth disgwyl amdano. Erchylltra poen a marwolaeth a difancoll sy'n gefndir iddynt; mae llwch rhyfel niwclear yn hofran drostynt. Drwyddynt i gyd, mae'r disgrifiadau o ddioddefaint yn iasol. Yn y stori gyntaf, 'Disgwyl amdano', gwrthgyferbynnir y disgrifiad o ardd baradwysaidd 'a'r awyr yn las plentyndod' â'r 'düwch rhynllyd' sy'n llifo dros yr ardd 'wrth iddo ddod yn nes.' Waeth pwy neu beth yw'r bygythiad hwn, mae ei ddyfodiad yn arswydus – mor arswydus â gweithredoedd y gormeswyr a'r arteithwyr mewn ambell stori arall.

Mae *Huwcyn* yn creu darluniau dychymygus; mae amwysedd rhyfedd yn ei storïau ac maen nhw'n afaelgar o od. Dyma gasgliad cryfa'r gystadleuaeth: mae pob stori'n gydradd o ran safon; maen nhw'n *storïau*, nid yn anecdotau nac yn atgofion nac yn baragraffau darllenadwy o ryddiaith. Ond gweddol yw'r iaith a'r mynegiant. (A waeth imi nodi yn y fan hon mor gyson oedd y gwallau iaith a'r gwendid mynegiant yn y casgliadau hyn. Y ffurfiau 'bydda i'/'fydda' i' sy'n gywir nid 'byddai'/'fyddai'. Yn yr un modd, y ffurfiau 'arnai', 'welai', 'allai' ac yn y blaen. Nid yw 'oedde nhw', 'mae nhw', 'dydy nhw' yn gywir. A rhaid gochel rhag gwallau sillafu a chystrawennu cloff.)

Darllenais ambell gasgliad a oedd yn gywir ei fynegiant ond yn brin ei fflach; mae casgliad *Huwcyn* yn ddychmygus a chrefftus. Edrychaf ymlaen at weld ei gyhoeddi – ar ôl iddo fynd ati i gywiro'r gwallau niferus. Fel y mae, nid yw *Huwcyn* – na neb arall – yn llwyr deilyngu'r wobr.

Darn o ryddiaith ddychanol hyd at 2,000 o eiriau: Gweledigaeth uffern

BEIRNIADAETH TEGWYN JONES

Daeth chwe chystadleuydd i'r maes ac mae'n rhaid cyfaddef i mi gael achos i wenu a nodio pen mewn boddhad lawer tro wrth ddarllen trwy'u gwaith. Dyma air byr am bob un heb fod unrhyw arwyddocâd arbennig i'r drefn.

Blodyn Du: Ffantasi Orwelaidd sydd ganddo ef, a chawn ein hunain nid yn 1984 ond yn y flwyddyn 2184. Mae Ann a'i phartner, Martin, fel pawb arall o bobl y byd, yn gaeth i'w 'ciwbicl' lle treuliant eu bywydau hirfaith, undonog, yn gwneud dim ond chwarae gemau ar sgrîn. Collasant iws eu coesau o achos diffyg eu defnyddio, gan na all neb bellach fynd allan i'r awyr agored oherwydd difwyno'r amgylchedd a ddechreuodd yn yr ugeinfed ganrif. Rheolir a phenderfynir popeth gan y 'peiriant' – gan gynnwys dewis partneriaid. 'Nid oes angen angerdd nac ofn na chreadigrwydd na'r dychymyg'. Os oedir yn ormodol ar ôl gorffen un gêm, daw gorchymyn o'r sgrîn: 'Mae'n rhaid i chi chwarae! Rhaid i chi fwynhau! Dewiswch eich gêm! Cofiwch ein slogan: "Gorfod joio!"' Llwyddodd *Blodyn du* mewn cwmpas byr ac mewn arddull gynnil i greu gweledigaeth ac iddi naws anghyfforddus ac anghynnes iawn, ond cefais ei ymdrech yn ddiffygiol o ran dychan. Y math o beth sy'n llercian yn y cof, serch hynny.

Don Bradman: 'Criced yw'r peth agosaf a ddyfeisiodd dyn i uffern ddofn ei hun' yw brawddeg agoriadol *Don* ac mewn Cymraeg sy'n bleser ei ddarllen, eir ymlaen i flagardio'r gêm a phawb a phopeth sydd ynglŷn â hi. Er bod yma ysgafnder derbyniol, teimlwn weithiau fod yr ymdrech i'w gyrraedd yn dangos gormod o ôl straen. '[B]yddaf yn gofidio,' meddai mewn un man, '. . . rhag ofn bod croen a fu unwaith yn dilladu rhyw fuwch Gymreig yn rhan o'r bêl sy'n cael ei chystwyo gan y bat'. Tuedd i ddyrnu yn hytrach na dychanu a geir yma, fel y dengys ei frawddegau clo: 'Dylid rhoi gorchymyn ymddygiad gwrth-gymdeithasol ar bawb sy'n ei chwarae, llosgi'r holl gyfarpar a ddefnyddir ar ei chyfer a dileu pob sylw amdani sydd ar gof a chadw ar draws y byd. Byddai gwneud hynny'n gam bras ymlaen yn natblygiad gwareiddiad'.

Y Mab Hirfelyn, Tesog: Pen Dit y Titiaid o'r blaned Titian sydd yma, yn sôn am y gwahoddiad taer a dderbyniodd gan Rhodri Fawr, Pen Bandit y Gymru Fach ar y Fam Ddaear, i ymweld â hi. Ar y ffordd i Gaerdydd y mae'n taro cis ar Fôn, Caernarfon, Ceredigion, Caerfyrddin a Llanelli, gan gynnig ambell sylw perthnasol a chyfredol wrth fynd heibio – am fisdimanars y rhai mewn awdurdod gan amlaf. Ym Môn, er enghraifft, mae 'Cadeirydd y Pwyllgor Cynllwynio yn gwisgo menig gwynion a'i drowsus wedi ei rowlio at ei benglin' ac yn anrhegu ei gyd-gynghorwyr â Volvos a lleiniau o dir i gadw carafanau. Wedi cyrraedd Caerdydd a chael ei groesawu gan Rhodri Fawr a'r 'Arglwydd Burberry', daw wyneb yn wyneb â phob math o gymeriadau ofnadwy a rhyfedd megis Arglwydd Boio Bed-ddiwallt ac eraill. Dychanwr medrus yw'r *Mab Hirfelyn, Tesog* ond dylai anelu at fwy o gynildeb a chynllunio manylach cyn cyflwyno'i waith. Defnyddia 'meddais' yn gyson yn lle 'meddwn'.

Hystingwr: Cysgu ar fainc ar lan afon Seiont oedd hwn pan gafodd hunllef. 'Roeddwn yn uffern', meddai am yr hunllef, 'yn swpyrfeisio'r diawliaid yn y boilar-rwm', a dyma benderfynu mynd ar daith i chwilio 'am bobol fasa'n gandidets go iawn' i'r poethle hwnnw. O hynny ymlaen, cawn ei ddilyn o Fôn, lle rhoddir clewten (arall) i'r Cyngor yno, yr holl ffordd i Birmingham a Llundain – taith ddifyr ddigon. Daw ar draws merched arbennig yn Piccadilly. 'Solisitio oedd yr enw ar eu crefft, medda' nhw. Ond un o 'nghas betha' fu twrneiaid erioed . . . felly eu 'sgoi fel dôs o solts wnes i'. Daw'r daith i ben yn ddychanol-ddigri yn Nhŷ'r Cyffredin a Thŷ'r Arglwyddi. Byddai ymgais *Hystingwr* wedi elwa ar ychydig mwy o fyfyrio uwchben ei gynllun, a hwyrach tynhau'r cyfan. Gall fod yn esgeulus ar brydiau. Digwydd yr enw 'Liwsiffer' deirgwaith yn ei lith ond fe'i sillefir yn wahanol bob tro. 'Rhyddiaeth' yw ei ffurf ef ar 'Rhyddiaith'.

Cwasi: Syrthio i gysgu yn un o 'barciau hardd ein prifddinas' fu hanes hwn a chanfod mewn breuddwyd 'ŵr penwyn, byrgoes' yn nesu tuag ato. 'Fi yw Glanymor', meddai hwnnw, 'y gŵr a fu'n gyfrifol am greu'r campwaith pensaernïol . . . yr hon a elwir yn Stadiwm y Miliynnau. Tyrd gyda mi, ac mi a ddangosaf i ti ryfeddodau fy nghreadigaeth, "o fwa'i tho symudol i'r glaslawr dan dy droed"'. Ac yno yn gwylio tîm rygbi Cymru'n chwarae yn erbyn Lloegr y gwêl ef ei uffern. Fe'n cyflwynir i gymeriadau lliwgar megis Dafydd Ddu Wan, Ei Mawrhwdu, Yr Hwntw Mawr gwalltog, Eicigyn 'o linach yr Eiciaid', Jepiâr a Jêjê, y ddau olaf 'yn gwneud bywoliaeth fras bellach drwy gyhoeddi'n feunyddiol pa mor wych oedd eu tîm hwy a pha mor uffernol o wael yw'r tîm presennol'. (Chware teg – ar ôl dyddiad cau'r gystadleuaeth hon yr enillwyd y Gamp Lawn). Dychanwr dawnus arall yw *Cwasi*, crafog hyd at yr asgwrn weithiau, ac ni fyddai ar Ellis Wynne ei hun gywilydd o'r disgrifiad a geir ganddo o'r ymwacáu yn nhai bach y dynion ar derfyn yr hanner cyntaf. Defnyddia ieithwedd ac arddull hefyd sy'n adleisio camp y Bardd Cwsg.

Balsebwl: Hwn, yn fy marn i, a lwyddodd orau i gyfuno gweledigaeth o uffern a dychan effeithiol. Mewn ystafell aros ('Byffet-Bar') ar stesion Caer y cawn ef, yn disgwyl am drên sydd ddwyawr yn hwyr. '[F]el y gŵyr llawer o ddiwinyddion amlwg', meddai, 'mae Duw yn ei ragluniaeth yn defnyddio system drenau Gogledd Cymru i brofi amynedd ei saint'. Daw gŵr dieithr mewn siwt las ato a'i wahodd i ddod gydag ef i uffern, a hynny mewn cerbyd hynod o foethus. Wedi cyrraedd yno, tywysir ef o gwmpas y gwahanol Adrannau – yr Adran Wleidyddol, yr Adran Addysg, yr Adran Ddiwylliant a Chrefydd a'r Adran Amaethyddol – a cheir disgrifiadau ohonynt a sylwadau amdanynt sy'n awgrymu bod eu hawdur yn adnabod ein gwlad fach ni'n dda iawn. Ceir ganddo ddiweddglo cryf. Byddai mwy o sylw i gyflwyniad allanol ei waith wedi bod yn dderbyniol – teipiwyd y cyfan yn rhy glòs, a gellid gwell paragraffu, yn enwedig lle ceir deialog. Ond hawdd diwygio pethau o'r fath.

Chwe ymgais foddhaol heb fod un sâl yn eu plith. Daeth *Cwasi* yn agos iawn ati ond rhodder y wobr y tro hwn i *Balsebwl*.

Y darn o ryddiaith dychanol

GWELEDIGAETH UFFERN

Ar brynhawngwaith braf o haf hirfelyn tesog, cymerais hynt i ben un o fynyddoedd Cymru – wel, ddim yn hollol; a dweud y gwir, ro'n i'n sefyll ar blatfform tri yn stesion Caer yn disgwyl mewn ffydd a gobaith am drên ddau o'r gloch o Griw i'm hebrwng i ogoniant Sir Fôn. Wel, oce, efallai fod hynny'n gor-ddweud ryw ychydig ond mae Caergybi yn nefoedd i rai! Beth bynnag am hynny, fel y gŵyr llawer o ddiwinyddion amlwg, mae Duw yn ei ragluniaeth yn defnyddio system drenau Gogledd Cymru i brofi amynedd ei saint a phrinhau'n arw oedd f'un i gan fod y cerbyd disgwyliedig eisoes dri chwarter awr yn hwyr. Ond yna, fel roeddwn ar fin disbyddu'r stôr o ansoddeiriau a ddysgais yn blentyn wrth wylio Amlwch yn chwarae yn yr Angylsi Lîg, daeth nodau rhyw ddrws ffrynt nefolaidd i'm clyw – ding-dong – 'Your attention please. The two o'clock service from Crewe will be approximately two hours late. The reason for this delay being cattle on the line. Sorry for any inconvenience this causes. Thank you.' Sori o ddiawl, fel petai rhyw ymddiheuriad pitw fel'na yn gwneud iawn am y cyfan. Felly, gan fytheirio'r rhai sy'n dilyn crefft gyntaf dynol ryw am eu hanallu i gadw'i hanifeiliaid mewn trefn, ymlwybrais tuag at y 'Byffet-Bar' a edrychai mor groesawgar â'r Fatican i Ian Paisley. Dwn i'm yn lle bu'r ferch y tu ôl i'r cownter yn dysgu am wasanaethu cwsmeriaid ond roedd yn amlwg nad oedd wedi cael fawr o lwyddiant yn y maes. Gofynnais am frechdan gaws a phaned o goffi a chan fod gennyf amser i'w ladd penderfynais wneud ychydig o ddarllen trwm a phrynu copi o'r *Sun*. Ar ôl trefnu morgais i dalu amdanynt, eisteddais wrth fwrdd yn y gornel ac yn ôl fy arfer tseiniaidd dechreuais ddarllen o'r cefn lle roedd pennawd am Man Utd mewn llythrennau breision: 'Go on, be a Devil . . .'

'Esgusodwch fi syr, mae eich car yn barod.' Dyrchefais fy llygaid o fynyddoedd y drydedd dudalen ac yno o'm blaen safai dyn mewn siwt las drwsiadus a chap pig ar ei ben. 'Mae'n ddrwg gen i,' medda finna, 'dw i ddim 'di gofyn am gar. Ma'n rhaid eich bod chi 'di gwneud camgymeriad.' ''Fydda i byth yn gwneud camgymeriad,' meddai'r gwr siwtlas, 'mae'r car yma i wireddu'ch dymuniad. Dilynwch fi, os gwelwch yn dda.' A dyma fi ar ei ôl, allan o'r Byffet-Bar ac i mewn i'r car du, hiraf a welais erioed. Nid oedd modd gweld dim trwy'r ffenestri ond gallwn ei deimlo'n mynd yn gynt ac yn gynt. A dweud y gwir, roedd yn brofiad tebyg iawn i fod mewn lifft. Ymhen hir a hwyr, magais ddigon o blwc i ofyn 'Pwy ydach chi?' 'Fi?' meddai'r siwtlas, 'dw i'n gythral o neb.' 'I lle 'dan ni'n mynd?' holais. 'Wel, i Uffern yn ôl eich dymuniad. O bryd i'w gilydd, 'dan ni'n rhoi cyfle i bobl sy'n dangos diddordeb fynd yno ar wibdaith cyn iddyn nhw farw er mwyn iddyn nhw gael dweud wrth bobl eraill sut le sydd yno, ac i'r rheini yn eu tro gael cyfle i newid eu ffordd o fyw a mynd i'r lle arall na chawn ni mo'i enwi.' 'Wel chwara teg i chi,' medda finna. 'Chwara teg?' meddai'r siwtlas, gan chwerthin, ''does a wnelo fo ddim â chwara teg. Dipyn o seicoleg gan y Bos ydi o.' 'Bos?' gofynnais. 'Y Diafol, Satan, Belsebwl, beth bynnag mae pobl fel chi yn ei alw fo. 'Dach chi'n gweld, 'does na neb byth yn gwrando arnyn nhw pan ân nhw'n ôl a dweud eu bod nhw wedi bod yn Uffern. Ma'n nhw'n cael eu trin fel 'tase 'na ryw goll ynddyn nhw. A dyna fo, mwya'n byd y ma' rhywun yn 'i ddweud wrth bobl bod 'na uffern, mwya'n byd ma' pobl yn credu nad oes na'r un a mwya'n byd o gwsmeriaid 'dan ni'n 'u cael. Ma'r Bos yn deall y natur ddynol i'r dim.' 'Faint fyddwn ni eto?' holais yn ddigon ofnus erbyn hyn. ''Fyddwn ni yno mewn eiliad,' atebodd wrth i'r car stopio'n stond a chyn pen dim roedd y siwtlas yn agor y drws i mi gamu allan. 'Croeso i Uffern,' meddai, yn union fel pe bai'n rheolwr gwesty pum seren. Yn betrus, camais allan o'r car ac edrych o'm cwmpas yn araf a gofalus. Mae'n rhaid fod y siwtlas wedi gweld y syndod ar fy wyneb oherwydd gofynnodd, 'Oes rhywbeth yn bod?' 'Dydi fa'ma ddim byd tebyg i'r Uffern o'n i 'di 'i ddychmygu,' atebais, 'o'n i'n disgwyl lle poeth – wel, poeth uffernol os 'dach chi'n dallt be dw i'n 'i feddwl – a thân a brwmstan a sŵn sgyrnygu a rhincian dannedd.' 'Ma Uffern fel pob dim arall wedi gorfod addasu efo'r amser,' atebodd y siwtlas, 'a chan ein bod yn yr unfed ganrif ar hugain, mae'n rhaid i Uffern gael gwedd felly.' A dweud y gwir, roedd Uffern yn debyg iawn i barc Menter a Busnes modern. Nifer o adeiladau pedwar neu bum llawr, gyda ffenestri tywyll wedi eu gosod yma ac acw a choed a blodau wedi eu plannu'n hardd o'u cwmpas a ffordd darmac lydan yn arwain o un i'r llall. 'Ffordd yma, syr,' meddai'r siwtlas gan fy arwain i'r adeilad cyntaf â'r gair 'Derbynfa' wedi ei sgwennu uwchben y drws. Ar ôl dweud wrthyf am eistedd ar un o'r cadeiriau lledr du oedd yn britho'r cyntedd, aeth siwtlas at y ddesg i siarad â dynes gyda'r gwallt melynaf a welais erioed a mwy o baent ar ei hwyneb na ffatri Dulux. Codwyd ffôn mawr du ac ymhen dim daeth dyn bach tew, mwstasiog, yn gwisgo siwt drwsiadus ond llwyd y tro hwn a'm cyfarch, 'Croeso i Uffern, fi fydd yn eich tywys ar y wibdaith yma. A chyn i chi ofyn, 'does gan neb yn Uffern enw. Ro'n i'n arfer bod yn rhywun, neu o leia'n meddwl 'mod i'n rhywun, ond bellach dw i'n gythral o neb. Fe ddechreuwn ni i fyny'r grisia.' Ac i ffwrdd ag o yn fân ac yn fuan a minnau ar ei ôl.

Ar dop y grisiau, roedd drws dwbwl ac uwch ei ben arwydd mawr, 'Gwnewch i eraill fel y dymunwch i eraill wneud i chi.' 'Esgusodwch fi,' gofynnais, gan bwyntio at yr arwydd, 'ond fysa hwnna ddim yn fwy addas yn y lle arall, y lle na chewch chi mo'i enwi?' 'Mae o yn y fan honno hefyd,' atebodd y dyn bach tew gan lyfu ei fwstas, 'yr un egwyddor sydd i'r ddau le yn y bôn. 'Dan ni'n trin pobl fan hyn yn union fel ddaru nhw drin pobl yn eu bywydau. Mae gennym nifer o wahanol adrannau sy'n ystyried sut i gosbi pobl yn fwyaf effeithiol am eu pechodau.' 'O, dach chi'n dal i gosbi pobl, felly?' medda finna, reit frwdfrydig, 'Eu rhostio nhw'n fyw, tynnu eu perfedd nhw allan, 'u sticio nhw efo . . .' 'Rŵan, rŵan,' meddai'r dyn bach tew â'i fwstas yn mynd yn wlypach a gwlypach, 'ma'n rhaid i chi gofio ein bod ni yn yr unfed ganrif ar hugain, hawliau dynol ac ati. Mae 'na fwy nag un ffordd o gael Wil i'w wely ac mae ein harbenigwyr ni yma yn Uffern wedi dyfeisio ffyrdd llawer mwy gwaraidd o achosi poen i bobl. 'Dan ni'n dal i gredu yma mewn llygad am lygad a dant am ddant. Ond dewch, dilynwch fi. Fe ddangosaf i chi. Mi ddaw popeth yn eglurach wrth i ni fynd o gwmpas.'

Ac i ffwrdd ag o drwy'r drws dwbl i mewn i'r Adran Wleidyddol. 'Mae'r adran hon wedi ei rhannu'n ddau,' meddai, 'dyma'r rhan gyntaf.' A dangosodd stafell ar ôl stafell yn llawn o doiledau a phobl ar eu gliniau yn eu sgwrio nes bod posib gweld eich llun ynddynt. Ond unwaith roeddynt yn lân deuai dynion mewn siwtiau brown ac eistedd arnynt a gollwng y carthion mwyaf drewllyd i'w maeddu a byddai'r sgwrio yn dechrau eto. Digwyddai hyn yn un cylch di-baid. 'Be' sy'n digwydd?' gofynnais mewn penbleth. 'Gwleidyddion 'di'r rhain, tebyg i rai eich Cynulliad chi yng Nghymru, sydd wedi bod yn ei falu o trwy'u gyrfa ac rŵan ma'n nhw'n ei llnau o am dragwyddoldeb.'

Aethom yn ein blaenau i'r ail lawr a oedd yn union yr un fath â'r llawr cyntaf heblaw am un gwahaniaeth. Roedd y bobl yma'n gorfod llnau'r toiledau efo'u tafodau. 'Fe lwyddodd y rhain yn eu bywydau drwy gynffonna a llyfu,' eglurodd y dyn bach tew, 'ac, felly, 'dan ni 'di cael hyd i waith addas i'w tafodau.' Ac i ffwrdd â ni i'r ail ran. Yma, roedd neuadd enfawr ac yn ei chanol, ar lwyfan bychan, gadair ledr ddu, tebyg i'r un ar Mastermind, a golau llachar arni. Yn wynebu'r llwyfan o bob cyfeiriad, roedd rhes ar ôl rhes o bobl yn wylo'n ddirdynnol wrth ddisgwyl eu cyfle i eistedd yn y gadair i gael eu holi gan ddyn mewn siwt goch lachar. 'Be' sy'n digwydd yn fa'ma?' gofynnais. 'Gwleidyddion 'di'r bobl yma i gyd,' atebodd y dyn bach tew, 'a phan ma'n nhw yn y gadair mae'n rhaid iddyn nhw ateb yn gywir a 'does 'na ddim byd yn brifo gwleidydd yn fwy na dweud y gwir.' Ac ar hynny trodd ar ei sawdl a'm harwain allan o'r adeilad.

Uwchben y drws i'r adeilad nesaf, a oedd yn union yr un fath â'r adeilad blaenorol, roedd y geiriau 'Adran Addysg'. Ar y llawr cyntaf, dangosodd y dyn bach tew stafell ar ôl stafell o bobl naill ai'n edrych i fyny eu twll tinau eu hunain neu dwll tinau pobl eraill. 'Be' gebyst ma'r rhain yn ei wneud?' gofynnais mewn syndod. 'O, arolygwyr ysgolion 'di'r rhain, ma'n nhw 'di gorfodi athrawon i wneud hyn efo'u cynlluniau gwerthuso a hunanarfarnu di-ben-draw ac rŵan ma'n nhw'n cael y profiad eu hunain.' Aethom ymlaen i'r ail lawr lle'r oedd rhesiad o ddosbarthiadau anystywallt ac athro neu athrawes ym mhob un yn cael eu dirmygu a'u gwawdio wrth geisio'u dysgu. Roedd hi'n anhrefn llwyr ym mhob un ohonynt. 'Be' ma'r athrawon yma 'di 'wneud i haeddu hyn?' holais. 'Dim athrawon ydyn nhw,' atebodd y dyn bach tew, 'ymgynghorwyr addysg ydyn nhw, pobl ddaru ddianc o'r dosbarth am eu bod nhw'n methu dysgu a mynd i ddweud wrth athrawon beth i'w wneud. Ac rŵan, 'dan ni 'di'u rhoi nhw'n ôl yn y dosbarth.' 'Lle ma'r athrawon, 'ta – ar y llawr nesa?' Ysgwydodd y dyn bach tew ei ben a dweud, "Chydig iawn o athrawon 'dan ni'n gael yma, ma'r rhan fwya ohonyn nhw yn y lle arall na cha' i mo'i enwi.'

Aethom ymlaen i'r adeilad nesa, yr Adran Ddiwylliant a Chrefydd. Ar y llawr cyntaf, mewn neuadd enfawr, roedd rhywbeth tebyg i eisteddfod yn digwydd ac wrth i'r cystadleuwyr gyrraedd, caent eu cyfarch gan swyddogion â dagrau'n powlio lawr eu gruddiau yn rhannu tocynnau mynediad am ddim. 'Pam mae'r swyddogion yna mor anhapus a chymaint o gystadleuwyr yn mynd i'w heisteddfod?' gofynnais. 'Swyddogion yr Urdd ydyn nhw,' meddai'r dyn bach tew, 'ac mae o'n brifo'n ofnadwy i'r Urdd roi dim byd am ddim.' Arweiniodd y dyn bach tew fi i fyny'r grisiau a thrwy ddrws ag S4C arno. Yno, roedd stafell ar ôl stafell yn llawn setiau teledu a nifer o bobl wedi eu rhwymo'n sownd wrth gadeiriau o'u blaen. Roedd diflastod llwyr ar eu hwynebau, eu llygaid fel soseri wrth iddynt orfod gwylio pennod ar ôl pennod o Bobl y Cwm a rhesiad o ailddarllediadau o raglenni oedd yn wael y tro cyntaf. 'Comisiynwyr, sgriptwyr ac actorion S4C ydi'r rhain', eglurodd y dyn bach tew, 'ma'n nhw'n gorfod rhannu'r diflastod wnaethon nhw ei greu i bobl eraill.' Ar y trydydd llawr, roedd yr Adran Grefyddol. Aethom trwy'r drws i goridor gyda nifer o ystafelloedd oedd yn hollol wag. 'Yn y lle arall na chewch chi mo'i enwi, ma'r rhain i gyd siŵr o fod,' dywedais, ond ysgwyd ei ben wnaeth y dyn bach tew. 'Dim ond yr Annibynwyr sy'n fan'no. Ma' pob un o'r enwadau eraill yn gweithio i'r Bos. Mae gan bob enwad siwt o liw gwahanol. Dw i'n perthyn i'r Presbyteriaid, felly mae gen i siwt lwyd, glas 'di'r Pabyddion, brown 'di'r Eglwys yng Nghymru, melyn 'di'r Bedyddwyr, ac ati.' 'Be' am yr Efengylwyr?' holais yn chwilfrydig. 'O, ma'r Efengylwyr yn uwch na'r un enwad arall yng ngwasanaeth y Bos. Siwtiau coch sy gynnon nhw ac allan o'u rhengoedd nhw y ma'r Bos yn dewis ei gabinet.' 'Pam?' gofynnais. 'Oherwydd,' meddai'r dyn bach tew, "does 'na neb yn fwy colledig na'r un sy'n meddwl ei fod o'n gadwedig. Tyd, fe awn yn ein blaenau.'

O'r adeilad nesaf, deuai sŵn sgrechian a chrio annaearol. Yno, roedd pobl yn derbyn biliau ac yna'n gorfod estyn am eu waledi a rhoi arian i dalu'r bil cyn derbyn y bil nesa. Wrth agor eu waledi, deuai'r sgrechian mwyaf ofnadwy ac wrth roi'r arian yn nwylo cyflwynydd y bil ysgydwai eu cyrff wrth feichio crio. 'Pa adran yw hon?' gofynnais. Atebodd y dyn bach tew, 'Yr Adran Amaethyddol. Ffermwyr 'di'r rhain a 'does dim yn achosi mwy o loes i ffarmwr na thalu bil efo'i arian ei hun a'i dalu'n brydlon. Ond rydw i am ddangos un peth arall i chi . . .'

'Excuse me, luv, we're closing. Some of us have got a life to go to. It's five o'clock.' Damia, dyna fi wedi colli'r trên – dwy blydi awr o aros eto. Ys gwn i sut le fydd Uffern i berchnogion trenau. Ma' gen i syniad reit dda.

Balsebwl

Cystadleuaeth i rai sydd wedi byw yn y Wladfa ar hyd eu hoes ac yn dal i fyw yn yr Ariannin: Dygymod â'r elfennau yn y Wladfa

BEIRNIADAETH GLYN EVANS

Yn ystod fy arhosiad yn y Wladfa, bu darllen disgrifiad Eluned Morgan yn *Dringo'r Andes* o'r llifogydd a olchodd Ddyffryn Camwy ym 1899 yn brofiad ysgytwol ac mae'n debyg imi ysu am brofiad tebyg yn sgîl y gystadleuaeth hon.

Nid oes angen ond ychydig oriau yn ardal Porth Madryn, Trelew a'r Gaiman cyn sylweddoli, hyd yn oed heddiw, frwydr mor egr a wynebai'r gwladfawyr cynnar hynny ac mae'n syndod, ac yn glod, nid yn unig am iddynt ddygymod â'r wlad galed a digroeso hon ond am iddynt ei throi'n llecyn mor ffrwythlon. Mae'n stori mor anhygoel nes gobeithiwn nid yn gymaint gael gweld ei hailadrodd ar gyfer y gystadleuaeth hon ond y cawn fy nghyflwyno i wybodaeth a phrofiadau newydd. Gwaetha'r modd, nid felly y bu er imi gael cryn ddifyrrwch yn pori drwy'r pedair ymgais a ddaeth i law.

Yr wyf am sôn amdanynt yn y drefn y derbyniais hwy:

Hel Atgofion: Wrth ryfeddu rhywfaint at deitl y gystadleuaeth, mae *Hel Atgofion* hefyd yn sylwi ar ehangder y posibiliadau wrth synio beth a ddisgwylir ganddo. Hola: 'Ai adrodd hanes yr Hen Wladfawyr, tybed, yn cyrraedd i wlad ddieithr gwbl wahanol i Gymru? Mynd dros yr anturiaethau a'r ymdrechion a fu'n rhan o fywyd cynnar y Wladfa ac sydd yn ennyn ynom edmygedd dros ddewrder a dyfalbarhad ein cyndeidiau? Sôn am hinsawdd caled Patagonia?', gan benderfynu yn y pen draw ei fod am 'fynd dros fy atgofion personol'. Ac y mae gan *Hel Atgofion* gnwd o atgofion difyr yn ymwneud â sychder, llifogydd, gwynt, llwch, haul ac oerni'r wlad ryfeddol hon a'i lobsgows o elfennau wrth i dywydd a hinsawdd bendilio o un eithaf i'r llall. 'Mae'r oll yn tystio mor greulon y gall yr elfennau fod yn y Wladfa', meddai, gan ychwanegu: 'Gwlad yr eithafion ydi'r Wladfa'. Nid amlygir hynny'n well na phan fo'r llwch sy'n cael ei chwythu i bob cilfach yn troi'n fôr o fwd dros nos gyda dyfodiad y glaw.'

Pan ddywedaf fod *Hel Atgofion* yn ymdrin â'r holl elfennau hyn mewn ysgrif saith dalen, daw'n amlwg nad oes yr un agwedd yn cael ei gwyntyllu mewn manylder mawr ac, o'm profiad cyfyng i, mae hynny'n nodweddiadol o sgwenwyr y Wladfa. Hynny yw, os ein pechod ni yma yn yr Hen Wlad yw methu gwybod pryd i gau ein cegau ar ôl dechrau sgwennu, tuedd i fod yn *or*-gryno yw pechod y Gwladfawyr ac, yn achos

Hel Atgofion, mae hynny'n drueni gan ei fod yn cwta sôn am gymaint o bethau y byddwn am iddo ymhelaethu arnynt. Ond y mae'r cyfraniad yn un blasus ac eithriadol o ddifyr sy'n rhoi cip byw ar ddull y Cymry o ddygymod ag amgylchiadau adfydus.

Aderyn y Mynydd: Mae'r ymgais hon yn fwy cryno fyth – dwy ddalen a thri chwarter mewn llawysgrifen a'r awdur yn dechrau drwy ddychmygu teimladau'r Cymry cyntaf hynny wrth lanio ym Mhorth Madryn: '. . . y gwynt yn oer, y wybren yn llwyd, mor llwydaidd ag yr oedd y bryniau moelion o'u cwmpas. Y dŵr yn brin'. Arwydd o'u rhuddin yw iddynt ymwroli a threchu – a byrdwn y gwaith hwn yw na fu eu hymdrechion yn ofer: 'Mae'r cwmni bach hwnnw o'r Mimosa ymhell bell yn ôl. Ond nid ofer eu helbulon a'u llafur . . . Ac mae'r awdurdodau'n cydnabod yn fwy o hyd eu cyfraniad mawr i drefn a diwylliant ein gwlad'. Llawn haeddant deyrnged *Aderyn y Mynydd*.

Lis: Sychder, llifogydd, gwres ac oerni – pethau oedd yn mynd a dod ydoedd y rheini ond yr un peth sydd efo chi drwy gydol yr amser ym Mhatagonia yw'r gwynt – ac mae'n chwythu i ryw raddau drwy bob un o'r pedair ymgais a dderbyniais. Fel 'Brenin yr elfennau' y cyfeiria *Lis* ato. 'Boed hi'n ddydd neu nos, mae ef yn chwythu'n gyson,' meddai ond mae'n drueni nad yw'n ymhelaethu, yn manylu ac yn sôn mwy am achlysuron a phrofiadau personol yn hytrach na dim ond nodi. Fel *Aderyn y Mynydd*, dewisodd hithau ddechrau gyda digalondid y glaniad cyntaf hwnnw a'r 'syllu ar y paith diderfyn' gan fynegi eu hargyfwng yn effeithiol iawn trwy ddarlunio'r môr hallt y tu ôl iddynt a sychder maith y paith o'u blaenau a dim golwg o ddŵr croyw yn unman. Mae'n sôn wedyn amdanynt yn addasu i'w tiriogaeth newydd gyda chymorth y brodorion. Mae ganddi stori iasol am Kate yn colli ei phlentyn, Magi Fach, pan yw gwynt a llwch yn eu goddiweddyd wrth iddynt hel priciau tân ar y paith. Mwy o'r math yma o beth fyddwn i wedi hoffi ei ddarllen gan mai'r profiad personol sy'n cyfleu orau unrhyw adfyd cyffredinol. Ei chasgliad hi yw fod 'bywyd yn y Wladfa wedi ein llunio i ddygymod â'r elfennau a holl fyd natur sydd o'n cwmpas', gyda'r Cymry yn ddeheuig iawn yn bodloni ar yr hyn sydd ar gael a gwneud y gorau ohonynt. 'Yn hynod iawn ni fyddwn yn cwyno ar ein byd ond yn medru mwynhau ein bywyd am fod yr ysbryd yn llawen,' meddai gan ychwanegu: 'Mae gan ein cenedl gyfoeth ysbrydol. Ni chawsom ni – Gymry'r wladfa – erioed fywyd moethus, ond diolch am yr hyn oll rydym wedi etifeddu.'

Esyllt: Ymgais ddifyr arall i hel atgofion – y tro hwn yn ardal Tir Halen lle wynebai'r Cymry anhawster ychwanegol, ar ben gwynt, sychder, llwch, ac yn y blaen, sef y pridd yn troi'n heli. 'Fe aeth aml i ffarm yn ddiffrwyth ochos y *saltire* (tir yn mynd yn hallt ar yr wyneb) ac o ganlyniad roedd y bobl ifanc yn trosglwyddo'u ffermydd i Ysbaenwyr a mynd i chwilio am fywoliaeth i'r trefi,' meddai. Ond atgofion cyffredinol – difyr odiaeth am beiriannau dyrnu, capeli, ac ati – am fyw bob dydd yn y Wladfa sydd gan *Esyllt* ac ni theimlaf iddi gadw'n llwyr at destun y gystadleuaeth arbennig hon. Mae hynny'n drueni gan fod ganddi, yn amlwg, drysorfa o wybodaeth ddifyr.

Mewn cystadleuaeth fel hon, mae rhywun yn fwy ffodus na beirniaid cystadlaethau eraill y Brifwyl gan fod yma'r hawl i rannu'r wobr. A hynny yr wyf am ei wneud, gan annog y pedwar i ddod at ei gilydd gyda'r bwriad o grynhoi eu gwybodaeth a'u hatgofion i lunio un cyhoeddiad. Byddai'n ddifyr odiaeth.

Ond nawr rhaid gwneud syms! Gan fod *Lis* a *Hel Atgofion* yn eithaf cyfartal o ran swmp a sylwedd, yr wyf am roi £75 yr un iddyn nhw a £25 yr un i *Aderyn y Mynydd* ac *Esyllt*, gan i'r naill fod braidd yn rhy gryno ac i'r llall fethu cadw'n ddigon clòs at destun y gystadleuaeth.

IEUENCTID DAN 18 OED

Darn o ryddiaith greadigol rhwng 1,000 a 2,000 o eiriau: Y Daith

BEIRNIADAETH NON INDEG EVANS

Dros y blynyddoedd, mae gofynion y gystadleuaeth hon ar gyfer llenorion ifainc wedi amrywio. Bum mlynedd yn ôl, gofynnwyd am gasgliad o ryddiaith mewn unrhyw gyfrwng, hyd at 15,000 o eiriau, a chafwyd tri ymgeisydd. Ddwy flynedd yn ôl, gofynnwyd am gylchgrawn ysgol 4 ochr tudalen ac, unwaith eto, tri ymgeisydd a fentrodd i'r gystadleuaeth. Eleni, er mwyn denu rhagor o gystadlu, mae'n debyg, gofynnwyd am un darn o ryddiaith yn unig, rhwng 1,000 a 2,000 o eiriau, ar destun a fyddai'n siŵr o sbarduno llenorion ifainc, sef 'Y Daith'. Credwn, oherwydd gofynion y gystadleuaeth a natur y testun, y byddai hi'n gystadleuaeth gref o ran nifer ymgeiswyr. Cefais fy siomi. Mae'n rhaid nad yw'r llu o bobl ifainc dawnus sy'n cynhyrchu gwaith creadigol rhagorol yn ein hysgolion a'n colegau, yn sylweddoli bod £200 o wobr i enillydd y gystadleuaeth hon. Un darn o waith a dderbyniwyd, o eiddo *Rhys Bach*.

Stori oedd dewis cyfrwng *Rhys Bach* am ŵr ifanc, Rhys, ar ddydd angladd ei fam yn cwrdd â'i dad am y tro cyntaf ers blynyddoedd. Dechreua'r stori gyda disgrifiad effeithiol o'r galarwyr yn gadael y fynwent. Mae Rhys yn osgoi'r festri 'lle ceid gwala o sosej rôls, o frechdanau tiwna ac o de gwan', yn mynd heibio'r gwragedd 'confensiynol eu galar' ac yn dianc i dafarn Y Ring. Yna, dilynwn yr olaf o'r galarwyr, sef tad Rhys, ar ei daith o'r fynwent i'r un dafarn. Yno, mae'r tad yn datgelu pwy ydyw i'w fab ac yn egluro pam y gadawodd mor ddisymwth flynyddoedd ynghynt.

Mae'n amlwg o'r brawddegau agoriadol fod cyfoeth iaith gan yr awdur hwn ac mae'n defnyddio geirfa dafodieithol yn naturiol yn y naratif ac yn y ddeialog. Gwendid y stori yw diffyg cynildeb o ran adeiladwaith ail ran y stori, a gorddefnydd o ansoddeiriau ac o frawddegau hir, amlgymalog. Nid oedd unrhyw ddewis gan dad Rhys ond gadael ei deulu rhag mygu pawb o'i gwmpas. Dylai'r awdur hwn ddilyn esiampl ei gymeriad, cymryd cam yn ôl a dewis a dethol yn fwy gofalus. Byddai hyn yn codi ei waith i dir uwch. Serch hynny, llwyddodd *Rhys Bach* i ysgrifennu cyfanwaith trefnus, digon difyr, mewn iaith gywir, ac mae'n deilwng o'r wobr.

Y Darn o Ryddiaith Creadigol

Y DAITH

Bob yn ddau a thri, ymlwybrodd y dorf fechan allan trwy adwy gul y fynwent. Sychodd ambell un ddeigryn ola'r dydd o'u llygaid, cyn gwthio'u hancesi papur crychiog yn ôl i'w pocedi tyn, tywyll, gyda dagrau galar undydd yn sychu yn y papur. Aeth rhai yn araf ofalus yn ôl i glydwch y festri lle ceid gwala o sosej rôls, o frechdanau tiwna ac o de gwan. Ambell un yn llithro'n ôl i gar sgleiniog, codi llaw er mwyn i'r neb sy'n digwydd edrych feddwl ei fod yn ei gyfarch cyn taro'i gerbyd byddar i gêr a hofran i ffwrdd heb i'r injan ddangos dim cynnwrf. Rhywrai eraill yn troi ger y ciosg a'r safle bws a brysio adref ar hyd y llwybr bach. Ac un yn brasgamu o flaen y dyrfa i gyd, yn tanio sigarét ac yn ceisio dianc o flaen yr henwyr carcus eu cam. Heibio i'r capel, heibio i'r dŷ'r Sais ar y gornel, heibio i'r tai cyngor llwydion unffurf a'u posteri *Legalize Cannabis*, heibio i'r fenyw feichiog oedd yn ceisio dilyn y cynhebrwng o ffenestr ei hystafell fyglyd, a heibio i dristwch y siop a'r sgwâr gyda'r caniau lager yn coroni'r barrau alwminiwm.

Syllodd y gweddwon a'r hen ferched – nad ydynt ond hanner ffordd i lawr yr allt – arno'n mynd. Gafaelsant yn dynnach ym mreichiau'i gilydd gan ysgwyd eu pennau a thwt-twtian yn ddistaw heb yngan ungair rhyngddynt. A hwythau'n gonfensiynol eu galar, wedi hen arfer â chydymdeimlo ac ysgwyd llaw a chyffwrdd y profedig foch-ym-moch a drachtio'u paneidiau a bwyta'u cacennau stêl fel y gwnâi gweddill y confensiynolwyr, ni allent dderbyn bod gan Rhys ei ffordd anghonfensiynol ei hun o ddelio â marwolaeth ei fam. Wrth iddo groesi trothwy'r Ring, edrychodd y ddwy barchus, alarus araf, ar ei gilydd cyn i un adrodd yr un llinell hirddisgwyliedig:

'Be' ddeith ohono fo, dudwch, Catrin Ŵan?'

'Dwn i ddim wir. Dwn i ddim.'

*   *   *

Fo oedd yr olaf i adael y fynwent. Bu'n hofran o amgylch y beddau gyda'r gwynt heli'n codi'i gôt ddu, hir, i ddangos y trowsus lliw glo o dani. Roedd yn drwsiadus – ei esgidiau'n sgleinio fel sylltau, y plyg yn ei drowsus fel llafn, tei sidan du fel ffordd trwy eira'r crys, sgarff wlân ddu i'w gweld yn lapio am ei wddf a'i wallt hanner-brith wedi'i ffurfio'n ddestlus gan ormod o saim i ddyn o'i oed. Roedd o rhwng y deugain a'r hanner cant, ac yn ddyn cefnog yn ôl ei olwg. Gan fod gwawr dywyll yn sbectol y gŵr, ni ellid gweld ei lygaid yn iawn. Roedden nhw, i'r neb a fynnai wybod, yn goch a dolurus gydag ôl wylo maith arnyn nhw.

Dilynodd y dyn y praidd hynafol trwy borth y fynwent ac i lawr yr allt i'r pentref. Wrth iddo weld y pentref hwnnw yn ei gyfanrwydd, a'i brydferthwch cerdyn-post yn llaith a diflas, gallai deimlo'r atgasedd a'r rhagrith a weai o un tŷ i'r llall, teimlo'r cecru a oedd yn rhewi'r pentref i'w sail a chlywed yr anoddefgarwch a drydanai'r aer. Gofynnodd y gŵr un cwestiwn iddo'i hun – pam fyddai neb eisiau symud i'r fath le? Pam fyddai unrhyw un eisiau dod i'r pentref hwn, i ganol ei ddilorni a'i blentyneiddiwch?

Estynnodd y gŵr i mewn i boced fewnol ei gôt fawr. Teimlodd ddwy haen o blastig yn llithro yn erbyn ei gilydd, a thynnodd y paced gwyrdd allan. Wrth i'r *Golden Virginia* ddechrau sawru'r awyr o'i gwmpas, agorodd y gŵr y paced cyn twrio y tu mewn iddo am ei baced o bapur Risla. Gan ei fod wedi hen arfer rowlio sigarét wrth ruthro i'w gar yn Nulyn lawog, nid oedd fawr o dro nes iddo gynhyrchu sigarét foldew, rhoi honno yn ei geg a'i chynnau â'r taniwr arian mawr. Cafodd flas wrth lowcio'r mwg, gan basio eglwys y pentref mor gyflym a phroffesiynol yr olwg â phe bai'n goddiweddyd y degau alcoholiaid crwydrol ar strydoedd ei ddinas wrth iddo wibio heibio i'r siopau a'r swyddfeydd tywyll i'w fflat. Rhyddhaodd dalpiau o fwg gwyn a hwnnw'n cael ei sgubo i ffwrdd gan y gwynt main, llaith. Wedi swalo neu ddwy helaeth eto, lluchiodd y gŵr hanner ei sigarét i'r llawr, a buan y diffoddodd lleithder y llawr ei blaen orengoch.

Aeth y gŵr yn ei flaen â phwrpas a bwriad yn ei gam. Trodd i mewn i'r Ring oedd yn cysgodi'r stryd o dani yn fygythiol o gawraidd.

*   *   *

''Sgynnoch chi ddim isio peint arall, ma' hi'n amlwg.'

'Y?'

'Peint.'

'O, ia, diolch. Mi dala i'n ôl, ylwch . . .'

'Anghofiwch o.'

'Diolch. Oes 'na jians am rwbath bach yn 'i lygad o, hefyd?'

'Ydach chi'n siŵr eich bod chi angen hynny?'

'Prynwch fel y mynnoch chi.'

149

Wrth i'r gŵr dieithr a gerddodd i mewn ymgomio'n ddiamynedd â'r gasgen o ferch oedd y tu ôl i'r bar, cafodd Rhys gyfle i edrych yn iawn arno. Dyn golygus a digon o gefn ganddo, yn amlwg. Ond a Rhys wedi dianc o safn yr henwyr am beintyn tawel, doedd ganddo fo fawr o 'mynedd â dyn yr arian. Ar ôl prynhawn o geisio dangos wyneb priodol, doedd ceisio ymresymu â deallusyn ddim yn un o'i ddyheadau. 'Ta waeth, mentrodd holi.

'Yn y c'nhebrwng y buoch chi, mwn.'

'A chitha, yn naturiol.'

'Mi wyddoch chi pwy ydw i, felly.'

'Uffarn o beth.'

'Hawdd i chi siarad.'

'Mi wn i sut wyt ti'n teimlo. Gollis i fy mam yn ddeunaw, a 'nhad yn fuan wedyn. Yr holl beth yn ormod iddo fo. C'radur.'

'Mi gawsoch chi 'nabod eich tad, on'do? Sgin i ddim co' o 'nhad fy hun o gwbwl.'

'Ma'n rhaid bod rhywbath wedi aros hefo chi – rhyw atgof?' Trawyd y gŵr.

'Dim, cofiwch. Ffac ôl,' meddai Rhys, a holi cyson y gŵr yn ei boeni erbyn hyn. Na, doedd o ddim yn cofio'i dad – a doedd ganddo fo ddim cywilydd o hynny o gwbwl.

'Pa fusnas ydi o i chi, beth bynnag?'

'Galw fi'n ti.'

'Pam y dylwn i?'

'Wyt ti'n cofio'r dyddia hynny pan oedd pum miliwn megaddernyn yn fawr i ffôn?'

'Mi oedd fy ffôn cynta' i yn bump a thri chwarter.'

'Gwranda, Rhys, ma gen i rwbath i'w ddangos i chdi. Does 'na neb wedi cael gweld hyn gen i o'r blaen. Dwn i ddim yn iawn os ydw i'n gneud peth call yn ei ddangos o rŵan. Ond ma'n rhaid i mi neud. Hynny neu dagu,' meddai'r gŵr a'i lais yn crygu. Tynnodd ffôn symudol o'i boced, a'i osod ar y bar o flaen Rhys.

'Neis,' meddai hwnnw.

'Waeth i ti befo pa mor neis ydi o. Yr hyn sydd ar go' a chadw ynddo fo sy'n bwysig.'

Aeth y gŵr i grombil y ffeiliau a gadwai, teipio côd neu ddau, cyn troi'n ôl at Rhys.

'Yli!' ebychodd. 'Yli del w't ti!'

*   *   *

'Ond pam, Da . . . Owain?'

'Cwestiwn anodd,' meddai yntau, a phlygu yn ei flaen ar y soffa. Tynnodd ei sbectol a'i rhoi ar y bwrdd bach wrth ei ymyl. Rhwbiodd ei lygaid, yna codi'i ddwylo a'u rhedeg trwy'i wallt.

'Mae 'na ddigon o amsar. Ateba fo.'

'Mi o'n i'n teimlo 'mod i wedi afradu cyfla,' mentrodd. ''Taswn i wedi gneud yn fawr o'r cyfla ges i, mi fysa petha'n wahanol ond mi o'n i'n credu 'mod i wedi dy fradychu di a Dawn Cyfarwydd. 'Allwn i ddim byw hefo hynny.'

'Ond pam na fysat . . . ti wedi rhoi cyfla arall i chdi dy hun? Doeddat ti ddim yn caru digon arni hi – ac arnaf finna – i drio eto? Roeddat ti'n 'nabod Mam – dw i'n meddwl – felly, mi rwyt ti'n gwbod cystal â finna y bysa hi wedi dy gymryd di'n ôl heb edliw na disgwl dim yn ôl ond cariad.'

'Bysa, a dyna oedd un o 'mhroblema fi. Ei gweld hi'n diodda oherwydd fy ngwiriondab i heb gwyno dim, a gwbod am y cariad anhygoel oedd ganddi tuag ataf fi. Do'n i ddim yn teimlo 'mod i'n haeddu'r cariad hwnnw, a 'sgen ti ddim syniad faint ro'n i'n fy nghasáu fy hun am hynny.

'Y bora y penderfynis i y byddai hi'n decach i dy fam gael dy fagu di heb fy nghysgod i drosoch chi, mi oedd hi wedi bod yn hegar y noson cynt. Mi ddes i o'r Plu yn hwyr – rhy hwyr o beth cythral – yn feddw ac yn rhy llafar. Roedd Dawn a chditha yn ista ar y soffa, a phan ddes i i mewn yn fawr a heglog, mi welis i'ch wynebau chi'n ddiniwad a pherffaith wyn. Roeddwn i fel bwgan drosoch chi, a'r noson honno fe welis i gysgod o ofn yn ll'gada Dawn am y tro cynta erioed.

'Roedd y syniad o fod wedi codi ofn ar fy nghariad fy hun, mam fy mhlentyn, wedi 'nychryn i. 'Allwn i ddim stumogi na wynebu'r peth a dyma fi'n rhuthro i'r llofft yn syth 'fatha plentyn bach wedi pechu'n erbyn ei fam. Dw i ddim yn cofio Dawn yn dod i'r gwely'r noson honno, a rhwng dau olau'r bora mi wnes i sylweddoli cymaint o lanast ro'n i wedi'i neud.

151

Dwn i ddim a oedd diod y noson cynt yn gweithredu drosof fi ond mi bacis i ddigon o ddillad, gobeithio bod 'na ddigon ar y cardyn pres, a throi trwyn y car am Gaergybi. 'Alla i ddim dychmygu sut brofiad oedd hwnna i dy fam – clywad y drws yn cau a gorfod crwydro i'r llofft i weld y gair o esboniad yr o'n i wedi'i baratoi a'i adael ar y gobennydd. Ond, rywle yn ddwfn y tu mewn i mi, mi wyddwn i mai fy ngweithred fyrbwyll i oedd y peth caredicaf y gallwn i ei wneud.

'O aros adra, mi fyddwn i'n mygu Dawn, dy fygu di, a'm mygu fy hun yn y diwedd. Roedd yn rhaid i mi adael – pe bawn i heb fynd, mi fyddai'r un patrwm o gaethiwed a phoenyd yn dal i fynd yn ei flaen gan y gwyddwn i na allwn i ddim gwrthod y botel.

''Ti'n gweld, Rhys? Elli di ddallt pam y g'nes i'r hyn wnes i?'

'Mae o'n rhy gymhleth i noson fel heno. Dad. Ond . . . ond pam na fasach chi wedi dod yn ôl ynghynt?'

'Mi ddes i. Lawar gwaith. Ond mi fethis i gnocio ar y drws – dim digon o blwc. Mi sgwennis i lythyrau rif y gwlith, hefyd – maen nhw i gyd gen i yn y car. Yn y rheini y cei di weld sut brofiad oedd o i mi go-iawn.'

'I'r Ring?'

'I siarad hefo'r tipyn Sais 'na? Ydi'r Ffeddars yn 'gorad y dyddia yma?'

*   *   *

Yn y Plu, roedd hi'n gynnes. Llenwodd y dafarn yn ara' bach, a lluchiwyd tomen o lo ar y tân noeth. Wrth i'r cwrw lifo'n rhwydd, ac wrth i ffyddloniaid y fro gyrraedd, cynyddodd y sŵn a'r clegar. Trawyd cardiau ar un bwrdd, a hen, hen lyfr ar un arall. Codai'r mwg i'r nenfwd, ac wrth i'r emyn cyntaf gael ei daro, meddiannodd yr un hen ysbryd yr ystatell eto.

Daeth dau i mewn, ac eistedd ar y ddwy gadair oedd ar ôl wrth y bwrdd. Aeth Rhys at y bar gan fwynhau sgwrs â Chymro glan gloyw ei Gymraeg. Wrth iddo ef archebu dau Guiness, bu'n rhaid i'w dad ysgwyd dwylo dirifedi – ei bobl ei hun yn ei groesawu yn ôl i'w fro. Ambell un yn betrusgar ac anniddig i dechrau o gofio ac adnabod Dawn, ond pob un yn y diwedd yn ei groesawu'n ei ôl. Cofiodd Owain yr hen alawon fesul un, cofiodd gariad a miri'i ieuenctid ac edrychodd i wyneb Rhys â'r un gobaith ac â'r un dyheadau ag ugain mlynedd ynghynt.

Rhys Bach

ADRAN COMISIYNU YR EISTEDDFOD

Nofel i blant tua 7-9 oed

BEIRNIADAETH MAIR WYNN HUGHES

Disgwyliwn storïau rhwydd i'w darllen gyda chymeriadau o gig a gwaed y gallai'r darllenydd uniaethu â hwy. Yn bennaf oll, disgwyliwn storïau gafaelgar a fyddai'n denu'r darllenydd ieuanc i ganlyn ymlaen â'r stori.

Nid gwaith hawdd ydi sgrifennu i'r oedran yma. Mae'n rhaid i'r stori symud ymlaen yn foddhaol, gyda sefyllfaoedd derbyniol yn llawn symud a chyffro; mae'n rhaid i'r iaith fod yn syml ond eto'n ymestyn geirfa'r darllenydd ac, yn anad dim, mae'n rhaid i'r awdur fyw'r stori wrth ei hysgrifennu, nid ei hadrodd trwy ei lygaid ef.

Mae cymysgedd dethol o ddeialog a naratif yn bwysig. Mae modd boddi'r darllenydd mewn deialog di-ben-draw nad yw'n arwain i unlle; yn yr un modd, gall paragraffau hir o naratif bellhau'r darllenydd oddi wrth y stori.

Daeth chwe chynnig i law.

Alis: 'Be 'di'r ogla 'na?'. Aled sy'n adrodd y stori. Mae ef a'i efaill, Aron, y ddau'n naw a hanner oed, yn aros gyda'u Taid a'u Nain heb fod nepell o lan y môr. Mae Taid a Nain yn ofalus iawn ohonyn nhw. Mae'r plant yn ymuno â chriw o blant ar y traeth, a chawn hanes Aron yn dringo'r creigiau, a'r Ambiwlans Awyr yn ei achub. Daw sôn am hen adeilad a'i gyfrinach yn yr amlinelliad. Mae pytiau o ddeialog da yma ac acw ond, ar y cyfan, teimlaf mai sefyll o'r tu allan y mae *Alis* wrth sgrifennu'r stori. Gellid gwneud antur y dringo yn llawer mwy cynhyrfus.

Clysgafn: Y Gambo Goch'. Mae thema'r nofel yn un addas iawn ar gyfer byd ffermio heddiw, sef y rheidrwydd i arallgyfeirio. Yma, mae'n rhaid i Ewyrth Jim ystyried hynny wedi i'r gwaith glo brig gymryd tir ei fferm. Cawn y stori trwy lygaid Gwilym, bachgen naw oed. Ei syniad ef a'i ffrind yw defnyddio'r gambo i gludo ymwelwyr draw at Lyn Berach. Teimlaf fod gormod o drafod yma, a'r ymgom yn tueddu at fod yn hen ffasiwn weithiau. Cawn ddywediadau fel 'gallaf weld eich pwynt' ac 'mae'n fenter a all dalu'n dda'. Dyma bennau hen ar ysgwyddau ifanc! Mae awgrym o gyffro yng ngweddill y stori. Ond, fel y mae, nid yw'n taro deuddeg.

Parc: 'Sglods Blods.' Teitl sy'n argoeli'n dda a dechreuad addawol gyda deialog bywiog. Cawn ddigwyddiadau doniol, a symud cyflym ac addawol o dro i dro. Hanes siop sglodion teulu Fflur sydd yma ac fe ddarlunnir awyrgylch prysurdeb y paratoi a'r coginio yn dda. Yn y rhan hon, ceir deialog bywiog a chredadwy ar brydiau. Ond mae ambell ddisgrifiad yn arafu'r stori. Hoffais ddywediadau fel 'cath yn gorwedd yn grempog' a 'pysgota basged orlawn o'r saim'. Mae deunydd stori dda, lawn hiwmor yma ac amlinelliad yn addo digwyddiadau cyffrous.

Gwern: 'Newid Byd.' Mae'n rhaid i rieni Nia a Rhys werthu'r fferm a symud i fyw i dŷ cyngor yn y dref. Symudiad cloff sydd i'r stori ar brydiau ond cawn ddeialog bywiog a disgrifiad effro o'r arwerthiant a llais yr arwerthwr yn mynd trwy'i bethau wrth gynhesu'r dyrfa. Mae angen cyfleu teimladau trist chwalfa o'r fath ond eu disgrifio a wna *Gwern*. Byddai modd datblygu'r 'bwlio' a chynhyrchu stori werth chweil.

Jac: 'Yr Ymerawdwr Porffor.' Mae'n gas gan Jac Yncl Bob, ffrind ei fam. Y fo oedd achos ymadawiad ei dad. Cafodd Yncl Bob swydd yng Nghaerdydd ac mae'r fam a'r plant yn symud yno hefyd. Hanes yr hanner ymdopi yn ei gartref newydd a'r golled a deimla wedi iddo ryddhau ei hoff löyn sydd yma. Ond daw gwaredigaeth yn y diwedd, ac Yncl Bob yn gadael a hwythau am symud yn ôl i'r Gogledd. Mae'n amlwg bod yr awdur yn ymddiddori mewn cadw glöynnod byw ac yn deall ei faes i'r dim. Er bod peth deialog da yma ac acw, araf iawn yw rhediad y stori gan amlaf.

Chwarae Plant: 'Huw a'i Gyfrifiadur Hud'. Mae'n rhaid i Huw ddiffodd ei gyfrifiadur ond mae rhywbeth o'i le arno, a phedwar dewis yn ymddangos ar y sgrîn – adeiladu dinas, mynd i wlad hud a lledrith, rheoli tîm rygbi, a chasglu sêr o gwmpas y lle. Y ddau ddewis cyntaf a gawn yma. Mae angen cyflymu cryn dipyn ar y stori a chael gwared o rai o'r cymeriadau, hefyd. Y rhannau ffantasïol yw'r rhai gorau o ddigon.

O'r chwech, stori *Parc*, 'Sglods Blods', sydd ar y blaen. Mae rhagoriaethau yn y gwaith ond bydd yn rhaid i *Parc* ailwampio lle bo angen. Mae rhinweddau amlwg yn y stori a gobeithiaf dderbyn nofel werth chweil maes o law.

Dyddiadur dychmygol ysgafn i oedolion wedi'i seilio ar fywyd o ddydd i ddydd mewn swydd neu waith arbennig

BEIRNIADAETH MELERI WYN JAMES

Llongyfarchiadau i'r Eisteddfod am gynnig comisiwn gyda thestun mor ddifyr. Rwy'n siŵr y byddai llawer o ddarllen ar ddyddiadur â chefndir gwaith oherwydd yr un yw'r pryderon a'r rhwystredigaethau beth bynnag yw'r swydd.

Fe ofynnwyd am sampl o 10,000 o eiriau ac amlinelliad o'r gweddill ac fe ddewiswyd lleoliadau diddorol a llawn addewid gan y tri chystadleuydd. Fodd bynnag, nid yw sefyllfa ddifyr yn ddigon i greu dyddiadur difyr. Mae angen cymeriadau crwn, cofiadwy ac apelgar a stori linynnol sy'n creu archwaeth ar y darllenydd i fynd yn ei flaen.

Yfwr Llon: 'Dyddiadur dychmygol ysgafn'. Cawn sefyllfa ddifyr a chymharol newydd i'r farchnad lyfrau Gymraeg wrth i ni fynd i fyd rheolwyr tafarn sy'n teithio o le i le yn rhoi trefn ar bethau. Rydym yn cyfarfod â myrdd o gymeriadau ar y ffordd – cymaint, yn wir, nes i'r darllenydd golli diddordeb braidd oherwydd nad yw'n cael amser i greu ymlyniad emosiynol gyda llawer ohonyn nhw. Mae yma ymgais i greu tyndra gyda'r gofid cynyddol am salwch Elin, ein prif gymeriad, ond mae'r cwyno am iechyd yn mynd braidd yn feichus ac mae ôl brys ar yr adrannau diwethaf sy'n fwyfwy cwta wrth fynd ymlaen. Mae yna duedd i'r dyddiadur fynd yn rhestr o bethau y mae Elin a Pat, ei gŵr, wedi bod yn eu gwneud yn hytrach na chyfres o olygfeydd y gall y darllenydd eu cyd-brofi a'u mwynhau. Does dim digon o gig i amlinelliad gweddill y stori ac awgrymaf bod yr awdur eisoes wedi gadael y gath allan o'r cwd ynglŷn â 'syrpreis' beichiogrwydd Elin.

Sheila: 'Dyddiadur Emma Wyn'. Gweithwraig gymdeithasol yw Emma Wyn ac mae ei gwaith yn dir ffrwythlon ar gyfer helyntion o bob math. Mae ffeil ffeithiau Emma yn dweud yn blwmp ac yn blaen ar y dechrau nad yw'n chwilio am ddyn nac eisiau colli pwysau – ac, felly, nad yw am ddilyn ôl traed Bridget Jones. Ond, buan y mae'n anghofio hynny pan mae'n cyfarfod â Seimon ac mae cymharu ei hun â lwmpyn o lard yn awgrymu nad yw'n dweud y gwir i gyd am ei hagwedd at ei phwysau 'chwaith!

Mae *Sheila* yn ysgrifennu'n rhwydd ac mae hiwmor da mewn rhai o'r sefyllfaoedd – e.e., pan mae Emma'n mynd i'r tŷ anghywir ac yna'n cyhuddo'r Mr Jones go iawn o *dementia* am nad yw'n cofio'i gweld! Mae potensial yn y cwrs ar henoed a rhyw hefyd. Mae'r awdur ar ei orau pan mae'n ymatal. Ond mae tuedd iddo adael i'w ddychymyg redeg yn rhemp ac mae rhai o'r golygfeydd digri yn colli eu blas oherwydd y duedd i or-ddweud – a hynny mewn ffordd ddi-chwaeth ar brydiau. Mae yma gymeriadau da hefyd – Lowri, cyn-fwli ysgol, sydd nawr yn ysgrifenyddes i Emma a Wendi, Barbie fronnog a chegog o fenyw.

Mae yma egin dyddiadur difyr iawn ond byddai *Sheila* ar ei hennill pe bai'n ffrwyno tipyn bach ar ei dychymyg ac yn ailddarllen y cyfan gyda llygaid beirniadol – a pharodrwydd i dorri. Mae'r amlinelliad yn dangos addewid ac fe allai'r datgeliad am gyflwr iechyd meddwl Seimon ddod fel sioc hyfryd i'r darllenydd a modd i Emma ddysgu gwers bwysig yn ei thaith bersonol.

Y Ferch yn y Neilon Hardd: 'Elin Huw a'r Ffordd Saff'; Mewn archfarchnad ym Mae Colwyn y mae Elin Huw yn treulio'r haf ar ôl pasio'i lefel 'A' a hynny er mwyn cynilo arian ar gyfer taith i'r India. Mae'r cyfan yn dechrau'n addawol a hoffais y pedair Sue sy'n goruchwylio'i gwaith – Sue Fawr (digon nobl i'w rhannu), Sue Oren (braidd rhy hoff o'r gwely haul), Sue Swil (methu cau ei cheg) a Sue Slei nad yw'n hoffi Elin am iddi guro'i merch yn y prawf adnabod bara. Trueni nad yw'r cymeriadau a'r hiwmor ysgafn yma'n cael eu datblygu ymhellach. Unwaith eto, mae'r awdur wedi dewis sefyllfa ddiddorol gyda digon o botensial ar gyfer dyddiadur hwyliog iawn ond nid yw'n gwneud y gorau o'r deunydd. Mae yma ddiffyg llinyn storïol cryf a thuedd i adrodd digwyddiadau digon diddim ar draul creu sefyllfaoedd a fyddai'n hoelio sylw'r darllenydd. Mae angen mwy o gig i'r amlinelliad os yw'r awdur am ddal ein sylw at y diwedd.

Mae'r tri awdur yn dangos addewid ac mae i bob un ymgais ei chryfderau a'i gwendidau. Yn y pen draw, nid oeddwn yn teimlo bod yr un wedi cyrraedd y safon a ddisgwylid mewn cystadleuaeth genedlaethol fel hon. Felly, gyda chalon drom ac anogaeth i'r tri fynd ati i gribinio, rwy'n atal y wobr.

ADRAN DRAMA

Drama hir agored o leiaf awr a hanner o hyd neu: **Cyfres o ddramâu** ac iddynt gysylltiad, y cyfanwaith o leiaf awr a hanner o hyd

BEIRNIADAETH T. JAMES JONES A GERAINT LEWIS

Arf pwysica'r theatr yw'r gair ac fe ddylai'r dramodydd ei ddefnyddio â'r un weledigaeth gyffrous a choethder crefftus â bardd neu lenor. Credwn mai cydnabod hyn a ysgogodd yr Eisteddfod i gynnig y Fedal Ddrama i anrhydeddu'r dramodydd gorau yn y ddwy gystadleuaeth ysgrifennu drama. Roedd hi'n hen bryd adfer statws priodol i waith y dramodydd fel yr oedd hi pan gynigid Tlws y Ddrama. Yn ein barn ni, dylai gwaith enillydd y Fedal Ddrama gael ei gydnabod yn gyfuwch o ran crefft a champ â phrifardd y Gadair neu'r Goron, neu brif lenor y Fedal Ryddiaith.

Er derbyn tair drama ar ddeg, siomedig yw'r safon yn gyffredinol. Prin iawn yw'r defnydd dychmygus o dechnegau llwyfan ac o'r rhyddid hyfryd y mae'r llwyfan yn ei gynnig i ddramodydd ddweud ei stori. Oni ddefnyddir iaith sathredig i bwrpas wrth gymeriadu, ni ddylid esgusodi tlodi mynegiant. Gwaetha'r modd, roedd y gwendid hwn yn rhy amlwg mewn amryw o'r sgriptiau. Ni chawsom, 'chwaith, yn y mwyafrif llethol o'r cyfansoddiadau, ein cyffroi gan uchafbwyntiau tyndra gwrthdaro, nac ychwaith ein hysgogi i wirioneddol gydymdeimlo â chymeriad.

Deulwyn: 'Tŷ o Gardiau'. Digwydd yr holl chwarae yn stydi Elwyn Thomas, aelod o'r Cynulliad. Tynged bythynnod y mae'r cyngor lleol am eu meddiannu yw'r prif bwnc. Fel is-thema, datgelir perthnasau pobol â'i gilydd gan gynnwys perthynas lesbaidd. Mae'r dialogi'n lân o ran ieithwedd ac idiom ond braidd yn ddi-liw yw'r mynegiant ar y cyfan. Teimlwn, hefyd, fod yr ymdriniaeth wleidyddol yn ogystal â'r gwrthdaro personol yn arwynebol.

Wastad ar y tu fas: 'Talu'r Pris yn Llawn'. Bwriad yr awdur yw darlunio bywydau pedwar cymeriad dros gyfnod o ymron ddeng mlynedd ar hugain. Ceisir gwneud hynny mewn tri deg saith o olygfeydd gan ddefnyddio un deg pedwar lleoliad. Oherwydd strwythur episodig y ddrama sy'n peri i actorion newid lleoliad a sefyllfa ynghyd â gwisg mewn chwinciad, byddai ei llwyfannu yn dipyn o her i gynhyrchydd! Credwn mai cyfrwng ffilm a fyddai'n gweddu'n orau i ofynion y stori. Edmygwn synnwyr digrifwch y dramodydd wrth gymeriadu ond y mae'r dialog yn aml yn colli'i naturioldeb oherwydd yr orfodaeth i or-egluro sefyllfa.

Iolen: 'Dyn a Chyd-ddyn'. Gellir darllen y sgript mewn tua hanner awr gan mai dim ond rhyw ddeugain tudalen yw hi. Eir â ni i amryw o leoliadau yn Jeriwsalem adeg croeshoelio Iesu Grist. Y mae ôl ymchwil manwl ar y gwaith ond ni cheir unrhyw weledigaeth newydd ar y stori gyfarwydd (er y ceisir gweu rhai adleisiau o ryfel diweddar Irác i'r naratif – yn aflwyddiannus, yn ein barn ni.). Ac oherwydd ei byrder, nid yw'r ddrama'n addas ar gyfer y gystadleuaeth hon.

Pera: 'Yng Nghysgod yr Eos'. Drama wedi'i seilio ar hanes Betsi Cadwaladr (Elisabeth Davies) pan oedd yn gweinyddu fel nyrs yn rhyfel y Crimea (1853-56). Ceir ynddi tuag ugain o gymeriadau. Y mae angen golygu, yn enwedig ar yr hanner cyntaf oherwydd y cyfan sy'n digwydd yn y rhan honno yw Besti ac eraill yn ceisio cael perswâd ar Florence Nightingale i'w hanfon i'r Crimea. Hefyd, mae angen creu mwy o amrywiaeth yn strwythur y ddrama gan mai sgwrs rhwng dau gymeriad yn unig yw'r mwyafrif llethol o'r golygfeydd.

Berach: 'Cenhinen Ddu'. Comedi hen ffasiwn ei harddull yn ceisio adrodd hanesyn syml am ŵyr i bregethwr, sydd yn ei fedd ers blynyddoedd, yn anfon stori *risque* o eiddo'r pregethwr i gystadleuaeth ar raglen deledu. Y mae'r cymeriadu'n rhy arwynebol ac, o'r herwydd, ni lwyddir i greu stori wironeddol ddramatig o'r sefyllfa.

Bili: 'Chwarae Tŷ Bach'. Ceir yn y ddrama hon rai rhinweddau. Mae'r dramodydd yn sicr yn meddu ar y gallu i greu golygfa sy'n llawn tyndra. Y mae i'r ddrama bedwar cymeriad, mam a'i dwy ferch a chyn-ŵr y fam. Efallai y bydd y disgrifiad yna'n datgelu rhywfaint o'r plot. Ni ddatgelwn ychwaneg gan fod troeon annisgwyl yn y stori. Yn sicr, y mae'n werth bwrw ati i ail-sgrifennu'r sgript. Y mae angen saernïo sylweddol ar y dialogi mewn mannau ac efallai ailystyried gwerth priodas un o'r merched yn yr hanes. Ar hyn o bryd, mae'r briodas yn digwydd o fewn ffrâm y stori, ond gan nad eir â ni iddi, y mae hynny'n creu rhywfaint o rwystredigaeth ynom. Tybed a oes angen y briodas fel catalydd i'r stori?

Twm Twajyri: 'Rhywun'. Y mae gan y dramodydd hwn ddawn i greu cymeriad diddorol a sefyllfa gyffrous. Ond y mae'n euog o esgeulustod yn gyson, gan fod y sgript yn frith o wallau elfennol. A dyma ymgais arall sy'n rhy fyr i gwrdd â gofynion y gystadleuaeth hon. Ni chymerai ond tua deugain munud i'w pherfformio.

Ffenics: 'Lli Awst.' Gwendid hollol wahanol sydd yn y gwaith hwn. Yn ein barn ni, y mae'r ddrama'n rhy eiriog o lawer. Dylid ei thynhau a'i golygu er mwyn amrywio tempo golygfeydd. Ar hyn o bryd, fe geir gormod o olygfeydd hirfaith rhwng dau gymeriad. Y mae i'r gwaith ei uchafbwyntiau ond teimlwn fod angen cwtogi ar y rhagymadroddi rhyngddynt. Wedi dweud hynny, teg yw nodi bod gan y dramodydd droadau ymadrodd trawiadol a'i fod yn sicr yn meddu ar y ddawn i roi cyfoeth ei dafodiaith i'w gymeriadau. Tra derbyniwn y ddyfais a bair i'r Saeson siarad Cymraeg, teimlwn y dylid bod wedi ceisio creu rhyw fath o iaith lafar a fyddai'n eu gwahaniaethu oddi wrth y Cymry brodorol.

Eleri: 'Y Cythreuliaid'. Mae gan yr awdur ddawn, o dro i dro, i greu awyrgylch effeithiol, i ddefnyddio eironi i bwrpas dramatig ac i ddyfeisio ambell uchafbwynt cyffrous. Rhan orau'r ddrama yw'r epilog, sy'n cynnwys cyfres o fonologau. Ond, yn gyffredinol, y mae'r dialogi'n ystrydebol, a'r angen i egluro'r sefyllfa yn peri i'r dialog golli ei naturioldeb a'i gredinedd.

Hauptmann: 'Gwreichion'. Drama wedi ei seilio ar ddigwyddiadau Penyberth 1936. Honna'r dramodydd iddo fabwysiadu arddull a thechnegau theatr epig Brecht gan amcanu addysgu yn ogystal â diddanu. Defnyddir tua saith deg o gymeriadau ond awgrymir y gall y rhain gael eu cyfleu gan gyn lleied â phymtheg actor. Credwn fod hyn yn anymarferol gan y byddai o leiaf wyth yn y corws ynghyd â'r angen i gadw'r tri actor sy'n chwarae rhannau Saunders Lewis, Lewis Valentine a D. J. Williams yn gyson yn y cymeriadau hynny drwy'r chwarae (fel yr awgryma'r dramodydd). Ni welwn fod angen cynifer i gyfleu'r stori. Y mae hi'n amlwg i'r dramodydd wneud ymchwil manwl i'r hanes ond nid yw wedi dethol o'i ymchwil yn ddigon llym. Amlygir hyn yn gynnar yn y sgript pan geisir cyfleu protest Plaid Cymru a'r Bedyddwyr yn ogystal â phobol ar y stryd yn erbyn bwriad y llywodraeth. Y mae angen dethol llymach ar y protestiadau hyn. Ac fe geisir sefydlu gwrthdaro wrth restru catalog o wahanol sloganau ac ychwaneg o gyfarfodydd protest. Y mae'r cyfan yn ormod o bwdin. Ac ofnwn fod y safon yn dirywio'n enbyd bob tro y cenir un o ganeuon y corws. Rhag gwastraffu gormod o ofod, wele enghraifft o safon y caneuon:

> Mae'r fatsen wedi ei tharo,
> Mae'r fflamau yn codi yn Llŷn;
> Gwŷr yn cadw oed gyda phentwr o goed
> I wneud eu marc yng ngwrthdystio dyn.

Y Chwaer Binc: 'Creithiau'. Yn y gwaith hwn, fe welwn safon y gystadleuaeth yn codi. O leiaf y mae crefft y dialogi yn ei hystwythder a'i hamrywiaeth tempo yn cael ei hamlygu'n gyson yn y ddrama. Y mae'r awdur yn ddychanwr medrus. Ceir ambell uchafbwynt dramatig effeithiol, ac y mae'r cymeriadu'n grediniol. Ond gyda'r sefyllfa ei hun y mae'r anhawster. Y mae cwmni drama proffesiynol, ar ôl perfformio drama ar fywyd Dafydd ap Gwilym, trwy ddamwain, wedi ei gloi i mewn yn y theatr. Gwelir rhan o'r perfformiad canol oesol ar ddiwedd y ddrama ac ni chredwn ei fod yn glo effeithiol. Ond, yn bwysicach na hynny, credwn fod derbyn y sefyllfa'n ormod o straen ar gredinedd ac y mae hi'n amlwg fod y dramodydd ei hun yn ymwybodol o hynny, oherwydd fe geir cyfeiriadau cyson at y cloi i mewn. Y mae'n anodd credu nad oes un ffôn lôn yn gweithio yn enwedig ar ôl inni weld un yn gweithio ar ddechrau'r ddrama. Ac mae hi'n cymryd oesoedd i rywun ddod o hyd i ffôn lein. Wedyn, gan fod y theatr yn cael ei phortreadu fel un broffesiynol, y mae hi'n anodd derbyn na ellid darganfod drws ymwared! Beth am allanfa dân? Oni bai am y gwendid sylfaenol hwn, fe fyddai 'Creithiau' yn agos at deilyngdod. Y mae gan y dramodydd ddawn a chrefft sy'n haeddu stori gryfach na hon.

Peris: 'Lili'r Wyddfa'. Yn y cyflwyniad sonnir, yn gyntaf, am arwyddocâd y teitl. Mae Lili'r Wyddfa yn blanhigyn prin sy'n tyfu ar ucheldiroedd Eryri. Nid yw'n ffynnu o'i drawsblannu i'r iseldiroedd ond y mae ganddo'r gallu i fyw yn yr uchelfannau er gwaethaf y tywydd eithafol a phrinder dŵr. Yn ail, sonnir bod y ddrama'n digwydd yng nghegin ffarm y Wern yn 1993 ac fe'n hatgoffir am drychineb atomfa Chernobyl. Er bod deng mlynedd ers hynny, mae effaith y trychineb yn dal – e.e., rhaid rhoi lliw ar bennau'r defaid ynghyd â'u sganio'n gyson. Ar ben hynny, mae'r rhaid i'r atomfa leol, er mwyn ymestyn ei hoes, gael cyflenwad helaethach o ddŵr. Yr unig ffordd i wneud hynny yw trwy foddi'r Wern. Heddwyn a'i wraig, Elsbeth, sy'n ffarmo'r Wern. Mae eu merch, Elen, yn disgwyl ei thrydydd plentyn ac yn byw gyda'i gŵr, David, gerllaw yn y dref. Sais yw David ac mae ganddo swydd uchel yn yr atomfa. Mae Dewi, mab hynaf y Wern, adref o'r coleg ers tair wythnos ac yn caru â Janice sy'n byw yn y dref. Mae ei frawd, Dylan, ddwy flynedd yn iau na Dewi, yn byw yn y Wern. Y mae nam ar ei feddwl. Rhennir y chwarae'n naw golygfa. Egyr y ddrama ddydd angladd Dewi ac yna eir yn ôl bythefnos i ddilyn rhyw wythnos o'r hanes sy'n arwain at ei farwolaeth annhymig. Ni fynnwn ddatgelu ychwaneg o'r stori oherwydd ein gobaith yw y caiff y ddrama hon ei llwyfannu maes o law. Mae hi'n stori gref ac mae strwythur y naratif yn ddigon derbyniol ar y cyfan. Ond y mae angen ei hailsgrifennu gyda chymorth golygydd neu gynhyrchydd profiadol oherwydd yn y dialogi y mae ei gwendid amlycaf. Fe'i hamlygir yn y munudau cyntaf pan yw'r teulu'n paratoi i fynd i'r angladd. Clywir Elen yn dweud wrth ei thad fod David wedi mynd â'r plant at ffrindiau. Oni fyddai hi wedi rhoi'r wybodaeth hon ymhell cyn hynny? Ac onid y peth naturiol fyddai enwi'r ffrindiau? Dyma enghraifft o sgrifennu er mwyn cyfleu gwybodaeth heb sylweddoli fod yr hyn a ddywedir yn hollol amhriodol i'r sefyllfa. Gellid rhestru amryw o enghreifftiau tebyg. Wedyn, yn yr un olygfa, fe ddywed Elen iddi weld dogfennau gan ei gŵr sy'n profi bod Dewi wedi gwerthu hanner y ffarm i gwmni'r atomfa ers wythnosau. Yn ystod gweddill y ddrama, ni cheir unrhyw esboniad ar sut y byddai hynny'n bosibl oherwydd, yn ôl a ddeallwn, y rhieni yw perchnogion y ffarm, neu efallai Heddwyn ei hun. Yn wir, fe gwyd pwnc y gwerthu o hyd ac o hyd ac ni cheir unrhyw awgrym fod gan Dewi hawl ar hanner y ffarm. Dylid dileu pob anghysondeb tebyg o'r stori. Carem fwy o gynildeb (*subtlety*) yn y deialogi a defnyddio eironi'n amlach fel arf mewn dadl. (Y mae'r defnydd o'r planhigyn prin fel symbol yn enghraifft dda o greu anniffiniol, cynnil.) Ac fe ddylid creu mwy o wahaniaeth rhwng y rhieni a'r plant o ran ieithwedd ac idiom, er mwyn aroleuo themâu'r ddrama, megis trosglwyddo etifeddiaeth a bwrw gwreiddiau. O ran cymeriadu, teimlwn mai Dylan yw'r cymeriad mwyaf crwn. Mae'r sgrifennu'n gydymdeimladol ac fe geir amryw o droeon annisgwyl yn ei stori. Y mae angen mwy o liw ar y cymeriadau eraill, yn enwedig Heddwyn ac Elen. Mae gan Janice botensial ond, hyd yn hyn, un dimensiwn yn unig sydd i'w chymeriad. Anogwn y dramodydd i ail-sgrifennu'r ddrama. Naws ac arddull drafft cyntaf sydd iddi ar hyn o bryd.

Guto: 'Blanc'ed'. Roedd y ddrama hon yn gafael o'r darlleniad cyntaf. Yn sicr, *Guto* yw dramodydd cryfaf y gystadleuaeth o ran crefft sgrifennu ar gyfer y llwyfan. Drama i dri actor yw hi ond fe bortreadir amryw o gymeriadau eraill drwy eu lleisiau hwy. Y mae dyfeisgarwch yr ysgrifennu'n ddychmygus tu hwnt. Ni ddewiswn ddatgelu'r plot yn fanwl ond mae'r ddrama, yn fras, yn olrhain hanes Edward, cyn-swyddog carchar, sydd wedi ffoi o'i fywyd parchus i grwydro'r strydoedd gyda rhai digartref. Oherwydd ei phryder amdano, mae ei wraig yn cael cymorth ditectif i chwilio am ei gŵr. Cytunwn fod yma sylfaen cadarn ar gyfer llunio stori theatrig gyffrous. Y mae angen arweiniad cynhyrchydd neu olygydd profiadol ar y dramodydd hwn er mwyn sicrhau y bydd 'Blanc'ed' yn cyrraedd ei photensial llawnaf posibl. Byddai cyngor ac arweiniad proffesiynol yn galluogi'r dramodydd i ychwanegu eto at grynder y cymeriadu ynghyd ag i ddwysáu tyndra ambell olygfa. Credwn fod y brif stori yn ddigon cryf fel y gellid ymestyn y plot i gynnwys mwy o gymeriadau ond heb, o angenrheidrwydd, amlhau nifer yr actorion.

Ni farnwn fod *Guto* yn haeddu ennill y wobr ariannol gan fod angen ymestyn y ddrama i gwrdd â gofyn y gystadleuaeth, sef drama o leiaf awr a hanner o hyd. Fodd bynnag, hoffem annog Cwmni Theatr Cymru i ganiatáu iddo fanteisio ar y £3,000 (a gynigir gan y Cwmni), neu o leiaf ran ohono, i'w alluogi i weithio ymhellach ar y ddrama uchelgeisiol, drawiadol hon.

Drama fer agored hyd at awr o hyd

BEIRNIADAETH GERAINT LEWIS A T. JAMES JONES

Er i un deg naw gystadlu, roedd y safon ar y cyfan yn siomedig, gwaetha'r modd. Roedd y prif feiau'n cynnwys diffyg cynildeb dialog, cymeriadu ystrydebol a defnydd llawer rhy geidwadol o'r dychymyg theatrig. Wedi dweud hynny, roedd y dramâu a ddaeth yn agos i'r brig a'r enillydd ei hun o safon uchel ac rydym yn falch iawn o nodi hynny.

Rydym wedi rhannu'r sgriptiau'n dri dosbarth. Yn y trydydd dosbarth, rydym yn gosod y canlynol:

Y Gofalwr: 'Plygu'r Papur'. Dau gwpwl, Eirlys ac Arfon a Keith a Wendy, wrthi'n plygu'r papur bro tra'n cael ôl-fflachiadau i'r affêrs y mae'r pedwar yn eu cynnal, Keith gydag Eirlys ac Arfon gyda Wendy, yw sail y ddrama hon. Mae ynddi ddialog digon difyr ac ambell linell ffraeth ond mae diffyg gwir ddyfnder emosiynol yn y cymeriadau. O'r herwydd, nid oes gennym fawr o wir ddiddordeb ynddynt. Mae swyddogaeth y Gofalwr a'r ddyfais o ailadrodd ar ddechrau'r golygfeydd 'plygu' yn llawdrwm. Er mai bwriad sylw Wendy ar y tudalen olaf "Den ni'n pedwar yn bobol boring, mae'n rhaid" yw bod yn eironig, mae'n rhaid i ni gytuno, gwaetha'r modd.

Robin Ll.: 'Canailla'. Maes Carafanau'r Eisteddfod Genedlaethol yw lleoliad y ddrama hon. Cawn thema ddigon ystrydebol, sef y ffordd y mae'r werin (mewn pabell, wrth gwrs) yn cael ei gorthrymu gan grach y carafannau. Mae'r awdur yn trin y pwnc dan sylw yn weddol ffraeth ar adegau ond yn llawer rhy ddu a gwyn a phregethwrol. Rydym yn llawer rhy ymwybodol o lais yr awdur ei hun yn hytrach na chael y geiriau'n codi'n naturiol o'r cymeriadau a'r sefyllfa. Gwaetha'r modd, mae sefyllfa camddealltwriaeth Dylan yn cysgu gyda Brenda yn chwerthinllyd am y rhesymau anghywir.

Lilian: 'Llenwi Llodrau Llinos Llwyfo'. Ceir ambell linell unigol ddigon doniol yn y ddrama hon ond cymeriadau ystrydebol a sefyllfaoedd arwynebol a geir, serch hynny. Er bod drama ddychanol i'w chroesawu yn y gystadleuaeth, yn enwedig un sy'n gwneud hwyl am ben cyfryngis di-nod a hunanbwysig, nid oedd y dychan yn taro deuddeg rywsut. Mae'n rhaid bod yn llawer chwerwach a gwneud y cyfryngis yn fwy fyth o fwystfilod hunanbwysig i'r elfen honno weithio'n well. Hefyd, roedd y ddau ohonom wedi rhagweld y tro yn y gynffon ymhell ymlaen llaw.

Enlli: 'Mil naw dim pump'. Saga deuluol teulu fferm Hafod y Llan yn Llŷn ar un noson o Ragfyr ym 1905 yw'r ddrama hon. Mae'n amlwg bod yna ddramodydd crefftus wrth y llyw gyda'r dialog yn llifo'n llyfn a sefyllfa gefndirol ddigon diddorol, sef ymweliad y diwygiwr mawr, Evan Roberts, â'r fferm. Cyfnod hen drefn ar fin newid sydd gyda ni yma, rhyw fath o 'Upstairs, Downstairs' o wrthdaro rhwng meistri a gweision gyda thro yng nghynffon y ddrama. Er i'r ddrama ddatblygu'n ddigon derbyniol ar y cyfan, teimlwn ein bod, gwaetha'r modd, wedi darllen neu weld y math yma o beth droeon o'r blaen. Ymgais ganmoladwy, serch hynny.

Penydiwr: 'Tenis Bwrdd'. Cawn sefyllfa ddigon diddorol yn y ddrama hon, sef dyn yn mynd â'i gariad ifanc newydd am bryd bwyd yn y 'Bryniau Country Club' a'i gyn-wraig yn bwyta ar ford gyfagos. Mae hithau yn ei thro, er mwyn creu argraff ar ei chyn-ŵr, yn cusanu dyn arall yn y clwb, sy'n aros i'w gariad gyrraedd er mwyn gofyn iddi ei briodi. Ac, wrth gwrs, digwydda'r gusan anffodus ar yr union adeg pan yw'r ddarpar-ddyweddi yn cyrraedd y clwb. Fel y gellwch ddychmygu, mae yna elfennau ffarsaidd i'r ddrama ac mae'r awdur i'w ganmol am fentro i faes eithriadol o anodd. Fodd bynnag, yn anffodus unwaith eto, cawn gymeriadau hollol arwynebol heb unrhyw ddyfnder ac, o'r herwydd, ni fedrwn uniaethu o ddifri â hwy. Felly, er bod yr ymgais at ddoniolwch i'w groesawu, teimlir nad yw'r ddrama'n taro deuddeg.

Wil: 'O'r Mwg i'r Tân'. Mae Gwyn, disgybl ysgol deunaw oed, yn tynnu'n ôl o gynhyrchiad yr ysgol o 'Macbeth' bythefnos cyn y perfformiad ac yntau'n chwarae'r brif ran. Y rheswm a roir gan Gwyn yw ei fod wedi bennu â'i gariad, Gwenno, sy'n digwydd chwarae rhan ei wraig yn y ddrama. Sail y ddrama yw'r benbleth y mae hyn yn ei achosi i'r athro drama, Elwyn. Wedi iddo fethu perswadio Gwyn i newid ei feddwl, mae'n cynnig y rhan i ddisgybl arall, Siôn, sy'n gwrthod y cynnig. Yn ei rwystredigaeth, mae Elwyn yn cydio ym mraich Siôn yn rhy chwyrn ac mae Siôn yn bygwth mynd i weld y brifathrawes i riportio Elwyn am 'ymosod' arno. Yr elfen hon o 'ymosod' sy'n ddiddorol ac fe fyddai'n werth gweld Elwyn yn ei amddiffyn ei hun gerbron y brifathrawes. Ysywaeth, daw'r ddrama i ben yn weddol sydyn. Hefyd, hyd at y pwynt hwnnw, tueddai'r ddrama i din-droi a bod yn ailadroddllyd.

Y Crocodeil Ciami: 'Canu'n Iach i Foiyn'. Er bod yma ddialog a chymeriadau digon difyr, nid yw'r sefyllfa wedi datblygu i'w llawn botensial. Mae mab deunaw oed yn paratoi i adael y nyth am y coleg a chanu'n iach â'i dad, Cai, ac â'i fam, Elin. Gadawodd Elin yr uned deuluol wyth mlynedd yn ôl, gan fynd i fyw at athro, Teyrnon James, pan oedd y mab yn ddeg oed. Ond ryw wyth mis yn ôl, wedi i Teyrnon ac Elin wahanu, mae hi wedi dychwelyd at Cai a'i mab, Moi (neu Moiyn, fel y mae Elin yn mynnu ei alw). Un o themâu'r ddrama yw maddeuant, felly, a gallai'r thema hon fod wedi cael ei harchwilio'n ddyfnach o lawer. Camgymeriad, efallai, yw cadw'r mab, Moi, rhag wynebu ei fam, Elin. Mi fyddai golygfeydd rhwng y ddau gymeriad yma wedi esgor ar dipyn o wrthdaro, wrth i'r mab, sydd bellach yn ddyn, roi ei safbwynt ar yr hyn a wnaeth ei fam, gyda'r cymodwr o dad, Cai, wedi ei ddal rhwng y ddau o bosib. Ymgais ddigon canmoladwy, serch hynny.

Chwarae Teg: 'Mae llawer modd o gael Wil i'w wely'. Pwyllgor i drafod symud cofeb y milwyr i sgwâr y pentref yw cefndir y ddrama, er mai codi marina yw agenda cudd cadeirydd y pwyllgor, y 'major'. Y mae'r elfen o 'ddrama o fewn drama' yn un ddiddorol. Serch hynny, oherwydd sefyllfa'r ddrama, sef cyfarfod pwyllgor, mae tueddiad i fod yn or-eiriog a statig iawn o ran symud. Gwaetha'r modd, mae'r ddrama'n rhy fyr hefyd (9 tudalen) ac felly mae'n rhaid anghytuno â llinell ola'r ddrama – 'Mae digon i gnoi cil arno'!

Dan Stâr: 'Plymio'. Mae yn y ddrama hon elfen weledol wahanol, a dweud y lleiaf, gyda'r ddau gymeriad, Efan a Lil, yn eistedd ar fyrddau plymio yn eu dillad lliain gwyn ac yn athronyddu am fywyd a'u perthynas â'i gilydd. Mae rhyw amwysedd ynglŷn â'u tynged sy'n codi chwilfrydedd, yn y sôn am fentro i'r tân o danynt a'u bod yn rhan o ryw gêm. Mae'r defnydd o sain a goleuo i'w ganmol hefyd, gyda'r gefnlen yn llawn potensial delweddol. Ceir elfen chwareus, ddiddorol, Becketaidd bron, yn y ddrama ar ei gorau. Yn wir, fel gyda Becket, mae'n iawn i din-droi yn eiriol os dyna 'bwynt' y ddrama, er mwyn cyfleu rhyw fath o argyfwng gwacter ystyr. Fodd bynnag, y perygl gyda'r math yma o ddrama drosiadol, ddelweddol yw y gall hi droi'n syrffedus yn hawdd, ac fe ddigwydd hyn yn rhy aml, gwaetha'r modd.

Prifathro: 'Stafell Athrawon'. Sgwrs adeg toriad cinio mewn ystafell athrawon rhwng pump o athrawesau yw cefndir y ddrama hon. Mae'r brifathrawes, Hannah, ar fin ymddeol ac mae un o'r criw athrawon, Elen, yn awyddus i gael dyrchafiad i'r brif swydd, ond heb fawr o obaith o'i chael. Cawn glywed am berthynas rhai o'r cymeriadau a'r dynion yn eu bywydau a phan glywir bod yna ddyn yn ceisio am swydd y prifathro, a dyn o Lanbrynmair o bob man, yna cynhyrfir y dyfroedd yn ddirfawr. Wedi'r cwbl, nid oes yna hyd yn oed le chwech i wryw yn yr ysgol! Gwaetha'r modd, does fawr o ots gennym am dynged unrhyw un o'r cymeriadau di-fflach hyn ac efallai nad yw syniad gwaelodol y ddrama, sef penodi prifathro newydd, yn ddigon cynhyrfus yn y lle cyntaf.

Vanessa: 'Pwy laddodd y pili pala?'. Mae'r ddrama *whodunnit* yma wedi ei lleoli'r tu allan i dŷ gloÿnnod byw yng Ngheredigion. Lladdwyd y stoc gyfan o bili palod dros nos ac mae'r heddlu yno'n archwilio'r digwyddiad. Charles George, Sais sydd wedi symud i'r ardal a dysgu Cymraeg, yw perchennog y busnes. Mae ef yn amau'n gryf mai ei gymydog, y ffermwr Geraint ap Siôn, sy'n aelod o Gymuned, sy'n gyfrifol am y drosedd. Bu Geraint yn wrthwynebus i'r tŷ glöynnod o'r dechrau, gan fod yr adeilad yn hagru'r olygfa ac yn denu gormod o Saeson i'r ardal yn ei dyb ef. Gwyntyllir nifer o themâu diddorol yn y ddrama, gan gynnwys effaith mewnlifiad ar gymunedau gwledig. Serch hynny, mae'r dadleuon ychydig yn rhy ddu a gwyn. Ychydig iawn o bwysleisio ochr gadarnhaol twristiaeth fel cyfraniad i'r economi leol sydd yma, er enghraifft. Hefyd, dylid ystyried chwynnu rhywfaint ar y darn agoriadol rhwng yr Arolygydd a PC Rees. Heb i ni ddweud gormod, mae datgelu'r hyn a ddigwyddodd go iawn i'r glöynnod yn cael ei gyfleu'n weddol gelfydd. Y mae hi'n braf cael cefndir lled-wyddonol i ddrama yn y Gymraeg am unwaith ac mae'r thema gyfoes a'r lleoliad difyr yn bendant i'w croesawu.

Cyw Bach Melyn Ola: 'Cywion y Nyth'. Drama wedi ei gosod mewn cartref i'r henoed. Cynhyrfir y dyfroedd wrth i newydd-ddyfodiad i'r cartref, Devorah, gyfarfod â chyn-gariad iddi o gyfnod hanner canrif yn ôl, sef Cled. Mewn pythefnos, mae'r ddau wedi priodi, er mawr siom i Rachel, sy'n ffansïo Cled ei hun. Cryfder y ddrama yw'r dafodiaith bert a ddefnyddir gan y cymeriadau a'r elfen ddireidus sy'n perthyn i'r mwyafrif ohonynt. Pan ddaw swyddog o'r Adran Iechyd a Diogelwch i'w holi, maen nhw'n rhoi atebion ffug iddo gan beri i'r Adran fygwth cau'r cartref. Fodd bynnag, cawn ddiwedd hapus pan ddaw drygioni diniwed y preswylwyr i'r golwg ac 'mae'r cywion yn saff yn 'u nyth wedi'r cwbwl', chwedl Devorah. O gofio gofynion y gystadleuaeth, teimlir bod y ddrama braidd yn fyr. Hefyd, efallai bod naws ychydig yn rhy gyfforddus iddi. Byddem wedi gwerthfawrogi ychydig mwy o ffocws o ran thema, rhyw elfen a fyddai'n peri i ni gael ein cyffroi, gan fod gan y dramodydd rywbeth o bwys i'w ddweud. Serch hynny, mae'r iaith a'r cymeriadau'n sicr yn gwneud hon yn ddrama gwerth ei darllen.

Berach: 'Ffenest Dywyll'. Fel mewn drama arall yn y gystadleuaeth, 'Cyw a Fegir', y tyndra teuluol a achosir wrth i aelod o'r teulu ystyried symud i gael swydd newydd yw cynsail y gwaith hwn. Y tro yma, fodd bynnag, dychwelyd i Gymru, nid gadael yr hen wlad, yw achos y gynnen. Mae Dewi'n ddirprwy brifathro mewn ysgol gynradd yn Llundain a'i wraig, Miriam, wedi dysgu rhywfaint o Gymraeg. Ond mae Dewi â'i fryd ar ddychwelyd i fro ei febyd, sef Cwm Hyfryd, cwm glofaol ei fagwraeth. I'r perwyl hwnnw, mae wedi ymgeisio am swydd athro yn ei hen ysgol gynradd. Yn y pen draw, mae Miriam yn dylanwadu ar aelodau'r pwyllgor penodi, gan ledaenu anwiredd am ei gŵr, sef ei fod yn gyfeillgar ag aelodau'r mudiad eithafol Meibion Gruffudd. Pen llanw hyn yw i Dewi fethu yn ei ymgais i gael y swydd ond daw i wybod am dric dan-din ei wraig ac mae'n taflu ei fodrwy briodas i'r tân yn ei gynddaredd. Mae

Dewi'n mynnu aros yn y Cwm, i weithio fel glöwr os bydd rhaid! Mae'r diweddglo hwn yn felodramatig iawn ac yn rhoi gormod o straen ar ein gallu i gredu yn y cymeriadau. Yn wir, er bod yna gynllunio gofalus i'r ddrama, y mae hyn yn wendid cyffredinol ynddi, gan fod iaith or-lenyddol, hirwyntog y rhan fwyaf o'r cymeriadau yn amharu ar ein parodrwydd i uniaethu â hwy'n llawn.

Yn yr ail ddosbarth, rydym yn gosod y canlynol:

Igor: 'I ble'r aeth Anya Saronova?'. Cawn sefyllfa gyfoes iawn yn y ddrama hon, sef y 'traffig ffiaidd mewn merched i farchnad rywiol sydd yn bod rhwng gwledydd Ewrop'. Thema'r ddrama yw'r modd y mae dyn yn medru ecsploetio'i gyd-ddyn a gwneud hynny mewn ffordd hollol oeraidd a dideimlad. Er bod yr iaith yn ffurfiol iawn, mae hyn yn gweddu i'r dim i naws Dwyrain Ewropeaidd y ddrama. Ceir dwsin o gymeriadau, sydd efallai'n anymarferol mewn drama fer, ond gallwn ddeall pam y gwnaethpwyd hynny oherwydd crëwyd naws ddigon credadwy i'r ddrama, gyda'r diffyg bwyd a drygio'r merched yn frawychus o realistig. Yn yr un modd, roedd golygfa dadwisgo'r cotiau a'r blowsys yr un mor gryf. Roedd defnydd syml ond effeithiol y dramodydd o'r man chwarae yn dangos sgriptiwr a oedd yn deall i'r dim yr hyn yr oedd yn ceisio'i gyfleu. Diffyg cynildeb y dialog oedd prif wendid *Igor*.

Lazzo: 'Jac yn y Bocs'. Drama ddifyr yn dilyn canfod bocs amheus yr olwg yn agos i adeilad y Cynulliad. Codir chwilfrydedd am gynnwys y bocs yn ddeheuig ac fe geir cyffyrddiadau paranoid absẃrd sydd weithiau'n atgoffa rhywun o ddramâu Ionesco. Rhaid, hefyd, canmol y syniad o wasgaru pamffledi ar draws y gynulleidfa, bron fel 'ffrwydriad' ar ddiwedd y ddrama. Dialog ailadroddllyd yw prif wendid y ddrama. Ond, ar y cyfan, y mae 'Jac yn y Bocs' yn ddrama ddychanol ddigon derbyniol sy'n ymwneud â pharanoia'r oes ôl-9/11 ac ysfa ein cyfryngau torfol am stori/sgŵp gyffrous doed a ddelo.

Dyma ni, felly, yn cyrraedd y dosbarth cyntaf, sy'n cynnwys pedair o ddramâu, sef 'Te Pot Jam', 'Cyw a Fegir', 'Ceg gaead . . .' ac 'Mae Sera'n Wag'.

Arfon: 'Te Pot Jam'. Drama am dri o adeiladwyr yw hon, sef Capten, y bos, Beds, tipyn o ddelfrydwr aden chwith, a Lomw, diniweityn Anghenion Arbennig. Mae digwyddiad canolog y ddrama yn digwydd oddi ar y llwyfan pan fydd Lomw yn gweld y fenyw drws nesaf, Meryl, yn noeth yn ffenestr ei chartref. Honna Lomw nad oedd e'n 'peeping Tom' o gwbl, ac mai edrych ar y blodau yn ei gardd hi yr ydoedd. Ond mae'r hen fenyw sydd wedi hurio'r adeiladwyr i weithio ar ei thir yn mynnu y dylent roi'r sac i Lomw am ei bod hi'n teimlo'n anghyfforddus o gael pyrfyrt ar ei thir. Gan fod Beds yn credu i Lomw gael bai ar gam, mae'n darbwyllo'r ddau arall i amddiffyn hawliau Lomw fel gweithiwr drwy ffurfio undeb newydd, y TPJ, sef Te Pot Jam, ar ôl y llestr y maent yn yfed te ohono, a roddwyd iddynt gan yr hen fenyw.

Er yr hoffwyd elfennau llwyfannu uchelgeisiol y ddrama, teimlwyd bod rhai o nodweddion y set o bosib yn fwy addas i ddrama a allai gynnal noson ar ei phen ei hun – er enghraifft, y defnydd o'r pwll dŵr. Fodd bynnag, cafwyd awgrymiadau crefftus o oleuo i greu cysgodion pwrpasol a theimlwyd bod defnydd y sain yn bur effeithiol hefyd, yn enwedig y defnydd o sŵn dŵr ac o wylofain adar. Ar ei gorau, mae'r ddrama'n cyrraedd safon uchel iawn, yn medru bod yn farddonol hyd yn oed, ond mewn ffordd ffwrdd-â-hi, hollol ddirodres. Ceir tri chymeriad diddorol, ac fe boenwn am eu tynged, yn enwedig Lomw druan. Mae tipyn o ôl meddwl ar gynllun y ddrama, gyda'r tri chymeriad yn cael ymson yr un mewn llefydd priodol i amrywio ar rediad y chwarae. Efallai y bydd angen ychydig o olygu arni ond rydym yn cytuno y byddai cynulleidfa'n cael blas gwirioneddol ar 'Te Pot Jam'.

Nionyn: 'Cyw a Fegir'. Fel yn 'Te Pot Jam', tri chymeriad sydd i'r ddrama hon hefyd, sef darlithydd cymdeithaseg, David, ei wraig, Anwen, sy'n weithgar iawn yn wirfoddol yn y gymuned yn Sir Fôn, a'r gwerthwr tai, Sel. Mae Sel yno i fesur ystafelloedd y tŷ er mwyn ei werthu, gan fod David newydd gael swydd Athro Cymdeithaseg ym mhrifysgol Lerpwl. Heb yn wybod i David, nid yw Anwen am fynd i Lerpwl. Teimla'i bod hi'n gyw sydd wedi magu gwreiddiau dwfn yn Sir Fôn ac mae hi am i'w phlant gael yr un fagwraeth. Mae hi'n hapus yn ei milltir sgwâr. Mae'n cyfaddef ei chyfyng-gyngor wrth Sel, sy'n gyfaill iddi ers dyddiau ysgol gynradd ac sy'n cydymdeimlo â'i safbwynt hi i'r dim. Er i Sel ei hannog i ddweud y gwir wrth ei gŵr, Sel ei hun sy'n datgelu ei hanfodlonrwydd hi i David yn y pen draw. Mewn diweddglo cadarnhaol, cawn arwydd cryf bod David am ailfeddwl wrth iddo osod rhai o'r llyfrau sydd eisoes wedi eu pacio yn ôl ar y silff lyfrau. Er i ambell elfen ymarferol (er enghraifft, lletchwithdod gosod y llun ar y wal) a chyfleustra cyffredinol Sel fel cymeriad ein poeni ryw ychydig, mae'r sefyllfa a'r cymeriadau, ar y cyfan, yn ddigon credadwy. Mae'r ddrama, hefyd, yn delio â phwnc pwysig, sef allfudo i ddinasoedd ar draul cymunedau gwledig, yn ogystal â thema oesol diffyg cyfathrebu rhwng gŵr a gwraig. Mae cynildeb a symlrwydd y sgwrsio yn codi'r ddrama hon yn agos at frig y gystadleuaeth.

Merch Lleiniog: 'Ceg gaead . . .'. Pedair ffrind yn dynesu at y deugain oed, Luned, Sami, Eirlys a Cindy, yn cyfarfod o amgylch arch eu ffrind, Lena, a hel atgofion yw sylfaen y ddrama ddifyr hon. Cyfeillgarwch, meidroldeb a pheryglon cyfrinachedd yw'r themâu dan sylw. Mae'r sgwrsio yn fywiog a chynnil ac mae'r defnydd o ôl-fflachiadau i'w gorffennol fel merched ifainc yn chwarae ar y traeth heb os yn taro deuddeg. Defnyddiwyd rhigymau, caneuon a glasenwau i ail-greu gwahanol gyfnodau plentyndod ac fe ddônt yn fyw iawn i'r gwyliwr mewn ffordd syml ond effeithiol. Dymuniad yr ymadawedig Lena oedd i'r hen giang gwrdd o gwmpas ei harch a phaentio'i hewinedd yn lliw pabi coch cyn ei chario hi a'i gollwng hi i'r môr lle bu'r pump yn chwarae am gynifer o flynyddoedd. Credwn fod ymarferoldeb y paentio ewinedd hwn ychydig yn lletchwith ac mae hynny'n wir hefyd am y defnydd o'r arch ei hun. Serch hynny, cyflëir defod y 'claddu' hwn yn y môr yn reit effeithiol ar ffurf fideo tua diwedd y ddrama, i gyfeiliant troslais nodyn olaf, dirdynnol Lena iddynt. Ailgrëir gêm o gwato gyda thaid Lena, y llyffant mawr tew, yn chwilio'r pum penbwl bach a daw asbri ac afiaith byd plentyn yn rhyfeddol o fyw ar y llwyfan. Ond, yn raddol, datgelir cyfrinach am Lena a'i pherthynas â'i thaid ac mae'r ddrama'n troi, yn gelfydd iawn, i gywair tywyllach o lawer. O bosib, mae dylanwad dramâu Meic Povey ar y dramodydd hwn ond nid peth ffôl mo hynny. Ar brydiau, mae egni'r ysgrifennu'n tasgu oddi ar y tudalennau. Heb os, un o ddramâu mwyaf effeithiol y gystadleuaeth.

Cyw Bob: 'Mae Sera'n Wag'. Er mai llwyfan wag 'heblaw efallai un gadair' sydd gennym yn y ddrama hon, rydym yn cael ein trosglwyddo'n effeithiol gan ddychymyg y dramodydd i draeth anghysbell, i gyfathrach rywiol y tu ôl i dŷ *kebab*, i berfeddion nos gyda thad meddw yn canfod bod ei ferch ysgol yn feichiog ac i sawl lle diddorol arall yn ogystal. Credwn i'r dramodydd hwn gyflawni rhywbeth prin, sef mynd i grombil eneidiau ei gymeriadau, pâr priod o'r enw Ems a Sera. Er bod y ddau ar y llwyfan gyda'i gilydd y rhan fwyaf o'r amser, mae gan y dramodydd yma yr hyder i ymwrthod ag elfennau naturiolaidd gan fynd yn aml yn syth i'w meddyliau, fel pe bai'r ddau'n llefaru'r hyn sydd yn eu pennau ar y pryd. Mae'n dechneg effeithiol iawn, yn enwedig o gofio mai un o brif themâu'r ddrama yw'r diffyg cyfathrebu rhwng y ddau gymeriad. Neu, fel y dywed Ems ar ddiwedd yr olygfa agoriadol, 'Sgwrsio am bob dim. Siarad am bygyr ôl'.

Ond nid dim ond stori perthynas wedi suro sydd yma, 'chwaith. Mae'n llawer cyfoethocach na hynny. Rydym yn nhir gemau meddyliol sy'n ymwneud â grym o fewn y berthynas honno. Cyfeirio at anffrwythlondeb y wraig gyda'i gŵr y mae teitl y ddrama a hynny ar ôl iddynt geisio am fabi am ddeng mlynedd. Neu o leiaf dyna fersiwn Sara o bethau, nes iddi gyfaddef ei bod hi wedi bod ar y bilsen trwy gydol y cyfnod. Mae hi hefyd wedi erthylu babi, pan oedd hi'n dal yn yr ysgol. Mae'r dramodydd yn arbennig o effeithiol pan yw'n cyfleu darlun gweledol yn ein dychymyg, yn aml drwy apelio'n afaelgar at ein synhwyrau. Ceir delweddu trawiadol dro ar ôl tro a byddai'n rhaid dyfynnu'n helaeth er mwyn gwneud tegwch â'r ysgrifennu caboledig. Dyma un enghraifft, pan fo Sera'n disgrifio'r dyn a gafodd ryw â hi y tu ôl i'r tŷ *kebab*. 'Mae o'n sbecian arna fi trw' gornal 'i lygaid tedi bêr. Yn smocio'i Marlboros trw' ddannadd lliw hen bapur'. Trwy beidio â chlymu ei ddau gymeriad i set naturiolaidd, mae'r dramodydd hwn yn galluogi iddynt eu mynegi eu hunain mewn modd cyffrous sy'n llawn dychymyg. Drama ddiddorol oedd yn mynnu ein sylw ac yn sicr o ddod yn agos at y brig.

Yr ydym yn cytuno mai'r ddwy ddrama orau yw 'Mae Sera'n Wag' a 'Te Pot Jam'. Gan ddiolch i bawb am gystadlu, rhoddir y wobr i'r ddrama 'Mae Sera'n Wag', gan *Cyw Bob*. Gan nad oes llwyr deilyngdod yng nghystadleuaeth y ddrama hir, fe gytunwn mai *Cyw Bob* sydd yn hawlio'r Fedal Ddrama hefyd eleni.

Trosi drama i'r Gymraeg. Dwy o'r canlynol o'r gyfrol *Act One Wales* a olygwyd gan Phil Clark: *Return Journey* (Dylan Thomas), *The Sound of Stillness* (T. C. Thomas), *The Eccentric* (Dannie Abse), *The Drag Factor* (Frank Vickery), *Looking Out To See* (Charles Way), *The Old Petrol Station* (Tim Rhys), *The Ogpu Men* (Ian Rowlands)

BEIRNIADAETH LYN T. JONES

Dyma her o gystadleuaeth, sef gofyn am drosi *dwy* ddrama gan ddramodwyr gwahanol ac sydd â syniadaeth a rhythmau iaith cwbl wahanol. Afraid ailadrodd yr hyn a ddywedyd gan Gareth Miles ym meirniadaeth y gystadleuaeth hon y llynedd. Dylai ei sylwadau fod yn ddarllen gorfodol i bob cystadleuydd. Elfen hanfodol arall yw defnyddio'r glust wrth ysgrifennu. Mae'n rhaid gallu *clywed* y ddeialog i sicrhau bod y trosiad yn cadw'n driw i'r gwreiddiol ar bob achlysur. Syrthiodd mwy nag un ar amryw o'r canllawiau, naill ai drwy newid naws y ddrama, symud oddi wrth 'iaith' y ddrama, newid lleoliad pan nad yw hynny'n ddoeth nac yn rhesymegol, a'r bai mwyaf cyffredin, trin y Gymraeg yn rhy ffwrdd-â-hi o ran cywirdeb orgraff a gramadeg. Ystyriwn waith y saith ymgeisydd yn ôl trefn yr wyddor.

Alafon: 'Y Busnes Drag 'Ma' (*The Drag Factor*). Ar yr wyneb, ymddengys y ddrama hon yn dywyllodrus o syml ond daw sgiliau Vickery ar ei orau i'r golwg yma, wrth iddo fynd â ni i diroedd gwleidyddiaeth rhyw. Yn y ddrama, mae rhieni traddodiadol canol oed o'r cymoedd yn darganfod bod y mab yn ennill ei fywoliaeth drwy berfformio 'drag', sef trawswisgo ac, ar yr un pryd, yn darganfod ei fod hefyd yn hoyw. Ceir yma ymgais wironeddol dda i ddod â thyndra, emosiwn a hiwmor Vickery mewn trosiad llithrig a chwbl naturiol. Wedi i'r fam, Ruby, glywed pobl yn trafod y tu ôl i'w chefn, mae'n adrodd yr hanes wrth Griff, ei gŵr:

> Mi ddigwyddodd i mi'r wythnos dwytha. Roedd ffenast y car 'ma ar agor ac mi glywais i'r ddynes yn deud, 'Weli di honna'n fan'na? Mae'i mab hi'n gwisgo i fyny mewn dillad merched' . . . 'Dynwared merched i ddiddanu pobol, dyna mae o'n neud' medda fi wrthi, 'Gneud hynny i ennill 'i fywoliaeth. Ond mi glywais i fod eich gŵr chi'n gneud hynny am gics'.

Gwaetha'r modd, mae ail ddewis *Alafon*, 'Yr Hen Orsaf Betrol' (*The Old Petrol Station*) yn methu oherwydd iddo newid lleoliad y ddrama. Digwydd y gwreiddiol mewn canolfan dreftadaeth ar yr ucheldir uwchben un o gymoedd glofaol y de, y cyfan wedi ei seilio ar ddifodiant y diwydiant, a'r cyfan sydd ar ôl yw Sain Ffagan o ganolfan sy'n arddangos hen orsaf betrol yn rhan o'r amgueddfa. Ceisiodd *Alafon* symud y cyfan i ardal y chwareli yng Ngogledd Cymru ond wrth wneud hynny collodd y llinyn dychanol, deifiol sy'n ganolog i'r ddrama, yn dilyn cau'r pyllau glo. Byddai cadw at leoliad a naws y gwreiddiol wedi ei osod yn agos iawn at frig y gystadleuaeth.

Ap Madog: 'Dillad Gwaith' (*The Drag Factor*). Dyma gystadleuydd a wnaeth ymdrech deg i ddeall anghenion trosi. Ceir enghreifftiau coeth drwy'r gwaith. Trosir 'I'm not here for him' yn gwbl naturiol ac effeithiol i dafodiaith rywiog dwyrain Sir Gâr a Gorllewin Morgannwg: 'Dw' i ddim 'ma ar ei gownt e!'. Ond wedyn, o fewn rhai llinellau o ddeialog, fe geir ganddo: 'Ma' fe fel blydi neitmer . . .' pan fyddai defnyddio 'blydi hunllef' wedi bod yn fwy na derbyniol, mi gredaf. Caiff ei ddilyn gan 'Rodd yr ysgrifen ar y mur' pan fydde 'ysgrifen ar y wal' yn nes at naws y trosiad. Mân lithriadau yw'r rhain ond rhai na ddylent fod yma yn dilyn ailddarllen a golygu mwy gofalus. Gyda rhywfaint o chwynnu a chysoni elfennol, byddai'r ymgais hon wedi bod yn dderbyniol dros ben.

Ei ail ddewis yw 'Yr Ecsentric' (*The Eccentric*) ac yma eto cydiodd y troswr yn naws y gwreiddiol yn effeithiol ond, unwaith yn rhagor, mae'r llithriadau esgeulus yn gwanhau'r ymdrech. Trosir 'go at it like a bull at a gate' yn llawer rhy lythrennol yn 'rhuthro fel tarw gwyllt', pan fyddai idiom Gymreiciach fel 'cath i gythrel' yn well dewis. Manion, o bosib, ond manion sydd angen sylw manwl i sicrhau trosiad o safon.

Eli: 'Gwisgo Lan' (*The Drag Factor*). Fel eraill, mae *Eli* yn euog o gyfieithu'n llythrennol yn hytrach na throsi, gyda'r canlyniad ei fod yn creu llinellau o ddeialog sy'n swnio'n drwsgl i'r glust – e.e., 'Fe gysgodd e pan oedd e'n gyrru' am 'He fell asleep at the wheel'. Efallai y gallai 'Fe gwmpodd i gysgu wrth yrru' fod wedi cyfleu'r rheswm am y ddamwain yn gliriach ac yn rhedeg yn llyfnach. Anghymreig, hefyd, yw llinell fel 'Rhaid chware'r gem 'da'r cardie gewn ni'. Mae'r trosi ffwrdd-â-hi yn golygu bod *Eli* yn syrthio dipyn is na'r brig.

Yr ail ddewis yw 'Sŵn Tawelwch' (*The Sound of Silence*). Mae'r ddrama, a gyfansoddwyd ym 1959, yn delio ag effeithiau meddiannu llethrau Epynt a chwalu cymunedau gan y fyddin, er mwyn sicrhau lle i ymarfer gemau rhyfel, yr un mor berthnasol heddiw. Calon y ddrama yw ymdrech aelodau o un teulu i amddiffyn eu treftadaeth wrth i'r ddau frawd, Wil a Rhys, Y Ffynnon, herio'r sefydliad drwy aros yn y Ffynnon cyhyd ag y gallen nhw. Mae Rhys yn ddall ond fe sydd yn 'gweld' drwy'r cyfan, a daw ergyd y ddrama o'i enau

> Falle bydd Ffynnon yn mynd, ond os gallwn ni 'neud i'r rhai sy'n i whalu e weld ynfydrwydd yr hyn ma'nhw'n 'neud, yna falle gadawan nhw lonydd i lefydd erill fel Ffynnon.

Gwelwn o'r dyfyniad hwn nad yw'r dweud yn ddigon llithrig a naturiol i lunio trosiad llwyddiannus, ac ambell dro mae'n euog o gamddehongli. Cawn Rhys yn cymharu'r gymuned â hen goed ar y llethrau, pan ddywed: 'When the roots are ripped up, the end comes slowly, but surely . . .'. Yr hyn a geir gan *Eli* yw: 'Pan fydd y gwreiddiau'n ca'l 'u rhwygo lan, ma'r diwedd yn dod yn glou, ond yn sicr . . .' Onid yr hyn ddylai fod o ran ystyr fyddai: 'Pan gaiff y gwreiddiau'u tynnu, fe ddaw'r diwedd yn araf, ond sicr . . .'? Gellir canmol llawer o waith *Eli*, ond ofnaf fod diofalwch yn llesteirio llwyddiant.

Ianto: Di-deitl. (*The Eccentric*). Yn ddiddorol, ni chynigiodd *Ianto* deitl Cymraeg i'w drosiad. Tybiaf mai anghofio a wnaeth! Ymdrech ddigon clogyrnaidd a geir drwyddi draw, gyda llinellau megis: 'Dewch mas i'm serfio i' ac yna 'Yn ôl y cerdyn yn y ffenest fe wela i eich nid chi'n chwilio am rywun i'ch helpu chi yn y siop'. Fe geir yr un gwendidau yn ei ail ddewis, sef 'Trwst Tawelwch' (*The Sound of Stillness*) (e.e., 'Rhaid i ti beidio hyd yn oed a meddwl felna. Mae'n wir bod yna adegau lawr yn y pentre pan wy'n anhapus, pan mae nghalon i'n teimlo fel twlpyn o blwm y tu mewn I [*sic*] fi fan hyn . . .').

Llifon: 'Chwarae Drag' (*The Drag Factor*). O'r dechrau'n deg, fe glywir deialog sy'n clecian yn naturiol gan un sydd wedi tiwnio i gyweirnod y ddrama o'r frawddeg gyntaf. Cawn y tyndra rhwng y gŵr a'r wraig wrth iddynt ymdopi â'r wybodaeth am rywioldeb y mab, a'i yrfa fel perfformiwr yn dynwared dynes. Dyma'r fam yn ceisio perswadio'i gŵr i beidio dangos rhagrith tuag at eu mab:

> Ruby: Rwyt ti'n dal i'w garu o on'd wyt? (nid yw'n ateb). Os nad wyt ti'n teimlo yr un fath â fi, mae'n ddrwg calon gen i, rwyt ti'n mynd i fod ar dy golled. Mi golli di rywbeth arbennig iawn.

ac yna:

> Drycha, rydw i yr hyn ydw i, ac mi rwyt tithau yr hyn wyt ti, ac mae yntau yr hyn ydi o. Ar ddiwedd y dydd, diolch i Dduw, dydan ni ddim i gyd yr un fath.

Ceir trosiad yr un mor sensitif a naturiol ganddo yn 'Yr Egsentrig' (*The Eccentric*). Yma mae perchennog siop dybaco mewn tref, Mr Goldstein, yn herio'r corfforaethau mawr drwy wrthod gwerthu ei siop-y-gornel iddyn nhw. Daw hynodrwydd, hiwmor a dewrder Goldstein i'r amlwg wrth i fyfyriwr alw heibio i chwilio am waith:

> Daniel: Felly, 'does 'na ddim job?
> Goldstein: Fuaswn i ddim yn d'eud hynny. Ella buasat ti'n g'neud. Ia, mi fedrwn i wneud hefo rhywun i fynd â'r ci am dro. Wyt ti isio g'neud hynny?

Daniel: Mynd â'r ci am dro? Dw i ddim yn meddwl . . .
Goldstein: Mae Abraham angen ymarfer. Rhywun i fynd â fo am dro bach bob dydd. Dw i'n rhy hen, a 'ngwynt yn fyr. Fydda i'n mynd â fo am reid ar y bws bob gyda'r nos. Ond dydi hynny ddim yr un fath. Mae ci angen awyr iach a pholion lamp.

Cadwodd at rythmau a naws y gwreiddiol a rhoi geiriau cwbl naturiol yng ngenau'r cymeriadau. Mae yma glust sy'n gwrando ar eiriau.

Rebel: 'Y Dychweliad' (*Return Journey*). Canolbwyntia'r ddrama ar ddychweliad brodor o Abertawe i'w dref enedigol wedi absenoldeb o bedair blynedd ar ddeg. Yn naturiol, gallwn ddisgwyl emosiwn a champau geiriol a thinc cynganeddol, elfennau a geir yn aml yng ngwaith y bardd. Ofnaf i *Rebel* golli'r cwch cyn gadael strydoedd dociau'r ddinas. Caiff ei ddagu gan y broses o gyfieithu yn hytrach na throsi ac, yn anffodus, mae'r frawddeg agoriadol yn gosod y safon i weddill y trosiad. Egyr y gwreiddiol gyda: 'It was a cold white day in High Street . . .' ond cynigia *Rebel*: 'Roedd hi'n ddiwrnod oer a gwyn yn y Stryd Fawr . . .' Caiff y gwaith ei fritho â chyfieithu llythrennol sy'n merwino'r glust ac sy'n foel o farddoniaeth y gwreiddiol. Cymharer y llun a gaiff ei dynnu yn llygad y meddwl gan: 'He used to climb the reservoir railings and pelt the old swans' gyda: 'Fe fydde'n dringo reilins yr argae ac yn bygwth yr elyrch hen'.

Yna, cawn 'Croes neu Draws' (*The Drag Factor*). Fel gyda 'Y Dychweliad', anwybyddir rhythm naturiol yr ysgrifennu a chawn enghraifft o hyn yn gynnar yn y trosiad:

Ruby (wiping her eyes): Griff. You came after all.
Griff: Let's get this straight now before we start, right? I'm not here for him. It's you I've come for.

Dyma ymdrech *Rebel*:

Ruby (yn sychu ei dagrau): Griff. Dethost ti wedi'r cyfan.
Griff: Gad i ni gael hyn yn glir cyn dechre, reit? 'Dw i ddim yma achos fe. I ti rw i wedi dod.

Mae'n rhaid canmol ymdrech *Rebel* ond mae angen tiwnio'r glust i wrando a chlywed rhythmau'r gwaith gwreiddiol, a chadw cysondeb arddull o'r dechrau i'r diwedd.

Waw: 'Y Busnas Drag 'Ma' (*The Drag Factor*) yw dewis cyntaf y cystadleuydd hwn eto ac fe ddefnyddia'r dafodiaith yn gwbl naturiol:

Griff: Pan oeddwn i'n sychu fy ll'gada mi o'dd pawb, a thitha' hefo nhw, yn meddwl 'i fod o am fy mod i'n chwerthin gymint, ac felly ro'dd hi . . . nes i mi sylweddoli mai fy hogyn i oedd i fyny 'na.

Gwaetha'r modd, mae *Waw* yn colli rhythm y ddrama bob hyn a hyn ac yn cyfieithu yn hytrach na throsi (e.e., wrth i Ruby drafod rhywioldeb eu mab gyda Griff: 'Fedrwch chi ddim ca'l y geiniog a'r dorth'). Gydag ychydig mwy o ofal, gallai *Waw* fod yn agos i'r brig ond y llithriadau bychain sy'n llesteirio'r ymdrech hon.

Ail ddewis *Waw* oedd 'Edrych Draw i'r Môr a Gweld' (*Looking Out to* See). Gwibdaith ysgol i ynys hardd oddi ar arfordir Cymru yw'r cefnlun, gyda Way yn portreadu glaslencyndod yn ei holl wendidau, gobeithion ac ansicrwydd. Yr her i *Waw* oedd trosi barddoniaeth Charles Way yn farddoniaeth sy'n swnio'n naturiol Gymraeg. Ofnaf na fu'r ymdrech yn llwyddiant a chollwyd cyfle i osod stamp gyda theitl y ddrama, a dilyn patrwm Way o chwarae gyda geiriau. Fel gyda 'Y Busnas Drag 'Ma', syrthia'r cystadleuydd i'r fagl o gyfieithu yn hytrach na throsi (e.e., wrth i'r criw gwrdd am saith o'r gloch ar fore'r trip, mae Iddawg yn brwydro o drwmgwsg a dweud: 'I feel dead . . .' a hynny'n cael ei gyfieithu'n slafaidd gan *Waw*: 'Dw i'n teimlo 'di marw' pan fyddai rhywbeth fel 'Dw i'n teimlo fel corff' yn Gymreiciach ac o bosib yn fwy naturiol.

Byddai mwy o ofal ar ran nifer o'r cystadleuwyr wedi rhoi o leia' dri ohonynt yn agos at y brig. Oherwydd y diofalwch hwnnw, erys un sydd ben ac ysgwydd uwch y gweddill. Gwobrwyer ymgais *Llifon*.

Cyfansoddi 3 neu ragor o fonologau oddeutu 3 munud o hyd addas ar gyfer clyweliad neu ar gyfer cystadleuaeth Gwobr Richard Burton

BEIRNIADAETH MEI JONES

Gair i gall yn gyntaf. Yn fy marn i, mae geiriad y gystadleuaeth hon braidd yn niwlog. Fel arfer, disgwylir cyflwyniad o ddau fonolog gwrthgyferbyniol mewn clyweliad ac, yn sicr, dyma'r gofynion yng nghystadleuaeth Gwobr Richard Burton. Pam felly, gofyn am dri neu ragor o fonologau? Os mai'r nod oedd creu cronfa o fonologau unigol a fyddai o ddefnydd i ymgeiswyr a chystadleuwyr maes o law, yna mae'r gystadleuaeth wedi methu, gan fod y pum cystadleuydd wedi rhagdybio bod angen naws wahanol i bob monolog. At hynny, mae creu tri neu ragor o fonologau sy'n gwrthgyferbynnu yn gythreulig o anodd. Prysuraf i ychwanegu, fodd bynnag, nad gofynion y gystadleuaeth sy'n bennaf cyfrifol am safon isel y rhan fwyaf o'r ugain monolog a ddaeth i law.

Sut, felly, y mae mynd ati i lunio monolog ar gyfer y gystadleuaeth hon? Wel, heb geisio swnio'n ymhongar (ond mi fydda' i!), meddyliwch am gar rasio Fformiwla Un. Er mai'r cynllun-beiriannydd sy'n creu'r anghenfil, fe ŵyr o'r gorau mai cyfrwng (neu gerbyd, hyd yn oed!) yw'r modur i arddangos dawn a medrusrwydd y gyrrwr fydd y tu ôl i'r llyw. Dyna, yn gryno, yw'r dasg yn y fan hon.

Foel Fach: 'Ceinwen yn y Costa', 'Tadcu', 'Y Ddynes Glanhau'. Mae'r cyfan yn llawn gwallau iaith a chamsillafu (neu deipio). Er enghraifft, 'Mickey Mouse enfawr yn sbeio at rhy [*sic*] draig goch, steil tegan meddwl [*sic*]'. Hefyd, mae'r monolog cyntaf a'r trydydd yn frith o ymadroddion a chymalau Saesneg diangen. A oes yma Renault? Robin Reliant, debycaf!

Un o'r Llan: 'Neb yn Dy Ddewis', 'Nadolig Bethlehem', 'Bod yn Aelod o'r Clwb'. Unwaith eto, mae'r cyfan yn llawn gwallau iaith a chamsillafu. Er enghraifft, 'Dim fel y Cynghorydd [*sic*] Sirol 'na sydd yn frith yn yr Orsedd 'na. Cynghorwydd [*sic*] Prigethwrs [*sic*] ac Athrawon . . .'. Ond, chwarae teg i *Un o'r Llan* (sy'n ddysgwraig, 'dybiwn i), nid oes nemor yr un ymadrodd Saesneg yn ei gwaith. Mclaren Mercedes, tybed? Morus Mul, mae arna' i ofn.

Aipolas: 'Y Dyfarnwr', 'Merch Ifanc', 'Carol'. Ymdrechodd i greu tri monolog amrywiol mewn Cymraeg graenus a dirodres. Gwaetha'r modd, nid oes fawr yn arbennig yn yr un ohonynt. Mae'r cynnwys yn ddifflach a'r dweud yn gyffredin. Ferrari? Ffordyn!

Carla: 'Dedfryd', 'Haul a Llygad Goleuni', 'Amser mynd i'r Toilet', 'Pontcanna', 'Mae Elfis yn fyw'. Mentrodd *Carla* lunio pum monolog! Yma eto, mae'r iaith yn lân ar y cyfan ond, eto, mae'r cwbl yn rhy amlwg a'r hiwmor yn wan. Honda Bar? Hyundai bach!

Malwan: 'Curo', 'Agor', 'Cau'. Yn sicr, dyma'r orau yn y gystadleuaeth. Mae *Malwan* yn gallu ysgrifennu, ac mae yma wir ymgais i lunio cymeriad a chreu naws (yn enwedig yn y monolog cyntaf). Yr un ferch sydd yn y tri monolog, ar adegau gwahanol o'i glasoed. Mae hyn yn creu problem, gan mai un monolog sydd yma mewn gwirionedd, wedi'i rannu'n dair rhan – anaddas ar gyfer Gwobr Richard Burton! Ond nid bai *Malwan* mo hyn. Ar ôl dweud hynny, nid yw'r ail a'r trydydd monolog cystal â'r cyntaf. Maen nhw'n dueddol o fod yn fwy o fyfyrdodau na monologau ac nid yw'r un cyntaf ychwaith heb ei feiau. Mae'r ailadrodd bwriadol o'r geiriau 'fawyr' (sef *fawr*) a 'clyfar' dro ar ôl tro yn gwanhau'r darn, yn fy marn i.

Felly, a ydyw *Malwan* yn y ras? Yn sicr, mae hi wedi cyrraedd y trac – wedi parcio ar y grid cychwynnol hyd yn oed. Ysywaeth, nid â fawr pellach na hynny y tro hwn. O godi'r bonet, nid yw'r injan yn gweryru fel y dylai ac mae'r olwynion yn troi yn eu hunfan braidd. Ni fydd 'Grand Prix' eleni, mae arna' i ofn. Ond dyna fo, *malwan* ydi hi wedi'r cwbl!

Adolygiad hyd at fil o eiriau o gynhyrchiad o unrhyw berfformiad gan gwmni theatr proffesiynol Cymraeg diweddar

BEIRNIADAETH KAREN OWEN

Dau gystadleuydd yn unig a fentrodd gamu i'r llwyfan hwn eleni. Yn rhyfedd, fe ddewisodd y ddau adolygu'r un cynhyrchiad, sef fersiwn cwmni Theatr Genedlaethol Cymru o 'Romeo a Jwliet', William Shakespeare, a fu ar daith o gwmpas y wlad yn ystod hydref 2004. Ond, er i'r ddau ganolbwyntio ar yr un cynhyrchiad ac er i'r ddau gael eu siomi gan y cynhyrchiad hwnnw, mae'r modd yr aethon nhw ati i gloriannu yn wahanol iawn i'w gilydd.

Prif bwrpas unrhyw adolygiad ydi dweud yn deg, ond yn ddiflewyn ar dafod, wrth ddarllenydd sydd heb eto weld y cynhyrchiad, a ydi hi'n werth codi allan a thalu am docyn i'w weld. Nid mwytho ego'r un actor na sgriptiwr na chyfarwyddwr ydi'r nod, ac nid ysgrifennu er mwyn llenwi sgrapbwcs toriadau papur newydd y cwmnïau unigol a wna unrhyw adolygydd 'chwaith. Y darllenydd ddylai fod ar flaen y meddwl wrth fynd ati i egluro pam mae'r cynhyrchiad dan sylw wedi gweithio neu wedi methu cyrraedd y nod.

Mae disgwyl i'r adolygydd ddweud ei ddweud yn glir, gan ddadlau ei achos a chynnig enghreifftiau i gefnogi'r hyn y mae'n ei honni. Wrth wneud hynny, fe all ddwyn ar brofiad ac arbenigedd ym myd y theatr, ond dydi pob arbenigwr, 'chwaith, ddim bob amser yn gallu cyfleu'r hyn y mae'n ei deimlo mewn iaith ddealladwy i bobol nad ydynt yn rhannu'r un cefndir a'r un wybodaeth gefndirol ag ef ei hun.

Syrthiodd *Malwoden* i'r fagl o ddibynnu gormod o lawer ar ddyfynnu enwau mawr yn hanes y theatr yng Nghymru a'r tu hwnt i geisio cario'r adolygiad. Y canlyniad oedd i'r adolygiad fynd yn llafurus i'w ddarllen ac i mi ofyn i mi fy hun ar sawl achlysur, 'Iawn, rydan ni'n gwybod beth yw barn Michael Bogdanov, Patrice Pavis, Max Raindhart a Mayerhold, ond beth ydi barn *Malwoden*?' Mae'r darn hefyd yn rhy draethodol ar y dechrau, wrth sôn am y gwahaniaeth rhwng 'y testun dramataidd [sic] a'r cynhyrchiad theatraidd [sic]' nad oedd, i mi, yn ychwanegu dim at bwrpas y darn, sef cyfleu gwybodaeth i'r darllenydd. Er hynny, mae *Malwoden* yn siarad yn onest ac yn rhesymegol ynglŷn â diffygion honedig set y cynhyrchiad – dyma ran orau'r adolygiad cyfan, wrth iddi amau doethineb defnyddio'r bwrdd gwyddbwyll, a phellter elfennau eraill o'r set oddi wrth ei gilydd. Mae'n drueni i'r paragraff dilynol, sy'n ymdrin â chrefft yr actorion, gael ei gymylu drwy ollwng enw Ferdinand de Saussure i'r ddadl

177

a dyfynnu un o'r actorion, Rhian Blythe, heb ddweud o ble y daeth y dyfyniad na rhoi syniad o'i gyd-destun. 'Aethom i chwilio am ysbrydoliaeth. Dychwelasom heb ei ddarganfod', meddai *Malwoden* yn nwy o'i brawddegau olaf. Byddai mwy o adrodd uniongyrchol felly wedi cyfoethogi ei hadolygiad.

Os oedd *Malwoden* yn dibynnu gormod ar ddyfynnu pobol eraill, mae'r ail ymgeisydd, *Jonah*, yn hollol hyderus yn ei allu ef ei hun i ddweud ei ddweud ynglŷn â'r hyn a welodd ar y llwyfan. Dydi o ddim wedi ei blesio a does ganddo ddim ofn egluro pam wrth y darllenydd. Mae actorion unigol, y cyfarwyddwr a'r cynllunydd setiau yn ei chael hi; mae anghysonderau symudiadau llwyfan a gwisgoedd yn dod dan y lach; a'r defnydd o'r testun Saesneg yng nghanol cyfieithiad Cymraeg. Mae *Jonah* yn beirniadu'r goleuo hefyd, gan ddisgrifio a dadlau ei achosion yn glir.

Yn wir, fe aeth *Jonah* i dipyn o hwyl wrth adolygu ac fe ddylai fod wedi tocio peth ar y darn er mwyn tynhau ac er mwyn cadw at eiriad y gystadleuaeth, sef adolygiad o hyd at 1,000 o eiriau. Er hynny, rydw i'n hollol fodlon bod modd torri'n ôl ar y nifer o eiriau heb golli dim o'r pwyntiau sy'n cael eu codi yn yr adolygiad, a bod yr adolygiad yn un a fyddai o werth i ddarllenydd cylchgrawn *Golwg*. Mae *Jonah* yn deilwng o'r wobr.

Trosi Sioe Gerdd. Un o'r canlynol: (i) *Into the Woods* (ii) *Honk*

BEIRNIADAETH EINION DAFYDD

Mae'n rhaid edmygu cystadleuwyr am roi cynnig ar ymateb i'r her o drosi darnau o sioe gerdd o'r Saesneg i'r Gymraeg. Gorchwyl anodd yw hwn. Mae'n rhaid i'r cyfieithiad daro ar y glust yn yr un modd ag y gwna'r gwreiddiol. Nid mater o gyfieithu syml mo hyn – mae'n rhaid trosi naws, nid geiriau – a dylai'r trosiad gyd-fynd ag acenion y llinellau cerddorol. O dro i dro, mae'n anochel y byddai'n rhaid defnyddio ambell gwafer ychwanegol er mwyn sicrhau bod acenion y Gymraeg yn cael eu parchu.

Derbyniwyd dwy ymgais, y naill gan *Môr-forwyn* a'r llall gan *Y Negesydd*, ar drosi sioe Sondheim/Lapine, 'Into the Woods'.

Mae *Môr-forwyn* wedi argraffu'r geiriau'n dwt o dan yr alawon y cenir hwy arnynt. Mae hyn o gymorth i'r darllenwr i weld pa mor effeithiol yw'r gosod. Gwaetha'r modd, mae cam-acennu *Môr-forwyn* yn rhemp ac yn llethu'r holl waith. Mae tinc lletchwith y Gymraeg yn ganlyniad i doreth o frawddegau y byddai gramadegydd yn eu galw'n frawddegau cymysg. Tybed a adroddodd *Môr-forwyn* ei brawddegau'n uchel iddi ei hun ar rythm yr alawon?

Cyflwynwyd trosiad *Y Negesydd* ar ffurf sgript ac roedd hynny'n ei gwneud hi'n anodd rhoi gair yn erbyn nodyn. Serch hynny, mae'r Gymraeg yn llifo'n llawer rhwyddach yma, er nad yn gwbl ddi-wall o ran acennu a gramadeg. Mae libreto Cymraeg y pum cân a gyflwynwyd yn awgrymu i mi y gallai *Y Negesydd* ddarparu trosiad derbyniol o'r sioe gyfan. Gwobrwyer *Y Negesydd*.

ADRAN FFILM A THELEDU

Ysgoloriaeth Geraint Morris mewn cydweithrediad â Cyfle

Sgript drama deledu neu ffilm 10 munud o hyd

BEIRNIADAETH RHYS POWYS

Amlen denau a ddaeth trwy'r drws – yn cynnwys dim ond dwy sgript. Roedd hyn yn siom gan nad yw llunio sgript ddeng munud yn gamp sydd y tu hwnt i allu awdur newydd. Mae'r wobr ariannol yn un hael ac, yn bwysicach o lawer, mae'r cyfle i weithio ymhellach ar gynhyrchiad llawn o'r gwaith buddugol yn wobr sy'n werth ei hennill. Mae cael tâp o waith gorffenedig yn gofnod gwerthfawr (ac yn ddefnyddiol dros ben os am guro drysau cynhyrchwyr a chomisiynwyr).

O'r Seine: Un olygfa sydd yn 'Adieu' – un olygfa rhwng dau gariad mewn caffi ym Mharis. Wrth gyfyngu ei stori i un lleoliad, ac i un cyfnod deng munud o amser, mae'r awdur wedi dewis peidio â defnyddio un o arfau pwysicaf yr awdur teledu – y gallu i dorri, i neidio'n ôl ac ymlaen, o ran amser a lleoliad. Collwyd cyfle, felly, i amrywio 'curiadau' a rhythm y ddrama ac i *ddangos* yn ogystal â *dweud* y stori.

Mae'n rhaid canmol *O'r Seine* am 'weld' ei ffilm yn ei ddychymyg cyn mynd ati i lunio'r sgript. Mae yma ddisgrifiad o'r sain a'r llun ar gyfer pob llinell o ddeialog. Gwaetha'r modd, mae mynnu bod y cyfarwyddwr yn dangos dim ond llygaid, cegau, dwylo neu draed yr actorion yn cyfyngu'n ddirfawr ar effaith weladwy'r ffilm. Yn wir, mae'n llyffethair sy'n caethiwo'n ormodol. Efallai y gallai'r fath dechneg weithio mewn hysbyseb hanner munud, neu ffilm fer arbrofol dri munud o hyd, ond rwy'n teimlo mai cynulleidfa rwystredig iawn fyddai un 'Adieu' yn ei ffurf bresennol. Gyda'r arlwy mor gyfyng i'r llygaid, mae llwyddiant ffilm o'r fath yn dibynnu ar ddeialog fachog, rythmig, afaelgar i apelio at y glust. Dydi *O'r Seine* ddim eto yn awdur digon profiadol i gyflawni hyn. Does dim clyfrwch yn y ddeialog, dim dyfnder i'r cymeriadau a fawr ddim ffresni yn y stori ei hun.

Llyffant: Mae 'Fo, y brenin a'r llo', ar y llaw arall, yn sgript gyfoes, Gymreig, hwyliog dros ben. Mae'r cymeriadau'n lliwgar a diddorol, y ddeialog yn fywiog, yn gynnil a chlyfar, a'r sefyllfaoedd yn gredadwy – weithiau'n ddwys ac weithiau'n wirioneddol ddoniol. Gŵyr *Llyffant* sut i amrywio rhythm ei olygfeydd a phryd i ddefnyddio cerddoriaeth. Mae angen golygu yma a thraw, ac osgoi gorddefnydd o'r rhithweledigaethau ond, fel arall, mae 'Fo, y brenin a'r llo' yn sgript gampus i awdur newydd. Gwaetha'r modd, nid sgript ddeng munud o hyd yw hi. Fel y dywed yr awdur ei hun yn ei ragarweiniad: 'Mae'r sgript 30 munud hon yn bennod agoriadol i gyfres ddrama gomedi bosibl'. Ydi – ond oherwydd canllawiau'r gystadleuaeth, a'r anghenion cynhyrchu sydd ynghlwm â'r gystadleuaeth trwy Cyfle, nid oes modd gwobrwyo *Llyffant* yn y gystadleuaeth hon. A dyna i chi siom arall.

ADRAN DYSGWYR

CYFANSODDI I DDYSGWYR

Cystadleuaeth y Gadair

Cerdd: Wal

BEIRNIADAETH IFOR AP GLYN

Derbyniwyd dwy ar bymtheg o gerddi, a diolch i'r awduron i gyd; y ffordd orau i loywi iaith yw drwy ei hymarfer.

Os nod bardd yw canfod ei lais, mae'n rhaid iddo'n gyntaf fagu clust ac mae magu clust yn fwy o gamp mewn ail iaith. Mae clustiau go lew gan lawer o'r cystadleuwyr eleni; dylai'r goreuon fentro i adrannau llenyddiaeth ein heisteddfodau yn hytrach nag i adran y dysgwyr.

Ond mae 'na waith magu clust ar rai o'r cystadleuwyr o hyd. Ambell waith, wrth bendroni uwchben rhyw air neu ymadrodd tywyll ei ystyr, roedd ei gyfieithu i'r Saesneg yn dadlennu'r hyn a fwriadwyd gan y bardd. Dw i'n amau bod ambell un wedi bod yn rhy barod i gythru am ei eiriadur, yn lle ymddiried yn ei glust. Mae'n haws o lawer dod i adnabod teithi'r iaith drwy wrando a darllen yn hytrach na thrwy bori mewn geiriadur. Nid 'gwennoli' dŵr yw llyncu!

Rhennais y cerddi'n ddau ddosbarth, yn nhrefn eu teilyngdod, gydag ychydig sylwadau ar bob ymgais.

AIL DDOSBARTH

Mrs S. Coleman:

> Mi redodd y wal dros y mynydd
> mi redodd y wal trwy'r cae
> Sut mae'n bosib i waliau rhedeg?
> Pan does ganddyn nhw ddim coesau.

Dyna'r gerdd yn ei chrynswth, fel y derbyniwyd hi. Diolch iddi am ddod ag ychydig o ysgafnder i'r gystadleuaeth ... ond mae disgwyl mwy na phedair llinell i ymgiprys am Gadair yr Adran hon.

Swci: Hiraeth am yr amser gynt sydd gan yr awdur yma. Mae'n gallu ysgrifennu'n ddigon rhythmig ond, gwaetha'r modd, nid yw *Swci* eto'n ddigon o feistres ar y Gymraeg i'w mynegi ei hun yn hyderus ar ffurf cerdd. Dalied ati i ddarllen, ac mi ddaw.

Aderyn y Bryn: Atgofion o fath gwahanol sydd yn y gerdd hon. Ymddengys fod damwain o ryw fath wedi cipio cyfaill y bardd yn annhymig ond, gwaetha'r modd, mae nifer o bethau'n dywyll imi yn y gerdd hon; beth, er enghraifft, yw'r 'pacedi lliwgar . . . ar y wal'? Ai blodau'n nodi'r fan lle digwyddodd y ddamwain angheuol? Ond pam y gair 'pacedi'? Cerdd ddramatig, ond eto, mae'r Gymraeg yn dal yn drech na'r awdur.

Cerdd: 'Fy nghartref i yw', meddai'r pry copyn, y dryw bach a'r blodau gwyllt i gyd yn eu tro, wrth siarad am wal. Mae'r ailadrodd hwn yn rhoi siâp cerdd iddi'n sicr (neu, efallai, stori i blant?) ac mae'r iaith yn gywir ar y cyfan. Ond rhyddieithol yw rhythm y rhan fwyaf o'r llinellau.

Cadwr (a): Cerdd i garreg sydd yma mewn gwirionedd, carreg sydd wedi gweld y cyfan: 'Hanes y ddaear: hanes y dyn'. (Dw i'n tybio mai 'hanes dyn' a fwriadwyd.) Ar ddiwedd y gerdd, datgelir bod y garreg yn 'rhan o wal' (sy'n cadw'r gerdd o fewn terfynau'r gystadleuaeth, 'debyg gen i!'). Deg llinell sydd i'r gerdd, a'r rheini ar fydr rheolaidd ond, am ryw reswm, dim ond y chwe llinell ola sy'n odli. Efallai y byddai'n talu i'r bardd weithio ymhellach arni.

Cadwr (b): Cerdd o'r galon gan ddysgwraig, i ateb rhyw Gymro sy'n ei chyhuddo o ddod i 'wastraffu fy ngwlad i' (Tybed ai 'difrodi' neu rywbeth tebyg sydd i fod yma, hynny yw 'lay waste'?) Mae *Cadwr (b)* yn gwneud pwynt pwysig dros ben ond, gwaetha'r modd, mae'r mynegiant yn hollol ryddieithol, er yn gwella tua'r diwedd: 'Gyda cherrig 'ryn ni'n gallu adeiladu / pont, neu wal'.

Rhosmari: Y wal rhwng siaradwyr iaith gyntaf ac ail iaith sydd yma eto, pum pennill gyda phatrwm odli digon diddorol. Dyw *Rhosmari* ddim bob tro'n odli'n gywir (er enghraifft: 'fynd / helynt' a 'wal / tâl') a wal fewnol yw 'pared' (neu 'parwyden' chwedl hi) yn hytrach na wal allanol y gellid dringo drosti. Serch hynny, mae ei cherdd yn gorffen ar nodyn mwy gobeithiol wrth iddi ofyn am gymorth i'w helpu i ddringo dros y wal.

Tyddynwr gwyrdd: Mae'r ymgais yn agor megis pos (a hwnnw'n bos sobor o ryddieithol!): 'Yn iau na fy nghydrannau, / mae fy nghyfanwaith / yn fwy cadarn na'i ddarnau'. Ie, wal sy'n siarad, ond cyfyd y gerdd i dir tipyn uwch wedyn, gyda'r llinellau hyn: 'geiriau carreg smentiwyd i'w gilydd / i

183

ffurfio brawddegau caled.' Mae yma weledigaeth ddigon soffistigedig ond 'dyw'r mynegiant ddim cystal.

Mags Brigog: Ychydig yn bregethwrol, nid lleiaf am fod 'na dri phen i'r gerdd; 'wal ein celwyddau', 'wal ein casineb', a 'wal ein cywilydd'. Yr un yw'r byrdwn bob tro: 'sut fedrwn ni ei malu?' Mae yma angerdd a didwylledd ond dim fflach gyfatebol yn y dweud.

Cerridwen: Mur euogrwydd a geir yma, gyda disgrifiadau swrreal o'r bardd yn cracio'i benglog yn ei erbyn a'i ymennydd yn dripian. Ych! Ar y diwedd, ar ôl disgrifiadau digon brawychus o'i ymdrechion i lanhau'r llanast, ceir y llinell: 'Meddalai hyd yn oed dy galon ddur'. Pwy yw'r 'ti' a gyferchir yma? Efallai y dylai'r bardd ddatblygu'r rhan hon, i ni gael clywed am y berthynas neu'r dor-berthynas sydd wedi esgor ar y 'mur euogrwydd'.

E.J.F.: Cerdd a ysgrifennwyd ar ôl ymweld â hen ffrind mewn cartref henoed. Mae 'na rywbeth yn annwyl yn nhaerineb yr ailadrodd: 'I ble'r aethost/Fy hen ffrind annwyl?'. Camgymeriad yw cyfeirio at y wal sydd rhyngddynt reit ar y dechrau – onid gwell gadael i'r darlun o rwystredigaeth arwain at y syniad o wal? Ar ddiwedd y gerdd, mae ei gyfaill yn ei adnabod am eiliad: '... Daw llygedyn o oleuni/a disgleirio drwy'r wal . . .' I mi, mae hynny'n chwalu'r ddelwedd o wal! Serch hynny, cerdd ddigon effeithiol.

Bugeiles y Bryn: Wyth pennill digon hyfryd, telynegol eu naws yn cyferbynnu wal newydd blaen gydag atgofion yr awdur o'r wal oedd o amgylch: '... gardd fy nain./Wal a oedd yn swnllyd, lliwgar,/llawn o bryfed, blodau main'. Hoffwn y syniad fod wal yn gallu bod yn 'swnllyd' yn nychymyg plentyn. Mae'r fydryddiaeth yn afreolaidd ar adegau. Ar ôl sefydlu patrwm o bedwar curiad ymhob llinell, ceir ambell linell dri churiad wedyn, sydd fel calon yn colli curiad! Mae eisiau i'r bardd hwn fod yn fwy gofalus hefyd gyda'i odlau. Mae 'crwn/bŵm' yn ddigon agos i dwyllo'r glust ond dyw 'tew/byw' ddim yn odli o gwbl. Ar y cyfan, mae *Bugeiles y Bryn* yn canu'n rhwydd iawn a gallai ddatblygu'n delynegwr traddodiadol o'r iawn ryw.

Pwmpen: Dyma'r unig fardd i gynnig canu ar ffurf cywydd ond, ar hyn o bryd, mae'r gynghanedd yn dal yn feistres arno. Gwaetha'r modd, mae ychydig dros hanner ei linellau'n wallus, gan amla' am nad ydyw aceniad naturiol y llinell lle myn y gynghanedd iddi fod (er enghraifft, y cwpled agoriadol: 'Wyneb cu, wal fy mebyd/Ffin o gerrig, min fy myd'). Mae ei uchelgais i'w edmygu a dw i'n siŵr y clywn fwy gan *Pwmpen* yn y dyfodol.

DOSBARTH CYNTAF

Yr Orielwr: Mae ganddo rywbeth i'w ddweud ond mae 'na ddarnau yn y gerdd sydd y tu hwnt i mi. (Beth, er enghraifft, yw 'estynder'?) Ond mae 'na egni yn ei ddarlun apocalyptaidd sy'n apelio. Yn y gerdd, mae helwyr Eden yn dwyn cyrch y tu allan i furiau paradwys ac yn dychwelyd cyn i'r storm dorri o'u cwmpas; mae'r bardd, sy'n eu gwylio, yn alltud yn yr anialwch y tu allan, yn hiraethu am ei wynfa goll. Mae yma eirfa gyfoethog, sy'n esgor weithiau ar linellau gwych – er enghraifft:

> marwydos y golau'n oedi
> o flaen fy llygaid gweigion.

Ond weithiau teimlaf y byddai'n well i'r bardd geisio dweud ei ddweud yn symlach. Er enghraifft, mae rhywbeth yn chwithig yn y llinell, 'fe'm collwyd yn y canghennau'. Onid 'dw i ar goll . . .' a olygir? Mae angen mwy o gynildeb yn ei gerdd.

Saer Maen: Mae hwn wedi saernïo cerdd ddigon diddorol am berthynas yn chwalu wrth i un o chwarelwyr ddoe dorri streic a dychwelyd at ei waith. Mae 'wal' yn codi rhwng y chwarelwr a'i wraig;

> gosodais gerrig o ddistawrwydd,
> a'm calon yn llawn atgasedd.

Mae'r gerdd yn odli drwyddi draw ond weithiau mae'r bardd yn llithro – er enghraifft, 'haul/chwaith' ac 'awr/lawer'. Teimlaf weithiau fod yr odl wedi hudo'r bardd i ddewis geiriau na fyddai wedi eu cynnig eu hunain fel arall – er enghraifft, 'wal a godwyd ar greision – sylfeini beision'. Ond er bod 'na beth llacrwydd yn y mynegiant weithiau, roedd ymdrech deg yma i ddal drama cyfnod anodd ym mywyd cwpl.

Llygad y Dydd: Adeiladodd ei gerdd yn sinematig effeithiol, gan arwain ein llygaid yn gyntaf drwy'r coed sydd ar fin y traeth:

> anadl y gwynt yn deffro
> Ac yn siffrwd rhwng y palmwydd hir
> Sy'n gwyro'n raslon tua'r traeth.

Mae'n mynd â ni wedyn i lawr at y bobl sy'n torheulo ar y tywod ('yn huno yn eu defod') ac yna, bang! Daw'r 'wal' i mewn i'r gerdd:

> . . . lli ewyn llethol
> yn llenwi'r wybren gyfan.

sef y tswnami, wrth gwrs. Gwaetha'r modd, ochr yn ochr â'r darnau addawol uchod, mae 'na linellau diog, fel 'paradwys heb ei ail' a

185

mynegiant diangen o farddonllyd, fel 'wedi dethol cynefin le'. Serch hynny, gydag ychydig mwy o waith (a sylw i'w sillafu a'i dreiglo), gallai *Llygad y Dydd* godi'n hawdd i'r brig mewn cystadleuaeth fel hon.

Brân Las: Cynildeb y gerdd hon oedd yn apelio. Chwe phennill hyfryd, yn dal eiliad o synfyfyrio ar ucheldir y Canolbarth. Mae un llithriad bach o ran iaith ('ga'th' yn lle 'ga'dd') a thybiaf y byddai 'symudaf' yn fwy effeithiol na 'symudes i' yn y pumed pennill. Mae'n rhaid dweud hefyd nad yw safon y canu gystal yn yr ail a'r trydydd pennill ag ydyw yng ngweddill y gerdd ond, wedi rhagymadroddi fel yna, dyma fardd gorau'r gystadleuaeth gen i. Mae'n rhoi ein synhwyrau oll ar waith wrth greu ei ddarlun ac yn ein gwahodd, fel Waldo gynt, i rannu ei hiraeth 'am eich 'nabod chwi bob un ... hen bethau anghofiedig teulu dyn'. Ond yn wahanol i'r gerdd 'Cofio', dim ond un elfen yn y tirlun yw olion ein cyndadau. Mae'r gerdd yn cloi gyda brân, sy'n symbol efallai o'n hangau ni oll, ddynion ac anifeiliaid yn ddiwahân, ac yn olaf, mae madfall yn diflannu'n ôl i'r wal mor sydyn â'r weledigaeth a ddisgrifir yn y gerdd. 'Digwyddodd, darfu ...' ys dywedodd bardd arall. Hyfryd iawn. Gwobrwyer *Brân Las*.

Cerdd Cadair y Dysgwyr

WAL

Amser maith yn ôl, doedd
dim byd yma, dim ond awyr agored,
bryniau eang, yr esgair las,
y mynyddoedd anghysbell.

Yna daeth rhywun i godi'r
waliau hyn – carreg ar garreg
ar garreg – Pwy ddewisodd y lle?
Pwy gasglodd y cerrig?

Pwy oedd yn byw yn y tyddyn? Pwy
ga'th ei eni acw? Oedden nhw'n cadw gafr,
buwch, ieir? Lle'r aethon nhw i'r capel?
Abercegir, Darowen?

Gwranda! Be' oedd y sŵn 'na?
Oedd 'na ochenaid? Oedd 'na faban
yn crio? Llwyau ar blatiau?
Dŵr yn rhedeg?

Symudes i fy mysedd ar hyd y wal
fwsoglyd – Mae bysedd y cŵn yn siglo
yn y gwynt, mae gwenyn yn sleifio
i mewn ac allan o'r blodau.

Mae brân yn hedfan yn ddioglyd uwchben,
mae hi'n galw – Does neb fan hyn,
dim ond madfall sy'n brysio'n ôl
i'r cysgod rhwng y cerrig.

Brân Las

187

Cystadleuaeth y Tlws Rhyddiaith. Darn o ryddiaith: Y sgerbwd yn y cwpwrdd. Lefel: Agored

BEIRNIADAETH J. PHILIP DAVIES

Roedd pedwar ar ddeg wedi cystadlu eleni. Ysgrifennodd *Jon Derwent*, *Mags Brigog* a *Mêl* am sgerbwd llythrennol mewn cwpwrdd ac roedd yr un ar ddeg arall yn sôn am sgerbwd fel cyfrinach neu brofiad – er enghraifft: plentyn siawns yn hanes *Eos*, torri'r gyfraith gan *Tansi Gwyllt*, hunanladdiad tad-cu *Sprocsyn*, ac roedd *Delilah* yn disgrifio seren y cyfryngau'n cadw'i chefndir unig, tlawd yn gyfrinach.

Siomedig oedd gweld llawer iawn o wallau iaith yn amharu ar storïau tua hanner y cystadleuwyr. Roedd eraill yn gywirach ond yn crwydro gormod wrth ddweud eu stori. Er enghraifft, roedd stori dda gan *Glas y Dorlan* a oedd yn disgrifio profiad merch o'r wlad yn cael plentyn siawns yn ystod yr ail ryfel byd, ond cafwyd rhes o gymeriadau a oedd yn amherthnasol i'r stori.

Daeth tri chystadleuydd i'r blaen. Cael plentyn siawns yn ystod yr ail ryfel byd oedd cefndir dau ohonyn nhw. Roedd tro annisgwyl ar ddiwedd stori *Gwennol y Bondo* a datgelwyd cyfrinach Modryb Buddug mewn papurau a lluniau mewn drôr cudd ar ôl ei marwolaeth. Merch y Mans oedd y fam feichiog yn stori *TC*, a thristwch mabwysiadu ei mab – heb iddi hi ei weld – yn troi'n hapusrwydd yn y diweddglo: 'Camodd Siân allan i mewn i olau'r haul i gyfarfod â'i hunig fab'.

Roedd stori fer *Madra Rua* yn dda, yn plethu hanes Margaret yn gofalu am ei mam ac yn edrych am John, ei brawd hynaf, â dirgelwch diflaniad John. Er bod ambell wall ieithyddol, megis 'dweud i', roedd y gwaith yn gywir a'r stori'n ddiddorol. Creodd *Madra Rua* gyffro drwy amseriad hanes ei mam yn marw o gancr a threfnu ymweliad John, gan arwain y darllenydd i'r casgliad bod dedwyddwch mewn anwybodaeth weithiau. Stori gyfoes ydi hon, gyda thro arall yn ei chynffon wrth i ni ddarganfod y gwir am 'y sgerbwd yn y cwpwrdd'.

Felly, yn fy marn i, *Madra Rua* sy'n haeddu'r wobr o £75 a Thlws Rhyddiaith y Dysgwyr. Llongyfarchiadau.

Y Darn o Ryddiaith

Y SGERBWD YN Y CWPWRDD

1

'Mae'n wir ddrwg gen i, Mrs Evans, ond yn anffodus does dim amheuaeth, mae arna' i ofn,' meddai Dr Khan. 'Mae'r cancr yn rhy fawr erbyn hyn ac fe fyddai llawdriniaeth yn rhy beryglus, yn enwedig i rywun mewn tipyn o oed fel eich Mam. Y cwbl a allwn ni ei wneud o hyn allan fydd gwneud yn siŵr ei bod hi'n gyffyrddus – gallwn ni reoli ei chyflwr gyda chyffuriau, fel rydych chi'n gwybod.'

'Faint o amser . . .?' gofynnodd Margaret, heb allu gorffen y frawddeg yn iawn.

''Allwn ni ddim bod yn siŵr, wrth gwrs. Yn fy marn i . . . rhwng chwech a deuddeg mis . . . mae'n ddrwg gen i,' meddai'r arbenigwr.

Bu distawrwydd. Edrychodd Margaret allan drwy ffenest y swyddfa, lle'r oedd haul y prynhawn hwyr yn gwenu'n fendithiol dros erddi'r ysbyty. Roedd yr haf yn dod. Daeth chwa o awel wanwynol drwy'r ffenest gilagored i ffroenau Margaret. Gellid synhwyro'r holl egni, y chwant am gael byw yn trwytho'r awyr. Ond onid oedd, yn ogystal, rywbeth difater, diofal, yn hanfodol hunanol ym myd Natur?

'Beth ddylen ni ei wneud, fel teulu, i'w helpu?' gofynnodd hi.

'Bod yno, fel y maen nhw'n 'i ddweud y dyddiau yma. Ymweld â hi mor aml â phosib. Bydd cael y teulu o gwmpas yn gwneud byd o les iddi. Dw i'n gwybod bod eich tad wedi marw, ond mae 'na ddau o frodyr gynnoch chi, yn does?'

Ni phetrusodd Margaret ond am eiliad.

'Oes . . . 'chi'n iawn . . . Tom ac Alun . . . Mae'r ddau ohonyn nhw'n byw'n lleol.'

Cododd Dr Khan ac agor y drws.

'Wel . . . Byddwn ni mewn cysylltiad . . . Diolch am ddod i mewn y p'nawn 'ma.'

'Diolch i chi,' meddai Margaret,' 'Rydych chi wedi bod yn garedig iawn.'

Wrth iddi gerdded o swyddfa Dr Khan, teimlai Margaret fel pe bai hi'n croesi rhyw ffin, ac na fyddai bywyd yr un peth iddi byth eto.

189

2

Eisteddai Huw Wynn Evans yn ei gadair freichiau, gwydraid o win coch yn ei law, yn gwrando ar ei wraig, Margaret, wrth i honno ailadrodd iddo hanes ei hymweliad â'r ysbyty y prynhawn hwnnw. Eisteddai ar ymyl y soffa, ei dwylo wedi'u plethu o'i blaen, yn siarad yn dawel ac yn ddigyffro. Roedd y plant yn eu gwlâu, yn rhy ifanc i gymryd rhan yn y sgwrs yma.

'Felly, fel y d'wedais wrthyt ti gynnau ar y ffôn, mae'n annhebygol y bydd Mam yn fyw ymhen blwyddyn.'

Gosododd Huw ei wydr ar y bwrdd bach wrth ei ymyl. 'Wi'n deall yn iawn y bydd rhaid iti dreulio mwy o amser gyda hi nawr,' meddai. 'Ond ddylai hynny ddim bod yn broblem, a thithau'n gweithio rhan amser. A gallwn innau helpu gyda'r plant a phethau felly – galla' i weithio oriau hyblyg os bydd rhaid.'

'Bydd Tom ac Alun yn fodlon rhannu'r baich hefyd, wrth gwrs . . .'

Bu saib. Syllodd y ddau ohonyn nhw'n freuddwydiol i'r tân coed oedd yn llosgi'n loyw ac yn gartrefol yn y grât. Roedd y tŷ'n dawel iawn yr adeg yma o'r dydd.

'Mae 'na un peth sy'n 'y mhoeni'n arw, cofia,' meddai Margaret ymhen ennyd. 'Byddwn i wedi bod mor falch pe bai Mam wedi gweld John unwaith 'to cyn y diwedd. Ond ddigwyddith hynny byth nawr . . .'

'A! Dy frawd hynaf yw hwnnw, yntê? Y sgerbwd yn y cwpwrdd!'

'Nid doniol mo hynny!' atebodd Margaret yn gwta. 'Bu bron i'r teulu fynd ar chwâl o ganlyniad i beth ddigwyddodd. Dyw Mam byth wedi dod drosto! Ond allwn innau byth ddod i arfer â'r syniad mai lleidr a dihiryn oedd e!'

'Wi wedi clywed sôn amdano o bryd i'w gilydd, ond dwyt ti 'rioed 'di dweud wrtha' i beth yn union wnaeth e,' meddai Huw. 'Efallai y byddai hwn yn gyfle i egluro i mi pam nad oes neb yn siarad amdano, a beth ddigwyddodd iddo.'

Ocheneidiodd Margaret. Yn dri deg pump oed, roedd hi'n prysur ddod i sylweddoli mai plentyn yr ydych yn dal i fod cyhyd ag y mae o leiaf un o'ch rhieni'n fyw. Unwaith y bydd y ddau ohonyn nhw wedi mynd, bydd yn rhaid i rywun arall gydio yn yr awenau, fel petai, lle y mae'r teulu yn y cwestiwn.

'Efallai mai ti sy'n iawn,' cytunodd. 'Mae'n hen bryd i mi adrodd yr hanes i gyd wrthyt ti.' A dechreuodd ar ei stori.

3

'Yn ôl yn yr wyth degau, roedd y teulu i gyd yn byw ar y ffarm yn Rhyd-y-Cwm. Pymtheg oed oeddwn i ar y pryd ac yn dal yn yr ysgol. Erbyn hynny, roedd Tom ac Alun yn gweithio ar y fferm yn helpu 'Nhad. Ond aeth John i weithio i ryw Gwmni Yswiriant draw yn Abertawe. Tua phump ar hugain oedd e, yr hynaf ohonon ni'r plant Roeddwn i'n dwli arno fe! Fe oedd fy arwr – tal a golygus, ac mor annwyl! A finnau oedd ei chwaer fach, ei ffefryn yn y teulu. Roedden ni'n agos iawn. Ond dechreuodd John ganlyn merch oedd yn gweithio yn yr un swyddfa ac ni welais i gymaint ohono fe wedyn. Louise oedd ei henw hi, wi'n cofio. Cyn pen dim, roedd hi'n feichiog, a phenderfynon nhw briodi. Roeddwn i'n gwybod na wnaen nhw byth mo'r tro i'w gilydd – roedd yna rywbeth amdani hi nad oedd yn taro deuddeg!

Cwta fis cyn y briodas, darganfuwyd bod arian ar goll o'r swyddfa. Ymddangosai fod tystiolaeth gref yn erbyn John. *Fe* gafodd y bai, beth bynnag. Ac yna diflannodd. Cyn i'r achos yn ei erbyn ddod i'r llys, a chyn y briodas.'

'Beth ddigwyddodd?' gofynnodd Huw.

'Wel, wrth gwrs, neidiodd pawb i'r casgliad mai lleidr ac enciliwr oedd John. Bu'r cywilydd a'r siom yn ormod i'm rhieni. Gwerthwyd y fferm a symudodd y teulu i Gaerdydd. Does neb wedi gweld dim ar John ers hynny, a wnaeth fy rhieni ddim siarad amdano byth wedyn. Ond mae 'na un peth nad ydi fy rhieni'n gwybod amdano. Rhyw chwe mis ar ôl iddo fe ddiflannu, cefais i lythyr oddi wrth John – o Awstralia. Anfonodd ef i gyfeiriad rhyw gyfaill imi, rhag ofn i rywun arall ddod o hyd iddo. Erfyniodd arna i i faddau iddo am ffoi a mynnu ei fod yn hollol ddieuog o unrhyw drosedd. Dyna'r tro diwethaf i mi glywed unrhyw beth o'i hanes.'

Mudlosgai'r tân yn y grât erbyn hyn. Roedd y botel win yn wag. Roedd yn hwyr arnyn nhw'n mynd i'r gwely, ond er gwaetha'r gwin a'i blinder, ni allai Margaret syrthio i gysgu'n syth. Pan wnaeth hi, breuddwydiai ei bod hithau a John yn crwydro cefn gwlad Cymru yn edrych am Ryd-y-Coed, ond bod y fferm wedi diflannu oddi ar wyneb y ddaear.

4

''Ti'n dawel iawn y bore 'ma,' sylwodd Margaret wrth i Huw sipian ei goffi amser brecwast. Roedd y plant lan llofft yn gwisgo amdanynt yn barod i'r ysgol.

'Rhyw feddwl o'n i, 'na i gyd,' atebodd Huw. 'Gwranda . . . beth am drio olrhain dy frawd, John? Mae gen i gysylltiadau trwy'r swyddfa, 'ti'n gweld, pobl sy'n hel achau'n broffesiynol. Chwilio am fuddiolwyr sydd ar goll y byddan nhw gan amlaf, neu bobl eraill sydd â hawl i ryw etifeddiaeth.'

'Dw i ddim yn gwybod. Oni fyddai hynny'n amhosib ar ôl yr holl amser 'ma? A phe llwydden nhw i ddod o hyd iddo fe, beth wnaen ni wedyn? Dim ond agor hen glwyfau a wnâi.'

'Ond dywedwn i fod hawl i John wybod bod ei fam yn ddifrifol wael. Ac mae gynnon ni ddyletswydd i adael iddo wybod, os oes modd. Bydd lan iddo yntau wedyn.'

Edrychodd Margaret yn amheus am eiliad. Yna ocheneidiodd. "Ti'n iawn, sbo. Cer yn dy flaen, os mynni di. Ond mae'n siŵr gen i na fydd neb yn gallu cael gafael arno nawr.'

'Rho'r llythyr 'na i mi, yr un anfonodd John o Awstralia. Wedyn – 'gawn ni weld, yn cawn?'

*   *   *

'Hello, Searchline Limited. Jim Roberts speaking . . .'

'Hylo, Mr Roberts. Huw Wynn Evans, cyfreithiwr gyda Stuart Murray Evans, Caerdydd, sy 'ma. Rydyn ni wedi gweithio gyda'n gilydd o'r blaen, os ydych chi'n cofio . . . Ystad Frederick Fleming ymadawedig?'

'O, hylo, Mr Evans. Wrth gwrs 'mod i'n cofio . . . Roedd ei chwaer ar goll, on'd oedd? . . . Be' alla' i 'neud i chi y tro 'ma?'

'Wel, mater personol, fel mae'n digwydd. Chwilio am fy mrawd yng nghyfraith ydw i. John Williams. Ymadawodd am Awstralia bron i ugain mlynedd yn ôl. Dw i isio help proffesiynol, wi'n meddwl. Fyddech chi'n fodlon ymchwilio?'

'Gawn ni drio. Rhowch i mi gymaint o fanylion â phosib a dechreuaf wneud ymholiadau.'

'Wel, mae 'na lythyr o Awstralia. 'Allai hwnna fod yn fan cychwyn?'

'Yn bendant, Mr Evans. Anfonwch chi bopeth sy gynnoch chi ata' i, a 'gawn ni weld.'

5

Aeth wythnosau heibio. Ym mis Mehefin, aeth Mair adref gan fod ei chyflwr yn sefydlog. Roedd ei thŷ hi'n ddigon agos i gartref ei merch, a oedd yn ymwelydd cyson. Rhoddai teuluoedd Tom ac Alun help llaw, hefyd, a bu'r teulu i gyd yn agosach nag oedden nhw wedi bod ers blynyddoedd. Ym mis Gorffennaf, daeth y plant adref o'r ysgol dros yr haf. Nid oedd gwyliau tramor i fod eleni ond derbyniai'r plant hyn. Treuliai Huw gymaint o amser gartref ag y caniatâi ei waith ac, yn wir, roedd yr awyrgylch yn y tŷ yn hyfryd iawn gyda phawb yn tynnu ei bwysau. Wrth i'r haf ddirwyn i ben, beth bynnag, gwaethygodd cyflwr Mair unwaith eto a bu'n rhaid iddi ddychwelyd i'r ysbyty. 'Chlywodd Huw yr un gair oddi wrth Jim Roberts nes ffoniodd hwnnw'r swyddfa yn hwyr y prynhawn ddiwedd mis Medi. 'Mr Evans? Adroddiad *interim* i chi. Mae'r cofnodion swyddogol yn cadarnhau bod eich brawd yng nghyfraith yn Woolagong, Northern Territories, o ble ysgrifennodd at eich gwraig yn 1985. Symudodd wedyn i Darwin am sbel. Yn 1990, priododd a dechrau teulu. Ond weithiodd pethau ddim mas – bu ysgariad yn l995. Ac wedi hynny – dim byd. Aeth y trywydd yn oer. Dyna'r rheswm am yr oedi. Ond wi'n falch o ddweud ein bod wedi cael tipyn o *breakthrough* yn ddiweddar, Mr Evans. Ryn ni'n gwybod nawr mai symud unwaith eto wnaeth John, a hynny'n fuan wedi'r ysgariad. Dydyn ni ddim yn gwybod ble mae e'n union eto, ond galla'i gadarnhau erbyn hyn mai byw yng Nghanada y mae e bellach.'

'Ardderchog, Mr Roberts! Da iawn, chi! Ydych chi'n hyderus y cewch chi hyd iddo nawr?'

'Dim eto – ond rwy'n ffyddiog y bydd mwy o wybodaeth yn fuan.'

*   *   *

Eisteddodd Margaret yn ôl yn ei chadair, gan synfyfyrio. Newydd gael y newyddion diweddaraf oddi wrth ei gŵr roedd hi. A fydden nhw'n llwyddo i olrhain ei brawd? A fyddai hwnnw'n fodlon cysylltu â'r teulu? A fyddai ei mam yn fodlon clywed oddi wrtho fe? Ni wyddai'r atebion i'r un o'r cwestiynau hyn, a byddai'n rhaid delio â nhw o bosib ar fyrder. Edrychodd ar ei wats. Chwarter i bump. Byddai'n gorfod prysuro. Roedd cyfarfod i fod heno yn yr ysbyty gyda Dr Khan.

6

'Diolch am adael i mi wybod am eich brawd, a hanes y teulu, Mrs Evans. Ond i ateb eich cwestiwn – na, dw i ddim yn meddwl y byddai o les i'ch mam gael gwybod eich bod ar fin cysylltu â John. Dw i ddim am iddi gynhyrfu, 'chi'n gweld.' Roedd golwg braidd yn ansicr ar wyneb Dr Khan. 'Ond, wrth gwrs, pe bai modd iddyn nhw gymodi . . . licsen i ddim rhwystro hynny'

193

'Dewch i ni aros nes bod mwy o wybodaeth,' meddai Huw.

'Hyd y gwela i, mae e lan i fi a'm brodyr yn y diwedd,' meddai Margaret braidd yn gwta. 'Ond does dim rhaid mynd o flaen gofid. Unwaith y byddan nhw wedi cael gafael ynddo, cawn ni benderfynu beth i'w wneud'

Ac felly y cytunwyd.

*　　　*　　　*

Daeth y galwad ffôn tyngedfennol ar brynhawn gwlyb a gwyntog rai wythnosau'n ddiweddarach. Roedd yr ymchwilwyr wedi olrhain John yng Nghanada. Roedd e wedi ailbriodi yn 2000, a chanddo ddau o blant erbyn hyn. Roedd e'n byw yn Vancouver ac mewn swydd dda. Ond, yn bennaf oll, roedd ganddyn nhw gyfeiriad a rhif ffôn. Roedd y chwilio drosodd.

*　　　*　　　*

Mawr a hir fu'r ddadl yn y teulu wedyn. Roedd Tom yn erbyn y syniad o gysylltu â'i frawd o gwbl. Roedd Alun o blaid rhyw fath o gymodi ond yn meddwl y byddai John yn gwrthod cydweithredu. I Margaret, lles eu mam oedd yr ystyriaeth bwysicaf ac, yn ei thyb hi, byddai'n well peidio â dweud unrhyw beth wrthi na pheri gofid iddi. Penderfynwyd cynnal cyfarfod yn nhŷ Margaret i drafod y mater ac felly daeth Tom ac Alun a'u gwragedd drosodd un nos Wener. Tro Margaret fu hi i ymweld â'u mam y prynhawn hwnnw ac, felly, croesawodd Huw y lleill pan gyrhaeddon nhw ac arhosodd pawb i Margaret ddychwelyd o'r ysbyty cyn i'r drafodaeth go iawn ddechrau. Am saith o'r gloch, daeth sŵn allweddi Margaret yn agor drws y ffrynt, ac wedyn, dyna hi'n sefyll yn nrws y lolfa. Rhywbeth yn ei hosgo wnaeth i bawb dawelu.

'Oes 'na rywbeth o'i le?' gofynnodd Huw.

'Dim fel'ny.' atebodd hithau.

'Beth sy'n bod, 'te?

'Wel, mae meddwl Mam yn crwydro rywfaint o bryd i'w gilydd erbyn hyn. Effaith y cyffuriau, chwedl Dr Khan, er ei bod yn siarad yn gryf ac yn glir heno. 'Nôl yn yr hen ddyddiau yr oedd hi, ar y fferm. Pan oedden ni'n dylwyth. Bu'n siarad am hir am Dad, wrth gwrs, a'u bywyd yng nghefn gwlad. Am mor berffaith yr oedd popeth! Ac wedyn . . . wel . . . yn hollol annisgwyl, dechreuodd siarad am . . .' Petrusodd Margaret.

'Wel?'

'Wel . . . am . . . John. Mae hi isio gweld John.'

*　　　*　　　*

Cododd Huw y ffôn a deialu'r rhif a gafodd gan Jim Roberts. Ar ôl trafod y mater, penderfyniad y teulu oedd y dylai Huw drio cysylltu â John, a hynny ar unwaith, gan y tybion nhw y dylai fod liw dydd yng Nghanada yn awr. Ymhen eiliad, daeth ymateb.

'Hello. This is John Williams . . .'

Mor syml â hynny!

'Hylo, Mr Williams,' meddai Huw yn Gymraeg. 'Huw Evans ydw i. Dydych chi ddim yn fy 'nabod i, ac mae gen i dipyn o sioc i chi, mae arna' i ofn. Ond yn gyntaf, ga' i esbonio yn Gymraeg?'

'Cewch, ond siaradwch yn araf! Nid wy'n arfer defnyddio Cymraeg, cofiwch!'

'Iawn! Wel, gŵr Margaret eich chwaer, ydw i. Cwrddon ni a phriodi ar ôl i chi adael Cymru. Mae'r teulu wedi eich olrhain chi o achos eich mam. Yn anffodus, mae hi'n ddifrifol wael, a dydyn ni ddim yn credu y bydd hi'n byw am hir. Bu farw eich tad ryw bum mlynedd yn ôl, ac mae hi ar ei phen ei hun, ar wahân i'r plant. Ac mae hi wedi bod yn gofyn amdanoch chi . . .'

Aeth Huw ymlaen i esbonio'r sefyllfa yn fanwl.

'Fi ddim yn siŵr beth i wneud,' meddai John ar ddiwedd y sgwrs. 'Lot i feddwl amdano . . . Beth yw eich rhif ffôn? Ffonia' i'n ôl mewn ychydig ddyddiau . . .'

7

Aeth wythnosau heibio. A'r flwyddyn yn prysur ddirwyn i ben, roedden nhw'n dal heb glywed gair oddi wrth John. Roedd cyflwr Mair yn ddigon sefydlog, beth bynnag. Byddai hi'n siarad am ei mab hynaf yn ddigon aml yn awr, ond ni allai neb ddatgelu eu bod nhw wedi bod mewn cysylltiad ag ef. Ond yn y diwedd, daeth yr alwad ffôn y buon nhw'n ei disgwyl. A Margaret atebodd y tro yma. Roedd y ddau wedi gwirioni ar yr aduniad ac roeddent yn amlwg dan deimlad cyn diwedd y sgwrs.

'Margaret . . . i ti gael gwybod . . . nage fi wnaeth dwgyd yr arian 'na. Wi isie i *ti*, o bawb, gredu 'ny. Wnes i ddim byd o'i le. *Panic* – 'na beth wnaeth i mi redeg bant fel'na.'

'Wi *yn* dy gredu di, John,' meddai hithau'n syml.

'Margaret – ni wedi gwneud penderfyniad. Fi a'r wraig. Mae amser bant 'da fi dros y Nadolig. Cwpl o wythnosau, 'ti'n gwybod. Down ni adre' i

Gymru. Cyrraedd y dydd ar ôl *Boxing Day,* y *twenty-seventh,* yn Heathrow. 'Fydd modd i rywun gwrdd â ni?'

'O, wrth gwrs 'ny! Byddwn i wrth fy modd! 'Alla i ddim aros!'

'Ond byddwn ni'n cael wythnos o wyliau cyn 'ny. *Special treat!* Nadolig yn Thailand! Hedfan o Vancouver, wythnos yn yr haul, wedyn dod ymlaen adre'. Rhof rif y mobeil i ti rhag ofn y bydd rhaid iti gysylltu ar ôl i ni ymadael. Byddwn ni'n sefyll mewn *posh resort* hefyd – lle o'r enw Khao Lak . . .'

8

Eisteddai Margaret a'i mam Mair yn y *dayroom* wrth ymyl y Ward, yn sgwrsio. Gwenai haul gwelw gaeafol trwy'r ffenest. Doedd neb arall yn yr ystafell yr adeg yma o'r dydd.

'Mam,' meddai Margaret, wrth i'r sgwrs ostegu rywfaint, 'mae gen i newyddion i chi. Wi wedi bod yn ysu am gael dweud, mewn gwirionedd, ond bu'n rhaid i mi fod yn amyneddgar nes byddwn i'n siŵr.'

'Wel, be' sy, cariad! Mas â fe!? meddai Mair.

'Rydyn ni wedi dod o hyd i John, Mam. Wi wedi cael sgwrs ag e ar y ffôn. Mae e'n iawn, Mami. Ac mae e isio dod adref. Mae e isio eich gweld chi! Ydych chi'n fodlon? Ydych chi'n gallu maddau iddo?'

'Wnes i fadde i John cyn i dy dad farw, a gweud y gwir,' meddai Mair. 'Fe fynnodd. Gormod o ddŵr wedi mynd dan y bont, wedodd e. Ac ar ôl iddo farw, o'n i'n gweld isio John yn ofnadwy!'

'Ond sonioch chi ddim byd!'

'I be'? O'dd e wedi mynd am byth o'n i'n meddwl. Ond bydd e'n dod yn ôl! Diolch o galon i ti, cariad! Wi wrth 'y modd, wir i ti!'

'Rydyn ni wrthi'n gwneud y trefniadau, Mam. Bydd John gartre cyn diwedd y flwyddyn.'

Edrychodd Margaret ar ei mam. Roedd Mair wedi cau ei llygaid fel pe bai eisiau cysgu arni. Ond sylweddolodd ei merch bod gwên fach hapus ar ei gwefusau. Cododd Margaret a'i throi hi, gan adael ei mam yn pendwmpian yn y *dayroom.*

9

Nadolig tawel ond gwynfydedig a gafwyd y flwyddyn honno. Roedd Mair yn ddigon da i dreulio'r dydd yn nhŷ Huw a Margaret, a chafwyd ymweliad gan aelodau eraill y teulu. Roedd y sgwrs yn troi at John yn aml iawn. Roedd y sgerbwd yn y cwpwrdd wedi troi'n fab afradlon, chwedl Huw! Aeth pawb i'w gwlâu'n gynnar, gan edrych ymlaen at ddyfodiad John a'i deulu.

Bore trannoeth, roedd y plant ar eu traed yn gyntaf. Gallai Huw a Margaret eu clywed nhw yn gwylio'r teledu. Ymhen ychydig, cododd Huw a mynd i lawr y grisiau.

'Dewch 'ma, Dad!' galwodd Rhodri o'r ystafell ffrynt. 'Edrychwch ar hwn!'

'Beth sy'? atebodd Huw braidd yn gysglyd, gan ymuno â'r plant o flaen y teledu.

'Mae 'na don *enfawr* wedi bod, Dad!' meddai Sarah, yn wyth mlwydd oed a'r ifanca' o'r ddau. 'Yn Thailand. Edrychwch!'

'Ble?' gofynnodd Huw gan wyro ymlaen i rythu ar y sgrîn.

'Gwlad Thai,' cywirodd Rhodri.' A *tswnami* yw'r gair go iawn, yntê, Dad?'

Teimlai Huw ias oer yn rhedeg i lawr ei gefn.

'O! Nefoedd! Ble mae'r rhif ffôn 'na?'

Brysiodd Huw i'r gegin ac ymbalfalu trwy'r darnau papur ar y silff. Daeth o hyd i rif ffôn symudol John. Crynai ei fysedd wrth iddo ddeialu. Gwrandawodd yn astud. Doedd dim sŵn. Dim byd. Tawelwch llwyr . . .

10

Wrth i'r newyddion o dramor waethygu trwy'r dydd, cynyddai'r teimlad o ddiymadferthedd a phryder. Aeth neb i'r gwely'r noson honno. Ac yn ystod y nos, daeth galwad o'r ysbyty i ddweud nad oedd Mair yn dda. Aeth Margaret i'r ysbyty i eistedd wrth erchwyn gwely ei mam.

'Mae John ar ei ffordd adre', yn'd yw e?' sibrydodd Mair.

'Ydi, mae e,' atebodd Margaret. 'Mewn ffordd. Peidiwch â becso, Mam – dylech chi drio gorffwys nawr.'

Y bore wedyn, llithrodd Mair i hunglwyf, a bu farw'n llonydd bythefnos yn ddiweddarach.

11

Ddau fis yn ddiweddarach, eisteddai Huw a Margaret Evans yn ystafell ffrynt tŷ teras yn Abertawe, yn yfed te ac yn siarad â Louise, cynddyweddi John Williams.

'Diolch o galon i chi am siarad â ni, Louise,' meddai Margaret. 'Nid rhwydd mo hyn, 'ryn ni'n gwybod.'

'Wel, mae'n hen bryd i mi weud y gwir a symud ymlaen,' meddai Louise. 'Pan ddywedodd Mr Roberts eich bod yn chwilio amdanaf a bod John ar goll, gwybod o'n i y dylen i unioni'r record, fel petai.' Ymbwyllodd ac wedyn parhau.

'Cyn i John ymuno â Phillips & Co, o'n i'n mynd mas gyda bachgen ifanc o'r enw Paul. O'n i'n dwli arno fe, a ffaelais i weld ei feiau. Pan ddes i'n feichiog, gollyngodd fi'n syth. O'n i mewn penbleth. Pan ddechreuais i ganlyn John, gadewais iddo feddwl taw fe oedd tad y babi. Yn fuan wedyn, aeth arian ar goll o'r swyddfa. O'n i wedi rhoi allwedd i Paul er mwyn i ni gwrdd yn gyfrinachol yn y swyddfa. O'n i'n siŵr taw fe oedd y lleidr ond allwn i ddim gweud unrhyw beth – byddwn innau wedi bod mewn trafferthion 'taswn i wedi cyfadde' taw fi roddodd yr allwedd iddo fe. Felly cadw'n dawel wnes i. 'Ellwch chi byth faddau i mi?'

Bu saib.

'Mae'n hen bryd i ni symud ymlaen, hefyd,' meddai Margaret, dan ochneidio. 'Er mwyn Mam. Wnaeth hi faddau i John cyn iddi farw, a hynny heb wybod y gwir. Ac rydych chithau'n haeddu cael eich maddeuant am fod yn onest. Wi'n gwybod yn awr bod f'atgofion am John yn driw. Felly, gallaf – wi'n maddau i chi.'

Gwenodd y llall – yr un wên fach ddel, meddyliodd Margaret, ag y dylai John fod wedi ei chael flynyddoedd maith yn ôl.

'Dysgled arall?' gofynnodd Louise.

Madra Rua

198

Darn o ryddiaith: Streic (tua 300 gair). Lefel: 3

BEIRNIADAETH RHIANNON THOMAS

Gosodwyd tasg benagored eleni ar gyfer cystadleuaeth Lefel 3, sef 'darn o ryddiaith' ar y testun 'Streic'. Rhoddodd hyn gryn ryddid i'r rhai fu'n cystadlu a thipyn o gur pen i'r sawl fu'n beirniadu. Wedi'r cwbl, mae'r disgrifiad 'darn o ryddiaith' yn gallu cwmpasu llawer o ffurfiau gwahanol: gall fod yn stori fer greadigol, farddonol ei naws; yn erthygl newyddiadurol gryno, ffeithiol; yn atgofion plentyndod hynod bersonol; yn fynegi barn chwerw ar sefyllfa wleidyddol; neu hyd yn oed yn alegori fachog efo mymryn o foeswers yn ei cholyn. Yn wir, fe gafwyd enghraifft o bob un o'r rhain a hefyd ambell ddarn oedd yn gyfuniad o fwy nag un ffurf.

Yr anhawster wrth feirniadu oedd dod o hyd i linyn mesur a fyddai'n fodd i gloriannu cynifer o ddarnau amrywiol eu naws a'u ffurf gyda thegwch. Rwy'n gobeithio i mi lwyddo i wneud hynny trwy edrych ar ffurf pob darn unigol a cheisio pwyso a mesur pa mor effeithiol fu'r cystadleuydd wrth ddefnyddio'r ffurf a ddewisodd, gan ystyried hefyd a oedd yr iaith a ddefnyddiwyd yn gydnaws â Lefel 3 o ran cywirdeb ac ystwythder. Eto i gyd, un o'r pethau hyfryd ynghylch beirniadu'r gystadleuaeth hon oedd amrywiaeth mawr y lleisiau y cefais gyfle i'w clywed ac roedd ambell gyffyrddiad o wreiddioldeb a chreadigedd croyw yn siŵr o greu argraff ddofn arnaf a chodi ambell ddarn uwchlaw'r gweddill.

Daeth deg cyfansoddiad i law. Gellid dadlau mai gwaith *Mabon* yw'r un mwyaf uchelgeisiol o'r cwbl a bod yma ymgais at ddarn llenyddol a chreadigol iawn yn y stori fer hon am Glyn, y cyn-löwr methedig yn ei gadair olwyn, yn sugno ar ei ocsigen wrth i'r oriau lusgo heibio'n ddiderfyn gan ddwyn atgofion am yr hen ddyddiau i'w gof. Yr hyn sy'n llwyr lesteirio ymgais *Mabon* yw'r iaith wallus nad yw'n gydnaws â safon Lefel 3. Mae sawl camgystrawen a chamgyfieithiad yn troi'r hyn y dymuna'r awdur ei fynegi'n ddifrifol ddwys yn chwerthinllyd: 'Onnenau i onnenau . . . Lluwch i luwch'. Yn ogystal, mae holl strwythur y darn yn dibynnu ar ailadrodd fel y mae'r cloc yn 'streicio' bob awr pan ddylai dysgwr ar Lefel 3 wybod mai *taro'r* awr a wna cloc yn Gymraeg. Eto, mae'n rhaid canmol *Mabon* am ymgais hynod ddiddorol ac edrychaf ymlaen at weld gwaith cofiadwy ganddo pan fydd ei Gymraeg wedi gwella ymhellach.

Darn arall sydd yn llawn potensial ond sy'n dioddef oherwydd gwallau iaith rhy niferus yw eiddo *Elena*. Atgofion am ei phlentyndod sydd gan yr ymgeisydd yma, atgofion personol iawn am weld plant ar y strydoedd heb esgidiau a phobl yn disgwyl eu tro yn y ceginau cawl pan oedd glowyr Cymoedd y De ar streic. Ceir tuedd i restru nifer o argraffiadau'n fyr heb fanylu ar unrhyw un yn ddigonol ac mae ansicrwydd gydag amser y ferf a threigladau'n cymylu'r ystyr ar brydiau.

Darn cymysglyd braidd yw gwaith *Craig-y-Don* sy'n dechrau ac yn diweddu fel erthygl yn mynegi barn am streiciau'n gyffredinol ond sydd, yn y canol, yn troi'n atgof personol am ymwneud yr awdur â streic benodol yn y naw degau. Nid yw'r atgof rywsut yn gwau'n effeithiol i'r erthygl. Serch hynny, mae'r iaith yn gywir, yn glir, yn gydnaws â ffurf mynegi barn ac yn llwyddo i ddefnyddio iaith eithaf cymhleth ac uchelgeisiol yn effeithiol.

Ceir gwaith uchelgeisiol gan *Saith.Pedwar.Saith* hefyd. Mae yma arddull ymwybodol iawn ac ymgais i greu effaith ar y darllenydd. Hanes streic y bu'r awdur yn rhan ohoni a geir, gyda llun o'r streicwyr a manylion am y cymeriadau oedd wedi cythruddo'r gweithwyr. Mae'r iaith yn uchelgeisiol iawn hefyd, yn cynnwys geiriau cymhleth megis 'trahaus' a 'dicllon' wedi eu defnyddio'n gywir ond wedyn mae *Saith.Pedwar.Saith* yn difetha'r effaith gydag ambell gamgystrawen chwithig. Ond prif wendid y darn yn y pen draw yw ei ansicrwydd pa un ai ysgrif am brofiad personol yr awdur ydyw ynteu erthygl amhersonol am ddigwyddiad hanesyddol. A dyna fo wedi disgyn rhwng dwy stôl.

Mae tafod *Dai Bach* yn ei foch am y rhan fwyaf o'i ysgrif ef wrth iddo adrodd hanes ei brofiad yn mynd ar streic yn yr wyth degau, heb fawr o argyhoeddiad ond gan groesawu ychydig o ddyddiau'n rhydd o hualau gwaith. Gellid bod wedi datblygu'r darn yn ddoniol a thrawiadol ond braidd yn fyr yw'r atgof ac yna mae *Dai Bach* druan yn methu ymatal rhag ychwanegu pwt o bregeth ar y diwedd nad yw'n gydnaws o gwbl â'r darn ffraeth a geir cyn hynny.

Mae *Ella Pendant!* wedi ysgrifennu alegori glyfar iawn i esbonio'i barn ar streicio a'i effaith andwyol ar gymdeithas. Mae'n fachog a difyr er nad oes cymeriadau unigol na deialog i fywiogi'r darn. Mae'r awdur yn selio'r alegori ar ffatri sy'n llwyddiannus iawn nes i'r gweithwyr ddechrau mynd yn farus am fwy a mwy o bres. Gwaetha'r modd, nid yw *Ella Pendant!* yn gallu ymatal rhag pwysleisio neges y foeswers ar y diwedd pan fyddai awgrymu'n gynnil wedi bod yn llawer mwy effeithiol. Mae'r iaith ar y cyfan yn eithaf glân ac ystwyth heblaw am un gwall go anffodus: mae'r ffatri dan sylw yn 'neud berfau' ac mae'r hwch yn mynd drwy'r siop pan 'Sylweddolodd y cwsmeriaid doedd y berfau ddim cystal nac o'r blaen'. Rwy'n weddol sicr mai *berfâu* yw cynnyrch y ffatri i fod – a dyna wers amserol ar bwysigrwydd defnydd cywir o'r acen grom.

Ysgrif fach glyfar iawn yw eiddo *Seren Arian* lle mae'r awdur yn mynegi'n groyw fel y mae dysgwyr yn dioddef yn enbyd oherwydd creulondeb tiwtoriaid Cymraeg didostur. Mae hi'n rhestru dioddefiannau'r dysgwyr ac yn galw ar ei chyd-ddysgwyr i ymuno mewn streic yn erbyn eu gormeswyr. Oherwydd ei safiad, mae hi'n rhagweld dyfodol disglair iddi ei hun pan fydd llun ohoni hi i'w weld 'yn hongian ym mhob ystafell ddosbarth yng Nghymru' wedi iddi gael ei gwneud yn 'Nawddsant Dysgwyr Cymraeg'. Er ei chlyfrwch, mae yma wallau iaith go ddybryd ar brydiau, yn enwedig yn y darn deialog yn y canol.

I'r gwrthwyneb, mae iaith *Elin* yn ei herthygl hi ar Streic y Glowyr ym 1984 yn gywir ac effeithiol iawn. Llwyddodd i greu erthygl sy'n mynegi ffeithiau'n gryno a chlir, gan wau ei phrofiadau ei hun fel aelod o fudiad 'Merched yn erbyn cau'r pyllau glo' i'r erthygl yn berthnasol iawn. A cheir cic giaidd yn y diwedd yn erbyn y llywodraeth bresennol sydd 'eisiau cymryd y budd-dal oddi arnynt. Diolch yn fawr Mr Blair!' Gwendid yr erthygl, efallai, yw ei bod ar adegau'n rhy gryno, yn cynnwys datganiadau pendant iawn heb eu cefnogi â thystiolaeth nac enghreifftiau ac, felly, yn methu dwyn perswâd ar y darllenydd fel y dymuna hi ei wneud.

Yr un streic, Streic y Glowyr ym 1984, yw testun gwaith *Y gwyliwr*, hefyd, a'r un yw'r ffurf a ddewiswyd ganddo, sef erthygl yn cyfleu ffeithiau ac yn mynegi barn am ddigwyddiadau ac effeithiau'r streic honno. Fel sy'n addas ar gyfer y ffurf, mae yma iaith eithaf cymhleth ac uchelgeisiol: 'Penderfynodd Mrs Thatcher dorri grym undebau cenedlaethol a oedd wedi bod yn tagu llwyddiant economaidd Prydain ers y saith degau (yn ôl rhai)'. Ond weithiau mae *Y gwyliwr* yn rhy uchelgeisiol a cheir rhai ymadroddion chwithig. Ceir ymgais fwriadol hefyd i gynnwys priod-ddulliau a dywediadau Cymraeg i gyfoethogi'r dweud – ond heb fod yn llwyddiannus bob tro. O ganlyniad, ceir camau gwag megis 'Tyfodd y streic i'r un mwyaf mewn cof cyn chwinciad chwannen'. Serch hynny, ceir yma erthygl wedi ei saernïo'n gelfydd ac mae o'n waith canmoladwy.

Ymgais *Efa* oedd yr un olaf i mi ei ddarllen, a minnau erbyn hynny bron â drysu wrth feddwl am amrywiaeth yn nhestun, ffurf a theithi iaith y naw darn a ddarllenwyd gennyf eisoes. Mi wnaeth gwaith *Efa* argraff arnaf a barodd ddarlleniad ar ôl darlleniad. Darn digon syml ydyw, mewn iaith sy'n gywir ond heb fod yn gymhleth nac yn uchelgeisiol. Ysgrif ydyw yn mynegi ei hatgofion personol am streic a ddigwyddodd pan oedd yr awdur yn bum mlwydd oed. Rwy'n amau mai Streic y Glowyr yn yr wyth degau sydd dan sylw unwaith eto ond nid yw'r awdur yn dweud hynny. A dyna gryfder y gwaith yma, yr hyn nad ydyw'n cael ei ddweud. Atgof plentyn bach o'r hyn nad yw hi'n ei ddeall sydd yma ac mae llawer o awgrymu cynnil am y noson pan na 'ddaeth Dad ddim i roi sws i fi' ac wedi hynny am 'Dad yn eistedd o flaen y tân. Roedd ei lygaid yn drist efo gwên wan a doedd o ddim eisiau chwarae efo fi'. Ac, yn y diwedd, ar ôl llawer o weiddi a lluniau ymladd ar y teledu, gwelodd ei thad ar y sgrîn: 'Aeth o i mewn i fws ac roedd pawb yn taflu cerrig at y bws!'.

Mae gwaith *Efa*'n ateb yr holl ofynion a osodwyd gennyf i mi fy hun wrth i mi fynd ati i feirniadu'r deg darn a dderbyniais. Mae yma ddefnydd celfydd a chywir o ffurf ac mae'r iaith yn lân ac yn gwbl gydnaws â thestun a naws y darn. Ond mae yma hefyd rywbeth ychwanegol; mae yma ddychymyg a llaw sicr llenor i fedru troi hyd yn oed dri chant o eiriau'n llenyddiaeth gofiadwy a thrawiadol. Gwobrwyer *Efa*.

Y Darn o Ryddiaith

STREIC

Fy atgofion . . .

Roeddwn i gartre ar ôl fy math hapus a bodlon, yn gynnes yn fy ngwely a chyfforddus efo fy nheulu. Ond y nos 'na, 'ddaeth Dad ddim i roi sws i fi.

Ymhellach ymlaen, yn y tywyllwch, mi glywes i weiddi ar y stryd ac roeddwn i'n gallu adnabod llais Dad. Roedd e'n gweiddi nerth ei ben.

Y bore wedyn, roedd y tŷ yn dawel iawn heb synau arferol fy Nhad . . . yn canu yn y gawod, yn paratoi am frecwast, a chlywais i mono fo'n dweud ei 'Ta-ra, rŵan' cyn mynd allan. Mi godes i ac es i lawr y grisiau. Roedd Mam yn eistedd o flaen y tân. Roeddwn i'n meddwl ei bod hi wedi bod yn crio. Sibrydodd hi, 'Dydi dy Dad ddim yn mynd i'w waith heddiw.'

'Pam, Mam?'

'Paid â phoeni!' dwedodd hi, ac mi es i'r ysgol. Yno roedd pawb yn hel clecs am streiciau, bradwriaeth a ffyddlondeb ond roeddwn i'n rhy ifanc i ddeall. Dw i'n gallu cofio ei fod yn awyrgylch diflas ac roedd pawb yn ymladd. Yn y pnawn, ar ôl i mi ddod adre, roedd Dad yn eistedd o flaen y tân. Roedd ei lygaid yn drist efo gwên wan a 'doedd o ddim eisiau chwarae efo fi.

Roedd diwrnodau ac wythnosau wedi mynd heibio. Bob dydd, mi godes i ac es i'r ysgol a phob dydd pan gyrhaeddais i adre roedd fy Nhad yn eistedd o flaen y tân, ar wahân i un diwrnod pan nad oedd tân – 'doedd 'na ddim glo.

Y diwrnod wedyn, 'doedd Dad ddim yno a phan es i i'r ysgol 'doedd neb yn siarad efo fi. Roeddwn i'n teimlo'n gymysglyd ac ar fy mhen fy hun. Ond gyda'r nos pan edryches i ar y teledu roedd llun o'n pentre ni, llawer o heddlu, pawb yn gweiddi ac yn sydyn dyna fy Nhad! Aeth o i mewn i fws ac roedd pawb yn taflu cerrig at y bws.

Roeddwn i'n bum mlwydd oed.

Efa

Darn o ryddiaith: Fy Holl Gymro / Gymraes (tua 200 gair). Lefel: 2

BEIRNIADAETH HAYDN HUGHES

Roedd naw wedi cystadlu ac roedd y safon yn uchel iawn. Cymraeg anffurfiol, yn llafar ac ysgrifenedig, sydd wedi cael ei dysgu i'r dysgwyr hyn ac mae'r goreuon wedi cadw at y math yma o Gymraeg. Mae'r rhai sydd wedi defnyddio gormod ar y geiriadur ac sydd wedi ceisio ysgrifennu mewn ffordd rhy gymhleth wedi cael trafferthion.

Mae enghraifft o hyn yng ngwaith *Polly Pollen*. Chwarae teg iddi am agor ei chalon am Tom Jones ac am geisio gwneud hynny mewn ffordd liwgar iawn. Ond ystyriwch y frawddeg hon: 'pan ddechreuodd e siglo ei egroes a serennu ei lygaid tywyll, byddai'r ffannau'n echdorri fel llosgfynydd'. Pe bai hi'n ysgrifennu yn yr iaith y mae hi wedi'i dysgu, byddai ei gwaith yn gafael yn y darllenwr, dw i'n siŵr. Roedd yma hefyd nifer o gamgymeriadau na fyddwn i'n disgwyl eu gweld ar y lefel yma. Mae'r un peth yn wir am *Miss Davies* a roddodd inni beth o hanes Harri Tudur. Trueni iddi ddefnyddio ffurfiau Saesneg ar nifer o'r enwau, yn enwedig 'Owen Glendower' am ein harwr cenedlaethol. Mae hi'n amlwg wedi ymchwilio i'r hanes a diolch iddi am hynny. Siomedig oedd safon iaith *Crychiad* yn ogystal. Mae o'n sôn am hanes Dewi Sant ac mae wedi mynd i'r drafferth o argraffu delwedd o'r Ddraig Goch yn gefndir i'w sgript. Dewisodd *Crychiad* Dewi yn hoff Gymro iddo yn y gobaith o gael diwrnod o wyliau ar Fawrth y cyntaf! Braf yw gweld ychydig o hiwmor yn y gystadleuaeth. Gwaetha'r modd, ni fyddai Dewi'n hapus iawn gyda safon Cymraeg ei gefnogwr.

Mae *Merched Rebecca, Bachgen Drygionus a Rhiannon Rhys-Jones* mewn dosbarth uwch. Mae'r tri ohonyn nhw'n sôn am arwyr o fyd y campau. Byddai *Merched Rebecca* yn y Dosbarth Cyntaf oni bai am ambell gamgymeriad a defnydd o eiriau fel 'prydiolaethus'. Llwyddodd i greu portread cynnes iawn o Tanni Grey-Thompson. Rhestr o ffeithiau'n unig gawson ni gan *Bachgen Drygionus* a *Rhiannon Rhys-Jones* heb unrhyw ymdrech i esbonio pam mai Robert Croft a Phil Bennett yw eu hoff Gymry nhw, sydd yn anffodus oherwydd mai gan *Bachgen Drygionus* y mae Cymraeg glanaf y gystadleuaeth. Mae *Rhiannon Rhys-Jones* a *Merched Rebecca* i'w canmol yn ogystal am ddiwyg eu hysgrifau. Roeddent wedi mynd i'r drafferth i ddefnyddio nifer o luniau diddorol a phriodol.

Daw hyn â ni at y Dosbarth Cyntaf. Byddwn wedi bod yn fodlon dyfarnu'r wobr gyntaf i unrhyw un o'r tri sydd ar ôl, sef *Dafydd y Coed, Keri Peregrine-Phillips a Mochyn Bach Pinc*. Mae yma ysgrifennu o safon uchel iawn.

Roedd ôl ymchwil ar waith *Dafydd y Coed,* sef hanes David Lloyd y tenor. Cawn hanes difyr mewn dull syml, naturiol a diddorol. Mae ambell gamgymeriad gramadegol yn ei gadw o'r brig. Mae'r ddwy sydd ar ôl wedi ysgrifennu am gymeriadau go iawn, pobl y maen nhw'n eu nabod yn dda. Mae hyn yn golygu bod eu hysgrifau'n fwy diddorol i'r darllenwr ac roedden nhw wedi llwyddo i ddod â'r cymeriadau'n fyw. Aeth *Keri Peregrine-Phillips* â ni i fyd plentyn a'i hatgofion o'i thad-cu. Llwyddodd i gyfleu'r cariad a'r hwyl yr oedden nhw'n eu rhannu. Mae'r gallu ganddi i ddod â'r darllenwr i ganol ei byd hi. Oni bai am gamgymeriadau blêr, byddai hon wedi bod yn agos iawn at ennill y gystadleuaeth. Fodd bynnag, llwyddodd *Mochyn Bach Pinc* i ddod â'i hoff Gymro'n fyw a gwneud hynny drwy ysgrifennu'n glir, yn gywir ac yn afaelgar. Cawn hanes cymydog o'r enw 'Uncle Tomos' sy'n naw deg oed. Ef oedd yr ysbrydoliaeth i'r ymgeisydd ddysgu'r Gymraeg. Mae 'na gynhesrwydd ar waith drwy'r ysgrif hon ac mae'n gwbl glir pam mai fe yw ei hoff Gymro. Roedd yn bleser ei darllen.

Mae'r wobr i *Mochyn Bach Pinc*, felly, ond diolch i'r wyth arall am wneud hon yn gystadleuaeth werth chweil.

Cerdyn Diolch. Lefel: 1 (rhwng 50 ac 80 o eiriau)

BEIRNIADAETH FELICITY ROBERTS

Daeth 17 ymgais i law ac mae pob un yn haeddu canmoliaeth am roi amser i lunio cyfansoddiad a mentro cystadlu yn ein prifwyl. Gwerthfawrogir yn ogystal eu hymdrechion i ddysgu'r iaith Gymraeg yn y lle cyntaf. Wrth geisio cloriannu mewn cystadleuaeth fel hon i ddysgwyr ar y lefel gyntaf, yr oedd dwy brif ystyriaeth, sef natur y cynnwys ac yna ansawdd a chywirdeb y Gymraeg. Yr oedd, hefyd, un ystyriaeth fach arall, lai pwysig, sef diwyg y cerdyn a gyflwynwyd.

Trafodaf yr ystyriaeth olaf yn gyntaf. Yr oedd tri nad oeddynt yn gardiau diolch o gwbl ond, yn hytrach, yn gyfansoddiadau a luniwyd ar ddarn o bapur. Cafwyd un ar gerdyn Saesneg â 'Thank-you' arno, cafwyd pum cerdyn mwy niwtral heb ddim ond y manylion am y cynhyrchu yn Saesneg ar y cefn. Cafwyd tri cherdyn wedyn heb unrhyw iaith arnynt ac un ohonynt, sef un *Llygad y Dydd*, â'r llun ar y blaen wedi ei wneud yn hyfryd â llaw. Cafwyd dau gerdyn wedi'u cynhyrchu'n fasnachol â 'Diolch yn fawr' arnynt, ac yna tri cherdyn Cymraeg a luniwyd â llaw neu ar gyfrifiadur. Yr oedd rhai *Keri Peregrine-Phillips* a *Merched Rebeca* yn arbennig o gywrain.

O ran ansawdd y Gymraeg, fel y byddid yn tybio mewn cystadleuaeth o natur yr un yma, dim ond ychydig o'r ymgeisiadau a oedd ar y brig. Parai beth syndod i mi weld dysgwyr ar lefel 1 yn defnyddio cystrawen fel 'ymddengys fod' neu air fel 'drachefn'. Nid cystrawen hawdd i ddechreuwr 'chwaith yw un fel 'Mae cael gwneud rhywbeth yn . . .'. Yr ymgeiswyr a osodwyd ar y brig o ran cywirdeb eu Cymraeg oedd *Geneth Garmon, Maori* ac *Arlunydd Aberdaron*.

O ran cynnwys, y mae diffuantrwydd syml yn cael ei gyfleu gan *Emrys Woosnam, Nain G* a *Blodyn Jenni* wrth iddynt ddiolch am bethau fel gofalu am y ci a charedigrwydd ar adeg salwch. Y mae'r atgofion a ddaw i *Fanw* am y trenau wedi iddi gael llyfr am y rheilffordd yn ddifyr hefyd. Fodd bynnag, o orfod didoli, penderfynais rannu'r ceisiadau o ran dinodedd cymharol yr hyn yr oeddynt yn diolch amdano, a phethau lle'r oedd gwerthfawrogiad dyfnach am gymwynas o bwys, ac y ceid angerdd yn y mynegiant a'r gwerthfawrogiad hwnnw. Yn y categori hwn, diolcha *Owen Ystrad* i Dduw am ei amryfal fendithion ac fe ddiolcha *Tad William ap William* i'w fab am ei helpu i siarad Cymraeg ac am lonni ei galon mewn sawl ffordd. Mae *Cariad Bach* yn diolch am gyfraniad hael i gynorthwyo yn Rwanda ac yn sôn am y bobl yno yn ymddiddori mewn dysgu sut i ddweud rhai pethau yn y Gymraeg. Mynegir gwerthfawrogiad gan *Merch yr Hafan* i'w mam am ei chariad a'i chefnogaeth ar adeg trefnu priodas. Mam yn diolch i'w merch am dalu am wyliau bythgofiadwy yw *Enfys*. Cymer *Looking Glass* safbwynt gwahanol a difyr, sef safbwynt camera a fu'n gydymaith iddo/iddi mewn llawer o ddigwyddiadau cofiadwy. Diolcha'r camera am ofal, gan gyfeirio at achlysuron difyr y buwyd ynddynt, a gofyn ag awch 'Lle dan ni'n mynd tro nesa?'. Gwerthfawrogi'r croeso a gafodd yn nosbarthiadau Cymraeg Aberdaron a wna *Maori* o Seland Newydd. Y mae cryn angerdd yn yr hyn a fynegir gan *Rupesh*. Sonia am ei gartref ar lan y môr mewn pentref diogel a heddychol cyn y diwrnod hunllefus pan darodd y tswnami. Mynegi ei ddiolch a wna ef i bobl Cymru am eu caredigrwydd.

Y mae *Arlunydd Aberdaron* yn diolch am y cyfle i gael helpu plant gyda gwaith celf a chrefft yn yr ardal y daeth i fyw ynddi. Gwerthfawroga'n arbennig y cymorth a gafodd gan y plant gyda'r Gymraeg. Teimlaf fod yr hyn a leisir yma yn crisialu rhywbeth pwysig a chreiddiol i ni yn y Gymru gyfoes, sef yr awydd ymhlith pobl i ddysgu'r Gymraeg a'i defnyddio ac, ar yr un pryd, bod y sawl sydd yn rhugl, o ba oed bynnag, yn barod i gynorthwyo dysgwyr yn hyn o beth. Ar ben hynny, ysgrifennwyd y cerdyn hwn mewn Cymraeg graenus, ac aethpwyd i'r drafferth o lunio cerdyn diolch Cymraeg atyniadol ar gyfrifiadur. Gan hynny, dyfarnaf y wobr i *Arlunydd Aberdaron*.

BEIRNIADAETH MARGARET ROBERTS

Tair ymgais yn unig a ddaeth i law sef eiddo *Drudwen*, *Y Samariad Trugarog* a *Sherlock*. Mae pob un o'r ymgeiswyr wedi llwyddo i greu ymgom electronig sy'n ceisio datrys rhyw broblem neu'i gilydd.

Mae gwaith *Drudwen* bron â bod yn ddrama fach lle mae Siwan yn darganfod ffrind o ddysgwr ac, yn raddol, yn dod i wybod mwy amdano. Yn y diwedd, mae gan y ddau fwy yn gyffredin nag yr oedden nhw'n ei ddisgwyl a dadlennir hynny yn ystod y sgyrsiau e-bost. Ceir ymdrech dda i ddefnyddio ffurfiau tafodieithiol ac mae'r gwaith yn frith o idiomau cyhyrog wedi eu defnyddio'n gywir.

Ymgom a geir yng ngwaith *Sherlock* rhwng Sherlock ei hun, arbenigwr cyfrifiadurol, a Biomass sydd mewn penbleth wrth deipio negeseuon e-bost am fod bylchau annisgwyl yn ymddangos mewn brawddegau a'r trafferthion hynny'n cael eu cyfleu'n weladwy yn y sgript. Yn y diwedd, datgelir mai godre mynwes 'nobl' Biomass sy'n pwyso ar far isaf y cyfrifiadur a chreu'r bylchau yn y testun. Mae'r stori'n hon yn chwedlonol yn y maes cyfrifiadurol, nid bod hynny'n tynnu dim oddi ar ei gwerth. Gwaetha'r modd, ceir gwallau iaith yn y gwaith na ellir eu priodoli i fronnau afradlon Biomass.

Dewisodd *Y Samariad Trugarog* gyflwyno'i waith ar ffurf tudalennau 'sgrîn wedi ei phrintio' sy'n gwneud i'r cyfan edrych yn ddilys. Mae'r ymgeisydd wedi mynd i gryn drafferth i gyfleu sefyllfa lle mae Gareth, ar ran y papur bro, yn gofyn am help Dafydd i gysodi'r rhifyn nesaf. Yr hen drefn oedd gludo'r colofnau a'u hanfon at yr argraffdy. Mae Dafydd yn awgrymu y dylai'r cysodi gael ei gwblhau ar gyfrifiadur ac mae'r sgwrs e-bost yn ymwneud â manylion y broses honno. Os cyhoeddir y gwaith hwn, dylai Bill Gates roi cil-dwrn i'r awdur am ei fanylder ar sut i ddefnyddio 'MS Publisher' ar faint 'B4'. Yn wir, mae'n ddarlith fer. Mae'r iaith drwyddi draw yn lanwaith a chywir ac mae'n amlwg bod yr awdur wedi meistroli'r Gymraeg.

Diolch i'r tri ymgeisydd am gyflwyno'u gwaith. Dyfarnaf y wobr i *Y Samariad Trugarog*.

Cywaith grŵp. Casgliad amrywiol o eitemau ar gyfer papur bro. Lefel: Agored

BEIRNIADAETH KAREN OWEN

Roedd hi'n braf iawn gweld bod saith o grwpiau wedi dod at ei gilydd i gydweithio ar gyfer cystadlu eleni. Mae'r casgliadau o eitemau ar gyfer papurau bro yn fywiog iawn gan bob grŵp. Mae cywirdeb iaith yn amrywio llawer ond mae 'na deimlad gwirioneddol y gallai'r dysgwyr hyn wneud cyfraniad pwysig i gyhoeddiadau misol nifer o ardaloedd yng Nghymru, os nad ydyn nhw eisoes yn gwneud hynny.

Gweledigaeth: Mae'r casgliad hwn yn cynnwys newyddion am apêl leol i godi arian i ddioddefwyr y tswnami yn Asia; digon o chwaraeon; dyddiadur mam priodferch yn y cyfnod yn arwain at y diwrnod mawr; posau a ryseitiau. Mae'r deunydd yn cynnwys lluniau lliw ac mae'r cyfan wedi ei osod allan yn ddeniadol ac yn fywiog. Byddai'n syniad cynnwys capsiynau ar luniau gan nad yw pob wyneb yn gyfarwydd. Ymgais dda iawn ond gwyliwch eich treigladau ar adegau – ac mae'r neges ar gefn y pecyn y cyfleu faint o fwynhad a gafodd y grŵp wrth baratoi'r gwaith.

Pwll Llafar: Erthygl tudalen flaen y grŵp hwn o Fôn ydi un o ddarnau gorau'r holl gystadleuaeth, ble mae'r ysgrifennwr, Tim, yn egluro pam y penderfynodd droi at Gymru ac at y Gymraeg. Mae'r diolch i un o goncwerwyr cyntaf mynydd Everest, a chyfnod yn gweithio yn Tanzania yn Affrica. Mae'r holl becyn wedi ei ysgrifennu a'i gyflwyno'n broffesiynol ac yn ofalus. Mae amrywiaeth yn un o nodweddion y casgliad hwn hefyd – mae'r wiwer goch a byd natur yn cael sylw, yn ogystal â chyngerdd gan y pianydd Iwan Llywelyn-Jones, un o gigs Dafydd Iwan, Ynys Llanddwyn ac ymateb i raglen deledu Gymraeg. Gwaith o safon uchel iawn.

Y Crwydrwyr: Y grŵp hwn sydd wedi cyflwyno'r pecyn mwyaf swmpus ac er nad ydyn nhw wedi mynd ati i ddylunio'r deunydd yn derfynol, maen nhw i'w canmol am fy argyhoeddi i eu bod nhw'n adnabod eu hardal yn yr Wyddgrug. O ddosbarthiadau cadw'n heini i ddigwyddiadau wythnosol a byd natur, maen nhw'n llwyddo i gyfleu bywiogrwydd y bywyd Cymraeg yng ngogledd ddwyrain Cymru. Maen nhw hefyd yn cyflwyno hanes gwaith dur Shotton yn ddifyr, yn ogystal â chreu croesair llwyddiannus iawn – tipyn o gamp!

Dan y Castell: Papur bro dosbarth Cymraeg Cricieth ydi 'Dan y Castell', a'i fwriad ydi cyflwyno aelodau'r dosbarth i'r darllenwyr, gan adrodd hefyd am yr hyn sy'n digwydd o fewn y grŵp a chynnwys argraffiadau'r aelodau am yr ardal a'r iaith. Maen nhw'n llwyddo'n dda i gyfleu eu neges yn glir, ac mae'r ymateb i'r rhaglen deledu ar y cymeriad Bryn Post yn pontio rhwng hen gymeriadau'r ardal a'r newydd-ddyfodiaid.

Clecs Cleddau: Tudalen flaen amserol iawn yn cynnwys atgofion am ddiwedd yr Ail Ryfel Byd yn 1945 gan ddysgwr o ardal Sir Benfro. Mae gweddill y deunydd hefyd yn fywiog ac o safon ieithyddol uchel, yn cynnwys erthygl ar 'fywyd blaenorol' y milfeddyg lleol cyn iddo benderfynu dysgu'r iaith. Mae hiwmor y limrigau'n gynnil ac yn dangos gwybodaeth am wleidyddiaeth Cymru yn ogystal ag odlau amlwg ddoniol fel 'Cilgeti' a 'sbageti'! Mi chwerthais a difrifoli wrth ddarllen y pecyn hwn, ac roedd hynny'n beth da.

Pitran Pater: Mwy o ddeunydd o Sir Benfro, o ardal Doc Penfro y tro hwn. Mwynheais yr erthygl ar bentref Angle yn fawr iawn, yn ogystal â 'Chyffes Amelia Amos' er bod angen bod yn fwy gofalus eto gyda'r treigladau yma ac acw! Mae'n syniad da cynnwys lluniau'r awduron ifanc.

Trevor Rees: Yr hyn ddaru fy nharo i gyntaf ynglŷn â'r pecyn hwn oedd fod 'na ormod o hysbysebion ar y dechrau, a bod hynny'n amharu ar rediad y cynnwys. Mae'n rhaid palu trwy'r tudalennau o hysbysebion a chyhoeddiadau cyn cyrraedd y darnau mwyaf diddorol yn y pecyn. Mae'r posau a'r cwis yn gweithio'n dda (heb fod yn rhy hawdd!) ond mae'n drueni na chawsom fwy o gyfweliad gyda Jayne Hafren Green. Beth am holi mwy o gwestiynau am ei bywyd cyn iddi ddysgu Cymraeg, a chyn symud i Gymru o Fryste?

Mae'n agos ar y brig, rhwng papur gorffenedig *Pwll Llafar* a phecyn amrywiol *Clecs Cleddau*, ond *Pwll Llafar* sy'n mynd â hi eleni. Gobeithio y bydd rhai o'r erthyglau hyn yn gweld golau dydd yn *Papur Menai*, a'r cyfranwyr ym mhob un o'r grwpiau yn bwrw iddi i weithio ar eu papurau bro lleol – mae ganddyn nhw gyfraniad pwysig i'w wneud.

BEIRNIADAETH MELERI WYN JAMES

Stori dda yw stori dda – p'un ai yw honno wedi ei hysgrifennu ar gyfer dysgwyr neu ar gyfer siaradwyr Cymraeg. Chwiliwn am stori o'r fath wedi ei hysgrifennu mewn Cymraeg hawdd, stori wreiddiol oedd yn gafael yn nychymyg y darllenydd a'i orfodi i ddarllen ymlaen.

Fe ymgeisiodd nifer dda – naw ymgeisydd i gyd – ac mae'n rhaid eu llongyfarch am eu hymdrech. Fe gyflwynodd pob un eirfa gynhwysfawr gyda'r storïau, gan ddefnyddio dulliau effeithiol ac amrywiol. Amrywiol, hefyd, oedd safon y cystadleuwyr ac roedd mân ddiffygion gramadegol gan y rhan fwyaf.

Eleri: 'Claddu Siôn'. Dyma stori i gath-garwyr – ac mae'r beirniad yma'n un o'r rheini! Mae Wil Evans yn frodor o'r Traws ac wedi symud i fyw i Bromley yn ymyl Llundain. Mae wedi etifeddu ei hoffter o gathod oddi wrth ei fam. Ond mae'n mynd yn groes i'w Gymraes o fam mewn un peth – mae'n mynnu rhoi enwau Cymraeg ar y cathod, hyd yn oed os yw hynny'n mynd o dan groen ei gymdogion Seisnig. Hoffais yr is-destun Cymraeg/Saesneg oedd yn addas iawn ar gyfer dysgwyr. Mae 'Siôn' yn gath Gymreig sy'n canu grwndi yn Gymraeg! Yn wir, mae'r 'gân yn ei gorn gwddw yn ddigon da i fod yn fariton yn y "Welsh Imperial Singers"'. Mae'r stori hwyliog yn adeiladu'n dda ond, gwaetha'r modd, mae'r ergyd ar y diwedd braidd yn wan.

Elin Ennog: 'Yr Anrheg Pen-blwydd'. Mae'r stori yma'n mynd â ni i syrjeri doctor lle mae'r prif gymeriad yn aros am ganlyniad. Mae'r gofid yma a'r ffaith ei bod yn dathlu ei phen-blwydd yn hanner cant oed yn peri iddi hel atgofion am dreigl y blynyddoedd. Mae'r neges yn anffasiynol a chwarae teg, felly, i *Elin Ennog* am ei hadrodd – mae sefydlogrwydd mewn priodas yn bwysicach na rhamant. Syniad da oedd gosod yr eirfa ar waelod y dudalen briodol ond di-fflach yw'r mynegiant ar y cyfan.

Gwyddel: 'Negesau Angel Gwarcheidiol'. Stori wir ddirdynnol sydd gan y cystadleuydd yma am garwriaeth ei Wyddel Pabyddol o Daid a'i Nain Gymraeg Brotestannaidd. Mae'r uniad yn creu drwgdeimlad neilltuol sy'n arwain at ymosodiad difrifol. Mae penderfyniad Padraig i fynd at ei Dad, ar ôl i'w lun gwympo'n ddisymwth oddi ar y wal, yn achub ei fywyd. Stori hir ac, o bosib, braidd yn anodd ar gyfer rhai darllenwyr lefel 2. Fe fyddai'r awdur yn elwa o gynilo ar y deunydd crai.

Beca: 'Pam?'. Rydym yn cael ein bwrw i ganol y stori o'r dechrau wrth i'r heddlu holi Mrs Jones am arian sydd wedi'i ddwyn oddi wrthi. Mae'r heddlu'n amau Sam, ei nai, yn syth er nad oes rheswm dilys yn cael ei roi dros hyn. I'r gwrthwyneb, mae Sam yn cael ei bortreadu fel nai perffaith sy'n fanwl iawn ei ofal am ei fam-gu. Serch hynny, mae'r diweddglo, pan mae Sam yn cael ei gyhuddo, yn gwbl ddisgwyliedig. Mae angen creu cymeriadau mwy crwn a chyflwyno cymeriadau eraill i osgoi gwneud y darganfyddiad terfynol yn ystrydebol.

Aderyn y Bryn (1): 'Igam Ogam'. Y cynnig cyntaf gan awdur dawnus, sydd â'i waith yn llawn dychymyg. Hoffais yn fawr gymeriad Jinny, yr arwres annibynnol ac oriog, sy'n methu penderfynu rhwng coffi neu de, Ffrainc neu'r Eidal na'r dynion amrywiol yn ei bywyd. Mae dewin bach swrreal yn ei helpu i benderfynu – er bod Jinny, yn anorfod, yn torri ei chŵys ei hun. Gwaetha'r modd, mae'r 'stori' yma'n fwy o nofel fer gyda phenodau gwahanol i gyflwyno'r dynion ym mywyd Jinny. Felly, er mawr siom i mi, nid wyf yn teimlo y gallaf wobrwyo'r ymgais hon. Fodd bynnag, fe fyddwn yn ei annog i ddangos y gwaith i gyhoeddwr. Gydag ychydig o waith gloywi, gallai hon fod yn nofel fer ddychmygus ac effeithiol ar gyfer dysgwyr.

Aderyn y Bryn (2): 'Y Ddraig a aeth ar goll'. Ail ymgais yr un cystadleuydd a'r tro yma fe geir stori ganddo. Unwaith eto, mae 'na elfen swrreal i'r stori wrth i ni gael hanes draig fach hoffus a chelwyddog. Ymgais y ddraig i ddod o hyd i'w ffordd yn ôl at ei theulu dynol sydd yma ac mae'n cael help gan bobl ac adar i wneud hynny. Mae'r awdur yn gwneud defnydd effeithiol o adleisio sefyllfaoedd a sgyrsiau sy'n addas ar gyfer deunydd i ddysgwyr. Mae dychymyg byw'r awdur yn golygu nad yw'r ailadrodd fyth yn feichus. I'r gwrthwyneb, mae'r hiwmor yn heintus. Ni all y darllenydd ddim llai na theimlo dros y ddraig, hefyd, yn ei dyhead i fynd adref i fynwes ei theulu.

Mari Llwyd: 'Y Ddynes'. Stori wir sydd yma eto am gwpwl sy'n penderfynu symud i Lanfairfechan ar ôl cyfarfod dynes o'r dref. Ar ôl symud yno, maen nhw'n methu cael hyd i unrhyw un sy'n 'nabod y fenyw. Yn wahanol i *Gwyddel*, nid yw *Mari Llwyd* wedi gwneud digon o ymdrech i greu stori ddychmygus o'i deunydd crai.

Llwynog: 'Un Bore Braf'. Braidd yn ystrydebol yw'r stori hon am lwynog sy'n mynd allan i hela cwningen yn swper i'r 'plant'. Mae'n cael ei ddal yng nghanol helfa gŵn a bron yn cael ei ladd ei hun. Mae yma ymdrech i ddarlunio'r helfa mewn modd cyffrous trwy ddefnyddio brawddegau byrion a deialog bachog a hoffais eironi ein dyhead dros oroesiad llwynog sydd yna'n lladd cwningen yn syth.

Caws a phicl: 'Stori Anwen'. Stori sy'n adleisio paranoia cymdeithas sy'n ei chael hi'n fwyfwy anodd i ymddiried mewn pobl. Daw dadrithiad Anwen ar ôl iddi gynnig help i 'fam sengl' sydd wedi dychwelyd y pwrs yr oedd wedi ei ddwyn oddi wrthi. Mae yna dro da i'r stori ond y prif wendid yw diffyg cynildeb. Mae yna ormod o ddweud yn blwmp ac yn blaen yn hytrach na gadael i'r darllenydd ddarganfod pethau drosto'i hun.

Yn ddi-os, mae'r wobr yn mynd i *Aderyn y Bryn (2)*, gyda diolch i *Gwyddel* ac *Eleri* am ei gwneud hi'n gystadleuaeth dda.

BEIRNIADAETH ANN JONES

Braf oedd derbyn wyth gêm ddiddorol yr olwg i'w beirniadu. Roedd yr ymgeiswyr wedi mynd i drafferth fawr i greu pecynnau lliwgar ar gyfer y gemau. Diolch yn fawr i bawb am y gwaith caled yn paratoi at y gystadleuaeth hon.

Gan mai gêm ar gyfer dysgwyr Lefel 1 oedd hon, roeddwn yn chwilio am y canlynol wrth feirniadu: a) diffiniad clir o nod ieithyddol y gêm; b) gwybodaeth fanwl i'r tiwtor am y patrymau a'r eirfa angenrheidiol; c) cyfarwyddiadau syml i'r dysgwyr. (Mae'n bwysig nad oes angen defnyddio'r Saesneg i egluro sut i chwarae'r gêm); ch) cyfle i ymarfer patrymau llafar a fyddai'n arwain at sgwrsio naturiol; d) elfen o gystadleuaeth a hwyl.

Sgerbwd: 'Does dim braw mewn brawddeg'. Bocs diddorol iawn yr olwg ond nid oeddwn yn teimlo bod y cynnwys cystal â'r diwyg. Mae'r cyfarwyddiadau'n gymhleth iawn ac mae'r gêm ei hun yn dibynnu gormod ar dermau gramadeg er mwyn cynhyrchu brawddegau ac, yn anffodus, ni fyddai'r brawddegau'n arwain at sgwrs naturiol.

Lecs: 'Helfair'. Roeddwn wedi dotio at y bocs a diwyg y gêm ei hun ond unwaith eto 'doedd y cynnwys ddim cystal. Mae'r cyfarwyddiadau'n gymhleth. Nod y gêm ydi cynhyrchu geiriau er mwyn casglu pwyntiau. 'Fyddai'r dasg ddim yn arwain at sgwrs ymhlith dysgwyr Lefel 1. Mae'n debyg y byddai'n gweithio'n well gyda grwpiau llawer mwy profiadol.

Gwehydd Gwyrdd: 'Gemau efo geiriau'. Cyfarwyddiadau da ar gyfer nifer o wahanol gemau ond maent i gyd yn dibynnu gormod ar ymarferion gramadegol yn hytrach nag ar ymarfer iaith lafar ar gyfer cyfathrebu.

Mr Barf: 'Gêm Iaith'. Gêm am deithio drwy Gymru gan greu brawddegau am y daith a chasglu pwyntiau ar y ffordd. Cyfarwyddiadau clir a gêm hawdd ei defnyddio ond mae problem gyda'r bwrdd ei hun. Tybed a oes gormod o wybodaeth arno? Mae'n anodd deall yn union sut i fynd o le i le ac mae perygl y byddai mwy o drafod ar gyfrif y pwyntiau nag ar y dasg ei hun. Gallai fod yn gêm ddefnyddiol ar ôl ailgynllunio'r bwrdd.

Ffion: 'Ffrwythau a Llysiau'. Gêm ar ffurf 'Teuluoedd Dedwydd'. Gêm syml gyda chyfarwyddiadau clir – i'r tiwtor ar y patrymau iaith i'w defnyddio, ac i'r chwaraewyr. Y broblem ydi'r eirfa a ddewiswyd. Dydyn ni ddim yn sôn am 'fadarchen' na 'grawnwinen'. O feddwl eto am yr eirfa i'w chyflwyno a meddwl am ei pharatoi'n well ar gyfer ei llungopïo, gallai chwarae hon fod yn ffordd dda o orffen gwers er mwyn adolygu'r eirfa a'r patrymau a ddysgwyd.

Llygoden: 'Y Cwestiwn Mawr'. Gêm fwrdd debyg i amryw o'r rhai sy'n cael eu defnyddio'n barod mewn dosbarthiadau. Ras i gyrraedd y diwedd trwy ofyn neu ateb cwestiynau ydi hi. Mae'r patrymau'n addas ar gyfer Lefel 1, mae wedi ei chyflwyno mewn ffordd hawdd ei chopïo, mae'r cyfarwyddiadau'n syml ond mae angen cywiro'r iaith. Byddai'r gêm yn gwella o godi ychydig o rwystrau ar y daith er mwyn ychwanegu elfen o gyffro at y ras.

Siân o Leyn: 'Gêm i Ddysgwyr Lefel 1'. Gêm fwrdd liwgar gyda nod clir, sef adolygu hanner cyntaf llyfr 'Dosbarth Nos'. Ras i gyrraedd y diwedd trwy godi cardiau'n cyfateb i liw'r sgwariau – coch a glas i greu brawddegau neu gwestiynau neu gardiau melyn i ateb cwestiwn gwybodaeth gyffredinol/cyflawni tasg syml. Mae'r tasgau hyn yn ychwanegu tipyn o hwyl at y ras. (Cofiwch fod angen atebion ar gyfer y tiwtoriaid!) Y broblem ydi bod modd glanio ar ormod o sgwariau gwyn lle nad oes rhaid gwneud na dweud dim byd. O ailgynllunio'r bwrdd a gosod mwy o rwystrau, gallai fod yn weithgaredd adolygu difyr. Yn ei ffurf bresennol, ni fyddai'n hawdd ei llungopïo – mae angen meddwl eto am hyn hefyd.

Olwen Bryniog: 'Lotto Lliwiau'. Amrywiad ar hen ffefryn. Mae'r nod wedi ei osod yn glir a'r cyfarwyddiadau'n syml. Gêm i bedwar chwaraewr a galwr. Mae gan bob chwaraewr gerdyn gydag enwau naw o wahanol bethau arno a'r gamp ydi dweud 'Mae gen i rywbeth sy'n goch' pan fydd y lliw hwnnw'n cael ei alw. Mae'n rhaid dweud beth ydi o cyn cael y cerdyn. Mae mwy o bwysau cystadlu yn hon, mwy o gyfle am hwyl, a'r hwyl yn helpu i gadarnhau'r eirfa a'r patrymau a ddysgwyd. Byddai'n ffordd dda o orffen gwers. Gellid ei haddasu i adolygu nifer o batrymau eraill hefyd. Teimlaf mai hon sy'n dod agosaf at gyflawni'r amcanion a nodais ar y dechrau ac felly rwy'n dyfarnu'r wobr i *Olwen Bryniog.*

Llongyfarchiadau i bawb am gystadlu a daliwch i arbrofi gyda'r gemau – mae angen llawer o weithgareddau gwahanol yn y dosbarthiadau er mwyn ychwanegu at hwyl y dysgu.

ADRAN CERDDORIAETH

CYFANSODDI

Emyn-dôn i eiriau Tudur Dylan Jones

BEIRNIADAETH EUROS RHYS EVANS

Mae cyfansoddi'n rhan annatod bellach o gyrsiau arholiadau cerddoriaeth ar bob lefel ac mae'n naturiol fod y twf a welir yn nifer y cystadleuwyr yn adran gyfansoddi'r Eisteddfod yn brawf teilwng ac amlwg o hynny. Eleni, fe ymgeisiodd 36 yn y gystadleuaeth hon ac mae'n galonogol tu hwnt i nodi nad oedd yr un dôn wael yn eu plith. Mae'n amlwg fod safon y cynnyrch yn amrywio ac nad oedd y rhan fwyaf ohonynt yn taro deuddeg am amryw resymau ond hoffwn annog pob cystadleuydd i geisio sicrhau bod eu tonau'n cael eu canu – rhan yn unig o'r broses gyfansoddi yw gosod nodau ar bapur.

Y gwendidau mwyaf cyson yn y cyfansoddiadau oedd camgymeriadau o ran acenion wrth osod y geiriau i gerddoriaeth ac nid oedd mydr a llif naturiol y geiriau bob amser i'w canfod yn y gerddoriaeth. Yr oedd gwallau cynghanedd a diffyg meistrolaeth o ran y defnydd o gordiau yn wall gweddol gyson ond efallai mai'r gwendid amlycaf oedd fod y tonau braidd yn arwynebol ac yn or-ddibynnol ar fformiwla draddodiadol, hen ffasiwn. Does dim o'i le ar emyn-dôn draddodiadol ond yng nghyd-destun cystadleuaeth, mae'n rhaid i rywbeth newydd a ffres berthyn i'r cyfansoddi cyn y gellir cyrraedd y brig.

Yn fy marn i, mae *Scalisi, Blaen Rhiwarth* ac *Ioan Argoed* wedi llunio alawon sy'n drawiadol a diddorol ac mae eu cynghanedd yn gadarn. Rwy'n annog y tri i gyhoeddi eu tonau mewn Detholiadau gan fod rhinweddau pendant i'w gwaith ac rwy'n gwbl argyhoeddedig y byddai cynulleidfaoedd o bob oed wrth eu bodd yn eu canu. Yr unig wendid yw fod y patrymau o ran yr alawon a'r gynghanedd ychydig yn rhy ragweladwy.

Mae'r tri ymgeisydd sy'n cyrraedd y brig, sef *Glanwydden, Cantor* ac *Enfys*, wedi llwyddo i adlewyrchu neges y geiriau.

Emyn-dôn gymharol draddodiadol sydd gan *Glanwydden* ond mae cyfeiriad pendant a siâp hynod o gelfydd i'r alaw a'r gynghanedd. Rwy'n hoffi'r trawsgyweirio ac mae'r rhannau lleisiol i gyd yn canu'n hynod o rwydd a didramgwydd. Mae diwedd y cyfansoddiad, serch hynny, braidd yn siomedig ac nid yw'n adlewyrchu'r hyder a geir yn y geiriau, 'A chanaf nes bo'r gân drwy f'enaid i'.

Mae *Cantor* wedi creu campwaith ac mae newydd-deb a ffresni yn y cyfansoddi. Mae'n annisgwyl ar brydiau o ran cynghanedd a rhythmau ac mae'r cyfanwaith yn un hyfryd. Does gen i ddim amheuaeth nad oes cyfansoddwr greddfol ar waith yma ond mae un feirniadaeth gen i, sef yr oedi cyn y llinell olaf ym mhob pennill – mae'r tri churiad a hanner yn rhy hir gan greu problem i gynulleidfa gydio a chydganu'r cwaferi sy'n dilyn. Yn gyffredinol, mae'n emyn-dôn afaelgar, ddeniadol a chyffrous ac rwy'n mawr obeithio y cawn glywed y dôn hon yn cael ei chanu yn y dyfodol.

Un emyn-dôn sydd ar ôl, sef gwaith *Enfys*. Dyma gyfansoddiad cryfaf y gystadleuaeth a hynny am nifer o resymau – mae'r alaw'n tyfu'n gerddorol ac yn priodi'n hyfryd â'r geiriau; mae'r gynghanedd yn ddiddorol a ffres, ac mae llinellau'r gwahanol leisiau fel pe baent yn anwesu'r geiriau. Efallai fod y gynghanedd yn cloffi'r mymryn lleiaf ym mar 11 ac nid yw'r dilyniant yn taro deuddeg fan hyn, ond gwendid bach yw hwn. Mae elfen o gyffro a chynnwrf drwy'r gwaith, wrth i'r alaw brysuro o ran rhythm a dringo o ran traw gan gyrraedd uchafbwynt trawiadol. Hefyd, mae'r newid amser a'r cordiau annisgwyl ar y diwedd yn fendigedig, gan gadarnhau ac atgyfnerthu neges y geiriau.

Edrychaf ymlaen at glywed cynulleidfaoedd yn mwynhau canu emyn-dôn *Enfys*, gan ddiolch yn ogystal i'r 35 cystadleuydd arall am eu cyfansoddiadau.

Yr Emyn-dôn Fuddugol 2005

Doh=C

SOP

`|d .r |m :-.s |f :-.s |f .m :- |- :s |d' :-.r' |d' .ta :la .ta`

Yr— un sy'n ga - llu a - ros——— Tra bo'r holl fyd— yn—

ALTO

`|d .r |d :-.m |r :-.r |r .d :- |- :m |s :-.s |ma.r :d .r`

Yr— un sy'n ga - llu a - ros——— Tra bo'r holl fyd— yn—

TENOR

`|m .f |s :-.s |ta :-.ta |l .s :- |- :d' |m' :-.m' |la :la`

Yr— un sy'n ga - llu a - ros——— Tra bo'r holl fyd yn

BAS

`|d .- |d :-.d |d :-.d |d .d :- |- :t, |l, :-.l, |la, :la,`

Yr— un sy'n ga - llu a - ros——— Tra bo'r holl fyd yn

`|s :- ⊢ :s .f |m :s |d' :r' |m'.r' :d' |- :d' |d' :-.l |l .d':- |t :- ⊢ :t`

ffoi, Yr— un sy'n ga - llu der - byn— Y sawl sy'n gwr- thod rhoi, Mi

`|r :- ⊢ :r .- |d :d |m.f :s .t |s .f :m |- :m |l :-.r |fe .l :- |r :- ⊢ :l`

ffoi, Yr— un sy'n ga - llu der - byn— Y sawl sy'n gwr- thod rhoi, Mi

`|d' :- |t :t .s |s :s |s :s |d' :s |- :s |r' :-.l |r' .l :- |s :- ⊢ :r'`

ffoi, Yr— un sy'n ga - llu der - byn— Y sawl sy'n gwr- thod rhoi, Mi

`|s, :- ⊢ :s,.t, |d :m |d :t, |l, :l, |- :s, |fe, :-.fe, |fe, .fe,:- |s, :- ⊢ :f,`

ffoi, Yr— un sy'n ga - llu der - byn— Y sawl sy'n gwr- thod rhoi, Mi

ga - naf gân o gar-iad a - tat Ti, Mi ga-naf gân o gar-iad a-tat Ti,
ga - naf gân o gar-iad a - tat Ti, Mi ga-naf gân o gar-iad a-tat Ti, A
ga - naf gân o gar-iad a - tat Ti, Mi ga-naf gân o gar-iad a-tat Ti, A
ga - naf gân o gar-iad a - tat Ti, Mi ga-naf gân o gar-iad a-tat Ti, A
cha-naf nes bo'r gân, A cha-naf nes bo'r gân, A cha-naf nes bo'r gân trwy f'e naid i.
cha-naf nes bo'r gân, A cha-naf nes bo'r gân, A cha-naf nes bo'r gân trwy f'e naid i.
cha - naf, ca - naf, A cna-naf nes bo'r gân trwy f'e naid i.
cha - naf, ca - naf, A cna-naf nes bo'r gân trwy f'e naid i.

Cân o Gariad

Yr un sy'n gallu aros
Tra bo'r holl fyd yn ffoi,
Yr un sy'n gallu derbyn
Y sawl sy'n gwrthod rhoi,
Mi ganaf gân o gariad atat Ti,
A chanaf nes bo'r gân trwy f'enaid i.

Yr un sy'n gweld y seren
Drwy'r noson dywyll faith,
Yr un sy'n gweld ei golau
Heb orfod chwilio chwaith,
Mi ganaf gân o gariad atat Ti,
A chanaf nes bo'r gân trwy f'enaid i.

Yr un sy'n rhannu moddion
I'r galon yn y gell,
Yr un sy'n fythol agos
Er inni fod mor bell,
Mi ganaf gân o gariad atat Ti,
A chanaf nes bo'r gân trwy f'enaid i.

Tudur Dylan Jones

Cân ar gyfer unrhyw lais mewn arddull Sioe Gerdd

BEIRNIADAETH GARETH GLYN

Dim ond pedwar a fentrodd – llai nag y byddwn wedi ei ddisgwyl o ystyried poblogrwydd y cyfrwng. Mae'n amlwg bod y pedwar wedi'u trwytho yn yr arddull ond, fel y gwelwn ni, mae yn hynny ei beryglon ei hun.

Neb o Bwys: Dim teitl. Ceir digon o wreiddioldeb yma mewn rhythm a harmoni, er bod y trawsgyweiriad sydyn cyn y cytgan ola' yn amlwg wedi'i fenthyg oddi ar Claude-Michel Schönberg (cyfansoddwr *'Les Misérables'*). Mae'n gân ddidwyll sy'n gweithio'n dda o fewn ei therfynau ei hun, gyda geiriau teimladwy ac effeithiol, er nad ydi'u hystyr nhw o hyd yn berffaith glir ('Seren dy gynhyrchiad newydd gariad . . .').

Anni: 'Pan Ddaw'r Wawr'. Cân, fel y mae'r teitl yn ei awgrymu, sy'n edrych ymlaen gyda hyder a gobaith at y wawr, a hynny i'w ddehongli'n llythrennol neu'n drosiadol yn ôl y dewis, 'dybiwn i. Gogr-droi braidd y mae'r alaw ar y dechrau; mae'n blodeuo yn y gytgan ond mae diwedd honno'n swnio'n dra chyfarwydd i mi. Hefyd, mae *Anni* wedi dewis trosglwyddo'r alaw i gôr pedwar llais yn adran ola'r gân, sy' efallai braidd yn annoeth o ystyried gofynion y gystadleuaeth.

Breuddwyd: 'Breuddwydion'. Mae'r llawysgrif hon yn 35 o dudalennau o hyd ond y prif reswm am hynny ydi bod yr ymgeisydd wedi ei chyflwyno ar ffurf sgôr lawn gyda saith o offerynnau ychwanegol (a diolch am hynny) ond byddai sgôr biano wedi bod yn ddigon (ac yn fwy hylaw). Mae'r ymgeisydd hefyd yn darparu tudalen o esboniad, er bod llawer o'r hyn y mae'n ei ddweud yn hunanesboniadol. Mae'r gân ei hun yn rhydd ei ffurf ac yn datblygu drwy sawl cyweirnod, ond braidd yn undonog ydyw o ran ei rhythmau ar y cyfan – efallai fod natur y cyfeiliant yn cyfrannu at hyn. Hefyd, gwaetha'r modd, mae'r alaw droeon yn dyfynnu'n glir (ac yn anfwriadol, rydw i'n sicr) o gân Fantine yn *'Les Misérables'*.

Glyndŵr: 'Weithiau mae'r galon yn twyllo'r atgof'. Mae tonyddiaeth y gân hon yn anarferol – dydi'r cyfansoddwr ddim yn dibynnu ar gordiau disgwyliedig, ac mae hynny'n rhoi elfen gref o wreiddioldeb i'r cyfansoddiad. Ond weithiau rydw i'n teimlo nad ydi'r gynghanedd gerddorol yn tycio ac, ar brydiau, roeddwn i'n amau cambrintiad. O safbwynt nodiant hefyd, caiff gwaith y cyfeilydd ei wneud yn ddiangen o anodd gan ddewis yr ymgeisydd o gyweirnodau a hapnodau, ond nid dyma'r lle ar gyfer esboniadau gor-dechnegol. Mae mynegiant y geiriau weithiau'n chwithig ('yn achub ni', 'a'n gadael fynd'), ond mae'r islais yn amlwg yn angerddol. Er bod y defnydd o newidiadau cyweirnod yn effeithiol, dydi'r uchafbwyntiau yn y cyfeiliant ddim bob tro yn cael eu hadlewyrchu yn yr alaw.

Gallai unrhyw un o'r pedair cân yma fod yn effeithiol mewn perfformiad ymroddedig ond, o ystyried popeth, mae'n rhaid i mi ddyfarnu'r wobr i *Neb o Bwys*.

Darn sy'n cynnwys synau wedi eu recordio a'u samplo a gymer rhwng 6 ac 8 munud i'w berfformio.

BEIRNIADAETH ANDREW LEWIS

Derbyniwyd tri chynnig.

Gwydion: Dyma ddarn pur draddodiadol, gydag adeiladwaith cerddorol wedi'i seilio ar harmonïau triadig a churiad metrig rhythmig. Gwneir defnydd effeithiol o adnoddau sain i greu amrywiaeth o effeithiau, a llwyddwyd i gynhyrchu sawl enghraifft o soniarusrwydd diddorol. Wedi dweud hynny, ni wnaethpwyd defnydd o unrhyw bwys o dechnoleg electronig/cyfrifiadurol wrth fynd ati i greu'r darn. Gellid dychmygu, er enghraifft, y byddai modd chwarae'r darn hwn yn fyw ar offerynnau acwstig ac, er y byddai'n swnio'n wahanol iawn, byddai'n dal i gadw'i syniadau cerddorol sylfaenol (ailadrodd patrwm curiadau, brawddegau melodig, nodau pedal, etc.). Mae'r gwaith yn dibynnu'n sylweddol ar ailadrodd deunydd ar bob lefel (curiadau, barrau, ystumiau, brawddegau). Mae adeiladwaith sylfaenol y darn yn atganol, gyda phob atgan yn cael ei hymestyn drwy ailadrodd y deunydd a gynhwysir ynddi. Er bod amrywiaeth sylweddol yn arwynebol o ran syniadau ac awyrgylch, gweddol unffurf yw symudiad cyffredinol y gerddoriaeth.

Orion: Cynhyrchir syniad go dda o gwmpas sŵn yn y darn hwn, gyda grwnan a chyseinio'n cael eu defnyddio'n gwbl rydd ac ystwyth i greu agoriad effeithiol. Teimlaf fod datseinedd yn y rhan hon o'r darn yn cael ei orddefnyddio ar brydiau, a phair hynny ryw bellter rhwng y gerddoriaeth a'r gwrandäwr am lawer gormod o amser. Fodd bynnag, mae'r defnydd a wneir o ddeunydd 'sychach' amlwg yn gwrthweithio'r duedd hon i ryw raddau. Mae'r syniad sylfaenol o dynnu'r llais i mewn fwy a mwy i'r byd o synau sydd yn ei amgylchynu yn syniad effeithiol iawn, er nad ydwyf yn sicr fod elfennau'r testun, ar ddechrau'r darn, wedi'u hymgorffori'n y gwead cerddorol. Fel mae'r gwaith yn datblygu, fodd bynnag, mae'r llais yn cael ei brosesu a'i integreiddio i'r byd sain mewn modd effeithiol iawn. Mae motif y cloc yn tician yn effeithiol iawn am ryw hyd ond efallai'i fod yn cael lle rhy amlwg wedyn o fewn y gerddoriaeth. Yn y rhan yma, mae'r deunydd cerddorol yn cynnwys peth manylder hudolus, ac mae yma wir synnwyr o gymhlethdod organig ynglŷn â sut mae darnau bychain o sŵn yn ymddangos yma ac acw yn y gerddoriaeth. Mae hwn yn ddarn sydd â llawer o ragoriaethau, ac er bod rhai agweddau o'r gwaith y gellid bod wedi ymdrin â hwy mewn ffordd fymryn yn wahanol, y mae, ar y cyfan, yn waith effeithiol a chelfydd.

Sierra: 'Mae'n Dda Siarad'. Mae'r darn hwn yn amlygu gwir sensitifrwydd o ran ystum a ffurf gerddorol. Mae rhediad sicr i'r darn ac mae llif y syniadau cerddorol wedi'i reoli'n dda drwy newidiadau mewn awyrgylch, persbectif, amseriad a deunydd. Gwneir defnydd arbennig o dda o draw fel arf i greu undod drwy'r gwaith. Mae yn y darn hwn, hefyd, gynnwys mydryddol cryf, gyda synau ffôn ac elfennau lleisiol sy'n awgrymu agweddau o gyfathrebu ac ynysu. Mae'r agwedd hon o'r gwaith yn effeithiol ond, ar yr un pryd, nid yw'n cael blaenoriaeth dros yr elfen haniaethol gref a berthyn i'r darn.

Nid yw'r atgan sy'n cynnwys sgrechian (tua dwy ran o dair o'r ffordd drwy'r gwaith) wedi'i thrin cystal, efallai. Mae'r recordiad o'r llais yn aml wedi'i ystumio, ac mae natur emosiynol histrionig y deunydd, er yn effeithiol o ran creu sioc, yn ymddangos yn greulon ac amrwd o fewn darn sydd fel arall yn waith cynnil a diymhongar iawn. Teimlaf, hefyd, o safbwynt ffurf, nad yw'r atgan hon yn symud y gerddoriaeth yn ei blaen, mewn gwirionedd. Yn hytrach, mae'r gerddoriaeth fel petai'n dirwyn i ben yma gan gyrraedd y diwedd braidd yn ffwr-bwt. Ar y cyfan, mae hwn yn ddarn dymunol, wedi'i gynllunio'n dda drwyddo draw.

Gwobrwyer *Sierra*.

Sgôr graffeg ar gyfer ei ddehongli gan unrhyw gyfuniad o berfformwyr

BEIRNIADAETH RHODRI DAVIES

Mae môr o gerddoriaeth gyfoes yn seiliedig ar ffurfiau mwy arbrofol ac agored o greu. Mae dyfodiad y gliniadur a cherddoriaeth electronig, yn enwedig, wedi agor y posibiliadau o arbrofi gyda sain i fwy o bobl. Rwy'n falch bod yr Eisteddfod wedi penderfynu cynnig cystadleuaeth fel hon, gan fod cyfansoddi gyda sgôr graffeg wedi bod yn rhan bwysig o gerddoriaeth gyfoes ers y '50au bellach. Mae hi'n gystadleuaeth bwysig a chwbl unigryw. Trueni, felly, na chafwyd mwy nag un cynnig. Efallai fod hynny am fod y gystadleuaeth yn un newydd. Gobeithio y bydd y diddordeb yn tyfu yn y dyfodol, gan fod cyfle yma i gyfansoddwyr ddatblygu dulliau newydd, mwy hyblyg a rhydd, o gyfleu syniadau a cherddoriaeth i berfformwyr.

Mae sgôr graffeg yn rhoi cyfle i gyfansoddwyr archwilio a defnyddio gwahanol symbolau graffeg i gyfleu sŵn. Yn hytrach na chadw at amrediad nodiant confensiynol, mae sgôr graffeg yn arbrofi gyda chreu symbolau newydd. Y bwriad yw ceisio ymestyn ffiniau sain drwy ehangu'r posibiliadau o gyfansoddi a chwarae sŵn. Rhydd hyn gyfle i'r perfformwyr ddadansoddi'r darn yn ôl eu dawn greadigol, gan ysgogi dehongliad penagored, byrfyfyr ac amhendant. Gwelwyd cyflwyno'r sgôr graffeg am y tro cyntaf yn y '50au a'r '60au, trwy waith cyfansoddwyr megis Earle Brown, Karlheinz Stockhausen a John Cage. Mewn ymateb i ddatblygiadau yn y byd sain, a chyda dyfodiad cerdd electronig a *musique concrète*, roedd galw am greu symbolau nodiant newydd i nodi sŵn trên neu sŵn electronig cymhleth, er enghraifft. Dylanwad arall oedd y byd celf. Ceisiodd nifer o gyfansoddwyr efelychu gwaith penagored artist megis Alexander Calder neu waith byrfyfyr Jackson Pollock. Ond mae elfen wleidyddol hefyd i'r sgôr graffeg, sef ceisio dadadeiladu'r berthynas hierarchaidd rhwng cyfansoddwyr a pherfformwyr, a hybu cydweithrediad mwy cyfartal.

Y cyfansoddiad buddugol eleni yw 'Enfys Gân' gan *Blodeuwedd*. Mae'r cyfansoddiad yn seiliedig ar dechneg myfyrio Indiaidd. Mae'n gofyn i'r perfformwyr ganu nodau hir, ar y geiriau 'Hare Om', sy'n para hyd anadl. Daw'r ysbrydoliaeth am y nodau o'r saith lliw a ddefnyddir drwy'r darn, sy'n cyfateb â saith ffrwd egni'r corff – y saith Siacra (Chakra). Mewn sawl ffordd, mae 'Enfys Gân' yn atgoffaol o gyfansoddiad arbrofol, sef 'Paragraph 7 of The Great Learning' (1968-71) gan Cornelius Cardew. Mae'r darn hwnnw hefyd yn gofyn i berfformwyr ganu geiriau, ar unrhyw nodyn, am hyd anadl. Ond tra mae Cardew yn troi at eiriau'r athronydd Tseiniaidd, Confucius, mae *Blodeuwedd* yn creu naws fyfyriol Hindŵaidd. Mae'r cystadleuydd wedi cyfansoddi darn a fyddai'n anodd i'w gyfleu trwy nodiant traddodiadol ond mae'n llwyddo i greu system o gyfarwyddiadau sy'n cyfleu'r syniad yn effeithiol. Mae'r strwythur yn glir a phenodedig ond mae lle hefyd i amhendantrwydd wrth berfformio. Yn wir, mae'r perfformwyr yn elfen ganolog o 'Enfys Gân'. Gan ddefnyddio cân a llais fel dull o fyfyrio, un o brif amcanion y darn yw canolbwyntio ar brofiad y berfformwraig o fewn y grŵp. Dyma ddechreuad hyderus, diddorol ac uchelgeisiol i'r gystadleuaeth. Gobeithiaf yn fawr y perfformir 'Enfys Gân' gan nifer o gorau ledled Cymru.

Cylch o ganeuon ar gyfer llais a thelyn i eiriau Cymraeg gan fardd cyfoes

BEIRNIADAETH GERAINT LEWIS

Fe wnaeth y Pwyllgor Cyfansoddi ddewis da wrth ofyn am gylch o ganeuon i lais a thelyn i eiriau gan fardd Cymraeg cyfoes. Erbyn hyn, mae nifer o'n cantorion disglair yn hybu gwaith cyfoes ac mae digon o delynorion galluog yn gweithio'n gyhoeddus gyda'r cantorion. Trueni ofnadwy, felly, oedd derbyn un gwaith yn unig. Yn ffodus, mae *Edern*, wrth osod nifer o gerddi Angharad Tomos i greu'r cylch 'Synnau Byddar' wedi creu gwaith pwerus o ran ei gyfathrebu emosiynol sydd hefyd yn sialens i unrhyw ddeuawd addas.

Y mae, felly, yn deilwng o'r wobr a'r cyfansoddiad yn haeddu perfformiad.

Trefniant o gân werin ar gyfer unrhyw gyfuniad o leisiau

BEIRNIADAETH EINION DAFYDD

O'r naw ymgais a ddaeth i law, mae dwy'n rhagori oherwydd cysondeb arddull a chryfder ymdriniaeth o'r gân. Prif wendid gwaith y rhelyw yw diffyg menter mewn trefniant a fyddai'n cyfrannu at liw'r caneuon hynny.

Mae *Taliesin*, mewn trefniant o 'Robin Ddiog', yn ei chael hi'n anodd cysoni cordiau beiddgar gydag adrannau o harmoni traddodiadol, ac eto mae ym marrau 66-71 awgrym o allu digonol.

Felly, hefyd, drefniant *Rhys* o 'Yr Eneth Gadd Ei Gwrthod' sy'n dechrau'n draddodiadol cyn ennyn harmonïau mentrus. Rwy'n hoffi'r cynnig hwn yn fawr ond hwyrach bod angen i *Rhys*, fel *Taliesin*, saernïo'i ieithwedd ymhellach.

Rwy'n tybio mai o'r un ffynhonnell y daw gwaith *Briallen* ('Heibio Ynys Sgogwm'), *Llygad y Dydd* ('Y Ferch o'r Sgêr') a *Meillionen* ('Maent yn Dywedyd'). Mae trefniant *Briallen* yn cynnwys cyfeiliant piano ac felly'n ei wneud yn anghymwys y tro hwn. Trefniannau SSA ydynt oll ac maent, at ei gilydd, yn homoffonig. Mae cyffyrddiadau harmonig jazzaidd diddorol yn 'Y Ferch o'r Sgêr' – gresyn na fentrodd ymhellach.

Aeth *Gruffydd* i'r afael â chân John Glyn Davies, 'Fflat Huw Puw'. Gan nad cân werin mohoni, mae'r ymgais hon yn anghymwys, ond dylai'r cerddor ymfalchïo ei fod wedi llunio trefniant digon derbyniol ar gyfer TTBB.

Eiddo *Marmite* ('Si Hei Lwli') yw'r mwyaf cyfoes. Mae'n argraffiadol ac yn hofran ar yr un canolbwynt cyweiriol drwy'r adeg, yn ormodol o bosib, ond sy'n awgrymu bod gwell i ddod oddi wrtho / wrthi maes o law.

Mae gwaith *Mabli* ('Deryn y Bwn') yn mynd â ni i faes y profiadol. Mae gofyn i'r Alto ganu F waelod a'r Soprano gyrraedd A uwchben erwydd y trebl, ac i'r côr ymrannu'n chwe llais! Anterth y trefniant hwn yw'r drydedd dudalen gyda chlamp o gord diddorol ar 'fala filoedd', harmoni micsolydiaidd a thrawsgyweiriad hyfryd yn ôl i F a'r pennill olaf. Trueni mai pylu wnaeth yr awen cyn y coda!

Erys un, sef *Evan Bryn* a threfniant o 'Y Golomen'. Cawn ymdriniaeth ddeheuig sy'n cyfrannu llawer at gymeriad y gân a'i geiriau. Mae'r modd doriadol yn persawru'r darn er nad ydw i'n siŵr a ellir cyfiawnhau diweddeb yn y llon yma – *tierce de Picardie*. Serch hynny, mae *Evan Bryn* yn rhagori ar y lleill ac yn deilwng o'r wobr.

Cyfansoddiad i achlysur arbennig ar gyfer band pres neu ensemble pres

BEIRNIADAETH PAUL MEALOR

Pant-y-Garth: 'Ffanffer i'r Meddyg'. Dyma bumawd pres pwerus sydd wedi'i ysgrifennu'n dda. Mae'r dewis o offerynnau'n gynnil, wedi'i reoli'n fedrus a chyda chydbwysedd da. Mae'r amseriad cyson a bennwyd o'r dechrau yn golygu bod modd rheoli a chynnal y rhannau tafodi cyflym. Fodd bynnag, mae yma ychydig o fân broblemau. Er enghraifft, mae'r ysgrifennu ar gyfer y corn braidd yn uchel mewn mannau – yn arbennig yn y dechrau! Yn ogystal â hynny, mae'r ysgrifennu ar gyfer y tiwba, er yn bosibl, braidd yn anodd a dw i'n siŵr y byddai'n swnio'n 'gymylog' mewn mannau. Serch hynny, mae llawer i ymfalchïo ynddo yn y darn hwn – da iawn!

Bachgen Bach o Ferthyr 1: 'Agorawd Buddugoliaethus'. Dyma ddarn gwych a chyffrous i offerynnau pres. Mae'r awyrgylch yn un o gynnwrf ac mae'n ddarn gwirioneddol ddiddorol. Mae ffurf y gwaith yn gweithio'n dda ac mae'n gyforiog o amrywiol 'liwiau' – trawsgyweirio, slyrio a thafodi cyflym! Mae yma, fodd bynnag, nifer o bwyntiau sy'n achosi pryder. Yn gyntaf, mae'r ysgrifennu ar gyfer y corn braidd yn uchel ar gyfer chwarae parhaus yn y barrau agoriadol. Hefyd, mae ychydig o'r ysgrifennu ar gyfer yr offerynnau BBb bas ymhell rhy uchel ac weithiau'n amhosibl i'w gyrraedd (gweler y cwafer olaf ym mar 8). Fodd bynnag, mae'r ysgrifennu ar gyfer yr iwffonium a'r trombôn yn eithriadol tu hwnt, ac yn amlwg mae gan yr ymgeisydd ddawn ar gyfer ysgrifennu ar gyfer band pres – dalier ati!

Bachgen Bach o Ferthyr 2: 'Autumn Memories'. Mae'r cyfansoddiad wedi'i ysgrifennu'n dda ac yn gweddu'n rhyfeddol o dda i'r offerynnau. Mae cydbwysedd yr offerynnau wedi'i reoli'n gelfydd ac rwy'n siŵr y byddai'n waith diddorol a gwerth i'w berfformio. Mae'r deunydd cyfansoddiadol, fodd bynnag, braidd yn statig a byddai'r gwaith yn elwa o newid awyrgylch, amseriad, cywair, etc. Efallai y dylid rhoi ystyriaeth i'r agweddau mwy llachar a berthyn i offerynnau pres – tafodi cyflym, slyrio a defnyddio mudyddion – er mwyn rhoi'r 'rhywbeth' ychwanegol hwnnw i'r cyfansoddiad. Fodd bynnag, mae llawer i'w gymeradwyo yn y darn yma.

Versil: 'Funeral March'. Dyma gyfansoddiad sydd â chydbwysedd ac adeiladwaith da iddo. Mae'r cyfansoddiad yn arddangos y nodweddion mwy cynhesol a thyner hynny a all berthyn i grwpiau pres. Mae'r brif thema – wedi'i seilio o gwmpas y 5ed – yn atgoffa dyn o alwadau traddodiadol ar drwmped a thrwy offeryniaeth gynnil, llwyddwyd i greu gwaith atmosfferig. Fodd bynnag, mae ailadrodd y brif thema drosodd a throsodd, yn ddigyfnewid a heb unrhyw ddatblygiad, yn creu problem i mi. Efallai y dylid ystyried trawsgyweirio, newid awyrgylch ac efallai y gellid meddwl, hefyd, am greu effeithiau gwahanol gyda mudyddion er mwyn ychwanegu mwy o liw i'r gwaith. Yn bendant, mae llawer i ymfalchïo ynddo yn y gwaith hwn a chydag ychydig o ddatblygu gallai hwn fod yn ddarn gwerth chweil i'w chwarae ac i wrando arno.

Bilbo Baggins: 'Inauguration – A Fanfare'. Dyma ffanffer wir fywiog ar gyfer offerynnau pres. Mae'r ffurf yn gweithio'n dda ac mae gan yr ymgeisydd afael dda, ar y cyfan, ar yr offerynnau. Mae llawer o liw yma – trawsgyweirio, slyrio, rhannau'n cynnwys gwahanol dafodi, a defnydd o offerynnau taro. Cyfyd nifer o broblemau, fodd bynnag. Yn y lle cyntaf, mae rhai gwallau yn y rhannau ar gyfer yr offerynnau taro – mae'r cwafer cyntaf ymhell rhy isel ac yn C mae'n amhosibl ei chwarae! Mae'r feibraffôn hefyd braidd yn ddryslyd – ai gwell fyddai cael seiloffon yma yn ei le ac a ddylai'r nodau hir fod yn *trem...*? Mae'r newid cyson mewn amseriad (bar 14 a ffigwr D, etc.) yn mynd i fod yn anhygoel o anodd i'w gyflawni mewn perfformiad. Ond pe bai'r sgôr yn nodi *accel* (a dyma a gredaf sydd yn angenrheidiol yma), rwy'n siŵr y crëid yr effaith a ddymunid. Mae lle i fod yn falch o sawl agwedd ar y gwaith hwn. Gyda rhai newidiadau bychain, ceid ffanffer gref iawn ar gyfer seindorf.

Wedi cloriannu pob ymgais yn ofalus, dyfarnaf y wobr am ei 'Agorawd Buddugoliaethus' i *Bachgen Bach o Ferthyr 1*.

Tlws y Cerddor: Cyfansoddiad gwreiddiol ar gyfer cyfuniad o rhwng 3 ac 8 o offerynnau a gymer rhwng 8 a 12 munud i'w berfformio

BEIRNIADAETH JOHN METCALF A LYNNE PLOWMAN

Pant-y-Garth: 'Yr Eidal'. Dyma waith cymwys ac ymarferol sy'n amlygu gwybodaeth dda am offerynnau pres. Mae ynddo ddarnau a motifau bywiog, a darparwyd y gwaith yn effeithiol ar gyfer y cyfrwng. Mae o gymorth – yn hanfodol, a dweud y gwir – i wneud yn gwbl glir yn y sgôr gyflawn sut y caiff yr offerynnau eu trawsgyweirio.

Mwnci: 'Mydrau Barddonol'. Y rhan fwyaf effeithiol o'r gwaith hwn ydi'r defnydd a wneir o'r offerynnau i greu lliw yn yr adrannau byrion. Cawn rai syniadau dymunol iawn yma a byddai datblygu ac estyn mymryn mwy arnynt yn cyfoethogi'r dechneg gyfansoddi. Un awgrym fyddai ceisio cyflwyno rhyw gymaint o wrthbwynt cynaliadwy. Mae amrywiaeth o arddulliau ac ymdriniaethau cerddorol o fewn y gwaith. Pe bai'r cyfansoddwr yn parhau â'r broses ysgrifennu, byddai hynny o gymorth iddo ganfod ei wir lais ei hun.

Mwydyn: 'Y Bicwnen Fach Ddireidus'. Cawsom fwynhad arbennig o'r gwaith hwn. Mae'r gerddoriaeth yn uniongyrchol ac apelgar iawn, y gweadau'n ddiddorol, ac mae hefyd yn ysgafn a llawn hiwmor. Roedd y ffordd yr ymdriniwyd â chyfansoddi ar gyfer ensemble cymysg yn hyderus ac effeithiol er nad oedd y trefniant cerddorfaol bob amser yn ymdoddi i'w gilydd fel cyfanwaith; o ganlyniad, roedd yr adrannau hynny braidd yn dameidiog ar brydiau. Fodd bynnag, roedd hwn yn waith a wnaeth argraff arnom a rhown iddo gymeradwyaeth uchel.

Nant-yr-Allor: 'Chwedl'. Dyma waith sy'n llawn mynegiant mewn nifer o adrannau gweddol fyr. Gallai llawer o'r syniadau elwa o gael eu hystyried a'u datblygu ymhellach. Mae rhyw gymaint o'r gerddoriaeth o fewn arddull draddodiadol a rhannau eraill yn fwy arbrofol. Yng nghyd-destun amrediad eang o'r gerddoriaeth a gyfansoddir y dyddiau hyn, dylai'r cystadleuydd hwn deimlo'n gwbl rydd i'w fynegi ei hun gyda'i lais ei hun. Pe bai'n gwrando'n helaethach, efallai y byddai hynny o gymorth iddo ganolbwyntio ar ei gyfeiriad ei hun yn arbennig felly yn ei iaith harmonig ei hun.

Orcwm: 'Y Daith'. Dyma ddarn effeithiol ar gyfer Pedwarawd Llinynnol a fyddai'n swnio'n dda iawn wrth gael ei berfformio. Mae'n cynnwys ysgrifennu sy'n llawn mynegiant y gellid ei ddatblygu hyd yn oed ymhellach. Dylai'r cystadleuydd anelu at dorri'n rhydd o frawddegu pedwar-bar, sydd â thuedd i gyfyngu ar ei ddawn gerddorol naturiol. Gwnaeth y trydydd symudiad argraff arbennig iawn arnom. Erys un neu ddau o faterion technegol y dylid eu datrys wrth ysgrifennu ar gyfer y llinynnau. Ar wahân i hynny, mae'r ysgrifennu'n fanwl ac yn llawn mynegiant.

Y Waldiwr: 'Y Tri Aderyn'. Mewn sgôr a gyflwynwyd yn gain a glân, roedd y tri darn yn amlygu nifer o rinweddau rhagorol. Roedd rhythm bywiog yn y darn cyntaf a'r trydydd ac ymdriniwyd â'r ensemble cymysg yn ddeheuig ac effeithiol iawn. Byddai'n syniad da i ailystyried un neu ddwy o agweddau ar yr ysgrifennu. Weithiau, fe ddefnyddiwyd patrymau rhythmig pur anhyblyg, nad ydynt yn hollol lwyddiannus o safbwynt cyfleu'r natur wyllt a grybwyllwyd gan y cystadleuydd yn y nodiadau i'w raglen. Pe na bai eisoes yn gyfarwydd â'r darnau gwych a ysgrifennwyd gan Messiaen yn seiliedig ar gân yr adar, yna dylai fynd ati i wneud hynny'n ddiymdroi er mwyn ceisio cael ambell syniad i ddatblygu'i gerddoriaeth tuag at y mannau gwyllt a thywyll hynny yr hoffai ymgyrraedd atynt. Ambell dro'n unig y ceir y teimlad y gallai cyfrifiadur chwarae'r gerddoriaeth yn well nag offerynwyr byw – er enghraifft, Ffidil 1 ym mar 86. Mân bwyntiau yw'r rhain, gan fod hwn yn waith effeithiol tu hwnt.

Y Tywysoges [*sic*]: 'Y Nant'. Dyma ddarn atyniadol a dychmygus a gynhwysa syniadau cerddorol nodedig. Mae'r offeryniaeth yn bur anghyffredin ac yn cynnig her dechnegol arbennig iawn. Byddai cael telyn a phiano yn yr ensemble yn sicr o roi pwysau ar y cyfansoddwr i ysgrifennu llawer iawn o nodau. Yn y rhan fwyaf o achosion, llwyddodd y cystadleuydd i gwrdd â'r her dechnegol. Mae ganddo ymwybyddiaeth hyfryd o lif harmonig ar ddechrau'r darn, gydag ysgrifennu rhagorol ar gyfer y delyn. Pe gallai fagu mwy o hyder, a chyrraedd yr un safon wrth ymdrin â'r offerynnau chwyth, yna byddai'r gallu ganddo i greu llinellau melodig a fyddai'n llifo'r un mor esmwyth. Mae syniadau atyniadol iawn rhwng y ddwy ffliwt ond dylid ceisio osgoi gormod o ddyblu'r rhannu rhwng yr offerynnau chwyth. Byddai'n werth chweil i'r cystadleuydd hwn dreulio ychydig rhagor o amser yn ystyried rhai o'r dewisiadau a wnaeth wrth lunio'r sgôr, trwy leihau nifer yr offerynnau efallai, er mwyn caniatáu i'r alaw fod yn glywadwy.

Bachgen Bach o Ferthyr: 'I mewn i Deyrnas y Duwiau'. Dyma ddarn, a all fod weithiau'n fawreddog, sydd yn creu argraff. O ystyried amrediad uchelgais y darn, crëwyd her eitha' anhygoel i'r cyfansoddwr ac fe lwyddodd ar adegau i ymgyrraedd ati, ac mae rhannau effeithiol ar gyfer cerddorfa lawn. Er gwaethaf tynfa naturiol y cystadleuydd tuag at gwmpas llawn, byddai'n werth iddo ystyried rhywbeth ar gyfer llai o offerynnau er mwyn datblygu'i ddawn i gyfansoddi – yn arbennig felly yng nghyd-destun y gystadleuaeth hon y bwriedid iddi fod ar gyfer y mwyafrif o wyth offeryn.

MT: 'Piano Quintet'. Mae hwn yn waith beiddgar a hyderus. Roeddem yn arbennig o hoff o'r ffordd yr oedd y cyfansoddwr yn mynegi'r syniadau mewn modd uniongyrchol a phwerus. Mae'r syniadau'n llachar ac yn wrthgyferbyniol iawn mewn amryw o ffyrdd, gan gynnwys amrywiol arddulliau. Er mwyn i ni gael ein llwyr argyhoeddi â ffurf gyffredinol y darn, teimlem y dylem fod wedi cael ein denu â llif a dilyniant emosiynol y gerddoriaeth. Byddai perfformiad o'r gwaith yn amlygu hynny ar ei orau. Mae yma ysgrifennu da ar gyfer y llinynnau, er y byddai'n well ceisio osgoi gormod o ysgrifennu unsain i'r offerynnau. Mae drama yn y gerddoriaeth ond nid yw'r iaith harmonig bob amser yn cynnal hynny'n ddigonol – byddai creu sylfeini harmonig cryfach yn caniatáu i syniadau'r cyfansoddwr flodeuo.

Ap Meurig: 'Cailo V'. Gwnaeth y gwaith hwn argraff arbennig arnom. Mae'n llawn hyder, yn llyfn, yn sicr ei dechneg, ac yn arbennig o soffistigedig, a theimlwn, o'i berfformio, y byddai'n waith argyhoeddiadol iawn. Yn ymarferol, byddai ychwanegu llinellau bar i'r sgôr, ynghyd â chyflwyniad cliriach, yn creu llai o rwystr i berfformwyr a wêl y gwaith am y tro cyntaf. Fodd bynnag, maniach ydi'r rhain o fewn cyd-destun gwaith sicr iawn, ac fe hoffem longyfarch y cyfansoddwr yn wresog ar ddarn o waith nodedig iawn.

Iffie: 'Gweddi'r Llusern'. Dyma ddarn llawn dychymyg a mynegiant. Mae iddo swyn, awyrgylch a theimlad, a chynhwysa lawer o rannau hyfryd. Mae gennym ychydig o fân awgrymiadau. Byddai angen i'r Tenor gael ei ddewis yn bur ofalus gan y gwneid gofynion arbennig ar ddau begwn amrediad y llais hwnnw. Ar ddechrau'r darn, er enghraifft, ac yn yr ail symudiad, gofynnir i'r tenor ganu nodau G ac A uchel yn dawel. Yn naturiol, mae'r llais tenor yn canu'n gryf a dramatig yn y cwmpawd hwn a gallai hynny swnio fel pe bai'r llais dan straen. Pe byddid yn dod â'r nodau i lawr i gwmpawd D / E / F / F llonnod, byddai modd arbrofi gydag amrediad distawach o nodau. Teimlem y byddai rhai o'r syniadau'n elwa o wneud rhagor o waith arnynt a'u datblygu ymhellach. Drwodd a thro, mae'r darn wedi cael ei gynllunio'n synhwyrus a'i sgorio'n ofalus, er bod rhai mannau lle byddai'r llais ar ei ennill o gael mwy o gynhaliaeth gan yr ensemble – e.e., o far 147 ymlaen yn y symudiad cyntaf. Byddai rhan y delyn hefyd yn gwella o gael rhagor o sylw – ni wneir digon o ddefnydd o'r offeryn ar hyn o bryd. Ond, ar y cyfan, mae hwn yn ddarn atmosfferig iawn a allai, o weithio mwy arno, ddatblygu i fod yn hynod effeithiol.

Versil: 'Carnifal yr Ardd'. Dyma ddarn deniadol a bywiog, yn llawn egni ac asbri. Yn ddelfrydol, fodd bynnag, mae angen mwy o waith arno oherwydd, ar brydiau, ymddengys i'r syniadau ddod o grombil meddalwedd cyfrifiadurol. Byddai offerynwyr go-iawn yn cael trafferth i chwarae'r sgôr mor fywiog-hyderus a meistrolgar ag y byddai'r cyfansoddwr yn ei ddymuno. Ystyrier, er enghraifft, ym mhle y byddai'r offerynwyr chwyth yn cymryd eu gwynt rhwng barrau 21 a 27 a pha mor gywir y gallai'r chwaraewyr ymgodymu â'r nodau cyflym iawn sydd ar ddiwedd bar 27. Dyma fanylion y byddai'n werth rhoi rhagor o amser iddynt gan y gellid ychwanegu at effeithiolrwydd y cyfansoddiad. Yn gyffredinol, byddid yn croesawu rhagor o ystwythder yn rhythm y gerddoriaeth – sgîl-effaith arall, efallai, o gyfansoddi ar gyfrifiadur. Mae'n bosibl y gellid arbrofi gyda brawddegau o wahanol hyd a mwy o amrywiaeth yn y rhythmau. Yn bersonol, byddem wedi hoffi gweld sgôr yn C.

Harri-Ifor: 'Yr Hanes Swynol'. Dyma waith sy'n sefyll ar ei ben ei hun. Mae'n dechnegol sicr ac yn llawn dychymyg a syniadau cerddorol trawiadol. Mae'n lliwgar, yn feistrolgar, ac wedi'i ysgrifennu'n dda ar gyfer yr ensemble. Mae'r seiniau a grëir yn y darn yn mynnu sylw ac er nad yw'n ddarn hawdd i'w chwarae, mae'r anawsterau wedi'u cloriannu'n fwriadus ac o fewn cyrraedd offerynwyr proffesiynol da. Mae'r ffaith bod y cyfansoddwr wedi dyblu'r offerynnau yn cyfoethogi ymhellach liwiau'r darn. O ganlyniad i'r holl resymau hyn, mae'r beirniaid yn cymeradwyo 'Yr Hanes Swynol' ac yn argymell, yn ddiamod, fod *Harri-Ifor* yn enillydd teilwng o wobr *Tlws y Cerddor 2005*.

IEUENCTID

Cystadleuaeth i ddisgyblion ysgolion uwchradd a cholegau trydyddol 16-19 oed

Dau ddarn cyferbyniol i unrhyw gyfrwng a gymer rhwng 6 ac 8 munud i'w perfformio. Gellir cyflwyno un ai ar ffurf sgôr, sgôr a thâp, neu dâp a nodiadau

BEIRNIADAETH HUGH GWYNNE

Daeth naw casgliad i law ond mae lle i gredu mai cynnyrch llai na naw cyfansoddwr ifanc sydd gennym. Diolch iddynt oll am rannu eu gweledigaeth gerddorol, eu syniadau a'u teimladau yn gyhoeddus fel hyn. Mae'r safon yn amrywio, fel y gellid ei ddisgwyl gydag ystod oed y gystadleuaeth, ond maent i gyd wedi cynhyrchu cyfansoddiadau sy'n cynnwys o leiaf rai syniadau diddorol ac addewid at y dyfodol. Cyflwynir y sylwadau isod gyda'r bwriad o'u hannog i barhau i greu ac i finiogi eu sgiliau, yn ogystal ag ymateb i'r anghenion barnu a dyfarnu. Gan fod creu 'ffolio' o gyfansoddiadau yn ofyniad cyffredin i'r holl arholiadau Cerddoriaeth allanol ar gyfer yr oedrannau yma, gresyn nad oedd rhagor o'r llu cynyddol luosog o'n hymgeiswyr arholiadau TGAU, UG ac Uwch yn barod i fentro.

O ran ymateb i'r brîff a osodwyd, cyflwynodd pob ymgeisydd ddau gyfansoddiad ond ni lwyddwyd bob tro o ran y disgwyliad am gyferbyniad digonol. Cyflwynwyd yr holl gyfansoddiadau ar ffurf sgôr (neu 'allbrint cyfrifiadurol' – gweler isod), ond ni dderbyniwyd yr un tâp. Yn ddiddorol, cyflwynwyd dau gasgliad ar ffurf sgôr a chryno-ddisg awdio, sy'n dderbyniol iawn ac yn adlewyrchu'r sefyllfa'n gyffredinol o ran yr adnoddau technolegol a'r cyfryngau sain sydd ar gael yn y mwyafrif helaeth o'n hysgolion a'n colegau bellach. Cyflwynodd un ymgeisydd sgorau a ffeiliau digidol o feddalwedd cerdd penodol; nid y dewis doethaf, ond ni chosbwyd hwn, na'r un ymgeisydd arall, yn llym am wyro ryw ychydig o eiriad y brîff.

Mae olion bysedd cyfansoddi wrth y cyfrifiadur a thrwy gyfrwng meddalwedd cerdd ar waith yr holl gystadleuwyr, a daw manteision a pheryglon y dull yma o gyfansoddi i'r amlwg yn eu gwaith hefyd. Ceir manteision clir megis medru adeiladu trwy fyrfyfyrio, golygu a gloywi'n rhwydd a hyderus, gorwelion sain eang iawn, cyfuniadau offerynnol diderfyn ac, yn bennaf, gallu clywed yr hyn nad yw'r nodiant ar sgrin neu

234

ar bapur ond yn ei awgrymu mewn rhai sefyllfaoedd. Ond mae'r her o ffrwyno a rheoli cyfrwng mor gyffrous sy'n 'caniatáu'r amhosibl', wrth ac er mwyn gallu cadw llygad barcud ar y prif faterion cerddorol, weithiau'n achosi problemau. Ym mwrlwm yr arbrofi penrhydd, mae'n hawdd iawn colli golwg ar ystyriaethau hollbwysig fel 'beth ddylwn i ei wneud ar ôl cyflwyno'r syniad cyntaf?', 'sut y dylwn i orffen y gwaith i greu clo llwyddiannus?', 'sut y byddai perfformiwr go iawn yn dygymod â'r rhan yma?' ac 'a yw'r hyn sydd gennyf yn ddigidol yn ymarferol addas a phosibl i'w berfformio'n fyw?'. Os cynhyrchu sgôr yw'r nod, dim ond man cychwyn yn aml yw cael allbrint cyfrifiadurol o'r hyn sydd i'w glywed mor ddidrafferth trwy gyfrwng y meddalwedd a'r cyfarpar.

Derbyniwyd nifer o gasgliadau ar ffurf sgôr a nodiadau, sy'n codi cwestiwn diddorol. Os bwriedir i'r sgôr sefyll fel prif gyfrwng yr ymgais, pam mae angen nodiadau sy'n manylu ar yr anghenion perfformio a dehongli? Dylai sgôr gynnwys pob dim sydd ei angen ar gyfer darlleniad a dehongliad llwyddiannus o'r gofynion a'r bwriadau sain: enw pob offeryn (nid 'Llinynnau'); math o lais (nid 'Llais' yn unig); arwydd digon manwl o'r Cyflymder – ynghyd ag unrhyw newidiadau tempo yn ystod y darn; marciau dynameg, mynegiant, cymalau, brawddegu, anadlu, etc., fel y bo'r angen. Gan nad yw eu dealltwriaeth o ofynion cwblhau sgôr priodol a chyflawn wedi datblygu digon ar hyn o bryd, byddai wedi bod yn llawer gwell a mwy buddiol i nifer o'r ymgeiswyr pe baent wedi cyflwyno'u gwaith ar ffurf tâp/cryno-ddisg yn unig ynghyd â nodiadau syml, gan hepgor sgôr (anghyflawn) yn gyfan gwbl.

Efallai y dylai'r paneli fydd yn gosod tasg cyfansoddi cerdd ar gyfer ymgeiswyr yn eu harddegau yn y dyfodol roi'r pwyslais yn glir a phendant ar gyflwyno'r gwaith yn glywedol – '… ar ffurf cryno-ddisg awdio/tâp awdio ynghyd â nodiadau (a sgôr, pe dymunir)'. Gallai'r newid pwyslais yma annog mwy i ymgeisio hefyd.

Huwcyn: 'Ceidwad y Gwir' ac 'I Orwedd Mewn Preseb' (ar ffurf sgôr). Cyfansoddiadau lleisiol a chyfeiliant piano yw'r rhain, wedi eu gwreiddio mewn cynghanedd ac arddull draddodiadol. Mae *Huwcyn* yn ddiogel a hyderus o fewn y terfynau yma ac mae'r ysgrifennu, ar y cyfan, yn ystyrlon a gofalus. Mae yma addewid amlwg ond byddai *Huwcyn* yn sicr o elwa ar gyfnod o ymgyfarwyddo â chordiau llai cyfarwydd a dilyniannau cordiol mwy arbrofol, er mwyn ymestyn y gorwelion creadigol. Dal ati, a rhoi ystyriaeth i'r angen am well cyferbyniad, yw'r nod at y dyfodol – ond, yn bennaf, dal ati!

Macsen: 'Allegro yn A leiaf' a 'Dan y Wenallt' (ar ffurf sgôr a chryno-ddisg awdio). Ceir cyferbyniad amlwg rhwng yr Allegro ar gyfer baswn a phiano a'r darn cerddorfaol yng ngwaith *Macsen*. Ceir cyferbyniadau dramatig hefyd o fewn y ddau gyfansoddiad, ynghyd â thoreth o egin syniadau, motifau a dilyniannau cordiol diddorol ac addawol, yn gymaint felly fel ei bod yn anodd dilyn llif a chyfeiriad yr holl syniadau ar brydiau. Daw'r awen heibio *Macsen* yn rhwydd a rheolaidd a cheir rhai cyffyrddiadau gwirioneddol dda ond mae angen ffrwyno, cynllunio a mireinio gofalus er mwyn creu cyfanwaith cyflawn a chytbwys sy'n argyhoeddi'r gwrandäwr yn syth. Mae digon o syniadau o fewn y saith munud o gerddoriaeth a gyflwynwyd i greu pedwar neu fwy o gyfansoddiadau ond fe dry mwy o brofiad ac amynedd yn aeddfedrwydd yng ngwaith *Macsen* maes o law.

Losin: 'Taith trwy'r Gofod' a 'Bywyd ymysg y cwrel' (ar ffurf sgôr, nodiadau a chryno-ddisg awdio). Mae llawer o'r sylwadau uchod yr un mor berthnasol o safbwynt gwaith *Losin* hefyd; digonedd o syniadau diddorol, hyder i fynd i'r afael ag adnoddau cerddorfaol eu maint, a nifer o gyffyrddiadau cofiadwy. Llwydda *Losin* i wneud yn fawr o syniadau syml, fel a wna wrth arbrofi â'r gwahaniaethau bychain rhwng dau gord a gwrthgyferbyniadau cromatig amrywiol – yn null rhai cyfansoddwyr 'minimalaidd'. Byddai rhoi mwy o ystyriaeth i resymeg adeiledd yn fuddiol – e.e., mae ambell adran o'r ddau gyfansoddiad yma yn ymddangos fel pe baent yn 'atodiadau' nad ydynt yn gorwedd yn gwbl esmwyth gyda'r gweddill, ac mae lle i godi cwestiwn o safbwynt y dewis o gywair / tonyddiaeth ar gyfer agoriad a diweddglo. Hefyd, wrth benderfynu'n derfynol ar yr adnoddau offerynnol a'r sgôr, mae angen gofal mawr wrth drosi'r hyn y mae'r dechnoleg yn ei ganiatáu yn sefyllfa real, sef offerynnau go iawn ac aelodau unigol y gerddorfa. A oes gwir angen mwy nag un ffliwt yn y darn cyntaf a thair piano yn yr ail ddarn, pan na cheir nodau ond ar gyfer un llaw yn aml? Beth fyddai ymateb perfformiwr i weld tawnodau bar cyfan am dros hanner hyd y cyfansoddiad?

Cwmtydu: 'Cwmtydu' a 'Breuddwydion' (ar ffurf sgôr a nodiadau). Mae adrannau allanol y darn cyntaf (ar gyfer ffidil a phiano yn ôl y nodiadau) yn ystyrlon a gofalus; yn syml o ran tonyddiaeth ond yn ddigon derbyniol. Ni theimlaf fod cynnwys bar 40-68 mor llwyddiannus: ceir arbrofi â rhai technegau llinynnol gwahanol ond mae angen mwy na hyn i greu rhan ganol effeithiol sy'n cyfuno â'r rhannau 'A' i greu cyfanwaith. Cân yn arddull Sioe Gerdd a chyfeiliant ensemble estynedig a phriodol yw'r ail ddarn; 'cân ddi-dor' uchelgeisiol sy'n ceisio ymateb i'r newid yn naws y geiriau o dro i dro. Mae ôl meddwl gofalus yng ngosodiad y sillafau (heblaw am farrau 101-102) ond nid yw'r ymdriniaeth gerddorol o'r rhes o gymalau byr rhwng barrau 18 a 64 yn argyhoeddi cystal. Defnyddir amrywiaeth o gyweirnodau, gyda'r dewis (o ran eu perthnasedd i'r tonydd) yn debyg i rai a ddefnyddiwyd yn 'Cwmtydu' ar brydiau, ond yn llwyddiannus o ran adeiledd y gân. Tybed a oes Sioe Gerdd gyfan ar y gweill gan *Cwmtydu*? Yn sicr, mae addewid i'r cyfeiriad hwnnw yn y gân hon.

Arianrhod: 'Efelychiant i ddau [*sic*] Ffliwt a Ffidil' a 'Cyfansoddiad i Gôr Pedwar Llais gyda chyfeiliant' (ar ffurf sgôr a nodiadau). Ymgais i 'gyfuno elfennau o'r cyfnod Baroc a'r Ugeinfed ganrif' yw'r darn cyntaf, sy'n awgrymu cyd-destun Ffolio ar gyfer arholiad allanol, efallai. Gresyn na chyflwynwyd arwydd o'r cyflymder naill ai yn y sgôr nac yn y nodiadau, gan fod hynny'n dylanwadu'n drwm ar frawddegu ac anghenion anadlu'r offerynnau chwyth, ond ceir manylion mynegiant a dynameg priodol gan amlaf. Er bod digon o efelychu yn digwydd i gyfiawnhau'r teitl, nid yw'r gwrthbwynt yn argyhoeddi bob amser. Cofier mai sail cordiol clir a chadarn sydd wrth wraidd gwrthbwynt – hyd yn oed mewn dehongliadau mwy modern o'r hen grefft. Mae'r ail ddarn yn fwy penrhydd ac uchelgeisiol a gwelir gwir addewid greadigol *Arianrhod* ynddo, megis yng ngosodiad ystyrlon y sillafau ac wrth ddechrau mentro i weadau llai homoffonig. Er wedi'i wreiddio mewn cynghanedd donyddol, nid oes ar *Arianrhod* ofn trawsgyweirio'n drawiadol yn ystod y darn – ac yn llwyddiannus hefyd ar y cyfan. Ceir ymgais dda i roi siâp i'r cyfanwaith trwy ddychwelyd i gywair y tonydd a defnyddio rhagarweiniad syml ond effeithiol wrth ddechrau pennill newydd. Wrth gyfansoddi ar gyfer côr a chyfeiliant yn y dyfodol, cofier am botensial ehangach i rôl y piano na chynnal y curiad a'r donyddiaeth yn unig – mentra!

Messiaen: 'Waltz De Fleurs' a 'Rondo' (ar ffurf sgôr a nodiadau). Unawd Piano yw'r darn cyntaf ac mae'r offeryn yn cael lle amlwg iawn yn yr ail ddarn hefyd. Fel gyda nifer o'r ymgeiswyr, mae'r prif syniad a gyflwynir yn addawol ond nid oes digon o feddwl wedi'i roi i beth a allai ddilyn a sut y dylid parhau'n gerddorol. Man cychwyn yn unig yw darganfod alaw neu fotif diddorol; wedyn y mae'r gwaith caled yn dechrau. Gwaetha'r modd, mae ôl brys mawr ar y gwaith ar brydiau (yn enwedig yr Unawd) ac nid yw cynnwys y nodiadau bob amser yn cael ei adlewyrchu yn y sgôr. Tybed a yw *Messiaen* wedi clywed y darnau (neu o leiaf y rhannau ar gyfer y piano) yn cael eu perfformio'n 'fyw'? Fe fyddai hynny wedi amlygu rhai o'r gwendidau a gellid bod wedi golygu'r sgôr mewn da bryd.

Percy Pickwick: 'Y Freuddwyd' ac 'Ar Garlam' (ar ffurf sgôr). Darnau bywiog a chyflym ar gyfer ffidil a phiano yw'r cyfansoddiadau yma, sy'n codi cwestiwn yn syth am yr angen am gyferbyniad yn y brîff. Ond mae yma aeddfedrwydd, dychymyg a chyfansoddwr addawol tu hwnt ar waith, sy'n adnabod syniad da ac, yn bwysicach, yn barod i weithio'n galed er mwyn gwneud y gorau o'r deunydd crai. Deuawdau go iawn yw'r rhain, lle mae'r ffidil a'r piano'n bartneriaid da sy'n cydgyfrannu at ddiddordeb a strwythur y darnau. Mae'r ddau ddarn dros 150 o farrau o hyd yr un ac er nad yw hynny ynddo'i hun yn rhinwedd, mae'n arwydd o'r maint cynfas y mae'i angen ar y cyfansoddwr ifanc yma i fynegi ei syniadau. Amlygir aeddfedrwydd cerddorol a chreadigol *Percy Pickwick* mewn sawl ffordd: mae'n deall ei offerynnau'n dda; mae'n ddigon hyderus o fewn byd tonyddiaeth i wthio'r ffiniau – heb golli ei ffordd; mae'r weledigaeth o bwysigrwydd adeiledd a siâp yn amlwg; nid oes arno ofn ailadrodd, ond mae'n sylweddoli potensial technegau 'datblygu, ymestyn ac amrywio', ac, mae'n barod i dreulio'r oriau angenrheidiol i loywi a mireinio'n ofalus.

Reginald Chumbawumba: 'Scherzo' ac 'Overture for Small Orchestra' (ar ffurf sgôr). Mae'r mwyafrif helaeth o'r sylwadau am waith *Percy Pickwick* hefyd yn briodol wrth ddisgrifio cynnyrch *Reginald Chumbawumba*. Yn wir, maent yn debyg iawn, er gwaethaf y gwahaniaethau mewn deunydd a chyfrwng: mae'r rhain yn gyfansoddiadau estynedig hefyd; mae diddordeb rhythmig yn rhan annatod o'r mynegiant unwaith yn rhagor – a chyfyd y cwestiwn o gyferbyniad unwaith eto, gyda'r ddau ddarn ar gyfer cerddorfa y tro hwn. Ond mae'r rhinweddau cerddorol, yr hyder a'r aeddfedrwydd yn fflachio'r un mor ddisglair yng ngwaith yr ymgeisydd hwn. Mae lle i gredu mai'r 'Scherzo' a gyfansoddwyd yn gyntaf, gan fod manylion bach o fewn y sgôr yn gywirach yn yr 'Agorawd'. Caiff faddeuant am anghofio nodi mai sgôr ar gyfer offerynnau 'yn C' a geir yn y 'Scherzo', ond erbyn yr 'Agorawd' mae'r anghenion trosi wedi cael sylw manwl. Nid ar chwarae bach y mae mentro i gynfas cerddorfaol sylweddol fawr – yn enwedig o gofio oed y cystadleuydd, ac mae'n agoriad llygad i weld sut mae'n ymdopi mor dda â'r adnoddau heriol a ddewiswyd. Nid mater syml o ddyblu pob dim yn y gwahanol deuluoedd cerddorfaol a geir yma 'chwaith ond, yn hytrach, ymdriniaeth ddeallus o bosibiliadau a photensial yr amrywiol liwiau – ar wahân ac wrth eu cyfuno. Cawsom waith uchelgeisiol a llwyddiannus.

Jack Louis: 'Ffantasi i Gymru' a 'Bangor – A City?' (ar ffurf sgôr a ffeiliau meddalwedd Sibelius). Byddai 'uchelgeisiol' yn un disgrifiad o waith *Jack Louis* hefyd. Cynhyrchodd Ffantasi ar gyfer cerddorfa anferthol ei maint (y fwyaf yn y gystadleuaeth) a darn chwareus ar gyfer ensemble pres. Mae rhai adrannau o'r Ffantasi yn afaelgar a chyfoethog, megis yr agoriad a'r diweddglo, gyda'r weledigaeth a'r rheolaeth lawn cystal â'r cyfansoddi gorau yn y gystadleuaeth. Gresyn fod y rhan 'ganol' yn colli'r trywydd, yn denau braidd o ran diddordeb a pherthnasedd, a'r ymdeimlad o gyfanwaith yn dioddef o'r herwydd. Mae dylanwad jazz a melangan yn gryf ar y cyfansoddiad pres ac mae'r cyfansoddwr yn treulio tipyn o'i amser â'i dafod yn dynn yn ei foch. Unwaith eto, mae yma ambell gyffyrddiad llwyddiannus iawn (a llawn hiwmor), ond mae cynnal y safon uchel a geir ar ddechrau'r lluniau amrywiol (o nodweddion y ddinas a'i brodorion) yn profi'n anodd. 'Wn i ddim ai brys, damwain, ynteu diofalwch sydd i gyfri, ond mae'r sgôr a dderbyniais o 'Bangor – A City?' yn anghyflawn; roedd hynny'n anffodus iawn. Collir llinell bwysig y tiwba ar hanner isaf pob tudalen ac, yn waeth, roedd y copi a dderbyniais i yn gorffen yn annisgwyl a swta ar dudalen 12. Er tegwch i'r cystadleuydd hwn, pan edrychwyd ar y ffeil feddalwedd, roedd rhan y tiwba, ynghyd â nifer o dudalennau ychwanegol, i'w canfod yno.

Casgliadau'r tri olaf a restrwyd sy'n sefyll allan, yn bennaf am eu bod gan gyfansoddwyr mwy profiadol, mentrus ac aeddfed. Ond hyd yn oed pe na bai'r tri yma wedi cystadlu, fe fyddai wedi bod yn bosibl dyfarnu'r wobr yn deilwng ddigon. Pob clod i'r bobl ifanc a llongyfarchiadau iddynt. Mae'n agos, ond gwobrwyer *Reginald Chumbawumba*.

ADRAN CERDD DANT

CYFANSODDI

Cainc 5 curiad i'r bar. *Un ai* 7 bar i'r pen *neu* 16 bar di-dor

BEIRNIADAETH MAIR CARRINGTON ROBERTS

Mewn cyfnod lle mae toreth o geinciau ar gyfer ambell fesur, mae'n rhaid croesawu cystadleuaeth cyfansoddi cainc pum curiad i'r bar mewn ffurfiau anghyffredin. Os bydd teilyngdod, bydd cynnyrch y gystadleuaeth hon yn llenwi bwlch, ac yn ddefnyddiol iawn.

Daeth pedair cainc i law, a phob un ohonynt â rhyw naws a chymeriad arbennig.

Catrin: Cainc 16 bar di-dor, yn llifo'n naturiol a cherddorol gan greu rhyw awyrgylch Celtaidd, myfyrgar. Mae'r alaw'n swynol a'r gynghanedd syml yn gweddu ond teimlwn fod mydr y bar agoriadol wedi ei or-ddefnyddio a bod y datblygiad, o'r herwydd, braidd yn undonog a statig.

Crug Cwys: Cainc saith bar i'r pen ac mae'r alaw, 'Giacomo', yn fyrlymus a chwareus, mewn arddull jazz gydag adleisiau o Scott Joplin. Ceir ynddi'r ddyfais ddiddorol o chwarae tripled ar y seinfwrdd gyda'r cymalau – ac mae hynny'n ychwanegu at yr hwyl. Mae'r ymdriniaeth o'r gynghanedd a thechneg y delyn yn gerddorol a deallus, a'r cyfanwaith yn llawn dychymyg. Efallai mai fel unawd i'r delyn y gwelem y gainc dechnegol hon ar ei gorau, yn hytrach nag fel cainc osod.

Pentatonic: Cainc 7 bar i'r pen ac, fel yr awgryma'r ffugenw, fe'i seiliwyd ar y raddfa bentatonig sy'n rhoi lliw arbennig iddi. Mae'r naws yn werinol a chynnes a'r trawsacennu'n ychwanegu at ramant y gainc. Ceir datblygiad effeithiol iawn o'r thema agoriadol yn yr ail hanner, ac mae'r twf at yr uchafbwynt ym mar 11 yn hyfryd, cyn i'r alaw suddo'n ôl wrth gloi. Yn sicr, dylid cyhoeddi'r gainc swynol hon.

Ond mae un gainc ar ôl.

Trelew: 'Trelew'. Dyma gerddor profiadol, 'greda i, ac un sy'n amlwg yn deall gofynion cainc dda. Mae yma alaw gyfoethog a chordiau llawn i'r delyn. Mae'r gystrawen yn ystyrlon a chryno, a'r datblygiad cywrain o'r frawddeg agoriadol ymlaen yn feistrolgar. Mae'r gwead yn glòs, ac eto mae rhyw newydd-deb parhaol yn y patrymu. Ceir defnydd aeddfed o gynghanedd, gyda chordiau cromatig yn cynnal ein diddordeb yn ddisgwylgar hyd y diwedd. Bydd cyfansoddi cyfalawon cerddorol ar y gainc hon yn bleser pur ac mae ffurf ddi-dor y gainc yn addas ar gyfer gosod soned yn ddi-fwlch ac yn ei chyfanrwydd.

Bu'n gystadleuaeth dda. Fe gafwyd dwy gainc safonol a defnyddiol iawn ond mae *Trelew* yn rhagori ac yn llawn haeddu'r wobr.

ADRAN DAWNS

CYFANSODDI

Cyfansoddi dawns hwyliog i 4 cwpwl ar gyfer dawnswyr profiadol gan adlewyrchu patrymau Llangadfan

---

BEIRNIADAETH EIRA DAVIES

Roedd gofynion y gystadleuaeth cyfansoddi dawns yn rhai pendant iawn. Disgwylid iddi fod yn hwyliog, yn addas i ddawnswyr profiadol (h.y., heb fod yn rhy syml) ac, er yn adlewyrchu patrymau Llangadfan a fwriadwyd i dri chwpl, gofynnid iddi fod ar gyfer pedwar cwpl. Wrth feirniadu'r gystadleuaeth, felly, roedd rhaid ystyried y gofynion yma i gyd, a dim ond cyfansoddwr â gwybodaeth drylwyr o natur arbennig dawnsiau Llangadfan (ond a allai, ar yr un pryd, gynnig ei wreiddioldeb ei hun), a allai lwyddo. Mentrodd tri chystadleuydd a chyfansoddwyd dawnsiau a oedd, er yn wahanol eu ffurf, yn adlewyrchu nifer o batrymau Llangadfan yn llwyddiannus iawn ac yn cadw'r awyrgylch a'r natur angenrheidiol. Roedd pob ymgais yn awgrymu bod y cyfansoddwyr wedi'u trwytho'n drwyadl yng nghefndir dawnsio gwerin Cymru.

Mari Mawrth: 'Sgwâr Llangadfan'. Fel yr awgryma'r teitl, dawns ar ffurf uned sgwâr yw hon, yn cynnwys tair rhan arferol dawnsiau Llangadfan – yr Arwain, yr Ochri a'r Tro Llaw, gan orffen gyda'r O gron yn cloi'r ddawns. Ceir gwreiddioldeb yn y ddawns yma gan ei bod ar ffurf uned sgwâr ac adlewyrchir patrymau Llangadfan yn y cyfarch, y cefn wrth gefn a'r gwahanol blethau. Mae cydbwysedd hyfryd rhwng rhan gyntaf ac ail ran y ddawns. Tybir bod ychydig gormod o amser i ddawnsio pleth y merched a phleth y bechgyn yn y rhannau yma a'i bod yn bosib troi cymar (fel yn nawnsiau Llangadfan). Mae adeiladwaith da yn nhrydedd ran y ddawns. Da o beth fyddai ailedrych ar batrymau 3 a 4; onid gwell fyddai i gyplau 1 a 3 wneud y ddau symudiad gyntaf ac yna cyplau 2 a 4 yr un modd? Credaf y byddai cylch i'r chwith yn fwy naturiol. Da yw cloi'r rhan yma â chylch sy'n arwain yn naturiol i'r O gron. Mae'r O gron yn cyflawni'r bwriad yn syml ond gellid egluro sut y rhennid y barrau cerddoriaeth. Mae cyfarwyddiadau'r ddawns yn glir a'r diagramau sy'n egluro symudiadau yn ddefnyddiol iawn. Mae rhai pethau y dylid eu cywiro (er enghraifft, y camgymeriad wrth nodi rhif barrau Rhan 2 lle nodwyd 40 bar yn hytrach na 48 fel yn y ddwy ran arall). Mae camgymeriadau mewn rhai termau dawnsio, fel 'cefn yng nghefn', 'troi unigolyn', 'cyfarch gyda'u cymar', a mân wallau iaith fel 'trwy mynd', 'eu gilydd', ac ati.

Cnocell y cnau: Uned hir i 4 cwpl sydd gan yr ymgeisydd yma, gyda thair rhan: Rhan 1 a elwir yn Arweiniad, Rhan 2 a elwir yn Ochri ac O gron yw Rhan 3. Mae haneri cyntaf Rhan1 a 2 yn sicr yn 'adlewyrchu patrymau Llangadfan', yr Arwain i fyny a'r Ochri, a'r ddwy ran yn cynnwys cyfarch, cefn wrth gefn a phleth. Mae ail hanner y ddwy ran gyntaf yn batrymau gwahanol: mae'r 'Dilyn' yn Rhan 1 yn ddiddorol dros ben ac yn llifo'n hyfryd. Efallai y byddai'n well i'r cyfarwyddyd olaf i gyplau 2, 3, 4 fod yn 'dau gam i lawr eto', neu bydd yr uned wedi symud i fyny rywfaint. Mae patrwm 'Y Croesi' yn Rhan 2 hefyd yn ddiddorol ac yn llifo'n rhwydd a llyfn. Mae Rhan 3 y ddawns, yr O gron, yn hwy na'r ddwy ran gyntaf, yn 64 bar o gymharu â 48. Mae'n O gron fywiog, fyrlymus iawn wedi'i chynllunio'n ofalus i gloi'r ddawns. Tybed a fyddai troi llaw dde yn fwy hwylus yn y B? Credaf, fodd bynnag, fod y rhan yma ychydig yn rhy hir ac fe gollir y cydbwysedd rhyngddi a'r rhannau eraill. Nodir y gellir defnyddio tôn 'Mathrafal' ond gyda barrau 1-8 yn unig. Mae angen ailfeddwl ynghylch hyn. Mae mân frychau iaith (neu deipio), fel 'ffigyrau', 'y drydydd rhan', 'barau' 'gwynebu'. Hefyd defnyddir 'set' i olygu dau beth: 'cyfarch' a'r 'uned'. Gwell fyddai defnyddio'r geiriau Cymraeg perthnasol.

C.J.: 'Pedwarawd Llangadfan'. Uned hir i bedwar cwpl yw'r ddawns hon, yn dilyn patrymau Llangadfan yn bur agos: Arwain, Ochri a'r Tro Llaw, gydag O gron yn cloi. O fewn Rhan 1 a 2, ceir cyfarch, cefn wrth gefn a gwahanol blethau. Mae ôl cynllunio gofalus yma, a chyfatebiaeth a chydbwysedd perffaith rhwng y ddwy ran. Ceir adeiladwaith cadarn yn Rhan 3, gan orffen â chylch mawr i arwain i'r O gron. Jig 16 bar sydd yma a chyflawnir bwriad yr O gron yn effeithiol. (Mae'n debyg i un O gron yn nawnsiau Llangadfan.) Mae cyfarwyddiadau'r ddawns yn glir a manwl a'r deiagramau lle bo angen yn eglur a defnyddiol iawn. Credaf y byddai'n well cynnwys manylion y gerddoriaeth yn llawn yn y ddwy ran gyntaf (h.y., A1= 8 bar, etc.). Mae manylion Rhan 3 yn eglur iawn. Mae angen cywiro rhai termau dawnsio fel 'cyfarch gyda', 'cefn yng nghefn', 'plethu ochr eu hun', 'troi unigolyn'. Ac mae mân frychau iaith fel 'pedwar chwpl', 'eu gilydd'.

Roedd y gystadleuaeth yn un agos iawn, a gellid bod wedi gwobrwyo'r tri chyfansoddwr. Mae rhinweddau sicr i bob dawns; maent yn waith cyfansoddwyr sydd â gwybodaeth drylwyr o ddawnsio gwerin Cymru. Dylid ystyried eu cyhoeddi maes o law oherwydd mae pob un yn hyfryd i'w dawnsio a'u gweld. Ond am gyfanwaith celfydd a chytbwys, ac am ateb gofynion y gystadleuaeth orau, mae'r wobr yn mynd i C.J.

Gwyddoniadur cwis ar gyfer cwis poblogaidd, megis cwis tafarn – gwaith unigolyn neu grŵp

BEIRNIADAETH ALED JONES

Oherwydd bod teitl y gystadleuaeth yn nodi 'cwis poblogaidd, megis cwis tafarn', a chan gymryd bod yn rhaid i'r holl gwestiynau fod yn rhai gwyddonol eu natur, disgwyliwn ddewis da o gwestiynau'n codi o'r gwahanol feysydd gwyddonol. At hynny, ni ddisgwyliwn gwestiynau gorastrus, sef rhai a fyddai ymhell y tu hwnt i'r llymeitiwr cyffredin ond, yn hytrach, amrediad o gwestiynau atebadwy ar wyddoniaeth gyffredinol yn ei holl agweddau. Gwaetha'r modd, ni chafwyd hyn.

Dau yn unig a fentrodd gystadlu, sef *Carreg ateb* a *Kepler*, a chyfyngodd y ddau eu hunain i un maes yn unig: *Carreg ateb* yn dewis 'Y Corff Dynol', a *Kepler* 'Y Gofod'.

Carreg ateb: Cafwyd hanner cant o gwestiynau a'u hatebion ar ddwy dudalen a hanner A4, a'r rhan fwyaf o'r cwestiynau yn or-elfennol (e.e., 'Sawl ysgyfaint sydd gennym?' ac 'I ble aiff [*sic*] y bwyd o'r geg ar ôl gorffen ei gnoi?). Roedd yma amryw byd o wallau iaith a chamsillafu enwau – e.e., Christian Barnad a Faranheit. Hidlo gwybed, efallai, ond o gofio bod y wobr a gynigir yn £150, ac y gallesid bod wedi llunio'r cwis hwn, a'i deipio, yn hwylus mewn dwyawr, ni allwn ystyried ei wobrwyo.

Kepler: Deugain cwestiwn ar 'Y Gofod', ac 'waeth i mi gyfaddef i mi gael sioc pan agorais y pecyn a oedd mewn amlen blastig bwrpasol a botwmclec yn ei chau. Roedd y Rhagarweiniad yn nodi bod tri dull o gyflwyno'r cwis: (i) Rhaglen PowerPoint, taflunydd a sgrin, (ii) dosbarthu llyfryn yn cynnwys y cwestiynau, a phennu amser pendant i'w hateb, a (iii) pob cwestiwn ar gerdyn wedi ei lamineiddio. Yn y ffeil, hefyd, yr oedd CD yn cynnwys Rhaglen PowerPoint, Taflen Ateb a'r Atebion. Wedyn, 'llyfryn' yn cynnwys y deugain cwestiwn. Er enghraifft: Cwestiwn 2: 'Sawl lleuad sydd gan y blaned Iau?', ynghyd â llun lliw o'r blaned a dewis o bedwar ateb. Roedd hwn yn waith trawiadol, wedi ei baratoi'n fanwl a'i gyflwyno'n broffesiynol ddeniadol, a'r iaith yn bur lân, er i mi sylwi ar 'nifiwl' (ddwywaith). Un cwestiwn amheus: 'Beth yw enw'r seren fwyaf llachar yn y gofod?' 'Does bosib nad oes miliynau lawer o sêr mwy llachar na'r Sirius a welwn ni! Er ei fod wedi ei gyfyngu ei hun i un maes, mae *Kepler* wedi llunio cwis rhagorol ac yn llwyr deilyngu'r wobr a'n llongyfarchiadau.

Golygu a chyfieithu gwaith wedi ei gyhoeddi i greu erthygl yn null y *New Scientist*

BEIRNIADAETH K. ALAN SHORE A MEGAN TOMOS

Gan fod y gystadleuaeth hon yn cynnig gwobrau sylweddol, roedd y beirniaid wedi disgwyl cael mwy na'r pedair ymgais a ddaeth i law. Roedd dwy o'r pedair erthygl yn ymwneud â'r byd meddygol; un yn trafod y bydysawd astroffiseg a'r llall yn trafod gwrthdaro ym maes yr amgylchedd.

Trafodaeth ar ddulliau o ddadansoddi a thrin cancr y brostad sydd dan sylw gan *Panda*. Y mae'r ymdriniaeth yn darllen yn naturiol yn y Gymraeg ar wahân i ambell gyffyrddiad sy'n datgelu dylanwad y Saesneg gwreiddiol. Amlinelliad cryno o lyfr sydd yma, mewn gwirionedd, a byddai cynnig adolygiad ohono, o bosib, wedi creu erthygl fwy diddorol.

Yn 'Aspirin i bawb dros 50?', ceir amlinelliad manwl o waith ymchwil yr Athro Peter Elwood gan *Seren y Gogledd*. Fodd bynnag, brithir y gwaith gan gamgymeriadau elfennol megis diffyg treiglo - 'lefel uchel o colesterol', 'poen a twymyn', 'achosion o trawiad', 'ar clefyd y galon'. Yn ogystal â hynny, ceir blerwch o ran camsillafu – 'astudiath', 'astudwyd', 'cymrodd'. Gwallau yw'r rhain y gallai cywirwr sillafu megis Cysgliad fod wedi eu cywiro'n rhwydd. Y gwir amdani yw nad oes yma'r ymwybyddiaeth o'r safon iaith sy'n angenrheidiol cyn ystyried anfon erthygl o'r fath i'w chyhoeddi.

Erthygl *Saran* ar 'Sut mae sêr unigol yn ffurfio' yw'r ymgais fwyaf uchelgeisiol. Llwyddwyd i gyfleu gwyddoniaeth o safon mewn arddull ddarllenadwy. Y mae'r mynegiant yn llifo'n hyderus a'r drafodaeth wyddonol yn datblygu'n gadarn gam wrth gam. O ran sylwedd y drafodaeth, y mae'n ymdebygu i'r erthyglau dyfnaf eu gwyddoniaeth a geir yn y *New Scientist* ac, felly, ni fyddai at ddant pob darllenydd. Er bod hon yn erthygl faith – oddeutu 3,500 o eiriau i gyd – llwyddwyd i gynnal glendid y mynegiant i'r diwedd.

Ymdriniaeth â'r gwrthdaro rhwng anghenion Pysgotwyr Cocos ac anghenion Piod Môr a geir yn erthygl *Deryn Brith*. Mae'r erthygl hon yn darllen yn naturiol yn y Gymraeg heb unrhyw olion llethol o ddylanwad y Saesneg arni. Mae'r wybodaeth a drosglwyddir am y gwrthdaro hwn wedi ei hatgyfnerthu gan ddarluniau deniadol, map a thablau. Dyma erthygl rwydd i'w darllen a fyddai'n addas ar gyfer cylchgrawn megis *Y Naturiaethwr* ac a fyddai'n apelio at ddarllenydd cyffredin cylchgrawn Cymraeg ar batrwm y *New Scientist*.

Ar ôl pwyso a mesur yn ddwys, teimlir mai *Saran* a ddylai gael y wobr gyntaf oherwydd dyfnder yr ymdriniaeth wyddonol a geir yn yr erthygl hon. Er inni gael erthygl ddisgrifiadol mewn mynegiant cadarn a graenus gan *Deryn Brith*, y mae ymdrin â sut y mae sêr yn ymffurfio a thyrfedd yn dirywio a darfod mewn mynegiant rhwydd ei ddarllen fel y gwnaeth *Saran* yn gryn lawer mwy o gamp. Diben y gystadleuaeth a'r amcan wrth gyflwyno gwobr hael i'r enillydd yw gwthio'r ffiniau a chreu cyfle i ddyfnhau'r drafodaeth wyddonol yn y Gymraeg. Y mae erthygl *Saran* yn sicr wedi llwyddo i wneud hynny. Rhoddir y wobr gyntaf i *Saran* a'r ail wobr i *Deryn Brith*. Gan nad yw safon ymgais *Panda* nac ymgais *Seren y Gogledd* o fewn cyrraedd safon y ddau flaenaf, penderfynwyd atal y drydedd wobr.

IEUENCTID

Dan 30 oed

Cyfansoddi Cân

BEIRNIADAETH GORWEL OWEN

Yn wahanol i'r hyn a ddigwydd yn y celfyddydau'n gyffredinol, nid yw'r syniad o gystadlu yng nghyd-destun cyfansoddi cân, yn enwedig cân gyfoes, yn gorwedd yn gwbl gyffyrddus. Eto, mae'r cyfansoddwr yn debyg o ofyn yr un cwestiynau (yn uniongyrchol neu fel arall) â'r bardd, y cerflunydd, y paentiwr, etc., cwestiynau ynghylch dilyn/torri rheolau, traddodiad, arbrofi, deunydd, arddull, ac felly yn y blaen. A dweud y gwir, dw i ond yn ceisio cyfiawnhau'r broses o feirniadu i mi fy hun yma – sut i ddewis yr orau o blith nifer o ganeuon. Yn ffodus, ond yn siomedig hefyd, nid oedd angen i mi ddewis gan mai dim ond un gân a dderbyniwyd, sef 'Pwy Wyf I?' gan *Y Negesydd.*

I mi, un o'r pethau sy'n creu cyffro mewn cân yw'r ffordd y mae cyfansoddwr yn delio â phroblemau sy'n ymwneud ag arbrofi'n gerddorol o fewn rhyw fath o draddodiad. O ran traddodiad, mae 'Pwy Wyf I' yn gân eithaf 'canol-y-ffordd', yn debyg iawn i nifer o ganeuon eraill sy'n cael eu chwarae'n aml ar y radio ac mae'n swnio lawn cystal i'm clustiau i. Does dim llawer o arbrofi cerddorol ynddi, ac eithrio gyda'r strwythur. Mae hynny'n eithaf diddorol o ran y ffordd y mae *Y Negesydd* wedi osgoi'r patrwm mwy confensiynol o benillion a chytganau, a heb gynnwys darn offerynnol hir sy'n creu elfen o brysurdeb wrth gyflwyno'r geiriau, teimlad sy'n cael ei danlinellu drwy odli dyfal a geirio cyflym – dw i'n cymryd bod yr effaith yma yn fwriadol! Mae'r geiriau'n eithaf diddorol, hefyd; mae *Y Negesydd* wedi symud y tu allan i arferion 'cân serch' i ofyn cwestiynau athronyddol ynglŷn â bodolaeth. Mae'r trefniant a'r chwarae'n adlewyrchu nodweddion cyfoethog a medrus gweithiau eraill yn yr un *genre.* Mae'r cynhyrchiad braidd yn ystrydebol i'm chwaeth bersonol i ond o gofio mai cystadleuaeth gyfansoddi, ac nid cynhyrchu, yw hon, mae *Y Negesydd* yn llawn haeddu'r wobr.

Nodiadau

Nodiadau

Nodiadau

Nodiadau

Nodiadau

Nodiadau

Nodiadau